담화 통합 글쓰기
: 과제 표상과 텍스트의 구성

이윤빈

박문사

저자약력

이윤빈 연세대학교 국어국문학과에서 대학 글쓰기 전공으로 박사학위를 받았고, 동국대학교 파라미타칼리지 교수로 재직했다. 현재 고려대학교 문화창의학부 교수로 대학생들을 가르치며, 이들의 의사소통능력을 향상시킬 수 있는 효과적인 교육 방안을 마련하기 위한 모색을 하고 있다. 『대학 글쓰기 연구와 텍스트 해석』(공저), 『장르: 역사·이론·연구·교육』(공역) 등의 책과 「대학 신입생 대상 '학술적 글쓰기'의 장르적 의미와 성격」, 「필자의 쓰기 수준에 따른 유형별 텍스트의 화제 구조 분석 연구」, 「장르 인식 기반 대학 글쓰기 교육 프로그램의 개발 및 적용」 등 다수의 논문이 있다.

담화 통합 글쓰기: 과제 표상과 텍스트의 구성

초판인쇄   2017년 4월 17일
초판발행   2017년 4월 21일

저　　자   이윤빈
발 행 인   윤석현
책임편집   차수연
발 행 처   박문사
　　　　　Address: 서울시 도봉구 우이천로 353 성주빌딩 3F
　　　　　Tel: (02) 992-3253(대)　　　　　Fax: (02) 991-1285
　　　　　Email: bakmunsa@daum.net
　　　　　Web: http://jnc.jncbms.co.kr
등록번호   제2009-11호

ISBN 979-11-87425-32-8 93800　　　　　정가 23,000원

책머리에

   담화 통합 글쓰기란 필자가 다양한 자료를 읽고, 자료에 나타난 정보를 선택하고 통합하여 새롭고 고유한 텍스트를 구성하는 것을 의미한다. 자료들을 비교·대조하기, 문헌 검토하기와 같이 비교적 지식 변형의 정도가 크지 않은 글쓰기로부터 학술 에세이나 보고서, 논문 쓰기와 같이 상당한 정도의 지식 변형이 요구되는 글쓰기에 이르기까지, 두 편 이상의 자료를 읽고 글을 쓰는 다양한 '읽기를 통한 쓰기'가 모두 담화 통합 글쓰기에 속한다.

   이 책은 담화 통합 글쓰기를 '필자의 과제 표상'과 '텍스트의 구성 방식'이라는 두 가지 측면에서 탐구한 결과물이다. 전자를 통해 담화 통합 글쓰기가 특정한 방식으로 이루어지는 원인 및 과정을 살피고자 했고, 후자를 통해 담화 통합 글쓰기의 결과물을 유형화하여 그 특성을 확인하고자 했다. 또한 현장 연구를 통해 과제 표상과 텍스트의 구성 방식이 연결되는 다양한 양상을 분석하여, 담화 통합 글쓰기의 과정과 결과에 대한 총체적 이해를 도모했다.

1장에서는 담화 통합 글쓰기 연구의 의의를 확인하고, 국내외의 연구사를 살펴 그 성과와 한계를 이 책의 출발점으로 삼았다. 2장에서는 담화 통합 글쓰기에서 필자의 과제 표상이 어떤 역할을 하는지 검토하고, 이를 고찰할 수 있는 방법론을 설정했다. 또한 과제 표상과 텍스트의 관계에 대해 논의했다. 과제 표상은 사회인지주의 입장의 쓰기 연구자들이 주목한 개념으로, 과제 수행자가 과제의 요구사항은 무엇이고, 그것을 어떠한 절차와 전략을 사용하여 수행해야 하는지에 대해 형성하는 심적 이미지를 의미한다. 동일한 과제를 부과 받고도 필자들은 각기 다른 과제 표상을 형성하며, 과제 표상의 상이성이 곧 필자의 수행 방식 및 결과물의 상이성을 야기하기에 필자의 과제 표상을 살피는 일은 매우 중요하다.

3장에서는 담화 통합 텍스트의 구성 방식을 분석할 수 있는 방법론을 개발하여 제시했다. 선행 연구들에서는 Spivey와 같은 북미권 연구자들이 개발한 분석 방법론을 사용해왔으나, 이는 영어를 대상으로 개발된 것이어서 한국어 텍스트를 분석하기에는 한계가 있었다. 그래서 한국어 문장의 특성에 맞는 분석 단위를 설정하고, 담화 통합 텍스트의 내용적·형식적 특성을 계량화하여 드러낼 수 있는 분석 방법을 개발했다. 또한 양적으로 분석된 담화 통합 텍스트의 구성적 특성을 한눈에 드러낼 수 있는 〈텍스트 전개도〉의 도해화 방법 및 절차를 소개했다.

　4장에서는 실제 교육 현장에서 대학생들이 담화 통합 글쓰기를 수행하는 양상을 분석했다. 2장과 3장에서 마련한 과제 표상 및 텍스트의 분석 방법론을 사용하여, 대학생들이 담화 통합 글쓰기를 수행하는 양상을 필자 집단별로 분류하여 그 특성을 검토했다. 필자의 의도로서의 과제 표상과 결과로서의 텍스트 구성 유형이 일치하는 집단 및 불일치하는 집단을 분류하여, 각 집단의 과제 표상과 텍스트 구성상의 특성을 제시했다. 이를 통해, 학생 필자들이 동일한 담화 통합 과제를 받고도 각기 다른 쓰기 수행을 하는 원인과 그 결과물의 관계에 대한 유형별 총체화를 시도했다.

　이 책은 박사논문을 다듬어 재구성한 것이다. 부족한 책이지만, 이만한 모양을 갖추고 나오기까지 많은 분들의 은혜를 입었다. 연구의 전 과정에서 든든히 함께 해 주셨던 정희모 교수님께 가장 먼저 감사드린다. 또한 연구의 부족한 지점을 세심하게 지도해주시고 격려해주신 노명완 교수님, 박영목 교수님, 신형기 교수님, 정명교 교수님께도 진심으로 감사드린다.

　고집 센 딸의 삶을 언제나 전적으로 응원해주시는 부모님께, 늘 함께 해주는 가족들에게 감사의 인사를 전한다. 그리고 어려운 시기에 선뜻 책의 출간을 제안해주시고, 어엿한 책으로 엮어주신 도서출판 박문사 관계자 여러분들께도 깊은 감사의 말씀을 드린다.

2017년 4월 이윤빈

차례

제3장 담화 통합 텍스트의 분석 모형

제4장 담화 통합 과제 표상과 텍스트 구성의 실제

제5장 요약 및 결론

제1장
담화 통합 글쓰기 연구의 의의

1. 담화 통합 글쓰기 연구의 필요성

글쓰기는 글 읽기와 밀접한 관련[1]을 맺고 있다. 특히 학교 교육 현장에서 이루어지는 글쓰기는 대부분 '읽기를 통한 쓰기(writing through reading)'의 형식을 취한다. 교과서의 내용을 요약하기, 독서

---

1) 글쓰기와 관련된 글 읽기에는 세 가지 차원이 존재한다. 첫째, 필자는 글을 쓰는 동안 자신이 작성 중인 글(text so far)을 읽음으로써 쓰기 활동을 진행한다. 작성 중인 글의 내용이 작업 기억(working memory)에 저장되지 않는다면 필자의 쓰기 활동은 지속되지 못한다. 둘째, 필자가 살아오면서 축적한 읽기 경험은 지식 스키마의 형식으로 장기 기억 (long-term memory)에 저장되어 필자의 글쓰기에 영향을 미친다. 셋째, 필자는 자료를 읽고 자신의 글을 작성하기도 한다. 필자는 자신의 글을 작성하기 위한 의도와 목적을 가지고 타인의 글을 읽고, 읽은 내용을 보다 직접적으로 이용하여 글을 쓴다. 이 중 첫 번째와 두 번째의 '읽기'는 모든 쓰기 상황에 전제되는 것이므로 별도로 지칭할 필요가 없다. 그래서 이 책에서 글쓰기와 관련된 '읽기' 개념은 세 번째 상황에 국한하여 사용된다.

감상문 쓰기로부터 논술문이나 학술 보고서 쓰기에 이르기까지 초·
중·고등교육 현장에서의 다양한 글쓰기는 대부분 '읽기'를 전제로
이루어진다. '읽기를 통한 쓰기'는 읽은 내용을 보다 잘 이해하고 습
득하는 학습의 도구로서, 그리고 학습한 내용을 변형하여 새로운 의
미를 창조하는 고차원적 문식성을 기르는 수단(정희모, 2005)으로서
교육적 중요성을 갖는다.

'읽기를 통한 쓰기'의 여러 형식 중 필자가 복수(複數)의 자료들을
읽고 이를 사용하여 자신의 텍스트를 작성하는 것을 '담화 통합(disco
urse synthesis) 글쓰기'라고 한다. 담화 통합은 미국의 문식성 연구자
Spivey(1983)가 창안한 이래 쓰기 연구 분야에서 널리 사용된 용어
로, 필자가 다양한 자료들을 읽고 정보를 선택하고 통합하여 새롭고
고유한 텍스트를 생산하는 과정 및 행위[2]를 지칭한다. 자료들을 비교
·대조하기, 문헌 검토하기와 같이 비교적 지식 변형의 정도가 크지
않은 글쓰기로부터 학술 보고서나 논문 쓰기와 같이 상당한 정도의
지식 변형을 요구하는 글쓰기에 이르기까지, 2편 이상의 자료들을 읽
고 글을 쓰는 다양한 '읽기를 통한 쓰기'가 바로 담화 통합 글쓰기다.

이 연구는 담화 통합 글쓰기의 이론과 실제를 다룬다. 이 연구는

---

2) '담화 통합' 개념에 대한 Spivey의 정의는 다음과 같다. "필자가 복수의 텍스
트들을 읽고 그와 관련된 자신의 고유한 텍스트를 생산하는 과정(process
in which writers are engaged when they read multiple texts and produce
their own related texts)(Spivey, 1997: 197)", "필자가 복수의 원천들로부터
추출한 재료를 통합하여 새로운 텍스트를 창조하는 읽기 및 쓰기 행위(acts
of reading and writing wherein a writer integrates material from multiple
sources to create a new texts)(Nelson(Spivey), 2001: 379)."

두 단계로 구성된다.

첫 번째로, 담화 통합 글쓰기 연구를 수행할 수 있는 이론적 토대를 제시한다. 먼저, 담화 통합을 위한 '과제 표상' 개념을 살피고, 이를 검토할 수 있는 방법을 설정할 것이다. 다양한 자료를 통합하여 필자의 텍스트를 산출하는 담화 통합 글쓰기에서는 필자가 담화 통합이라는 과제를 어떻게 표상하는가의 문제가 매우 중요하다. 해당 표상에 따라 필자의 담화 통합 방식이 크게 달라지기 때문이다. 따라서 이 책은 담화 종합 과제 표상을 구성하는 핵심 특질 및 과제 표상이 결과로서의 텍스트와 갖는 관계를 고찰할 수 있는 이론적 토대를 마련할 것이다. 다음으로, 담화 통합 글쓰기의 결과로 산출된 텍스트(이하 담화 통합 텍스트)3)의 특성을 분석하고 나타낼 수 있는 방법론

---

3) 이 연구는 필자가 담화 통합 글쓰기의 결과 생산한 텍스트를 '담화 통합 텍스트'라고 축약(縮約)하여 부른다. 이때 이 용어에는 연구자들에 따라 다양하게 규정되어 온 '담화(discourse)'와 '텍스트(text)' 개념이 모두 포함된다. 그러므로 이 용어에서 사용된 '담화'와 '텍스트' 개념이 지칭하는 바가 무엇인지 명확히 짚어볼 필요가 있다.

'담화'와 '텍스트' 개념을 규정하는 연구자들의 입장은 크게 네 가지로 분류된다. (1) '담화'와 '텍스트'가 동일한 개념이라고 규정하는 입장(Harris, 1964; 노석기, 1990; 정희자, 1998), (2) 상호 변별되는 개념이라고 규정하는 입장(Vitacolona, 1988; 고영근, 1990; Schiffrin, 1994; Beaugrande, 1997; 정희자, 1998), (3) '텍스트'가 '담화'를 포함하는 개념이라고 규정하는 입장(독일 텍스트언어학자, 기호학자, 고영근, 1999), (4) '담화'가 '텍스트'를 포함하는 개념이라고 규정하는 입장(van Dijk, 1977; 원진숙, 1995; Nelson (Spivey가 1998년 이후 사용한 이름임), 2001)이 그것이다(박소희, 2009: 6~9).

'담화 통합'이라는 용어를 처음 사용한 Spivey는 (4)의 입장에 서 있었다. 그녀는 '텍스트'를 문자 언어로 된 자료를 지칭하는 개념으로 한정하여 사용했다. 반면, '담화'는 '특정 주제에 대한 언어적 처리(a verbal treatment of a subject)(Nelson, 2001: 379)'로 광범위하게 정의했다. 이 정의에 따

을 개발하여 제시할 것이다. 담화 통합 글쓰기의 중요성에도 불구하고, 이제까지 담화 통합 텍스트를 분석하고 그 특성을 드러낼 수 있는 방법론은 충분히 제시되지 않았다. 그래서 이 연구에서는 담화 통합 텍스트의 분석 방법을 개발하고, 나아가 텍스트의 특성을 도해(圖解)로 나타낼 수 있는 모형을 제시할 것이다.

두 번째로, 담화 통합 글쓰기의 실제 양상을 '과제 표상'과 '텍스트 구성'의 관계를 중심으로 살펴, 유형별 특성을 제시할 것이다. 초·중·고등교육에서 이루어지는 다양한 담화 통합 글쓰기 중 이 책에서는 특히 대학생들의 학술적 담화 통합 글쓰기 양상에 주목한다. 흔히 '학술 에세이'라고 불리는 담화 통합 과제에 대해 대학생들은 어떠한 과

르면 '담화'는 특정 주제를 다루는 문어 자료들뿐만 아니라, 해당 자료를 읽는 동안 필자가 환기 및 생산하는 언어적 산물까지도 포함한다. 요컨대 Spivey에게 '담화'는 필자가 자신의 텍스트를 생산하기 위해 '통합'하는 재료들(문어 자료들, 필자가 내적·외적 발화의 형태로 환기하는 지식)을, '텍스트'는 필자가 담화 통합을 통해 생산한 결과물로서의 문어 자료를 지칭하는 변별적 개념으로 사용되었다. 그러므로 '담화 통합 텍스트'는 필자가 다양한 담화들(문자 언어 자료, 언어화된 지식)을 통합하여, 그 결과로서 생산한 문자 언어 자료를 명확히 지칭한다. 그러나 Spivey는 '담화 통합 텍스트'라는 용어보다는 '(담화-생략됨) 통합 텍스트(synthesis text)', '(담화 통합-생략됨) 텍스트(text)'라는 용어를 주로 사용했다. 그녀의 연구에서 '텍스트'는 모두 '담화 통합'을 통해 생산된 것임이 전제되어 있었기 때문에 되도록 '담화'와 '텍스트'를 함께 포함하는 용어의 사용을 피했던 것으로 보인다. 반면, 이 연구는 '담화 통합'을 통해 생산된 텍스트와 그렇지 않은 텍스트를 변별하여 이론적 논의를 전개한다. 그래서 '담화 통합 텍스트'라는 용어를 사용한다. 다만, 사례 연구의 방법 및 결과를 제시한 4장에서는 모든 '텍스트'가 '담화 통합 텍스트'를 지칭하므로, 보다 간략한 기술을 위해 '(담화 통합-생략됨) 텍스트'라는 용어를 병용한다.

제 표상을 가지며, 이들이 실제로 작성한 담화 통합 텍스트는 어떠한 구성적 특성을 드러내는지, 그리고 필자의 과제 표상은 담화 통합 텍스트의 구성적 특성과 어떤 관계를 갖는지 규명하고자 한다. 이와 같은 작업이 필요한 이유를 주제 및 초점의 측면에서 보다 구체적으로 제시하면 다음과 같다.

1) 담화 통합 글쓰기 연구의 필요성

담화 통합 글쓰기는 '읽기'와 '쓰기'를 모두 포함하는 고도의 복합적인(hybrid) 의미 구성 행위(Spivey, 1997)다. 이는 필자의 수사적 목적을 위해 담화의 이해와 생산이 혼합적으로 이루어진다는 것을 뜻한다. 담화 통합은 필자에게 높은 수준의 인지적 처리 과정 및 능력을 요구한다. 필자는 자신의 지식과 경험을 이용하여 자료들을 이해하고, 평가하며, 그 의미를 변형하여 새롭고 고유한 의미와 구조를 지닌 텍스트를 생산한다. 즉, 그는 자료들의 내용을 물리적으로 합(合)하는 것이 아니라, 화학적으로 변형하여 새로운 텍스트를 창안(create)하는 것이다. 따라서 필자에게는 자료들의 상호텍스트적 관계를 이해하고 이를 자신의 텍스트를 구성하기 위해 주체적으로 이용하는 능력, 즉 저술 정체성을 기반으로 한 비판적 문식성[4]이 무엇

---

4) 비판적 문식성(critical literacy)이란 "이해, 분석, 비판, 창의를 포함하는 고등 수준의 읽기와 쓰기(노명완, 2010: 21)" 능력을 의미한다. 이는 단순히 글을 읽고 쓸 줄 아는 수용적 문식성(receptive literacy)과 대비되는 개념이다(Flower 외, 1990).

보다 요구된다.

담화 통합이 요구하는 이러한 능력은 정보의 양이 증대하고 이를 창의적으로 변용해야 할 필요성이 커지는 21세기 사회에서 그 중요성이 더욱 높아지고 있다. 이에 따라, 학생들의 문식성 수준이 높아지는 중등 이상의 교육 현장에서는 담화 통합 과제를 매우 활발히 사용하는 추세다. 특히, 고등학생이 대학 입학을 위해 준비하는 논술고사나 대학생이 보편적으로 부과 받는 학술적 글쓰기 과제들은 모두 복수의 자료들을 읽고 새로운 텍스트를 구성할 것을 요구한다. 이 때문에 중등 및 고등 교육 현장에서는 학생들의 담화 통합 능력을 향상시킬 수 있는 교육 방안을 활발히 모색5)하고 있다.

그러나 정작 교육 대상이 되는 학생들이 어떻게 담화 통합 글쓰기를 수행하는지에 대한 실제적 이해는 상당히 부족한 것으로 보인다. 축적된 국내 연구 성과의 대부분은 교육 프로그램이나 교수법을 개발하는 데 집중되어 있다. 반면, 학생들이 실제로 담화 통합 글쓰기를 어떻게 수행하는가의 문제는 개별 교수자들의 경험적 이해에 의존하여 논의되고 있을 뿐, 그 구체적 양상을 본격적으로 고찰하고 분석한 연구를 찾아보기 어렵다. 특히, 담화 종합 텍스트 분석 방법론

---

5) 중등교육 현장에서 담화 통합 교육 방안을 탐색한 연구로는 김도남(2001), 김봉순(2004), 김선정(2006), 김정자(2008), 연명흠(2003) 등이 있고, 고등교육(대학교육) 현장에서의 담화 통합 교육 방안을 제시한 연구로는 김미란(2012), 김정숙(2008), 이선옥(2008) 등이 있다. 또한 읽기·쓰기 통합 지도에 관한 이론적 논의를 전개한 연구로 김명순(2004), 김혜정(2004), 이연승(2008), 이재승(2004), 이재기(2012) 등이 있다.

의 부족으로, 학생들이 작성한 담화 종합 텍스트의 특성을 밝힌 연구
는 더욱 찾아보기 어렵다.

교육 대상의 수행 양상에 대한 고찰과 분석이 전제되지 않는다면,
교육 방안 및 내용 설정 또한 효과적으로 이루어질 수 없다. 더욱이
텍스트의 의미 생산과 의미 소통은 쓰기 활동의 기본 전제에 해당(정
희모, 2011a)하므로 우선적으로 검토될 필요가 있다. 따라서 담화 통
합 글쓰기의 이론 및 실제에 대한 연구가 매우 필요하다.

2) 담화 통합 과제 표상과 텍스트 구성의 관계에 주목할 필요성

이 연구는 학생 필자의 담화 통합 글쓰기 수행 양상을 살피는 데
있어 필자의 과제 표상과 텍스트 구성의 관계를 고찰의 중심으로 삼
는다. 과제 표상(task representation) 이란 '과제 수행자가 과제의 요
구사항은 무엇이며 그것을 어떠한 절차와 전략을 사용하여 수행해야
하는지에 대해 구성하는 심적 이미지(이윤빈·정희모, 2010)'를 말한
다. 이 책은 이 과제 표상을 유형화하여 살피고, 필자가 실제로 작성
한 텍스트의 구성 유형 및 특성을 검토한 뒤, 필자의 과제 표상 유형
이 그가 실제로 작성한 텍스트의 구성 유형과 일치 혹은 불일치하는
양상 및 그 원인을 탐구한다.

이 연구가 양자(兩者)의 양상 및 관계에 주목하는 것은 필자가 특
정한 방식으로 담화 통합 텍스트를 구성하는 원인과 결과를 총체적
으로 이해하기 위해서다. 담화 통합 텍스트의 구성 양상을 살피는 것

은 곧 필자들이 어떻게 각기 다른 방식으로 텍스트를 구성하며, 왜 그러한 방식의 텍스트를 구성했는지 살피는 일이라고 할 수 있다. 이 때 과제 표상은 필자가 특정 방식으로 텍스트를 구성한 일차적인 원인으로서 고찰의 필요성을 갖는다.

담화 통합 텍스트는 다양한 방식으로 구성될 수 있다. 텍스트 구성을 위해 자료들의 내용과 필자의 지식이 구조화되는 방식이 다양하기 때문이다. 예컨대 필자는 자신의 지식은 최소화하고 자료들의 내용을 전면화한 설명적 텍스트를 구성할 수 있다. 또는 필자의 독창적 주장을 논증하는 과정에서 자료들의 내용은 논거 혹은 비판의 대상으로만 이용하는 것도 가능하다. 물론 자료들을 차례로 요약한 뒤 그에 대한 필자의 견해를 덧붙이는 방식의 구성도 가능할 것이다. 특정한 맥락을 염두에 두지 않는다면, 모든 가능성은 열려 있다.

문제는 모든 글쓰기는 맥락을 전제로 하며, 명시적 혹은 암묵적으로 맥락에 '적합한(appropriate)'[6] 텍스트 구성 방식이 존재한다는 데 있다. 그리고 이 적합성에 대한 서로 다른 감각이 과제를 부과하고 평가하는 교수자의 기대와 학생 수행 사이의 간극(gap)(Flower, 1987)을 초래하곤 한다. 맥락에 익숙한 교수자는 학생들이 특정한 방식으로 텍스트를 구성하기를 기대한다. 반면, 해당 방식에 대해 잘 알지 못하는 학생들은 교수자의 기대와 전혀 다른 방식으로 구성된 각양각색의 텍스트를 제출하곤 한다. 이 경우 교수자는 자신의 과제 부과

---

6) 이 '적합성'은 절대적 '옳고 그름'의 문제는 아니지만, 맥락 안에서의 평가 장면에서 주요 기준으로 작용한다.

의도와 어긋나는 필자의 수행에 실망한다. 반면, 필자는 충분한 인지적 노력을 기울이고도 낮은 평가를 받았다는 데 좌절한다.

여러 연구자들(Flower 외, 1990; Nelson, 1990; Greene, 1999; Smeets & Solé, 2008; 노명완, 2010; 이윤빈·정희모, 2010; 윤성진, 2011)이 지적하고, 많은 교수자들이 경험해온 이 간극을 극복하기 위해서는 필자가 왜 특정한 방식으로 텍스트를 구성했는가를 이해해야 한다. 그래야 그 원인을 개선하여 필자가 맥락에 적합한 결과물을 생산하도록 교육할 수 있기 때문이다. 이때 과제 표상은 필자가 특정한 방식으로 텍스트를 구성한 원인적 개념으로 주목된다. 과제 표상의 상이성은 곧 수행의 상이성을 야기한다(Flower 외, 1990; 이윤빈·정희모, 2010). 동일한 과제에 대해 필자들이 각기 다른 방식으로 구성된 텍스트를 제출하는 까닭은 그들의 과제 표상이 각기 다르기 때문이다. 그러므로 필자들이 특정 과제에 대해 갖는 다양한 과제 표상의 유형을 고찰한다면, 이들이 왜 다양한 방식으로 텍스트를 구성했는지 이해할 수 있다.

그러나 과제 표상과 텍스트 구성의 일치 관계를 살피는 일만으로는 아직 충분하지 않다. 과제 표상과 텍스트 구성이 언제나 1 : 1의 대응관계를 갖는 것은 아니기 때문이다. 앞서 과제 표상이 필자가 특정한 방식으로 텍스트를 구성한 '일차적인' 원인이 된다고 표현한 것은 이 때문이다. 과제 표상은 분명 텍스트가 특정한 방식으로 구성되는 근본적 원인이 되지만, 모든 필자가 자신의 표상을 성공적으로 텍스트화하는 것은 아니다. 인지적 기술의 부족, 자기중심성(egocentrism)

등 다양한 이유에서 필자는 표상을 성공적으로 텍스트에 실현하는 데
실패할 수 있다.

따라서 담화 통합 텍스트가 구성되는 다양한 양상을 보다 온전히
이해하기 위해서는 양자의 일치 관계뿐만 아니라 불일치 관계에 대
해서도 함께 고찰할 필요가 있다. 전자를 살핌으로써 우리는 필자들
이 특정한 방식으로 텍스트를 구성하는 원인과 결과에 대한 일차적
이해를 도모할 수 있다. 한편, 후자를 살피는 일은 일정한 표상을 갖
고도 이를 성공적으로 텍스트에 실현하지 못한 필자들의 수행에 대
한 심화된 이해를 가능하게 할 것이다. 학생 필자의 담화 통합 수행
을 증진시키기 위한 교육 방안 모색 또한 이러한 온전한 이해를 바탕
으로 할 때 가장 효과적으로 이루어질 수 있다.

2. 담화 통합 글쓰기 연구사

이 절에서는 학생 필자의 담화 통합 글쓰기 양상을 고찰한 선행 연구
들을 살피고, 연구사 안에서 이 연구가 위치한 지점을 조명하고자 한다.

이제까지 축적된 국내·외의 담화 통합 글쓰기 양상 연구는 수행의
보편성 및 교육적 중요성에 비해 많은 편이 아니다. 쓰기 교육의 역
사가 오래된 북미권의 경우에도 1980년대 중반에 이르러서야 담화
통합 연구가 시작되었다. '읽기'와 '쓰기'가 상호 연관된 활동이라는
인식은 19세기 말 이래로 존재[7]해왔으나, 읽기 연구와 쓰기 연구가

각기 다른 연구 전통을 기반으로 한 별개의 것으로 진행8)되어 왔기 때문이다. 1980년대 중반에 이르러 '읽기'와 '쓰기'의 상호 관련성에 대한 인식을 토대로, 담화 통합 연구가 시작되었다(Langer & Filhan, 2000). 한편, 국내의 경우에는 2000년 이후 담화 통합 교육 방안에 대한 연구(김도남, 2001; 김미란, 2012; 김봉순, 2004; 김선정, 2006; 김정숙, 2008; 김정자, 2008; 연명흠, 2003, 이선옥, 2008)가 제출되고 있다. 그러나 필자의 수행 양상을 고찰한 연구는 아직 매우 드물다.

따라서 이 절에서는 주로 북미권에서 축적된 연구들을 중심으로 담화 통합 글쓰기 양상에 대한 연구사를 검토하려 한다. 연구들은 그 중점에 따라 크게 세 가지로 대별된다. 첫째, 담화 통합 글쓰기의 영

---

7) Quinn(2003)은 읽기 및 쓰기가 상호 연관된 활동이라는 인식 및 양자를 통합적으로 교육할 필요성에 대한 인식은 19세기 말 이래로 꾸준히 존재해왔다고 지적한다. 일례로, 1884년 북미의 국립교육협회 위원회에서 읽기와 쓰기의 통합 지도 필요성을 주창하고, 이에 따라 하버드대학, 오하이오대학 등에서 읽기·쓰기 통합 교육을 시도한 바가 있다. 이러한 시도는 1940, 50, 60년대에도 꾸준히 있어왔으나, 번번이 학문 분과 간의 갈등 또는 자금 문제로 무산되곤 했다.

8) Langer & Filhan(2000)에 따르면, 쓰기 연구는 수사학에, 읽기 연구는 심리학에 그 뿌리를 두고 발전해왔다. 먼저, 쓰기 연구는 아리스토텔레스의 수사학에 기반을 두고 발전했고, 1940, 50, 60년대를 관통하며 그 초점만이 아리스토텔레스식의 수사학 관점, 표현주의 관점, 신수사학 관점으로 변화했다. 한편, 읽기 연구는 1960년대까지 심리학적 전통 위에서 진행되어 왔으며, 1970년대에 와서는 사회언어학과 언어 습득에 관한 이론, 인지심리학과 구성주의 이론의 영향을 함께 받았다. 이렇듯 별개의 연구 영역으로 간주되어 온 읽기와 쓰기 연구가 상호 관련된 것으로 간주되기 시작한 것은 1980년대에 이르러서다. 인지적이면서 동시에 사회적인 행위로서 읽기 및 쓰기의 관계를 검토하는 연구들이 이 시기부터 활발히 제출되었다.

향 요인 연구, 둘째, 담화 통합 글쓰기 과정에 대한 연구, 셋째, 담화 통합 텍스트에 대한 연구가 그것이다. 각 연구 경향을 차례로 살핀 뒤, 선행 연구들의 공통적 한계를 점검할 것이다. 그 한계는 이 연구의 출발점이기도 하다.

1) 담화 통합 글쓰기의 영향 요인 연구

담화 통합 글쓰기는 읽기로부터 쓰기로 이행하는 전(全) 과정에서 다양한 요인들의 영향을 받는 다원(多元) 결정(over-determined) 행위(Flower 외, 1990)다. 담화 통합 글쓰기 수행에 대한 선행 연구 중 상당수는 필자의 수행에 영향을 미치는 인지적·맥락적 요인들에 주목해왔다. 인지적 요인으로는 읽기 능력(Spivey, 1983; Kennedy, 1985; Spivey & King, 1989)과 선행 지식의 정도(Ackerman, 1990)가, 맥락적 요인으로는 과제 및 자료 텍스트의 성격(Greene, 1991; Nash, Schumacher, & Carlson, 1993; Lewkowicz, 1994; Spivey, 1997; Wolfe, 2002), 과제 부과 맥락(Hayes & Nelson, 1988; Herrington, 1985), 문화적 배경(McCormick, 1989), 교수법(Segev-Miller, 2004)이 검토되어 왔다. 이 연구들은 주로 텍스트의 총체적 질을 종속 변수로 삼아, 독립변수가 종속변수에 미치는 효과를 탐색했다.

초기 담화 통합 연구에서부터 가장 많은 주목을 받은 영향 요인은 필자의 읽기 능력이다. 일반적으로 읽기 능력과 쓰기 능력은 정적 상관9)을 갖는 것으로 알려져 있다. 담화 통합은 읽기와 쓰기를 모두 포함하기 때문에 담화 통합의 주체는 필자이자 동시에 독자가 된다. 그러므로 필자의 읽기 능력이 담화 통합 수행에 중요한 영향을 미칠 것임을 쉽게 예측할 수 있다. 담화 통합에 대한 최초의 연구인 Spivey (1983)는 필자의 읽기 능력 수준에 따라 텍스트의 구성 방식이 현저하게 달라진다는 사실을 보여주었다. 그녀는 읽기 검사를 통해 40명의 대학생을 능숙한 읽기 능력을 가진 집단과 미숙한 읽기 능력을 가진 집단으로 분류했다. 그리고 동일한 화제('아르마딜로')에 관한 3편의 백과사전 발췌본을 주고, 이를 통합하여 화제에 대한 정보전달적 텍스트(informative text)를 구성하게 했다. 그 결과, 읽기 능력이 뛰어난 필자일수록 자료에서 중요한 내용을 '선택(select)'하고, 이를 자연스럽게 '연결(connect)'하여 집약적으로 '조직(organize)'한다는 사

---

9) 읽기 능력과 쓰기 능력이 정적 상관성을 갖는다는 사실은 국내외 여러 연구들(Loban, 1963; Stotsky, 1983; Chall & Jacob, 1983; 김윤경, 2008; 신혜원, 2010)에 의해 지속적으로 확인되어 왔다. 이중 Stotsky(1983)는 1930년부터 1981년까지 북미권에서 수행된 50여 년간의 연구 성과들을 통합하고 있다는 점에서 주목할 만하다. 그녀는 읽기와 쓰기의 관계에 대한 연구들을 검토하여 다음과 같이 결론지었다: "능숙한 필자는 미숙한 필자에 비해 읽기 경험이 풍부하며, 보다 능숙한 독자인 경향이 있다. 또한 능숙한 독자는 미숙한 독자에 비해 구문론적으로 보다 성숙한 글을 생산하는 경향이 있다(p.636)." 한국에서도 김윤경(2008)이 중학생을, 신혜원(2010)이 고등학생을 대상으로 읽기 능력과 쓰기 능력이 통계적으로 유의미한 정적 상관(김윤경: .733, 신혜원: .503)을 갖는다는 사실을 확인한 바 있다. 한편, 이러한 경향은 읽기와 쓰기가 공유하는 특성들에 기인하는 것으로 해석되어 왔다. 읽기와 쓰기는 비슷한 사고 작용을 필요로 한다는 점, 스키마를 공유한다는 점, 비슷한 언어처리과정을 거친다는 점, 비슷한 기능이나 전략을 요구한다는 점, 언어 지식과 구조와 연관된다는 점, 공통된 어휘 기반을 가진다는 점에서 공통성 또는 관련성이 높은 것으로 받아들여지고 있다(이재승, 2004).

실을 확인했다.

Spivey(1983)가 읽기 능력 수준에 따른 텍스트 구성 방식만을 검토했다면, Spivey & King(1989)에서는 텍스트 구성 방식과 함께 필자의 과제 처리 방식을 고찰했다. 이들은 6, 8, 10학년 학생 60명을 대상으로 발달 단계(학년)와 읽기 능력에 따른 담화 통합 수행 양상의 차이를 살폈다. 역시 읽기 검사를 통해 필자 집단을 분류했으며, 동일한 화제('로데오')에 대한 3편의 백과사전 발췌본의 내용을 통합하여 정보전달적 텍스트를 작성할 것을 요구했다. 텍스트 구성 방식을 살피는 변인으로 내용 선택, 연결성, 조직 긴밀도, 총체적 질을 측정했고, 과제 처리 방식을 살피는 변인으로는 계획의 질, 수정의 양, 과제 처리 시간을 측정했다. 연구 결과, 읽기 능력은 발달 단계보다도 담화 통합 수행의 질에 대한 예측력이 높은 것으로 나타났다. 발달 단계에 따른 수행 차이는 내용 선택과 연결성 부문에서만 나타났으나, 읽기 능력에 따른 수행 차이는 내용 선택, 연결성, 조직 긴밀도, 계획의 질, 과제 처리 시간의 5개 부문에서 골고루 나타났다.

또한 Kennedy(1985)는 읽기 능력 수준에 따른 필자의 담화 통합 수행 과정을 보다 면밀히 검토했다. 그는 읽기 능력 수준이 상이한 대학생 필자 6명이 동일한 화제('의사소통')에 대한 3편의 자료를 읽고 에세이를 쓰는 과정을 사고구술 프로토콜 분석을 통해 고찰했다. 그는 읽기 능력이 뛰어난 필자들은 그렇지 못한 필자들과 차별되는 방식으로 과제를 수행한다고 보고했다. 전자의 필자들은 읽기 및 쓰기 과정에서 필요한 전략들의 레퍼토리(repertoire)를 풍부하게 가지고 있고, 이를 잘 활용했다. 이들은 분명한 의도와 목적을 가지고 자료들로부터 정보를 선택하고, 메모하고, 이를 자신의 고유한 생각과 결합했다. 반면, 후자의 필자들은 매우 단순한 방식으로 과제를 수행했다. 이들은 자료들의 정보에 주로 의존하여 텍스트를 작성했다. 뚜렷한 목적 없이 자료들을 반복하여 읽고, 자료에서 발췌한 내용들을 자신의 에세이 안에 나열했다.

한편, Ackerman(1990)은 필자가 화제에 대해 가지고 있는 선행 지식의 정도가 담화 통합 수행에 미치는 영향을 고찰했다. 그는 심리학 전공 대학원생 20명과 비즈니스 전공 대학원생 20명을 선정하여, 이들에게 심리학 관련 화제('기억에서의 시연(試演)')와 비즈니스 관련 화제('공급 중시 경제학')를 무작위로 할당하여 이에 대한 담화 통합 에세이를 쓰게 했다. 그 결과, 화제에 대한 선행 지식의 정도가 높은 필자들은 독창적인 정교화(elaboration)를 하고, 수사적 상황에 민감한 수행을 하는 것으로 나타났다. 또한 이들의 텍스트는 조직의 상위 수준(top-level)에 자료에서 비롯되지 않은 새로운 정보를 많이 포함하고 있었다. 반면, 선행 지식 정도가 낮은 필자들은 정교화를 덜 하고, 자료들에서 빌려온 정보를 텍스트에 보다 많이 포함시키는 것으로 나타났다.

과제가 요구하는 텍스트의 유형 또한 필자의 수행에 중대한 영향을 미친다. 예컨대 정보전달적 텍스트를 쓸 것을 요구하는 과제를 할

때 필자는 자료들에서 가장 중요하거나 자주 나타나는 정보를 찾는
다. 반면, 자료들을 비교하는 텍스트를 쓸 때는 자료들의 유사성과
차이에 주목하게 된다(Mateos & Solé, 2009). Spivey(1997)는 동일한
자료들을 사용하여 각기 다른 유형의 담화 통합 텍스트를 구성할 때
텍스트 조직 양상이 어떻게 달라지는지 살폈다. 연구는 발달심리학
강좌를 수강하는 34명의 대학생을 두 집단으로 나누어 실시되었다.
두 집단은 동일 화제('자기중심성')를 다루는 5편의 자료들을 읽고, 각
기 다른 과제('보고서(report)' 과제와 '연구 제안서(research proposal)'
과제)를 수행했다. Grimes(1975)와 Meyer(1975)가 제안한 수사적 관
계 유형에 따라 분석했을 때 두 집단의 텍스트는 뚜렷이 대조적인 양
상을 보였다. '보고서' 과제를 수행한 집단의 텍스트는 대부분 수집 구
조 또는 비교 구조로 이루어진 반면, '연구 제안서' 과제를 수행한 집
단의 텍스트는 반응(문제-해결) 구조를 취했다.

　또한 Nash, Schumacher, & Carlson(1993)는 자료 텍스트의 구조가
필자가 작성한 텍스트의 구조에 미치는 영향에 대해 연구했다. 이들
은 심리학 강좌를 수강하는 84명의 대학생을 4개 집단으로 나눈 뒤,
이들에게 동일 혹은 상이하게 조직된 2개 단락들('라쿤-화제수집구
조, 독수리-화제수집구조', '라쿤-화제수집구조, 독수리-연대기구조',
'독수리-화제수집구조, 라쿤-화제수집구조', '독수리-화제수집구조, 라
쿤-연대기구조')을 할당했다. 과제는 자료들을 읽고 비교하는 에세이
를 쓰는 것이었다. 실험 결과, 학생들은 자신이 읽은 2편의 자료 중

첫 번째로 읽은 자료의 구조를 자신이 쓰는 텍스트의 기저 구조로 차용하는 경향을 보였다. 이는 텍스트의 전체적 구조와 미시적 구조에 모두 반영됐다. 또한 동일 구조로 조직된 단락들을 읽은 학생들은 상이하게 조직된 단락들을 읽은 학생들에 비해 조직 면에서 뛰어나지만 언어적 질에 있어서는 떨어지는 에세이를 썼다.

한편, 과제가 부과된 환경 요인에 주목한 연구들도 있다. Hayes & Nelson(1988)은 과제가 부과된 교실 환경에 따라 필자의 담화 통합 수행이 어떻게 달라지는지 살폈다. 이들은 다양한 전공을 가진 8명의 대학생이 연구 보고서를 쓰는 상황을 살폈다. 학생들의 과정 일지(process log)를 분석한 결과, 이들은 과제가 부과된 상황적 요인들에 따라 학생들의 수행이 달라진다는 것을 발견했다. 상황적 요인들이란 학생들에게 제시된 과제 평가 기준, 피드백의 질과 빈도, 과제 지침의 성격 등이다. Hayes & Nelson은 이러한 요인들에 따라 학생들이 과제 수행에서 사용하는 전략들('고 투자(high investment)' vs. '저 투자(low investment)' 전략)이 달라진다고 말했다.

또한 교실 환경보다 광범위한 문화적 배경에 주목한 연구도 존재한다. McCormick (1989)은 필자의 글쓰기가 문화적 규약들(cultural imperatives)로부터 영향을 받는다고 주장했다. 그녀는 72명의 대학생이 화제('시간 관리')에 대해 다양한 견해를 보이는 5편의 자료를 읽고 텍스트를 구성하는 과정을 고찰했다. 이때 학생들의 텍스트에는 공통된 특성들이 드러났다. 5편의 자료가 상호 모순되는 관점을 드러

내는데도 불구하고 이를 무시하거나 얼버무리는 것, '나(I)'라는 주어
를 사용하지 않는 것 등이다. McCormick은 이러한 현상들이 근대 서
구 문화에 내재하는 세 가지의 문화적 가정들(cultural assumptions)에
의해 비롯된 것이라고 해석했다. (1) 종결(closure)에 대한 욕망, (2) 객
관성(objectivity)에 대한 믿음, (3) 인지된 모순(perceived contradiction)
에 대해 쓰기를 거부하기가 그것이다. 이는 학생들에게 일종의 이데올
로기로 기능하여, 존재하는 모순들을 외면하고 일관된 텍스트를 창조하
려는 수행을 야기한다는 것이다. 그러나 Nystrand(1992)는 McCormick
의 견해가 설득력이 떨어진다고 보았다. McCormick이 언급한 세 가지
가정들은 인간의 보편적인 특성일 뿐 특정 문화권의 규약으로 보기엔
무리가 있다는 이유에서다.

2) 담화 통합 글쓰기 과정 연구

담화 통합 글쓰기는 읽기와 쓰기를 모두 포함하는 복합적인(hybrid)
문식 행위다. 읽기를 전제하지 않고 글을 쓰거나 또는 하나의 자료만
을 읽고 글을 쓸 때에 비해, 담화 통합은 필자에게 보다 높은 인지적
부담을 주며 더 많은 지식 변형을 요구한다. 연구자들(McGinley, 1992;
Greene, 1992; Risemberg, 1996; Lenski & Johns, 1997; Lenski, 1998;
Yang, 2002; Segev-Miller, 2007; Plakans, 2008; Mateos & Solé, 2009)
은 복합적인 담화 통합 과정에서 필자의 읽기 및 쓰기 패턴이 어떻게
드러나는지, 그리고 어떤 전략을 사용하는지 검토해왔다. 이들은 주로

사고 구술 프로토콜(think-aloud protocols), 유도된 회상 프로토콜 (stimulus-recall protocols), 과정 일지(process log), 사후 인터뷰 등을 분석함으로써 필자의 인지 과정을 엿보고자 했다.

연구자들이 우선적으로 주목한 것은 담화 통합 글쓰기 과정에서 나타나는 필자의 읽기 및 쓰기 패턴이다. 담화 통합 과정 전체를 살핌으로써 읽기 및 쓰기 행위가 나타나는 패턴을 가장 먼저 고찰한 연구는 McGinley(1992)다. McGinley는 7명의 대학생이 화제('직장에서의 의무적 약물 검사')에 대한 2편의 자료를 읽고 설득적 에세이를 쓰는 과정에서 생산한 사고 구술 프로토콜을 분석했다. 그리고 이 프로토콜에 나타난 읽기 및 쓰기 수행(과제 읽기, 자료 읽기, 메모 읽기, 원고 읽기, 메모 쓰기, 원고 쓰기, 자유롭게 생각하기)의 시간 및 출현 패턴을 분석했다. 그 결과, 읽기와 쓰기는 전체적으로는 순차적 (linear) 패턴으로, 세부적으로는 회귀적(recursive) 패턴으로 나타남을 보고했다. 즉, 글쓰기 과정의 초기 단계에서는 읽기의 비중이 매우 높고 쓰기의 비중이 낮게 나타났으나, 후기 단계에서는 관계가 역전되는 양상을 보였다. 그러나 자료를 읽는 동안에도 메모나 초고 쓰기 활동이 이루어졌으며, 초고를 쓰는 동안에도 지속적으로 자료나 메모를 읽는 활동이 이루어졌다.

반면, 중학생 필자들은 담화 통합 글쓰기 과정에서 회귀적인 읽기 · 쓰기 패턴을 거의 보이지 않았다. 6명의 중학생을 대상으로 한 Lenski & Johns(1997)의 실험 결과다. 다른 연구들과는 달리, 이 연구에서는 학생들에게 읽기 자료를 배부하지 않고 복수(複數)의 자료를 직접 찾아 읽을 것을 요구했다. 연구자들은 '미국을 대표하는 인물을 선정하여 그에 관한 자료를 찾아 읽고 조사 보고서(research paper)를 쓰시오.'라는 과제를 부과한 뒤 학생들의 모든 수행을 녹화하여 분석했다. 분석 결과, 학생들은 세 종류의 읽기·쓰기 패턴[10]을 보였다. 1명은 자료 찾기, 읽기, 쓰기를 순서대로 일회적으로 수행하는 순차적 패턴을, 4명은 자료 찾기, 읽기, 쓰기 후(後) 다시 한 번 보충 자료를 찾고, 자료 및 초고를 읽고, 원고를 수정 및 보완하는 나선적 패턴을 나타냈다. McGinley(1992)에서 대학생 필자들이 보인 회귀적 패턴을 보인 중학생 필자는 1명에 불과했다. 또한 연구자들은 학생들의 패턴과 그들의 텍스트 조직과의 관계에 대해서도 검토했다. 순차적 또는 나선적 패턴을 보인 5명의 학생들은 모두 자료들을 요약한 텍스트(summary paper)를 작성했다. 반면, 회귀적 패턴을 보인 1명의 학

---

10) 이를 Lenski & Johns(1997)는 다음과 같은 그림으로 나타냈다(차례로 순차적, 나선적, 회귀적 패턴).

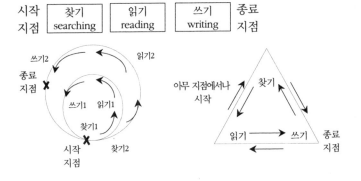

생은 자료들을 자신의 수사적 목적에 맞게 통합한 텍스트(integrated paper)를 작성했다.

최근에는 Mateos & Solé(2009)가 스페인의 중등학교 및 대학에 재학 중인 45명의 학생들(중학생 23명, 고등학생 11명, 대학생 11명)을 대상으로 실험하여 선행 연구들의 결과를 재확인한 바 있다. 이들의 연구에 따르면 연령 및 쓰기 숙련도가 낮은 필자일수록 순차적 읽기·쓰기 패턴을 보이고, 연령 및 쓰기 수준이 높은 필자일수록 회귀적인 패턴을 보였다.

담화 통합 글쓰기 과정에 대한 다른 한 부류의 연구는 필자가 사용하는 전략들(strategies)에 주목한다. 먼저, Greene(1992)은 필자가 자신의 텍스트를 쓸 목적으로 읽기 수행을 할 때 사용하는 전략들에 대해 고찰했다. 그는 6명의 대학생 필자에게 에세이 과제를 주고 미국의 '파인 배런(The pine barren)' 지대에 관한 자료를 읽게 했다. 읽기 행위 직후 수집한 필자의 회고적 프로토콜을 분석한 결과, Greene은 필자들이 이해를 목적으로 한 읽기(reading to understand)를 수행할 때와는 전혀 다른 전략들을 사용하여 쓰기를 목적으로 한 읽기(reading to write)를 수행한다는 사실을 발견했다. 이 전략들로는 자료의 구조를 추론하기, 맥락을 재구성하기, 필자의 텍스트를 위한 새로운 맥락을 생성하기 등이 있었다. 이처럼 자신의 텍스트를 작성하고자 하는 저술 정체성(authorship)을 가지고 목적에 맞는 정보를 찾기 위해 글을 읽는 행위를 Greene은 '텍스트 채굴하기(mining texts)'라고 표현했다.

읽기 과정만이 아닌 읽기 및 쓰기 전(全) 과정에서 사용된 전략들을 고찰한 연구(Yang, 2002; Segev-Miller, 2007)도 있다. Yang(2002)은 6명의 대학생이 Pegaseus라는 이름의 하이퍼미디어 데이터베이스 상에서 다양한 자료들을 읽고 담화 통합 에세이를 쓰는 과정을 살폈다. 연구는 그리스 문화 입문 강좌를 수강하는 학생들을 대상으로 이루어졌으며, 학생들이 5개의 과제를 수행하는 동안 사고 구술한 프로토콜을 분석했다. 분석 결과, Yang은 학생들이 담화 통합 과정에서 3가지의 상호 텍스트적 전략을 사용한다고 보고했다. 자료들의 정보를 연결하기(making connection) 전략, 연결된 정보들을 토대로 자료들의 관계 생성하기(generating relationships) 전략, 선행 지식을 자료 정보와 통합하기(integrating prior knowledge with source information) 전략이 그것이다. 이중 마지막 전략은 읽기 및 쓰기 관련 연구들에서 '정교화하기(elaboration)'로 일컬어지는 것이다.

한편, Segev-Miller(2007)는 Yang(2002)이 도출한 전략 목록이 지나치게 단순하다고 판단했다. 그녀는 12명의 대학생의 담화 통합 과정을 2개 학기 동안 고찰하는 장기간의 연구를 수행했다. 학생들에게는 스스로 복수(複數)의 자료들을 선택하게 했으며, 과정 일지와 사고 구술 프로토콜, 인터뷰 자료를 수집했다. 3000쪽 이상의 자료들을 분석한 결과, Segev-Miller는 담화 통합 과정에서 필자가 사용하는 개념적, 수사적, 언어적 변형 전략들의 목록을 도출했다. 먼저, 개념적

변형 전략은 필자가 다양한 자료들을 읽는 동안 이들의 연결 관계를
탐지하기 위해 사용하는 하위 전략들을 포괄한다. 필자는 자료들을
포괄하는 하나의 거시명제(macro-proposition)를 만들어내기 위해
다양한 전략들11)을 사용한다. 두 번째로 수사적 변형 전략은 필자가
자신이 작성할 텍스트의 구조를 생성하기 위해 사용하는 하위 전략
들12)을 포괄한다. 마지막으로, 언어적 변형 전략은 필자가 정보를 연
결하기 위해 특정 어휘를 사용하는 것13)을 말한다.

---

11) '개념적 변형 전략'은 Yang(2002)이 제시한 두 번째 전략인 '관계 생성하기
  전략과 동일하다. 필자들은 자료들의 유사성과 상이성을 비교하고, 그 관
  계들을 일반화하여 하나의 거시명제로 표현한다. 그런데 이는 고도의 인지
  적 능력을 필요로 하는 전략으로, 필자들은 대체로 이 전략을 능숙하게 사
  용하지 못한다. 그래서 필자들은 몇 가지 대체적(substitutive)인 유사 전략
  들을 사용하는데, Segev-Miller는 이 전략들을 '개념적 변형 전략'의 하위 전
  략 목록에 포함시켰다. (1) 모든 자료들에 나타난 하나의 명제를 찾아 이를
  모든 자료들에 대한 거시명제(macro-proposition)로 사용하기, (2) 하나의
  자료에 나타난 하나의 명제를 찾아 이를 모든 자료들에 대한 거시명제로
  사용하기, (3) 하나의 자료를 포괄하는 거시명제를 찾아 이를 모든 자료들
  에 대한 거시명제로 사용하기가 그것이다.
12) '수사적 변형 전략'은 필자가 사용한 자료의 수와 자료 사용 목적에 따라
  하위 전략들이 분류되었다. 먼저 하나의 자료를 대상으로 하는 (1) 요약
  하기 전략이 있다. 그리고 복수의 자료들을 대상으로 한 (2) 목록화하기,
  (3) 편입시키기, (4) 분해 및 재구성하기, (5) 통합하기 전략이 있다. '목록
  화하기' 전략은 필자들이 가장 빈번하게 사용하는 것으로, 자료들 각각을
  요약하여 나열하는 것이다. '편입시키기' 전략은 하나의 자료를 틀(frame)
  로 삼아 그 안에 다른 자료들의 정보를 편입시키는 것이다. 또한 '분해 및
  재구성하기' 전략은 2개 자료의 정보를 아이디어에 따라 분해한 뒤 이를
  새로운 구조로 구성하는 것을 말한다. '통합하기' 전략은 '분해 및 재구성
  하기' 전략과 유사한데, 2개 이상의 자료들을 분해하여 하나의 구조로 구
  성하는 것이다. 가장 고도의 인지 능력을 필요로 하는 전략이다.
13) '어휘적 변형 전략'은 Segev-Miller가 처음 제시한 것으로, 개념적 정의가
  아주 명료하지는 않다. Segev-Miller은 이 전략의 사용 사례를 다음과 같

3) 담화 통합 텍스트 연구

담화 통합 텍스트는 자료들의 내용과 필자의 지식이 구조화되는 방식에 따라 다양하게 구성된다. 연구자들(Spivey, 1983; 1991; 1997; Spivey & King, 1989; Ackerman, 1990; Flower 외, 1990; 박소희, 2009; 이윤빈·정희모, 2010)은 담화 통합 텍스트에 양자(兩者)가 어떠한 방식으로 구조화되는가의 문제를 살펴왔다. 고찰의 방법은 두 가지다. 하나는 분석 단위를 설정하여 자료들과 필자의 텍스트를 계량화하여 그 수치를 양적 분석하는 것이고, 다른 하나는 연구자의 질적 판단에 근거하여 분석하는 것이다.

그런데 전자의 양적 분석을 수행한 연구는 모두 Spivey(1983)가 고안한 분석 방법론을 원용(援用) 또는 변용(變容)하고 있다. Spivey의 방법론은 현재로서는 담화 통합 텍스트 분석을 위해 고안된 유일한 양적 분석 방법론이다. 그녀는 주로 특정 요인(읽기 능력, 연령 등)에 따라 필자의 담화 통합 수행이 어떻게 달라지는지 살폈다. 그런데 유사한 목적을 가진 다른 연구들이 텍스트의 총체적인 질만을 확인한 것과 달리, Spivey는 텍스트에 대한 구체적인 분석을 시도했다.

Spivey의 방법론[14]을 간략히 개괄하면 다음과 같다. 먼저, 자료들을 명제(proposition)를 중심으로 한 '내용 단위(content unit)'로 나눈

이 제시하고 있다: 하나의 자료가 '유아의 첫 번째 발달단계는 2세에 끝난다.'는 정보로 끝났을 때, 필자는 이 정보를 다른 자료와 연결하기 위해 '2세 이후에는'이라는 어휘를 반복적으로(lexical repetition) 사용한다.
14) Spivey의 방법론에 대해서는 3장에서 보다 자세히 소개할 것이다.

다. 그리고 Grimes(1972)의 수사적 관계 유형을 적용하여 각 단위의 위계 수준을 설정한 '자료 텍스트의 기저(text base)'를 만든다. 다음으로, 필자의 텍스트를 역시 '내용 단위'로 나누고, 각 단위들이 구조화된 방식을 '선택(select)', '연결(connect)', '조직(organize)'의 세 양상을 중심으로 고찰한다.

첫 번째 '선택'의 양상은 텍스트를 구성하는 내용 단위들이 '자료 텍스트 기저'에 속한 단위들 중 무엇을 선택한 것인가를 확인함으로써 살핀다. 특히, 필자가 '자료 텍스트 기저'에서 의미적 위계 수준이 높은 정보를 선택했는가 아닌가가 주요 고찰 대상이 된다. 두 번째 '연결' 양상은 필자가 선택한 내용 단위들을 어떻게 연결했는가를 살핀다. 독자 중심 측정 방법을 사용하여, 평가자들이 텍스트를 읽으면서 연결이 어색하다고 판단한 횟수를 산정한다. 마지막 '조직' 양상은 텍스트를 구성하는 내용 단위들이 전개된 양상을 도해로 표현한 뒤, 도해에 나타난 '내용 구조'가 무엇인지 판단함으로써 확인한다. 즉, 필자의 텍스트가 수집(collection), 인과(causal), 연대기(chronology), 반응(response), 비교(comparison)와 같은 다양한 구조 유형 중 무엇을 취하는지 밝히는 것이다.

이러한 방법론을 사용한 양적 연구들은 다음의 결과를 도출했다. Spivey & King(1989)에서는 읽기 능력 및 연령이 각기 다른 6, 8, 10학년 필자 60명이 '로데오'에 관한 3편의 자료를 읽고 구성한 정보전달적 텍스트를 분석했다. 그 결과, 읽기 능력 및 연령이 높을수록 텍스트에 나타난 '선택', '연결', '조직'의 양상이 우수하다는 사실을 밝혔다. '선택'의 측면에서 이들은 자료들에서 상호텍스트적 중요도가 높은 내용을 포함시켰다. 또한 '연결'의 측면에서는 평가자가 내용 연결이 어색한 것으로 산정한 숫자가 매우 낮았다. '조직'의 측면에서는 좀더 응집성 있고 안정된 '수집 구조' 유형의 텍스트를 구성했다.

한편, Spivey(1991)에서는 단일 화제를 다루는 자료들이 아닌, 각기 다른 화제를 다루는 2편의 자료들을 비교하는 담화 통합 텍스트의 특성을 분석했다. 30명의 대학생에게 '문어'와 '오징어'에 대한 자료들을 주고 이들에 대한 정보전달적 텍스트를 작성할 것을 요구했다. 예상할 수 있듯이, 학생들의 텍스트는 모두 '비교 구조' 유형에 속했다. 그런데 Spivey는 이를 확인하는 것에서 나아가 '비교 구조'의 다양한 하위 유형들이 생성되었음을 확인했다. 그 유형은 크게 (1) 대상(object) 중심 비교 구조와 (2) 특성(aspect) 중심 비교 구조로 나뉘며, 변형된 유형으로 (3) 공통점-차이점 범주에 포함된 특성 중심 비교 구조, (4) 거시적 특징을 포함한 특성 중심 비교 구조, (5) 거시적 특성을 포함한 대상 중심 비교 구조 등이 있다. 5개 유형 중 대부분의 필자는 (3) 또는 (4)유형의 텍스트를 작성했다. 또한 그녀는 '선택'의 측면에서 필자들이 '문어'와 '오징어'에 대한 내용을 선택하는 데 있어 양자의 균형을 맞추고자 하는 경향을 보였음도 보고했다.

국내의 경우, 양적 분석을 수행한 유일한 연구 사례로 박소희(2009)가 있다. 이 연구는 Spivey(1991)의 방법을 원용하여 중학교 2

학년 학생 66명이 작성한 담화 통합 텍스트를 분석했다. 과제는 '개미'와 '꿀벌'에 대한 자료들을 읽고 비교하는 글을 쓰는 것이었다. 연구 결과, 중학생 필자의 텍스트는 대부분 (2)또는 (3)유형으로 조직되었음이 드러났다. 단, 쓰기 능력이 '상'인 집단에서는 (1)유형의 텍스트가 나타나지 않았으며 '하' 집단에서는 (4)와 (6)[15]유형의 텍스트가 나타나지 않았다. 또한 '선택'의 측면에서는 '상' 집단의 필자들이 '개미'와 '꿀벌'의 대칭성을 고려하여 내용을 선택할 뿐만 아니라 추론을 통해 새로운 내용을 첨가하는 양상을 보였다. '연결'의 측면에서는 자료에서 전혀 연결이 되어 있지 않은 내용 단위들이 새롭게 연결되는 경우가 '상' 집단에서 다소 많이 나타났다.

한편, 담화 통합 텍스트에 대한 질적 분석을 수행한 연구도 소수지만 존재한다. Flower 외(1990)와 이윤빈·정희모(2010)가 그 사례다. Flower 외(1990)는 대학 신입생 72명의 담화 통합 텍스트에 나타난 구성 유형을 분류했다. 과제는 "동일한 화제('시간 관리')를 다루는 5편의 자료들을 해석하고 통합하여 화제에 대한 필자 자신의 글(your statement)을 쓰라."는 것이었다. 연구자들의 의도에 의해 필자가 작성해야 할 텍스트 유형이 명확히 명시되지 않은 이 과제를 받고, 필자들은 다양한 유형의 담화 통합 텍스트를 구성했다. 연구자들은 텍스트들을 비교·분석하여, 총 7개 구성 유형을 도출했다. (1) 요약, (2)

---

15) (6) 유형은 Spivey(1991)에서 제시한 5개 유형에 더하여, 박소희(2009)에서 새롭게 제안된 비교 구조 유형이다. 박소희는 이를 '공통점-차이점 범주를 포함한 특징 구성'이라고 불렀다.

검토+논평, (3) 고립된 중점, (4) 틀, (5) 통제개념을 사용한 종합, (6) 필자의 목적을 위한 해석, (7) 자유 반응이 그것이다.

이윤빈·정희모(2010)에서는 Flower 외(1990)를 참조하여, 국내 대학 신입생 30명이 작성한 담화 통합 텍스트의 구성 유형을 분류했다. 그러나 Flower 외(1990)가 제시한 7개 범주를 적용한 사전 연구를 통해, 국내 필자의 텍스트 구성 유형은 Flower 외(1990)가 대상으로 한 미국 학생들의 텍스트 유형과 다소 차이가 있음을 발견했다. 예컨대 미국 학생들에게는 빈번히 나타난 (3) 고립된 중점 유형의 텍스트는 한국 학생들에게는 발견되지 않았다. 반면, (4) 틀 유형의 텍스트는 매우 빈번히 발견됐다. 이러한 차이를 반영하고 체계화하여, 이윤빈·정희모(2010)는 수정된 구성 유형 범주를 도출했다. 이 범주는 '요약', '틀', '종합', '기타'라는 4개 상위 범주와 각 범주에 속한 7개 하위 범주로 이루어져 있다.

Flower 외(1990)와 이윤빈·정희모(2010)이 분류한 구성 유형16)은 Spivey의 방법에서 사용한 내용 구조 유형과는 차별된다. Spivey가 사용한 내용 구조 유형은 필자가 작성한 텍스트 자체의 의미가 어떠한 방식(수집, 비교 등)으로 조직화되었는가를 기준으로 분류된다. 반면, Flower 외와 이윤빈·정희모의 구성 유형은 필자가 자료들의 내용 및 지식을 구조화한 수행 방식을 기준으로 분류된다는 점에서 차이를 갖는다.

---

16) 두 연구가 제시한 각 구성 유형에 대해서는 2장에서 상세히 다룬다.

4) 선행 연구의 한계와 이 연구의 위치

이상의 연구들은 읽기와 쓰기가 복합적으로 이루어져 고찰이 어려웠던 필자의 담화 통합 글쓰기 양상에 대한 이해를 가능하게 해주었다. 그러나 다른 한편, 이 연구들은 다음과 같은 한계를 후속 연구가 극복할 몫으로 남겨두었다.

먼저, 담화 통합 글쓰기의 영향 요인을 살핀 연구들은 다양한 인지적·맥락적 요인이 수행의 질에 미치는 효과를 확인했다는 점에서 의의를 갖는다. 그러나 대부분의 연구가 어느 특정 요인이 수행에 미치는 단순 영향 관계를 살피는 데 그쳤다는 점에서 아쉬움이 남는다. 필자의 담화 통합 수행에 영향을 미치는 부분적 요인이 아닌 총체적 원인에 대한 탐구가 필요하다는 의미다. 물론, 다른 문식적 수행들과 마찬가지로 담화 통합 수행 또한 다양한 요인들의 영향을 복합적으로 받아 이루어진다. 그래서 수행의 총체적 원인을 단일하게 규정하기란 불가능해 보일 수도 있다. 그러나 수행이 일어나는 특정 맥락을 한계 범위로 설정하고, 그 안에서 필자가 해당 과제에 대해 특정한 방식으로 반응한 원인을 규정하는 것은 충분히 가능할 수 있다.

다음으로, 담화 통합 텍스트에 대한 분석 연구가 비교적 짧은 분량의 정보전달 텍스트를 분석하는 데 집중되어 있다는 점을 언급할 수 있다. 이 한계는 그 외의 텍스트를 분석할 수 있는 방법론의 부재에 의한 것이다. 담화 통합 텍스트를 분석할 수 있는 유일한 양적 방법론인 Spivey의 방법은 '명제(proposition)'를 중심으로 '내용 단위'를 구분한다. 그런데 이 단위는 매우 미시적이어서, 하나의 문장도 다수의 내용 단위로 분할된다. 따라서 분석에 소요되는 시간이 길고, 분석 절차도 복잡할 수밖에 없다. 그러나 주지하다시피 교육 현장에서 사용되는 담화 통합 과제는 필자에게 정보전달 텍스트를 쓸 것을 요구하는 데 한정되지 않는다. 특히 대학생들에게 부과되는 담화 통합 과제는 대부분 상대적으로 긴 분량의 논증적 텍스트를 쓸 것을 요구한다. 그러나 Spivey의 방법론으로는 이러한 종류의 텍스트를 분석하기 어렵다. 대학생 필자가 쓴 텍스트를 분석한 Flower 외(1990)와 이윤빈·정희모(2010)가 연구자의 질적 판단에 근거한 구성 유형을 도출하는 데 그친 것 또한 이 때문이다.

이 연구는 '과제 표상'을 통해 필자가 당면 과제를 특정한 방식으로 수행하는 원인을 탐구함으로써 첫 번째 한계를 극복하려 한다. 이때 '과제 표상'은 담화 통합 수행에 영향을 미치는 다양한 요인들 및 당면 과제에 대한 필자의 수행을 매개(mediate)하는 개념으로서 의미를 갖는다. 물론 '과제 표상' 개념을 통해 필자 수행 방식의 원인을 탐구하고자 한 연구는 이전에도 존재해왔다(Carey 외, 1989; Nelson, 1990; Flower 외, 1990; 이윤빈·정희모, 2010; 윤성진, 2011). 특히 Flower 외(1990)에서 제안한 분석 도구는 이 연구에서 필자의 과제 표상을 양적으로 점검하는 도구로 원용된다. 그러나 필자의 〈자기분석점검표〉 응답 결과를 양적 분석한 결과만으로는 '과제 표상'의 구체적인 특성을 확인하기 어렵다. 그래서 이 연구는 담화 통합 수행 과정에서 필자가 생산한 프로토콜에 대한 질적 분석을 보완한다. 이를 통해 필자가 당면 과제를 특정한 방식으로 수행한 원인으로서 '과제 표상'의 성격을 보다 상세히 드러낼 것이다.

한편, Spivey 방법론의 한계를 극복하려는 시도는 아직 이루어진 바 없다. 이 연구는 담화 통합 텍스트를 분석할 수 있는 새로운 방법론을 개발하여 사용함으로써 두 번째 한계를 극복하고자 한다. 새로운 방법론은 '명제'가 아닌 '문장'을 분석 단위로 삼음으로써 상대적으로 긴 분량의 텍스트를 분석하는 데 사용될 수 있다. 또한 각 분석 단위의 '주제'와 함께 '진술'의 유형을 살핌으로써 다양한 수사적 목적을 가진 텍스트 분석에 적용할 수 있다. 이를 통해, 선행 연구에서 연구자의 질적 판단에 의존했던 대학생 필자의 담화 통합 텍스트에 대한 보다 객관적인 분석을 시도할 것이다. 이러한 시도는 선행 연구의 방법론적 한계를 극복하고, 다양한 담화 통합 텍스트의 특성을 보다 면밀하게 이해하는 데 기여할 것이다.

3. 담화 통합 글쓰기 연구의 내용

이 연구는 담화 통합 글쓰기 연구를 위한 이론적 토대를 마련하고, 이를 바탕으로 학생 필자의 실제 담화 통합 글쓰기 양상을 고찰하는 데 목적이 있다. 이 연구는 두 단계로 구성된다. 첫 번째 단계에서는 이론적 논의를 통해 학생 필자의 담화 통합 글쓰기 수행을 살필 수 있는 방법론을 마련할 것이다. 이를 바탕으로, 두 번째 단계에서는 사례 연구를 실시하여 실제 학생 필자들의 수행 양상을 고찰한다. 대학 신입생 필자 40명이 대학의 학술적 담화 통합 글쓰기를 수행하는 양상이 고찰의 대상이 된다.

사례 연구를 통해 탐구할 구체적인 문제는 다음과 같다.

[연구문제1] 담화 종합 과제에 대한 필자들의 과제 표상의 특성은 어떠한가?

1-1. 필자들의 자기 분석을 통해 나타난 과제 표상의 특성은 어떠한가?

1-2. 필자들의 과제 표상 차이를 발생시키는 요인은 무엇인가?

[연구문제2] 필자들이 작성한 담화 통합 텍스트의 구성적 특성은 어떠한가?

2-1. 담화 통합 텍스트의 형식적·내용적·표현적 특성은 어떠한가?

2-2. 담화 통합 텍스트의 구성 유형은 어떠한가?

[연구문제3] 과제 표상과 텍스트의 관계에 따라 필자 집단을 분류했을 때, 집단별 과제 표상의 특성 및 담화 통합 텍스트의 구성적 특성은 어떠한가?

3-1. 필자의 과제 표상 유형과 텍스트의 구성 유형 간 일치도는 어떠한가?

3-2. 일치 집단에서 과제 표상 및 텍스트의 특성은 어떠한가?

3-3. 불일치 집단에서 과제 표상 및 텍스트의 특성은 어떠한가?

[연구문제1]은 대학생 필자의 과제 표상 특성을 양적으로 고찰하기 위해 설정했다. 먼저, 필자들이 〈자기분석점검표〉를 통해 응답한 과제 표상의 특성을 분석할 것이다. 〈자기분석점검표〉는 담화 통합 과제 표상을 이루는 핵심적인 특질들을 규정하고, 특질별 선택항의 목록을 제시한 것이다. 이에 대한 응답 결과를 분석함으로써 필자들의 과제 표상이 전체적으로 어떤 경향성을 갖는지 확인할 수 있다. 이후에는 다양한 필자 요인(쓰기 교육 경험, 쓰기 효능감, 쓰기 수준)에 따라 〈자기분석점검표〉에 대한 응답 결과에 차이가 발생하는지 점검할 것이다.

[연구문제2]는 대학생 필자들이 작성한 담화 통합 텍스트의 구성적 특성을 확인하기 위한 것이다. 우선, 이 연구에서 개발한 텍스트 분석법을 사용하여 필자들의 담화 통합 텍스트에 나타난 형식적·내용적·표현적 특성을 수치적으로 분석하고, 그 평균적인 특성을 확인할 것이다. 다음으로는, 텍스트 분석 결과를 기준으로 담화 통합 텍스트의 구성 유형을 분류한다.

[연구문제3]은 [연구문제1]과 [연구문제2]의 결과를 토대로 탐구된다. 대학 신입생 필자의 과제 표상 유형과 텍스트 구성 유형의 관계에 따라 필자 집단을 분류했을 때, 집단별 과제 표상과 텍스트의 구성적 특성이 어떠한지 규명하려는 것이다. 먼저, 필자의 과제 표상 유형(〈자기분석점검표〉를 통해 응답한 '구성 계획' 유형)과 텍스트의 '구성 유형' 간 일치도를 확인한다. 그리고 양자의 일치 및 불일치 관

계를 기준으로 필자 집단을 선정할 것이다. 이후에는 각 집단별 과제 표상의 질적 특성 및 텍스트의 구성적 특성을 분석한다. 필자들의 프로토콜 분석을 통해 집단별 과제 표상의 질적 특성을 살피고, 그 특성이 텍스트의 분석 결과 수치에 어떻게 반영되어 나타나는지 검토할 것이다.

이 연구의 구성은 다음과 같다.

2장에서는 필자들의 과제 표상을 고찰할 수 있는 이론적 기반을 마련한다. 먼저, 과제 표상의 개념과 성격에 대해 논의한다. 이후, 관련 연구 검토를 통해 추상적 이미지인 과제 표상이 고찰되어 온 방법 및 과제 표상과 담화 통합 텍스트의 관계가 확인되어 온 방법을 검토한다. 그리고 이 연구에서 사용할 방법론의 필요성을 제기한다.

3장에서는 담화 통합 텍스트의 구성적 특성을 밝힐 수 있는 분석 모형을 개발한다. 우선, 분석 모형 개발을 위한 기초 작업을 실시한다. 모형 개발을 위한 목표를 설정하고, 이를 위해 참조할 수 있는 기존의 텍스트 분석 방법론을 고찰한다. 선행 담화 통합 텍스트 분석 모형의 한계에 대해서도 검토한다. 이후에는 이 연구에서 제안하는 새로운 분석 모형을 분석 단위, 분석 구조, 분석 절차의 순서로 소개한다. 마지막으로, 텍스트의 구성적 특성을 확인할 수 있는 〈텍스트 전개도〉의 도해화 방법을 제시한다.

4장에서는 사례 연구의 방법과 결과를 제시한다. 대학 신입생 필자가 학술적 담화 통합 과제에 대해 갖는 과제 표상의 양적 특성, 필자들이 작성한 담화 통합 텍스트의 평균적 특성, 필자 집단별 과제 표상의 질적 특성 및 텍스트의 구성적 특성을 제시하고 분석한다.

5장에서는 논의를 요약하고, 연구의 의의와 한계를 짚어본다. 또한 이를 바탕으로 향후 담화 통합 연구의 방향에 대해 제언한다.

제2장
담화 통합 과제 표상과 텍스트의 관계

이 장에서는 담화 통합 과제 수행을 위한 필자의 '과제 표상'을 고찰할 수 있는 이론적 기반을 마련한다. 1절에서는 과제 표상의 개념과 성격에 대해 논의한다. 2절에서는 관련 연구 검토를 통해 추상적 이미지인 과제 표상이 고찰되어 온 방법, 그리고 과제 표상과 담화 통합 텍스트의 관계가 확인되어 온 방법을 검토한다. 그리고 이 연구에서 사용할 방법론의 필요성을 제기한다.

1. 과제 표상의 개념과 성격

"교실을 깨끗이 청소하라."는 교사의 과제를 서로 다른 이미지로 표상하는 두 학생이 있다고 가정해보자. 학생 A는 '깨끗한 청소'란 누군가 교실 문을 열었을 때 대체로 정돈된 인상을 받게 하는 것이라고 생각한다. 그래서 청소를 위한 목표를 책걸상의 열(列)을 맞추고, 바닥에 떨어진 휴지를 치우는 것으로 설정한다. 그의 청소 과정은 15분이 채 걸리지 않는다. A는 청소란 매우 쉬운 작업이라고 여긴다. 한편, 학생 B는 '깨끗한 청소'란 손가락으로 교실 구석구석을 만져보았을 때 먼지 한 점 묻어나지 않게 하는 것이라고 생각한다. 그의 청소 전략은 빗자루와 걸레, 왁스를 사용하여 바닥과 창문을 반짝이게 만드는 것이다. B가 청소에 할애하는 시간은 3시간 이상이다. 그에게 청소란 매우 고된 노동이다. Flower(1993)가 제시한 '세차(洗車)'의 사례를 변형한 이 간단한 예화는 사람들이 왜 동일한 과제를 부과 받고도 제각각의 결과를 야기하는가를 이해하는 출발점을 제공한다. 사람들은 자신이 해석한 대로의 과제만을 수행한다(Freire, 1970). 동일한 과제에 대한 결과물이 다양하게 나타나는 근본적인 원인은 과제에 대한 수행자의 해석, 즉 '과제 표상'이 다양하기 때문이다.

과제 표상(task representation)이란 과제 수행자가 과제의 요구사항은 무엇이며 그것을 어떠한 절차와 전략을 사용하여 수행해야 하는지에 대해 구성하는 심적 이미지(이윤빈·정희모, 2010)[1]를 말한

---

1) '과제 표상'에서 '표상' 개념은 일반적으로 통용되는 '표상' 개념과 일정한 차이를 갖는다. 일반적으로 '표상(re-presentation)'은 "하나의 대상이나 현상이 가지고 있는 특정한 측면을 일대일(1 : 1) 대응 방식으로 다르게 표현(이정모 외, 2009)"한다는 의미를 갖는다. 즉, '표상'은 외부의 실재에 대한 인간 머릿속의 현현(顯現: 나타냄)으로서 유동적이기보다는 고정적인 '지식(知識: 인식에 의해 얻어진 성과)'의 성격을 갖는다. 반면, Flower 외(1990)를 비롯한 연구자들 및 이 연구가 사용하는 '과제 표상' 개념에

다. 과제 수행자는 이 이미지에 근거하여 과제를 수행하기 때문에 과제 표상의 상이성은 곧 수행의 상이성을 야기한다.

과제 표상에 대한 연구는 본래 인지심리학 분야에서 시작되었다. 1960년대 중반 이후 인지심리학자들은 '문제 표상(problem representation)'이라는 개념을 사용하여 특정한 문제를 해결하는 데 있어서 전문가와 초보자의 수행 방식 차이를 규명해왔다(De Groot, 1965; Chase & Simon, 1973; Larkin, McDermott, Simon & Simon, 1980; Chi, Feltovoch & Glaser, 1981; Larkin, 1983; VanLehn, 1989). 이 연구들은 주로 수학과 물리학 과제에 대한 양자의 해결 방식 차이를 고찰했고, 그 결과 문제 해결을 위해 양자가 구성하는 정신적 표상이 매우 상이하다는 사실을 밝혔다. 전문가는 초보자에 비해 문제 표상 구성에 좀더 많은 시간을 투자하며, 정교한 표상을 구성한다. 초보자는 당면 문제에 대한 충분한 숙고 없이 바로 해결에 착수하여 시행착오를 겪는 경우가 많은 반면, 전문가는

서 '표상'은 이러한 일반적 의미의 '표상'보다 광범위한 의미를 갖는다. 즉, '과제 표상'에서 '표상'은 과제에 대해 필자가 일회적으로 갖는 고정적 지식의 성격을 갖지 않는다. '과제 표상'에서 '표상'은 과제(의 요구 사항 및 수행 방법)에 대해 필자가 갖는 총체적 이미지이며, 그 이미지의 유동적인 변화까지도 포괄하는 개념이다. Flower 외(1990: 35~6)는 다음과 같은 기술을 통해 이러한 '표상'의 성격을 강조했다: "우리는 과제 표상을 하나의 단순한 결정이 아니라, 작문 과정을 통해 스스로 짜여져가는 확장된 해석 활동(not as a single, simple decision, but as an extended interpretive process that weaves itself through composing)으로 보고자 한다. '과제'는, 학생들이 그것을 스스로에게 표상할 때, 그들이 수행하는 대상이다. 그러나 그 '표상'은 많은 영향들에 종속되어 있으며, 쓰기 과정에서 놀라운 방식으로 진화하기도 한다. 과제 표상 과정은 우리가 추측하는 것보다 훨씬 복잡하고, 예측 불가능하며, 강력할 수 있다."

풍부한 영역 지식(domain knowledge)에 근거하여 스스로 문제를 개념화하고, 재정의한 뒤 문제 해결에 착수한다(Larkin, 1983; 이윤빈·정희모, 2010).

한편, 작문 연구 분야에서는 1970년대 이후 인지주의 관점에 입각한 연구자들이 필자가 글을 쓸 때 형성하는 정신적 표상의 문제에 주목했다(Flower & Hayes, 1981; 1984; Witte, 1985; Bartlett, 1982; Scadamalia & Bereiter, 1983; 1987; 이아라, 2008; 정희모, 2008b). 주지하다시피 인지주의 작문 이론에서는 작문을 역동적인 의미 구성의 과정이자 위계적으로 조직된 인지적 표상을 텍스트로 번역하는 과정(박영목 외, 2003)으로 이해한다. 연구자들은 다양한 방식으로 이 인지적 표상의 실체에 접근하고자 했다. 이들은 각기 다른 명칭을 사용했으나, 텍스트로 표현되기 이전의 정신적 표상을 텍스트 구성의 주요한 밑그림으로 상정했다는 점에서는 공통된다.

그 사례를 몇 가지 일별하면 다음과 같다. 먼저, Witte(1985)는 '쓰기 전 텍스트(pre-text)'라는 개념을 사용했다. '쓰기 전 텍스트'란 "필자가 의도한 의미에 대해 갖는 시험적인 언어적 표상을 말한다. 이 표상은 필자의 정신에서 생산되는 '시험적인 발화(trial locution)'로서 필자의 기억에 저장되며, 때로는 문어 텍스트로 번역되기에 앞서 정신적으로 조정되기도 한다(Witte, 1985: 397)." Witte는 실체화되기 이전의 이 정신적 텍스트가 필자가 작성하는 실제 텍스트에 즉각적이고 직접적인 영향을 미친다고 보았다.[2]

수정(revision) 과정에서 작동하는 정신적 표상에 주목한 연구들도
있다. Scadamalia와 Bereiter(1983)는 수정 행위는 '필자가 의도한 텍
스트의 표상'과 '실제 작성된 텍스트' 사이의 불일치에 의해 촉발된다
고 보았다. 필자는 이 표상과 텍스트를 비교함(Compare)으로써 그
차이를 진단(Diagnosis) 하고 수정을 수행(Operate)[3]한다. 국내에서
는 정희모(2008)가 수정 과정에서 필자가 구현하고자 하는 이상적인
텍스트의 표상을 '목표 텍스트'라는 개념으로 고찰한 바 있다. '목표 텍
스트'란 "필자의 의도에 의해 구현하고자 하는 이상적인 텍스트의 이미
지로서, 실제로 존재하지는 않지만 수정 목표를 통해 발현되는 의식화
의 한 현상이다. 목표 텍스트는 쓰고자 하는 목적과 구현하고자 하는
내용이 분명할 때 보다 구체적으로 발현된다(정희모, 2008: 346)."

한편, Flower와 Hayes(1984)는 복합 표상 이론을 통해 작문 과정
에서 발전하는 표상의 변화 과정을 표현하고자 했다(박영목, 2008).

---

2) Witte(1985)는 '쓰기 전 텍스트'가 다음 4가지 성격을 갖는다고 보았다.
(1) 필자가 정신적으로 번역하는 '쓰기 전 텍스트'는 그가 작성한 텍스트
또는 수정한 텍스트에 즉각적이고 직접적인 영향을 미친다. (2) 필자가
번역하는 '쓰기 전 텍스트'는 필자가 작성하는 텍스트에 직접적인 영향을
미칠 수 있는 방식으로 기억에 저장된다. (3) 기억에 저장된 '쓰기 전 텍
스트'를 평가하고 수정하는 것은 실제 작성된 텍스트를 평가하고 수정하
는 기준에 근거한다. (4) '쓰기 전 텍스트'는 텍스트를 계획하는 과정에서
추상적 아이디어를 가시적 언어 형식으로 번역하는 중요한 연결고리가
된다.
3) Scadamalia와 Berieter(1983)의 이러한 수정 모형을 CDO(Compare, Dia
gnosis, Operate) 모형이라고 한다. 이영호(2012: 181)는 이 모형을 통해
'고쳐쓰기가 필자가 의도하는 텍스트 표상과 실제 표상 사이의 간극을
좁히는 실천 행위'임을 확인할 수 있다고 보았다.

이들에 따르면 필자는 작문 과정에서 자신의 머릿속에 있는 현재적 의미를 다양한 방식으로 표상한다. 처음에는 의미에 대한 감각적 지각에 불과했던 표상은 언어적 내용의 증가 수준 및 텍스트적 제약의 증가 수준에 따라 '비언어적 심상으로서의 표상', '추상적 지식망으로서의 표상', '텍스트 기저로서의 표상', '완결된 텍스트에 대한 표상'으로 점차 구체화된다.[4]

이와 같은 '문제 표상' 또는 다양한 명칭의 '정신적 표상' 개념은 작문에 대한 사회인지주의 관점이 대두되면서 '과제 표상'이라는 이름으로 새롭게 조명되었다. 알려진 바와 같이, 1980년대 중반 이후 발전한 사회인지주의 관점은 필자의 인지뿐만 아니라 그에 영향을 미치는 사회적 맥락의 역할을 강조한다. 즉, 필자의 인지적 과정이 탈(脫) 맥락적인 것이 아니며 작문이 발생하는 다양한 상황 맥락적 요

---

4) Flower와 Hayes는 이 표상들의 발전 과정을 아래 〈그림Ⅱ-1〉과 같이 나타냈다.

감각적 지각	〈언어적 내용의 증가〉 ──────────→ 〈텍스트 제약의 증가〉 ──→		완결된 텍스트
비언어적 심상	추상적 지식망	텍스트의 기저	완결된 텍스트
(심상) (구조적 관계)	(스키마) (은유) (개념) (목표)	(요지) (명제) (단어) (목표)	(요점) (줄거리) (초고) (완결된 텍스트)

〈그림Ⅱ-1〉 계획하기 과정에서 생성되는 의미 표상들
(Flower&Hayes, 1984: 131, 박영목, 2008: 70에서 재인용)

인의 영향을 받는다는 사실에 주목하는 것이다. '문제 표상'에서 '과제 표상'으로의 개념 변화는 이러한 관점의 변화를 잘 반영한다. '문제(問題, problem)'가 '해결을 요구하는 대상'을 의미한다면, '과제(課題, task)'는 '주어진 문제나 임무'를 뜻한다. 즉, 전자에 비해 후자는 그것이 주어진 특정한 맥락을 강조하는 것이다.

한편, 맥락의 강조와 함께 주목되는 것이 과제 표상의 '적합성(appropriateness)' 개념(Nelson, 1990; Flower 외, 1990; Greene, 1999)이다. '문제 표상'은 그것이 얼마나 문제를 효과적으로 해결할 수 있는 것인가에 따라 그 질(質)이 판단된다. 반면, '과제 표상'은 그것이 얼마나 과제가 부과된 맥락의 요구에 부합하는가에 따라 질이 판단된다.[5]

이처럼 '과제 표상'은 다양한 개념적 변천 과정을 겪어왔다. 이상의 과정을 통해 사회인지주의 관점에서 부각된 '과제 표상'의 성격을 다음과 같이 정리할 수 있다.

첫째, 과제 표상은 필자마다 상이하다. 설령 그 과제가 매우 명시적인 지침의 형식으로 주어졌을 때라도 말이다(Greene & Ackerman, 1995). 동일한 과제를 부과 받고도 필자마다 각기 다른 수행을 하는 것은 바로 이 과제 표상의 상이성 때문이다. 한편, 과제 표상이 필자마다 상이한 것은 그에게 영향을 미치는 인지적·맥락적 요인들이 상

---

5) 앞선 '교실 청소' 사례를 상기해 보자. '깨끗한 청소'에 대한 학생 A와 B의 서로 다른 표상은 그 자체로는 가치 우위를 따질 수 없다. 그러나 만약 다음 날 환경미화심사가 있고, 교사가 이를 대비해 '교실을 깨끗이 청소하라.'는 과제를 부과한 것이라면 상황은 달라진다. 이러한 맥락에서는 학생 B의 표상이 A의 표상에 비해 '적합한' 것으로 평가 받게 된다.

이하기 때문이라는 점도 간과해서는 안 된다.[6]

　이러한 영향 관계를 〈그림Ⅱ-2〉[7]와 같이 나타낼 수 있다. 필자에 게 영향을 미치는 맥락적 요인들(외부의 원(1))과 인지적 요인들(내부의 원(2))의 상이성은 곧 필자가 구성하는 표상((3))의 상이성으로 이어진다. 그리고 이 표상의 상이성은 곧 수행의 상이성, 즉 생산된 텍스트의 상이성을 야기한다.

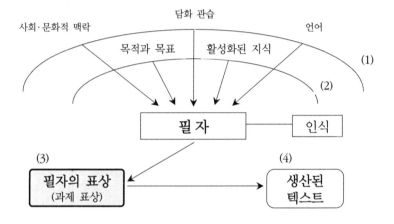

〈그림Ⅱ-2〉 '인지적·맥락적 요인들-과제 표상-생산된 텍스트'의 관계(Flower, 1987)

　둘째, 과제 표상은 필자가 과제 수행의 다양한 국면에 대한 결정들을 통합함으로써 '구성(construct)'하는 것이다. 즉, 특정 과제가 주어

---

6) 예컨대 이공계열 대학생 A와 B가 인문학 강좌에서 쓰기 과제를 부과 받았다고 해보자. A는 과거 인문학 강좌 수강 경험이 있고, 언어 능력이 우수하며, 화제 관련 지식도 풍부하다. 반면 B는 그렇지 않다. 이때 이들이 강좌에서 부과된 과제에 대해 각기 다른 표상을 갖는 것은 이들에게 영향을 미치는 각종 요인들이 다르기 때문이다.
7) 〈그림Ⅱ-2〉는 Flower(1987)에서 제시한 그림의 일부다. 전체 그림은 〈그림Ⅱ-6〉에 제시했다.

졌을 때 필자는 이미-만들어진 어떤 표상의 집합체를 선택(select)하는 것이 아니라, 당면 과제에 맞도록 새롭게 통합한 표상을 구성한다. Flower(1987)는 컴퓨터 사용의 예를 들어 이러한 구성적 성격을 설명한 바 있다. 만약 사용자가 특정 어휘를 입력하고 싶다면, 그는 프로그램의 풀다운 메뉴에 의해 제공된 선택 사항의 세트(set)로부터 자신이 원하는 명령을 각기 선택하여 통합함으로써 최종 명령을 '구성'[8]한다. 작문 과제에 대한 표상도 마찬가지다. 필자는 텍스트 구성을 위한 다양한 선택 사항들(텍스트의 형식, 문체, 목표, 전략 등)[9]에 대해 매 과제마다 각기 다른 결정을 함으로써 통합된 표상을 구성한다. 우리는 종종 과거에 수행한 바 있는 과제를 다시 수행할 때 이전과는 다른 표상을 구성하는 경험을 한다. 이는 표상을 이루는 다양한 선택 사항들 중 특정 요소들에 대한 우리의 결정이 달라졌기 때문이다.

셋째, 과제 표상은 작문 과정 전체로 확장될 수 있고, 작문 과정에서 변화할 수도 있다. 과제 표상은 필자가 처음 과제를 접했을 때 가장 활발히 구성된다. 또한 이 최초 과제 표상(initial task representation)이 대체로 수행의 성격을 결정(Carey 외, 1989)한다. 그러나 최초의 표

---

8) Flower(1987)에서는 매킨토시 사용의 예를 들었지만, 이를 '한글 프로그램'에서 어휘를 입력하는 상황으로 변환하여 살펴보자. 입력자는 '스타일', '포맷(장평, 자간)', '폰트' 등 풀다운 메뉴의 선택 사항들에 대한 다양한 선택들을 통합함으로써 다음과 같은 결과들을 구성할 수 있다: **과제 표상**(스타일: 진하게, 포맷: 100-0, 폰트: 바탕), *과제 표상*(스타일: 이탤릭, 포맷: 95-5, 폰트: 굴림), <u>**과제 표상**</u>(스타일: 밑줄, 포맷: 110-10, 폰트: 궁서) 등.

9) 2절에서 담화 통합 과제 표상에 대한 사례를 들어 이 선택 사항들의 목록을 살펴볼 것이다.

상은 작문 과정에서 다양한 문제들을 인지하고 새로운 아이디어를 환기하는 데 따라 변화할 수 있다. 예컨대 어느 학생 필자는 특정한 표상에 따라 보고서를 써나가는 과정에서 자신의 글이 평가자에게 지루하게 느껴질 수 있겠다는 문제를 인지한다. 그는 원래의 표상에 '관련된 나의 경험을 재미있게 서술하자.'는 새로운 아이디어를 환기하여 결합한다. 〈그림Ⅱ-3〉에서와 같은 표상의 수정이 일어나는 것이다.

물론 이러한 수정은 긍정적 변화만을 초래하지는 않는다. 표상의 변화는 텍스트를 분열시키는 원인이 되기도 한다(Flower, 1987). 즉, 필자의 표상 변화가 텍스트에 통일적으로 반영되지 못할 경우 시작과 끝이 다른 불분명한 텍스트가 생산될 위험도 존재한다.

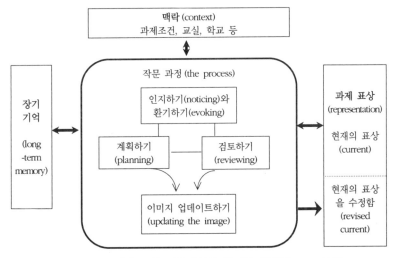

〈그림Ⅱ-3〉 과제 표상 과정에서의 인지와 환기(Flower, 1989)

마지막으로, 과제 표상은 맥락 적합성에 의해 평가 받는다. 언급한 바와 같이, 과제 표상은 그 자체의 옳고 그름이 아닌, 과제가 부과된 맥락에서의 적합성 여부에 의해 평가 받는다. 그래서 A맥락에서는 적합한 것으로 여겨졌던 표상이 B맥락에서는 부적합한 것으로 간주 되기도 한다. 예를 들어, 유학생들은 모국에서 좋은 점수를 받았던 글쓰기 방식이 해당 국가에서는 '통하지' 않아 당황하곤 한다.[10] 또한 자신의 전공에서 통용되는 글쓰기 방식대로 다른 전공 수업의 과제 를 수행했다가 낮은 점수를 받고 좌절하는 대학생들도 있다. 이들 중 상당수는 자신이 미숙한 필자라는 생각에 빠져 자신감을 상실한다. 그러나 사실상 이들은 쓰기 능력의 수준 때문에 낮은 평가를 받은 것 이 아니다. 이를 평가 받기 이전에 과제 표상의 적합성을 판단 받음 으로써 낮은 점수를 받은 경우가 대부분이다. 이처럼 과제 표상은 필 자의 수행을 특정 방식으로 이루어지게 하고, 또한 해당 수행에 대한 평가에 강력한 영향을 미친다는 점에서 매우 중요하다.

---

10) 2012년 하버드대학을 수석 졸업한 진광용 씨의 경험은 이와 관련된 흥미 로운 사례를 보여준다. "진 씨가 필립스아카데미에서 처음 제출한 에세 이 과제는 소설 독후감이었다. 진 씨는 책을 성실히 읽었다는 점을 증명 하기 위해 에세이 절반 이상을 소설의 줄거리로 채웠다. 실망스러운 점 수가 나왔다. 당시 교사는 '내가 줄거리를 알고 싶으면 직접 책을 읽지 왜 에세이를 요구했겠느냐'며 '중요한 것은 책을 어떤 시각으로 해석하고 이해했는지를 보여주는 것'이라고 충고했다. 진 씨는 몇 차례 시행착오를 겪다가 미국 방식에 적응해나갔다. (…) (이후 진씨가 쓴 인용자) 에세이 는 다른 생물학 전공자가 쓴 수많은 에세이를 제치고 교양학부 최고 에 세이로 선정돼 코넌트상을 받았고, 다음해 학부 1학년 학생들이 듣는 필 수과목의 교재로 채택됐다." (『신동아』, 2012년 7월호, pp.158~165)

2. 담화 통합 과제 표상과 텍스트의 관계

1) 담화 통합 과제 표상의 핵심 특질

과제 표상은 필자의 인지 내에서 형성되는 추상적이고 유동적인 이미지다. 필자는 과제 수행의 다양한 국면들에 대한 결정들(decisions)을 통합함으로써 이 표상을 구성한다. 전자의 사실은 필자의 과제 표상을 고찰하고 과제 표상과 텍스트의 관계를 확인하고자 하는 연구자들에게 근본적인 어려움으로 작용해왔다. 그러나 후자의 사실은 연구자들에게 일정한 방법론을 제공해주었다. 실체화하기 어려운 정신적 이미지로서 과제 표상의 실재를 규명하기란 어렵다. 그러나 그 이미지를 구성하는 주된 요소들을 포착함으로써 그 실재의 윤곽을 가늠하는 일은 가능하다.

따라서 과제 표상을 고찰하고자 한 연구들은 과제 표상을 구성하는 다양한 결정들, 즉 표상의 핵심 특질들을 규정하려는 노력을 경주해왔다. 규정을 시도한 주목할 만한 연구로는 Carey 외(1989)와 Kantz(1989), 그리고 Flower(1987)과 Flower 외(1990)가 있다.

먼저, Carey 외(1989)[11]는 필자가 계획하기 단계에서 구성하는 최초 과제 표상(initial task representation)의 성격을 검토했다. 그리고 이 최초 과제 표상이 필자가 작성한 텍스트의 질(質)과 갖는 관계도 확

---

11) Carey 외(1989)에 대한 소개는 이윤빈·정희모(2010)의 일부를 보완한 것이다.

인했다. 연구자들이 사용한 과제는 "청소년 잡지 〈세븐틴〉에 자신의 직업에 대해 설명하는 글을 쓰시오."(4)라는 것이었다. 이들은 글쓰기 숙련도와 경험에서 편차가 있는 12명의 필자들에게 과제 수행 과정에서 떠오른 생각들을 사고 구술(think-aloud)하게 했다. 이후, 첫 문장을 작성하기 직전까지 필자들이 구술한 프로토콜을 전사하여, 절(節) 단위로 나누어 범주화12)했다. 그리고 이 중 '계획하기' 범주에 속하는 프로토콜을 대상으로 필자가 구성한 최초 과제 표상의 성격을 고찰했다. 그 결과, 이들은 필자들의 프로토콜로부터 최초 과제 표상을 구성하는 5가지 핵심 특질들을 발견했다. 〈표Ⅱ-1〉이 그것이다.

〈표Ⅱ-1〉 Carey 외(1989)가 규정한 '최초 과제 표상'의 5가지 핵심 특질

핵심 특질	내용
1. 내용(content)	텍스트에 어떤 정보를 포함시킬 것인가?
2. 형식(form)	정보를 어떻게 조직할 것인가?
3. 독자(audience)	독자(의 특성, 태도, 관심 등)에 대해 어떻게 규정할 것인가?
4. 테마(theme)	필자의 수사적 목적 또는 텍스트의 초점을 어떻게 규정할 것인가?
5. 기타 목표들 (other goals)	1~4 외에 어떠한 목표들을 설정할 것인가? (ex. 어조, 표현 등의 선택)

Carey 외는 이 핵심 특질들을 중심으로 능숙한 필자와 미숙한 필자들의 표상을 고찰했다. 그리고 다음과 같은 결론을 내렸다. 첫째, 글쓰기 과제에 대한 필자들의 최초 과제 표상은 그 양과 질이 매우 상이하다. 둘째, 최초 과제 표상의 양과 질은 필자가 생산하는 최종

---

12) 다음 4개 범주로 분류했다. (1) 과제 설명을 읽기/패러프레이즈 하기, (2) 수행의 목표를 세우기/논평하기, (3) 과제와 관련된 상위(meta)-논평하기, (4) 계획하기. 이 중 Carey 외(1989)에서는 '계획하기'로 분류된 프로토콜에 주목했다.

텍스트의 질에 상당한[13] 영향을 미친다. 셋째, '텍스트 질 점수'를 높게 받은 능숙한 필자들은 낮은 점수를 받은 미숙한 필자들에 비해 '수사적 과제 표상(rhetorical task representation)'을 구성하는 경향이 있다.

여기서 '수사적 과제 표상'이란 〈표Ⅱ-1〉에 나타난 5가지 특질을 골고루 고려함으로써 필자가 만들어내는 "과제에 대한 하나의 일관성 있는 해석(a coherent theory of the task) (89)"[14]을 의미한다. Carey 외에 따르면, 능숙한 필자들은 주로 '테마'에 대한 명확한 표상을 중심으로 다른 특질들에 대한 고려를 균형 있게 통합하는 경향을 보인다. 반면, 미숙한 필자들의 표상은 핵심 특질 중 주로 '내용' 부문을 고려하는 경향을 보인다. 이들의 표상은 대체로 화제와 관련하여 무작위로 떠올린 생각(내용)들로 이루어져 있다. 형식, 독자, 테마, 기타 목표들에 대한 고려는 매우 불분명하게 나타나거나 아예 나타나지 않는다.

Carey 외(1989)는 추상적이고 유동적인 이미지라는 이유에서 제대로 검토되지 못했던 과제 표상을 그 핵심 특질들을 규정함으로써 고

---

13) 이 실험에서 과제 표상의 양은 '계획하기' 범주에 속하는 프로토콜 절의 개수로, 과제 표상의 질은 연구에서 마련한 별도의 평가 척도를 사용한 점수로 측정했다. 이때 과제 표상의 양과 최종 텍스트의 질 점수(총체적 평가 점수로 측정)는 .655의 상관을, 과제 표상의 질과 텍스트의 질 점수는 .874의 높은 상관을 나타냈다.

14) Carey 외(1989)는 '수사적 과제 표상'의 조건을 다음 3가지로 규정했다: (1) 풍요로운 수사적 목표들을 가질 것(〈표Ⅱ-1〉에서 제시한 모든 특질들을 고려할 것), (2) 하나의 수사적 목적 하에 통합될 것, (3) 당면한 특정 과제를 위한 것일 것.

찰한 의미 있는 시도다. 연구자들은 글쓰기 과제에 대해 필자가 구성하는 표상의 상이성과 중요성을 부각시켰다. 특히 '수사적 과제 표상'이라는 개념을 통해 능숙한 필자와 그렇지 못한 필자의 표상 차이를 규명하고자 했다는 점에서 의의가 있다.

그러나 Carey 외(1989)는 몇 가지 한계도 갖는다. 첫째, 이 연구는 과제 표상을 구성하는 핵심 특질들을 단순히 범주화하는 데 그쳤다. 필자들의 최초 과제 표상이 주로 '어떤' 특질에 대한 고려를 포함하고 있는지는 밝혔지만, 이들이 해당 특질을 구체적으로 '어떻게' 표상하는지 그 다양한 결정들의 양상을 제시하지는 못했다는 뜻이다. 둘째, 과제 표상과 텍스트의 관계를 살피기 위해 단지 '텍스트 질 점수'만을 사용했다. 과제 표상의 특성이 텍스트의 구체적인 양상에 어떻게 반영되는가는 이들의 관심사가 아니었다. 또한 이 연구에서 사용한 것은 담화 통합 과제가 아니었다. 자료 읽기를 전제로 한 과제와 그렇지 않은 과제에 대한 표상은 근본적인 차이를 가질 수밖에 없다. 그러므로 Carey 외(1989)가 규정한 과제 표상의 핵심 특질들을 이 연구에서 차용하기에는 무리가 있다.

한편 Kantz(1989)는 담화 통합 과제를 사용하여 필자들의 표상을 검토했다. 그녀는 대학 신입생 대상 〈글쓰기〉 교실에서 학생들이 제출하는 보고서의 질이 제각각인 원인을 밝히고자 했다. 그래서 신입생 필자 8명에게 담화 통합 과제를 부과하고, 수행 과정에서 이들이 녹음한 프로토콜 및 텍스트를 분석했다. 과제는 "부과한 8편의 자료를 이용하여 공학계열 학생들이 '창조적인 글쓰기'를 할 수 있도록 돕는 글을 쓰시오."(19)라는 것이었다. 이때 8편의 자료는 글쓰기에 대한 다양한 조언을 담고 있는 것이었고, '창조적 글쓰기'라는 구체적인 화제와는 직접적인 관련을 맺고 있지 않았다.

분석을 통해 Kantz는 필자들의 담화 통합 과제 표상이 〈그림Ⅱ-4〉와 같은 일련의 결정들로 구성되어 있다고 보고했다. '문제 정의', '필자의 수사적 위치 결정', '자료 텍스트의 선택', '자료 텍스트의 용도 결정', '구성 계획', '형식 선택'이 그것이다.

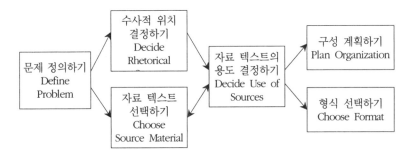

〈그림Ⅱ-4〉 Kantz(1989)가 규정한 담화 통합 과제 표상의 6가지 핵심 특질

〈그림Ⅱ-4〉를 보면 '문제 정의'로 시작되는 각 결정들은 화살표로 연결되어 있다. Kantz는 담화 통합 과정에서 필자가 내리는 선행 결정이 뒤따르는 결정들을 제약(constraint)한다는 사실을 나타내기 위해 이와 같이 표현했다. 만약 하나의 결정이 불분명하거나 맥락에 적합하지 않게 내려진다면, 이는 뒤따르는 결정들에 영향을 미침으로써 텍스트 구성에 문제를 야기한다.

여기서 특히 주목되는 것은 필자의 '수사적 위치(rhetorical stance)' 개념이다. '수사적 위치'란 본래 Booth(1963)가 사용한 용어로, "필자가 상정하는 독자들에 대한 자신의 역할"을 뜻한다. Kantz는 담화 통합을 수행하는 필자가 이를 어떻게 상정하느냐에 따라 자료 텍스트를 제시하는 방법, 그리고 독자와 자료 텍스트 사이의 틈(gap)을 메우기 위해 자신의 지식을 사용하는 방법이 달라진다고 보았다. 그녀에 따르면 담화 통합 텍스트의 질은 바로 이 '수사적 위치'의 설정에 의한 자료 및 지식 제시 방법에 의해 결정된다.

필자에 따라 달라지는 결정들을 보이기 위해, Kantz는 상위 필자 2명과 하위 필자 1명의 사례를 제시했다. 이중 상위 필자 Sam과 하위 필자 Dan의 사례를 일별해보자. 먼저, Sam은 자신의 '수사적 위치'를 '독자들을 설득하는 사람'으로 설정했다. 즉, '창조적 글쓰기'를 낯설고 어렵게 생각하는 공학계열 학생들에게 "일정한 과정에 따라 글을 쓰면 창조적인 글쓰기가 즐거운 일이 될 수 있다."고 설득하고자 한 것이다. 이러한 Sam의 주장은 8편의 자료에는 나타나 있지 않은 것이었다. 그래서 그는 자료를 선택하고 변형할 때 자신의 지식을 우선시하고, 자료의 내용은 이를 보조하는 것으로 사용했다. 또한 필자의 수사적 위치를 효과적으로 드러내기 위한 텍스트 형식을 택했다. Sam의 텍스트는 '창조적 글쓰기 방법 및 절차'를 중심으로 그 효용성을 논증하는 방식으로 작성됐다.

반면, Dan은 자신의 수사적 위치를 매우 불분명하게 설정했다. 그의 위치는 대체로 '자료 내용을 요약하여 전달하는 사람'에 가까웠지만, 그것은 명확한 의도에 의해 설정된 것은 아니었다. Dan은 뚜렷한 목적 없이 자료들을 요약해서 나열했다. 이때 이용된 자료들은 필자의 의도에 의해 통제되지 못하고 상호 충돌하는 내용들을 포함하고 있었다. 그 결과, Dan의 텍스트는 모순되는 조언들을 일관된 구조 없이 나열하는 방식으로 구성됐다.

Kantz(1989)는 필자의 담화 통합 과제 표상을 구성하는 일련의 결정들을 유기적으로 제시하고자 했다는 점에서 의미를 갖는다. 특히 필자에 따라 상이하게 설정되는 '수사적 위치'가 텍스트의 질에 결정적인 영향을 미친다는 사실을 밝히고, 그 구체적 사례를 제시했다는 점에서 성과가 크다.

그러나 Kantz(1989)에도 몇 가지 한계가 존재한다. 첫째, Kantz가 규정한 6가지 핵심 특질의 개념적 층위가 불분명하다는 점을 들 수 있다. 예를 들어 '구성 계획'은 자료 내용 및 필자 지식을 조직화하는 방법에 대한 것으로서, 이 개념 안에 '자료 용도 결정'이 포함된다고 볼 수 있다. 둘째, 핵심 특질들이 과연 화살표의 방향에 따라 결정되는 것인가에 대해서도 의문이 제기될 수 있다. 제시된 각 결정들은 하나의 결정이 끝난 뒤 다음 결정이 시작되는 순차적 단계들로 보이지는 않는다. 그보다는 각 결정들이 동시적 또는 회귀적으로 이루어진다고 보는 것이 더욱 타당하다. 셋째, 필자의 표상에서 핵심 특질들이 결정되는 양상을 제시했지만 그 사례수가 매우 제한적이었다는 점도 언급을 요한다. 상위 필자 2명과 하위 필자 1명의 사례만으로 핵심 특질별 결정들의 양상을 구체적으로 이해하기에는 무리가 있다. 또한 Carey 외(1989)와 마찬가지로 과제 표상과 텍스트의 관계를 '텍스트 질 점수'를 통해서만 고찰했다는 점도 아쉬움을 남긴다.

Carey 외(1989)와 Kantz(1989)의 한계를 염두에 둘 때 주목되는 것이 Flower (1987)와 Flower 외(1990)의 성과다. Flower(1987)는 인지주의 관점을 제시한 대표적 연구자인 Flower의 교실 실험에서 시작된 탐색적 연구(exploratory study)다. 한편 Flower 외(1990)는 Flower(1987)의 성과를 토대로 한 대규모 협력 연구15)의 결과물이다. 연구자들의 초점은 대학 신입생들의 담화 통합 수행을 "인지적이면서 동시에 사회적 과정으로서의 글쓰기(writing as both a cognitive and social process)"로 조명하는 데 있었다. 이제까지 인지주의 관점에서 글쓰기를 고찰했던 연구자들이 '필자의 인지(cognition)'를 그것이 놓인 '사회적 맥락(context)' 안에서 새롭게 살피고자 한 것이다. 이때 자신이 과제를 수행하는 '맥락'을 표상하는 필자의 '인지'가 바로 과제 표상이다. 요컨대 Flower 외(1990)에서 '과제 표상'은 인지주의 관점의 연구자들이 사회 인지주의로 관점을 확장하는 데 있어 중심으로 삼은 개념이라고 할 수 있다.

Flower(1987)와 Flower 외(1990)는 Carey 외(1989)와 Kantz(1989)

---

15) 이 협력 연구에는 Flower를 비롯하여 Stein, Ackerman, Kantz, McCormick, Peck, Nelson, Schriver 등이 참여했고, 버클리와 카네기멜론대학의 합동연구 센터 연구자들도 협력했다. 이 과정에서 Spivey, Rose, Witte 등이 개입했다.

가 노정한 한계를 상당 부분 극복하고 있다. 그래서 담화 통합 과제 표상을 고찰하고, 과제 표상과 텍스트의 관계를 확인하기 위한 효과적인 방법론을 제시한다. 현재로서 학생 필자의 담화 통합 과제 표상을 살핀 유일한 국내 연구인 이윤빈·정희모(2010) 또한 이 연구들의 방법론을 차용했다. 우리의 연구는 Flower(1987)와 Flower 외(1990), 그리고 이윤빈·정희모(2010)에서 사용한 방법론을 기반으로 하되 그 한계를 보완하고자 한다. 그러므로 그 바탕이 되는 연구들을 좀더 구체적으로 살펴볼 필요가 있다.

먼저, Flower(1987)를 검토해보자. 이 연구는 대학의 학술적 담화 통합 과제에 대한 필자의 표상을 살피기 위해 수행되었다. 다양한 수준의 과제 표상을 고찰하기 위해, Flower는 저학년과 고학년의 학부생 필자들과 석사과정 및 박사과정 필자들을 연구 대상으로 삼았다. 이들에게 학술적 담화 통합 과제를 부과하고, 수행 과정에서 구술한 프로토콜을 분석했다.

이때 Flower가 학술적 담화 통합 과제라고 부른 것은 다음과 같았다. "특정 화제('수정(revision)')에 대해 다양한, 때로 상호 충돌하는 견해들을 보이는 자료들을 읽고, 해석하고, 이를 통합적으로 이용하여, 화제에 대한 필자 자신의 글(your statement)을 쓰"(1987: 74~5)는 것이다. Flower에 따르면 이 과제는 소위 '학술적 글쓰기'로 불리는 대학에서의 글쓰기가 요구하는 사항들을 모두 포함하고 있다. 대학에서의 학술적 글쓰기들은 그 세부적 형태가 다양하지만, 공통적으로 다음 두 사항을 요구한다. 하나는 다양한 자료 읽기를 통해 진행 중인 담론을 이해하고 해석하는 것이다. 이때 진행 중인 담론에는 상호 모순되거나 충돌하는 다양한 주장이 포함된다. 다른 하나는 진행 중인 담론에 대한 이해를 바탕으로 필자 자신의 견해나 주장을 제시하는 것이다. Flower는 이를 "정해진 답이 없고(open-ended), 명확한 수행 지침을 제공하지 않으며, 필자에게 많은 것을 요구하는 전형적인 과제"(42)라고 보았다.

학부생 및 대학원생 필자들은 이 과제를 매우 다양한 방식으로 표상하고 수행했다. 이들로 하여금 프로토콜을 분석하여 "나의 수행 과정에 나타난 흥미로운 특성들"(41)을 발표하게 했을 때 Flower와 학생들은 모두 놀랐다. 과제를 부과한 교수자는 학생들이 학술적 글쓰기의 "표준적인"(36) 방식으로 이를 수행할 것을 기대한 데 반해, 학생들은 매우 다양한 방식으로 교수자의 눈에 "잘못된"(36) 것으로 보이는 수행을 했기 때문이다. Flower는 이들을 "'과제가 요구하는 것을 잘 하고 있다.'고 굳게 믿으며 서로 다른 북소리에 맞춰 행진하는 한 무리의 필자들"(36)이라고 표현했다.

Flower는 이들의 프로토콜을 분석했다. 이를 통해 담화 통합 과제 표상을 구성하는 핵심 특질들 및 특질별 다양한 선택항들의 목록(options of decision)을 도출했다. 그 결과가 〈그림Ⅱ-5〉다.

주요 정보원	텍스트의 형식 및 특성
- 자료 텍스트 - 자료 텍스트 + 논평 - 선행 지식 - 선행 개념 + 자료 텍스트	- 노트/요약 - 요약 + 견해 - 표준적인 학교 주제 - 설득적 에세이

글쓰기를 위한 구성 계획
- 읽기 자료들을 요약하기
- 화제에 대해 반응하기
- 검토하고 논평하기
- 통제 개념을 사용하여 종합하기
- 나 자신의 목적을 위해 해석하기

전략들	그 밖의 목표들
- 요지를 목록화하기 - 요지를 목록화하고 논평하기 - 도약대로서 읽기 - 내 자신의 언어로 말하기 - 훑어 읽고 반응하기 - 조직을 위한 아이디어 찾기 - 여러 부문으로 나누기 - 독자의 요구를 위해 선택하기 - 나 자신의 목적을 위해 이용하기	- 자료를 이해했음을 드러내기 - 하나 이상의 좋은 아이디어 얻기 - 무엇을 배웠는지 드러내기 - 흥미로운 내용을 제시하기 - 최소의 노력으로 신속히 끝내기 - 요구된 분량 충족시키기 - 나 자신의 경험을 검증해보기 - 모든 핵심 사항을 다루기 - 개성적이고 창의적이기 - 나 자신을 위해 학습하기 - 독자에게 영향 주기 - 내가 이미 알고 있는 것 검증하기

〈그림 II-5〉 Flower(1987)가 규정한 담화 통합 과제 표상의 핵심 특질

〈그림 II-5〉는 5가지 핵심 특질을 보여준다. 이중 '주요 정보원', '텍스트의 형식 및 특성', '글쓰기를 위한 구성 계획'은 과제 표상을 구성하는 1차적인 주요 특질이다. 그리고 '전략들'과 '그 밖의 목표들'은 주요 특질에 따라 부가적으로 생성되는 특질이다. 또한 각 특질별로 나열된 항목들은 필자들이 결정하는 다양한 선택항들이다. 필자는 전자의 특질들에 대해서는 각각 하나의 선택항을 취하지만, 후자의

특질들에 대해서는 복수의 선택항을 취한다. 그리고 이 선택항들의 통합체가 그의 과제 표상이다.

먼저, '주요 정보원'은 어떤 정보를 텍스트에 포함시킬 것인가에 대한 선택항들을 보여준다. 필자는 자료 내용만을 사용하여 텍스트를 구성할 수도 있고, 반대로 자신의 선행 지식만으로 텍스트를 구성할 수도 있다. 또한 자료 내용을 전면화하고 이에 대한 논평을 부차적으로 포함시키거나, 선행 지식을 전면화하고 자료 내용을 보조적으로 사용할 수도 있다.

다음으로 '텍스트의 형식 및 특성'은 정보를 어떤 형식으로 배열할 것인가에 대한 선택항들을 나타낸다. 필자는 자료 내용을 옮겨 쓴 노트 또는 요약의 형식으로 텍스트를 구성할 수도 있고, 여기에 자신의 견해를 포함시킬 수도 있다. 한편 '표준적인 학교 주제(standard school theme)'나 '설득적 에세이'를 선택할 수도 있다. Flower는 이 두 용어를 상호 대조적인 것으로 사용했다. '설득적 에세이'는 필자의 주장을 논증하는 형식을 지칭한다. 대체로 도입부에서 필자의 주장을 명확히 제기한 뒤 텍스트의 나머지 부분에서 이를 논증한다. 반면, '표준적인 학교 주제'는 설명적 보고서 형식에 가깝다. 서론-본론-결론으로 이루어지며 전달하고자 하는 분명한 주제가 존재하지만, 그것이 필자의 주장은 아니다.

'글쓰기를 위한 구성 계획'은 읽은 내용과 쓸 내용을 어떻게 구조화할 것인가에 대한 선택항들을 보여준다. 이는 과제 표상에서 가장 중심이 되는 특질로서, 필자가 읽기로부터 쓰기로 이동하는 과정 전체를 주도한다. 필자는 이 구성 계획에 의해 '읽기' 수행에서 자료 내용에 선별적으로 주목하며, 또한 '쓰기' 수행에서 일관된 논리를 담지할 수 있다. 독자 역시 필자가 어떤 구성 계획에 따라 텍스트를 작성했는가에 따라 텍스트의 도입부, 전환부, 결론 등의 지점에서 각기 다른 신호들(signs)[16]을 인지하게 된다. 요컨대 필자의 구성 계획에 따라 그의 읽기 및 쓰기 과정이 달라지며, 이는 다시 결과물인 텍스트의 상이성을 야기한다.

Flower는 필자들의 프로토콜을 분석함으로써 상호 변별되는 5가지의 구성 계획을 발견했다. 첫 번째는 '요약하기' 구성 계획으로, 자료들의 내용을 요약하여 병렬적으로 나열하는 것이다. 이때 필자의 견해나 지식은 배제된다. 두 번째는 '화제에 대해 (자유롭게)[17] 반응하기' 계획으로, '요약하기'와 반대되는 것이다. 필자는 자료 내용과 상관없이 화제에 대한 자신의 생각을 중심으로 텍스트를 작성한다.

---

16) 만약 필자가 주장을 논증하는 '목적 해석' 계획에 따라 텍스트를 작성했다면, 그의 텍스트에는 독자가 논증 구조를 인지할만한 '신호들'이 포함되게 된다. 예컨대 '나는 A제도의 폐해에 모두가 주목해야 한다고 생각한다.'는 주장을 제시했다면 독자들은 뒤따르는 '첫째', '둘째', '셋째'와 같은 표현이 주장에 대한 이유 및 근거를 제시하는 것이라고 예측할 수 있다. 또한 '혹자는 A제도가 많은 장점을 가졌다고 주장하기도 한다.'와 같은 서술이 나온다면 독자는 이제 곧 예상반론에 대한 재반론이 펼쳐질 것이라고 인지할 수 있다.

17) Flower(1987)에서는 '화제에 대해 반응하기'라고 명명했으나, Flower 외(1990)에서는 '화제에 대해 자유롭게 반응하기(free response to the topic)'로 명칭을 수정했다.

이 계획은 때로 매우 독창적인 텍스트를 생산해낸다. 그러나 자료 내용과 필자 지식의 '통합' 과정을 생략하고 과제를 단순화했다는 점에서 '빗나간' 계획이다. 세 번째 계획은 '검토하고 반응하기'다. 자료들의 내용을 요약적으로 검토하고 그에 대한 필자의 반응(견해 또는 감상)을 덧붙이는 것이다. 이상의 세 가지 계획은 학생 필자들이 자주 사용하기는 하지만 학술적 담화 통합 과제에 대한 것으로는 상당히 부적합한 것이라고 할 수 있다.

네 번째는 '통제 개념을 사용하여 종합하기'(이하 '종합하기') 계획이다. '통제 개념(controlling concept)'이란 자료와 필자의 생각을 통괄하는 개념[18]이다. 이 개념을 사용함으로써 필자는 자료와 자신의 생각을 하나의 의미 있는 총체로 만들 수 있다. '종합하기' 계획을 사용하는 필자들은 자료들을 읽을 때 이를 하나로 꿰어내거나 재창조할 수 있는 맥(脈)을 찾는다는 점에서 '요약하기' 또는 '검토하고 반응하기' 계획자들과 구별된다. 또한 자료 내용 중 최소 몇 가지를 자신의 생각과

---

18) Flower는 '통제 개념'의 특성을 다음 세 가지로 정리했다: (1) 독자는 이 개념을 텍스트에서 분명히 발견할 수 있다. (2) 상당량의 아이디어를 내포하고 있어서 텍스트 전체를 지배한다. (3) 필자가 글쓰기 과정에서 정보를 선택하고 전체 텍스트를 조직하는 개념으로 작용한다. 특히 이 개념에 의해 텍스트의 화제 구조가 통제된다. 이윤빈·정희모(2010: 474)에서는 '통제 개념'의 사례로 다음을 들었다: 한 필자는 '사이버 정체성'에 대한 자료들의 내용과 자신의 생각을 통합하기 위해 '가면무도회'라는 개념을 사용했다. 자료들에서 논의한 가변적 정체성을 '가면'에 비유함으로써 사이버 정체성에 대한 기존의 비판적 논의에 자신의 생각을 통합하고자 한 것이다. 이 개념은 그가 읽기 자료의 내용을 선별하고 텍스트를 구성하는 과정 전반을 지배했다.

종합한다는 점에서 '화제에 대해 (자유롭게) 반응하기' 계획자들과도 구별된다. 이 계획은 상당한 인지적 비용을 요구하며, 학술적 글쓰기를 할 때도 자주 이용된다. 그러나 어디까지나 다양한 정보를 수합하여 전달(conveying information)하는 데 목적을 둔다. 학술 논문을 예로 든다면 필자의 주장을 제시하는 본론에서가 아닌 서론의 문헌 검토 부문을 쓸 때 이용할 수 있는 계획이라고 하겠다.

다섯 번째가 '목적을 위해 해석하기'(이하 '목적 해석') 계획이다. 필자가 창안한 특정한 목적을 위해 자료들을 해석하고, 해당 목적을 실현하는 방식으로 텍스트를 구성하고자 하는 계획이다. 이때 필자의 '특정한 목적'이란 '정보 전달'을 넘어서는 것으로서 대체로 필자의 주장을 논증하는 것이 된다. 필자는 자신의 목적을 실현하기 위해 정보를 변형하며, 이 과정에서 비판적 문식성이 매우 중요하게 요구된다. 이 계획은 학술적 글쓰기를 할 때 가장 보편적으로 이용된다. 대학 신입생 대상 〈글쓰기〉 교실에서 담화 통합 과제를 부과하는 교수자가 학생들이 사용하기를 기대하는 계획이기도 하다.

이제까지 살펴본 '주요 정보원', '텍스트의 형식과 특성', '구성 계획'은 과제 표상을 구성하는 1차적인 특질들이다. 이 특질들은 상호 결합하여 필자가 구성할 텍스트의 전체적인 윤곽을 결정한다. 한편, '전략들'과 '기타 목표들'은 해당 텍스트를 실현하기 위한 과정에서 다양하게 선택되는 것이다. 예컨대 동일하게 '요약하기' 계획을 표상한 필자들이라도 각기 다른 전략들과 목표들을 설정할 수 있다. 예컨대 A

필자는 세부 목표를 '자료를 이해했음을 드러내기'로 설정할 수 있지만, B필자는 '최소 노력으로 신속히 끝내기'와 '요구된 분량 채우기'라는 목표들을 설정할 수도 있다는 뜻이다.

Flower가 제시한 담화 통합 과제 표상의 핵심 특질 목록은 상당한 유용성을 갖는다. 첫째, 이 목록은 다른 맥락에서 유사한 과제를 수행하는 필자들의 표상을 고찰하는 도구로 사용될 수 있다. 이 목록은 저학년과 고학년의 학부생 필자들, 석사과정 및 박사과정 필자들 다수의 과제 표상을 고찰함으로써 도출된 것이다. 그래서 학생 필자들의 담화 통합 과제 표상을 구성하는 대부분의 선택항들을 포함하고 있다. 그러므로 이와 유사한 과제를 수행하는 학생 필자들에게 이 목록을 제시하고, 자신이 어떤 선택을 했는지 응답하게 함으로써 필자들이 구성한 표상의 경향성을 고찰하는 것이 가능하다.

둘째, 이 목록은 필자들의 과제 표상을 조정하는 교육적 도구로도 사용될 수 있다. 맥락에 부적합한 과제 표상을 구성하는 필자들은 자신의 것과 다른 대안적 표상이 존재한다는 사실 자체를 인식하지 못할 때가 많다. 그래서 이들에게 다양한 표상들이 존재함을 알려주고, 자신의 표상을 맥락에 적합한 표상과 비교해보게 함으로써 교육할 수 있다.

Flower 외(1990)는 이와 같은 Flower(1987)의 성과를 바탕으로 설계되었다. 연구자들은 카네기멜론 대학의 신입생 72명을 대상으로 실험 연구를 실시했다. 과제는 Flower(1987)의 것과 동일한 형식으로 부과됐다. "'시간 관리'에 대해 각기 다른 견해를 보이는 5편의 자료들을

읽고, 해석하고, 이를 종합적으로 이용하여, 화제에 대한 필자 자신의
글을 쓰"(26)라는 것이었다.

Flower(1987)가 필자들의 다양한 과제 표상을 고찰하는 데 목적을
두었던 반면, Flower 외(1990)의 목적은 필자들에게 '과제 표상 교육'
을 실시한 뒤 그 효과를 살피는 데 있었다. 연구자들은 우선 72명의
신입생이 별도의 교육을 받지 않았을 때 담화 통합 과제를 표상하고
텍스트를 구성하는 양상을 살폈다. 이후 이들을 실험집단과 통제집
단으로 나누어 실험집단에게만 '과제 표상 교육'을 실시했다. 그리고
각 집단이 수정고를 작성할 때 표상 및 텍스트가 변화된 양상을 검토
했다.

이때 Flower(1987)의 목록은 학생들이 구성한 표상의 경향성을 고
찰하는 도구이자 이들이 맥락에 적합한 표상을 갖도록 교육하는 도
구로 사용되었다. 연구자들은 이 목록을 토대로 〈자기분석점검표(Self
-Analysis Checklist)〉를 만들고, 이를 사용하여 '과제 표상 교육'을 실
시했다. 또한 점검표의 응답 결과를 토대로 학생들이 구성한 표상의
경향성을 분석했다.

실험집단에게 실시한 '과제 표상 교육'은 교수자의 강의와 학생들의 〈자
기분석점검표〉 작성으로 이루어졌다. 〈자기분석점검표〉는 Flower(1987)의
목록을 〈부록5〉19)에서 볼 수 있는 표로 만든 것으로서, 학생들이 과제

---

19) 〈부록5〉의 점검표는 Flower의 원본에 이윤빈·정희모(2010)의 결과를 반
영하여 약간의 수정을 가한 것이다. 원본에는 '구성 계획' 부문이 5개 항
목으로 이루어져 있으나, 〈부록5〉에는 이에 '틀 세우기' 항목이 추가되어

표상을 구성하는 핵심 특질별 다양한 선택항들을 인지하고 자신의 선택을 점검할 수 있게 했다. 교수자는 이 점검표를 배부한 뒤 학생들에게 과제 표상의 다양성에 대해 설명했다. 그리고 스스로의 표상을 점검하게 한 후 "'목적을 위해 해석하기' 계획을 사용하여 수정고를 작성하라."는 수정 지침을 주었다. 그리고 수정고 작성 이후 다시 한 번 점검표를 작성하게 함으로써 표상의 변화를 점검했다. 반면, 통제집단 학생들에게는 초고 작성 이후 "초고가 더 나아지도록 수정하라."는 지침만을 주고 별도의 교육을 실시하지 않았다. 이들의 과제 표상은 실험이 끝난 후 〈자기분석점검표〉에 응답하게 함으로써 점검했다.

실험 결과 연구자들이 일차적으로 확인한 사항은 다음과 같았다. 첫째, 별도의 교육을 받지 않았을 때 신입생들은 동일한 담화 통합 과제에 대해 매우 다양한 표상을 구성한다. 특히 '요약하기' 구성 계획을 가장 빈번히 표상했다. 둘째, 과제 표상 교육을 받은 실험집단 학생들은 수정고를 작성할 때 상당한 표상 변화를 보였다. 이들은 수정 조언에 따라 '목적을 위해 해석하기' 계획을 표상하고 수행했다고 답했다. 반면, 통제집단의 과제 표상에는 근본적인 변화가 일어나지 않았다. 이는 물론 놀라운 결과가 아니다. 교육을 통해 실험집단 학생들의 표상을 조정했기 때문이다. 이 결과는 대학 신입생들이 학술적 담화 통합 과제에 대해 대체로 다양하게 '부적합한' 표상을 구성한

___

총 6개 항목으로 구성되어 있다.

다는 사실, 그리고 이들을 교육함으로써 과제 표상을 상당히 변화시킬 수 있다는 사실을 확인시켜 준다.

그런데 아직 확인을 요하는 보다 중요한 문제가 남아있다. 그것은 과연 학생들의 과제 표상 변화가 텍스트의 변화로 실현되었는가의 문제다. 이는 Carey 외(1989)나 Kantz(1989)에서처럼 텍스트의 질 점수를 살피는 것만으로 확인되지 않는다. 텍스트가 구성된 구체적인 양상을 살펴 이를 필자의 과제 표상과 대조함으로써만 확인될 수 있다. 앞선 연구들과 달리, Flower 외(1990)는 이 확인 작업을 수행했다. 이제 그 방법을 살펴보자.

2) 담화 통합 텍스트의 구성 계획과 텍스트의 구성 유형

앞서 살펴본 것처럼 과제 표상은 과제 수행자가 특정한 방식으로 과제를 수행하는 근본적인 원인이 된다. 그러나 과제 표상과 결과물이 언제나 1:1의 대응관계를 갖는 것은 아니다. 필자의 머릿속에서 형성된 추상적 이미지인 과제 표상을 결과물로 실현(實現)하는 과정에서 양자 사이의 간극(gap)이 발생[20]할 수 있기 때문이다.

---

20) '교실 청소' 사례의 학생 A를 떠올려보자. 학생 A는 '깨끗한 청소'란 '누군가 교실 문을 열었을 때 대체로 정돈된 인상을 받게 하는 것'이라고 표상했다. 그리고 이에 따라 책걸상의 열을 맞추고, 바닥에 떨어진 휴지를 제거했다. 그러나 그가 맞추었다고 생각한 책걸상은 비뚤어져 있었고, 휴지 몇 개는 발견하지 못해 그대로 남아 있었다고 해보자. 이 경우, 교사는 교실 문을 열었을 때 학생 A가 표상한 '대체로 정돈된 인상'을 받지 못한다. 학생 A의 과제 표상과 결과물 사이에 불일치 현상이 발생한 것이다.

글쓰기 수행에서는 이러한 간극이 빈번히 발생한다. 과제 표상은 필자가 특정한 방식으로 텍스트를 구성하는 근본적인 원인이다. 그러나 모든 필자가 자신의 표상을 성공적으로 텍스트에 실현하는 것은 아니다. 어떤 필자는 인지적 기술(cognitive skill)의 부족 때문에 과제 표상 실현에 실패한다. 자료를 요약하려는 표상을 가진 필자가 자료의 요지와 거리가 먼 내용을 문법이 맞지 않는 문장으로 나열한 경우를 떠올려보자. 이때 그의 문제는 표상 자체에 있는 것이 아니라 자료 이해 능력과 표현 능력의 부족에 있다. 또한 자기중심성(egocentrism)[21]에 의해 과제 표상을 성공적으로 실현하지 못하는 필자도 있다. 예컨대 특정한 주장을 설파하려는 필자가 독자 설득을 위해 필요한 내용 일부를 생략한 채 글을 전개했다고 해보자. 이때 미숙한 필자일수록 그 사실을 잘 발견하지 못한다. 필자의 머릿속에는 해당 내용이 있기 때문에 무의식적으로 이를 글에 '넣어서' 읽기 때문이다. 물론 독자의 머릿속에는 해당 내용이 부재하기에 그의 글은 독자를 성공적으로 설득하는 데 실패하게 된다.

Flower 외(1990)는 이러한 간극이 발생할 가능성에 주목했다. 대학 신입생 필자의 담화 통합 과제 표상을 고찰하고, '과제 표상 교육'

---

21) Flower 외(1986: 28)와 정희모·이재성(2008: 662)는 필자가 자신의 텍스트에 대한 객관적인 독해를 하지 못하도록 방해하는 요소로 '자기중심성'을 들었다. 연구자들에 따르면, 필자는 자신의 의도를 중심으로 작성 중인 텍스트를 독해한다. 그래서 텍스트에 해당 의도가 제대로 실현되지 않았을 때에도 '자신의 의도'와 '텍스트의 실재' 간 차이를 정확히 인지하지 못하는 경우가 많다.

을 통해 이를 조정한 다음, 이들은 과연 과제 표상(및 그 변화)이(/
가) 텍스트(및 그 변화)에 성공적으로 실현되는가의 여부에 관심을 가
졌다. 이를 확인하기 위해 연구자들은 '필자의 과제 표상'과 '독자의 텍
스트 표상'을 대조하는 방법을 사용했다. 즉, 학생들이 〈자기분석점검
표〉를 통해 자신이 표상했다고 보고한 '구성 계획(organizing plan)'과
평가자들이 텍스트를 읽고 판단한 텍스트의 '구성 유형(organized
type)'을 대조한 것이다.

텍스트의 '구성 유형'이란 평가자들이 텍스트를 읽고 해당 텍스트
가 구성된 방식을 판단한 것이다. '구성 유형'은 기본적으로 '구성 계
획'에 대응하도록 분류된다. 그러나 '구성 계획'이 제대로 실현되지 못
해 새로운 '구성 유형'이 창출되기도 한다. 필자가 특정한 '구성 계획'
에 따라 이에 상응하는 '구성 유형'의 텍스트를 작성하고자 했더라도,
작성 과정에서의 미숙함이나 오류에 의해 평가자가 보기에는 필자가
목표한 것과 상이한 '구성 유형'이 나타나기도 한다는 의미다. 이러한
다양한 경우를 반영하여, Flower 외가 최종적으로 분류한 텍스트의
'구성 유형'은 다음 7가지였다.

〈표Ⅱ-2〉 Flower 외(1990)가 분류한 담화 통합 텍스트의 구성 유형

구성 유형	유형 설명	대응 구성 계획
1. 요약	자료를 요약함	1. 요약하기
2. 검토+논평	자료를 요약적으로 검토하고 필자의 간략한 논평을 덧붙임	
3. 고립된 중점	서두에서 필자의 주장 또는 통제개념을 제시하지 만 글 전체의 내용은 자료 내용에 대한 요약 또는 검토+논평임	2. 검토+논평하기
4. 틀	추상적이고 일반적인 서술구조 안에 자료 내용을 뚜렷한 초점 없이 요약 또는 검토+논평함	

5. 종합	통제 개념을 사용하여 자료 내용과 필자의 생각을 종합함	3. 통제 개념으로 종합하기
6. 목적 해석	필자의 수사적 목적(주장)을 위해 자료를 해석하고 텍스트를 구성함	4. 목적 위해 해석하기
7. 자유 반응	자료 내용은 참조하지 않고 화제에 대한 필자의 생각을 제시함	5. 화제에 대해 반응하기

〈표Ⅱ-2〉에서 '구성 유형' 1, 2, 5, 6, 7은 앞서 살핀 '구성 계획'이 텍스트에 온전히 실현되었을 경우 해당 텍스트의 구성 방식을 지칭한다. 양자의 명칭이 서로 상응함(ex. 요약 : 요약하기)을 확인할 수 있다.

한편, 유형 3, 4는 '검토+논평' 유형의 변이태(變異態)로 분류된 것이다. 먼저 '고립된 중점(isolated main point)'은 서두에서는 해당 텍스트가 '종합' 또는 '목적 해석'일 것 같은 구조적 단서(structural cues)를 주지만, 텍스트 전체의 내용은 이 단서와 호응하지 않는 유형을 말한다. 예컨대 필자가 서두에서 자료에 나타나지 않은 주장을 제시했다면, 이는 해당 텍스트가 '목적 해석' 유형으로 구성되어 있으리라는 구조적 단서가 된다. 그러나 이어지는 내용이 주장을 뒷받침하지 못하고 단지 자료 내용을 요약 또는 검토+논평한 것일 경우 이 텍스트는 '고립된 중점/결론'으로 판정된다.

또한 '틀(frame)'은 주로 서두에서 추상적이고 일반적인 수준의 서술 구조를 제시한 뒤, 이 구조에 맞추어 자료를 요약 또는 검토+논평하는 텍스트 유형을 뜻한다. 예를 들어 텍스트의 서두에서 "사형제도에 대한 양립하는 견해가 있다."고 서술한 뒤 사형제도에 대한 견해들을 제시한 자료들의 내용을 요약 또는 검토+논평하는 방식으로 구성된 텍스트가 그렇다. 여기에는 자료 내용과 필자의 생각을 종합하는 '통제 개념'이나 자료의 내용과 변별되는 필자의 주장(수사적 목적)이 부재한다. 단지 양립하는 견해를 제시하겠다는 구조적 단서와 이에 끼워 맞춘 자료 요약 또는 검토+논평이 있을 뿐이다.

이상과 같이 텍스트의 '구성 유형'을 규정함으로써 Flower 외는 필자의 과제 표상과 텍스트의 관계를 살필 수 있는 근거를 마련했다. 연구자들은 필자가 〈자기분석점검표〉를 통해 자신이 표상했다고 보고한 '구성 계획'과 해당 텍스트에 대해 평가자가 판정한 '구성 유형'을 대조[22]하여 일치 여부를 확인했다. 그리고 상당히 놀라운 결과를 얻었다. 초고에 대해서는 48%, 수정고에 대해서는 33%의 낮은 일치도가 나타난 것이다. Flower 외는 이 결과가 필자가 특정한 '구성 계획'을 가졌더라도 이를 언제나 텍스트에 성공적으로 실현하는 것은 아니라는 사실을 보여준다고 해석했다. 특히 수정고 작성 시 일치도가 하락한 데 대해서는 변화된 과제 표상을 실현할 수 있는 필자의 인지 능력 부족에 원인이 있을 것으로 보았다. 그러나 학생들이 〈자기분석점검표〉를 작성할 때 자신이 표상한 바를 제대로 응답하지 못했을 가능성도 배제하지 않았다.

한편, 이윤빈·정희모(2010)는 Flower 외(1990)의 방법론을 원용(援用)하여, 우리의 대학 신입생들을 대상으로 실험을 실시했다. 학생들의 과제 표상을 고찰하고 이들에게 '과제 표상 교육'을 실시하기

---

22) 이때 '고립된 중점/결론'과 '틀' 유형은 '검토+논평'의 하위 유형으로 포함시켜 대조했다.

위한 〈자기분석점검표〉는 Flower 외(1990)의 것을 그대로 사용했다. 그러나 사전 연구를 통해 텍스트의 '구성 유형'은 〈표Ⅱ-3〉과 같이 수 정했다. 미국과 한국 필자들의 텍스트 구성 방식에 차이가 있었기 때 문이다.

〈표Ⅱ-3〉 이윤빈·정희모(2010)가 분류한 담화 통합 텍스트의 구성 유형

상위 유형	구성 유형	유형 설명	대응 구성 계획	Flower 외 (1990)
요약	1. 요약1	자료 내용을 요약하고 필자의 견해는 제시하지 않음	1. 요약하기	1. 요약
	2. 요약2	자료 내용을 요약하고 필자의 견해를 간략히 덧붙임		2. 검토+논평
틀	3. 틀1	자료 내용을 일정한 서술 구조에 짜깁 기하여 넣음	2. 검토+논평하기	4. 틀
	4. 틀2	자료 내용을 일정한 서술 구조에 짜깁 기하여 넣고 필자의 견해를 간략히 덧 붙임		
종합	5. 종합1	자료 내용과 필자의 지식을 종합할 수 있는 통제 개념을 사용하여 정보전달 적 글을 작성함	3. 통제 개념으로 종합하기	5. 종합
	6. 종합2	정보 전달을 넘어서는 필자의 목적(주 로 주장 논증)을 위해 자료 내용과 필 자의 지식을 사용하여 글을 작성함	4. 목적을 위해 해석하기	6. 목적 해석
기타	7. 자유반응	자료 내용을 언급하지 않고, 화제에 대 한 필자의 견해를 자유롭게 서술함	5. 화제에 대해 반응하기	7. 자유반응

〈표Ⅱ-3〉에 제시된 '구성 유형'은 7가지다. 유형 1, 2, 5, 6, 7은 명칭 을 단순화했을 뿐 Flower 외(1990)에서 제시한 유형과 동일하다. 그 러나 Flower 외(1990)가 제시한 '고립된 중점' 유형이 삭제되고, '틀' 유형이 세분화된 점에서 구별된다.

이윤빈·정희모(2010)에 따르면, '고립된 중점' 유형은 한국어 글쓰

기의 특성에 부합하지 않는 것으로 나타나 삭제됐다. 두괄식 구성을 선호하는 영어 글쓰기에서는 글의 서두에서 통제개념이나 필자의 목적을 드러내는 것이 일반적이다. '고립된 중점'은 이때 필자가 제시한 중점과 본론의 내용이 호응하지 않는 것을 말하는데, 한국 학생들의 텍스트에서는 이러한 현상이 잘 발생하지 않았다. 반면, '틀' 유형은 매우 빈번히 나타나는 것으로 판단하여 그 유형을 세분했다. '틀1'은 추상적이고 일반적인 서술구조 안에 자료 내용을 뚜렷한 초점(통제개념이나 필자의 목적) 없이 요약한 것이다. 그리고 '틀2'는 '틀1'에 필자의 견해가 삽입된 것이다. 연구자들은 '틀' 유형에서 사용되는 서술구조에 대한 세분화23)도 시도했다.

이윤빈·정희모(2010)의 실험 결과는 Flower 외(1990)의 것과 유사했다. 초고 작성 시 학생들은 대체로 맥락에 적합하게 과제를 표상하지 못했으나, '과제 표상 교육' 이후에는 상당한 표상 변화를 보였다. 그러나 과제 표상의 변화가 온전히 수정고에 반영된 것은 아니었다. 평가자들이 텍스트의 '구성 유형'을 판단한 결과, 36.7%의 학생들이 자신이 표상한 '구성 계획'과 상이한 유형의 텍스트를 생산한 것으로

---

23) 이윤빈·정희모(2010)는 학생들의 글에서 발견한 서술구조를 크게 두 가지로 분류했다. 첫 번째는 특정 화제 혹은 자료 내용과 상관없이 널리 통용되는 글의 구조다. 예컨대 학생들은 '현상 제시-원인 분석-해결책 제시'와 같은 구조에 자료 내용을 적절히 배분하여 삽입(짜깁기)하는 형식으로 글을 작성했다. 두 번째는 자료들을 특성에 따라 분류하여 자료들 사이의 연관관계를 기술한 구조다. '자료1, 3에 대한 설명(화제에 대한 부정적 입장)-자료2, 5에 대한 설명(화제에 대한 긍정적 입장)-자료4에 대한 설명(부정적 측면의 개선 방안 설명)'와 같이 기술된 글을 그 예로 들 수 있다.

나타났기 때문이다.

이상에서 살핀 바, Flower(1987)을 토대로 한 Flower 외(1990)와 이윤빈·정희모(2010)는 이 연구가 해결해야 할 두 가지 방법론적 문제에 대한 일정한 답을 제공한다. 담화 통합 텍스트의 구성 양상을 필자의 과제 표상과 텍스트의 구성적 특성 간 관계를 중심으로 고찰하고자 하는 이 연구는 다음의 방법론적 문제들을 선결해야 한다.

첫 번째 문제는 추상적 이미지인 과제 표상을 어떻게 고찰할 것인가의 문제다. 이에 대해 선행 연구들은 과제 표상을 구성하는 핵심 특질들의 목록을 구성하고, 이를 바탕으로 〈자기분석점검표〉를 만들어 문제를 해결했다. 〈자기분석점검표〉에 대한 필자들의 응답 결과를 분석함으로써 과제 표상의 경향성을 살핀 것이다. Carey(1989)나 Kantz (1989)가 소수 필자들의 표상만을 분석했던 것과 달리, Flower 외(1990)와 이윤빈·정희모(2010)는 다수 필자들의 표상을 고찰할 수 있었다.

두 번째 문제는 필자의 과제 표상과 텍스트의 관계를 확인할 방법에 대한 것이다. Flower 외(1990)와 이윤빈·정희모(2010)는 평가자들로 하여금 텍스트의 '구성 유형'을 판단하게 하여, 이를 필자가 〈자기분석점검표〉를 통해 보고한 '구성 계획'과 대조했다. 그럼으로써 필자가 과제 표상을 텍스트에 실현하는 데 성공했는지 여부를 확인할 수 있었다.

이 연구는 Flower 외(1990)와 이윤빈·정희모(2010)의 성과를 바탕으로, 그 한계를 지양하는 방식으로 이루어진다. 두 연구가 방법론적 문제들을 해결한 방식을 받아들이되 다음 두 가지 한계를 극복하려는 것이다.

첫 번째 한계는 과제 표상에 대한 고찰이 양적[24]으로만 이루어졌다는 데 있다. 〈자기분석점검표〉는 다수 필자를 대상으로 과제 표상의 경향성을 고찰할 수 있는 효과적인 도구다. 그러나 필자가 가진 표상의 구체적 양상에 대한 정보는 주지 못한다. 그래서 이 연구에서는 〈자기분석점검표〉에 대한 양적 분석을 보완하는 수단으로, 필자의 프로토콜에 대한 질적 분석을 실시함으로써 이 한계를 극복하려 한다. 이 연구에서 사용할 과정 중 즉시 회상법[25]은 기존의 인지 분석 방법의 단점을 보완함으로써 상대적으로 많은 필자의 프로토콜에 대한 질적 고찰을 가능하게 한다.

두 번째 한계는 과제 표상과 텍스트의 관계를 확인하는 방법에 있다. 두 연구에서 양자의 관계는 필자의 '구성 계획'과 텍스트의 '구성 유형'을 대조하는 방식으로 확인되었다. 그러나 '구성 유형' 분류가 텍스트에 대한 평가자의 질적 판단에만 의존하여 이루어졌다는 문제가

---

24) 대규모 협력연구인 Flower 외(1990)에서는 학생들 일부의 프로토콜을 수집하여 이에 대한 분석을 수행했다. 그러나 분석의 초점이 이들이 사용하는 인지 전략을 밝히는 데 있었기 때문에 과제 표상에 대한 상세한 분석은 이루어지지 않았다.

25) 필자의 수행을 몇 가지 국면으로 나누어, 각 국면에서 필자가 떠올린 생각을 즉각적으로 회상하여 설명하게 하는 사고 구술법이다. 기존 사고 구술법이 야기하는 인지적 간섭(干涉) 현상을 최소화하고, 압축된 프로토콜 자료를 얻을 수 있어 상대적으로 많은 필자들을 대상으로 사용할 수 있다. 이 방법에 대해서는 2절에서 소개한다.

있다.

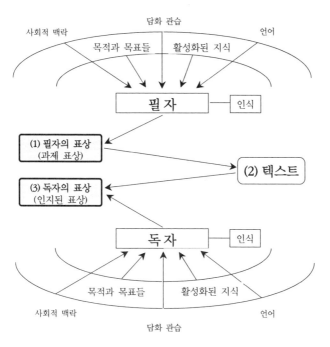

〈그림Ⅱ-6〉 담화 구성의 핵심 특질들(Flower 외, 1990)

〈그림Ⅱ-6〉을 통해 이 문제에 대해 보다 자세히 살펴보자. 〈그림 Ⅱ-6〉은 Flower 외(1990)가 담화의 생산 및 소통에 관여하는 핵심 특 질들 간 관계를 나타낸 것이다((1), (2), (3)의 번호는 인용자가 붙였 음). 이 그림은 필자와 독자 모두가 다양한 인지적·맥락적 요인들의 영향 하에서 담화를 생산하고 이해한다는 사실을 보여준다. 필자의 과제 표상은 그에게 영향을 미치는 인지적·맥락적 요인들에 따라 구 성되며, 이는 다시 그가 생산한 텍스트에 영향을 미친다. 한편 해당 텍스트를 읽는 독자 또한 인지적·맥락적 요인들의 영향에서 자유로

울 수 없다. 필자의 과제 표상 및 텍스트 생산이 맥락 특수적(context
-specific)인 것처럼 독자의 텍스트 표상과 이해 또한 맥락 특수적이다.

두 연구(Flower 외, 1990; 이윤빈·정희모, 2010)는 〈그림 II-6〉에
서 '(1) 필자의 표상(과제 표상)'과 '(3) 독자의 표상(평가자에 의해 인
지된 텍스트 표상)'을 대조함으로써 과제 표상과 텍스트의 관계를 살
폈다. 물론 양자의 관계를 살피는 것도 의미는 있다. 두 연구에서 설
정된 독자는 모두 평가자로서, 이들은 과제가 부과된 맥락의 '내부자'
다. 그래서 이들의 판단은 〈글쓰기〉 교실에서 대학 신입생의 담화 통
합 텍스트가 일반적으로 평가되는 방식을 보여준다고도 말할 수 있
다. 그러나 동일한 집단의 평가자들이 과제 부과 맥락을 공유하고 평가
한다고 할지라도, 이들의 판단이 모두 일치하지는 것은 아니다. 우리는
경험에 의해서도 관련 연구(Remodndino, 1959; Diederich, 1974)(박영
목, 2008: 298에서 재인용)에 의해서도 평가자들의 판단이 온전히 객
관적일 수는 없다는 사실을 잘 알고 있다.그러므로 필자의 과제 표상
이 텍스트에 실현되는지 여부를 확인하기 위해서는 '(1) 필자의 표상'
과 '(3) 독자의 표상'이 아닌, '(1) 필자의 표상'과 '(2) 텍스트' 자체를
대조해볼 필요가 있다. 텍스트의 구성 유형을 객관적인 분석 방법을
사용하여 판정할 수 있다면 양자를 대조하는 일은 가능하다.

또한 양적 분석 방법을 사용할 경우, 다양한 유형별 텍스트의 구체
적인 특성을 밝힐 수 있다는 추가적인 이점이 발생한다. 평가자의 판
단에 의해서만 구성 유형을 분류했을 때 평가자는 학생 필자에게 해

당 텍스트가 '왜' 특정 유형으로 판단된 것인지 구체적으로 설명해주기 어렵다. 평가자의 '체감(felt sense)'[26]을 학생은 공유하지 않기 때문이다. 그러나 양적 분석 방법을 사용하여 텍스트를 분석하고 그 구체적인 특성을 제시한다면, 학생 필자로 하여금 지양하거나 추구해야 할 텍스트가 어떠한 것인지에 대해 보다 명확히 교육할 수 있다. 요컨대 텍스트에 대한 양적 분석을 시행하는 것은 과제 표상과 텍스트의 관계를 명확히 확인할 수 있게 해줄 뿐만 아니라, 학생들을 교육할 수 있는 구체적인 자료 또한 제공해준다.

그러나 1장에서 언급한 대로, 담화 통합 텍스트를 양적으로 분석할 수 있는 방법은 현재로서는 Spivey(1983)의 것이 유일하다. 비교적 짧은 분량의 정보전달 텍스트가 아닌, 다양한 수사적 목적을 가진 상대적으로 긴 담화 통합 텍스트를 분석할 수 있는 방법론이 마련되지 않았다는 뜻이다. 그러므로 이 연구는 대학생 필자가 쓴 담화 통합 텍스트를 분석할 수 있는 방법론을 마련하는 데 우선적인 노력을 경주한다. 3장에서 그 작업을 수행할 것이다.

---

26) '체감(felt sense)'이란 장르 연구 분야에서 주로 사용되는 용어로, 필자가 특정 장르를 지속적으로 경험함으로써 해당 장르의 글쓰기를 어떻게 해야 하는지에 대해 갖게 되는 감각을 말한다. 이 '체감'은 해당 장르 글쓰기에 대한 경험이 많아질수록 점차 명료해진다(Freedman, 1993: 101).

제3장
담화 통합 텍스트의 분석 모형

이 장에서는 담화 통합 텍스트의 구성적 특성을 분석할 수 있는 방법론을 개발한다. 1절에서는 분석 모형 설정을 위한 이론적 작업을 수행한다. 모형 개발을 위한 목표를 설정하고, 이를 위해 참조할 수 있는 기존의 텍스트 분석 방법론을 두 유형으로 나누어 고찰한다. 또한 선행 담화 통합 텍스트 분석 방법론의 한계에 대해서도 짚어볼 것이다. 이러한 작업을 바탕으로, 2절에서는 이 연구가 제안하는 분석 방법론을 분석 단위, 분석 구조, 분석 절차의 순서로 소개한다. 마지막으로, 담화 통합 텍스트의 구성적 특성을 확인할 수 있는 〈텍스트 전개도〉의 도해화 방법을 제시할 것이다.

1. 담화 통합 텍스트 분석을 위한 이론

1) 담화 통합 텍스트 분석의 목표

텍스트를 분석하기 위해서는 두 가지 문제를 선결해야 한다. 하나는 텍스트를 분석하기 위한 분석 단위를 설정하는 것이고, 다른 하나는 분석 단위들 사이의 관계를 설정하는 것이다. 이때 분석 단위들의 관계를 설정하는 것은 곧 해당 단위들이 모여 형성하는 텍스트의 구조를 살피는 일이므로, 텍스트 분석을 위해 선결해야 할 두 가지 문제는 곧 분석 단위와 분석 구조의 설정이라고 할 수 있다. 그런데 이 두 사항을 설정하는 것은 텍스트 분석을 통해 규명하고자 하는 문제가 무엇인가에 따라 달라진다. 질문이 달라지면 답에 도달하기 위한 경로 또한 달라지기 때문이다. 그러므로 담화 통합 텍스트 분석을 위한 분석 단위와 분석 구조를 설정하기에 앞서, 우리가 규명하고자 하는 문제가 무엇이며, 이 문제는 선행 분석 방법들이 탐구해 온 문제들과 어떤 관련성을 갖는지 확인할 필요가 있다.

앞서 우리는 담화 통합 텍스트가 매우 다양한 방식으로 구성될 수 있음을 살폈다. 이때 '방식'이란 필자가 자신의 텍스트를 구성하기 위해 다양한 담화들(자료 텍스트들, 필자의 지식)을 처리(processing)하는 방법과 형식을 의미한다. 이윤빈·정희모(2010)에서는 이 방식을 '요약', '틀', '종합' 및 그 하위 유형들로 분류했다. 우리가 담화 통합 텍스트 분석을 위해 규명하고자 하는 문제는 우리의 분석 대상이 되는 개별 텍스트가 어떠한 구성 유형을 보이고 있으며, 그 특성은 무엇인지 확인하는 것이다. 즉, 담화 통합 텍스트가 취할 수 있는 다양한 구성 유형 중 필자의 텍스트가 어떠한 유형에 속하며, 그 세부적 특성은 무엇인지를 평가자의 질적 판단이 아닌 구체적인 텍스트 분석을 통해 규명하고자 하는 것이 우리의 목표다. 그래서 우리는 이 장에서 담화 통합 텍스트를 분석하고, 나아가 그 구성 양상을 도해(圖解)로 나타낼 수 있는 방법을 마련할 것이다.

그런데 이러한 목표를 달성하기란 그리 쉬운 일이 아니다. 다음 두 가지 사항을 염두에 두어야 하기 때문이다. 첫째, 담화 통합 텍스트를 분석하기 위해서는 다양하게 처리되어 텍스트를 이루고 있는 여러 담화들의 기원을 식별할 수 있어야 한다. 즉, 일반적인 텍스트 분석과는 달리 담화 통합 텍스트의 분석은 개별 텍스트만을 대상으로 이루어질 수 없다. 해당 텍스트를 쓰기 위해 필자가 읽은 자료 텍스트들을 함께 분석하고, 필자의 텍스트에 이들 및 필자의 지식이 어떻게 반영되어 있는가를 대조적으로 살피는 과정이 필요하다.

둘째, 담화 통합 텍스트의 구성 유형을 확인하기 위해서는 텍스트의 내용적 측면과 형식적 측면을 함께 고려해야 한다. 필자는 텍스트 구성을 위해 다양한 담화를 처리하는 과정에서 독자에게 어떠한 내용을 전달할 것인가의 문제뿐만 아니라 해당 내용을 어떠한 방법(형식)으로 전달할 것인가의 문제를 모두 고려한다. 그리고 이 두 문제에 대해 필자가 어떠한 선택을 했는가에 따라 텍스트의 구성 유형이 달라진다. 예컨대 '요약' 유형 텍스트와 '틀' 유형 텍스트는 형식적 측면에서 갈라진다. 모두 자료들의 내용을 중심으로 글을 구성하지만, '요약' 텍스트의 경우 자료와 유사한 순서로 내용을 제시하는 반면, '틀' 텍스트는 자료들의 내용을 사용하되 이를 자료들과 다른 순서로 재구조화(restructuring)하는 작업을 거치기 때문이다. 한편, '틀' 유형 텍스트와 '종합' 유형 텍스트는 내용적 측면에서 변별된다. '틀' 텍스트의 경우 자료들의 내용을 필자가 전달하고자 하는 의미의 주된 재료로 삼지만, '종합' 텍스트의 경우에는 자료 내용보다는 필자가 생성한 독창적인 내용을 전면화하기 때문이다. 또한 '요약' 텍스트와 '종합' 텍스트는 내용적 측면과 형식적 측면 모두에서 변별되는 특성을 보이게 된다. 따라서 담화 통합 텍스트의 구성 유형을 판단하기 위해서는 텍스트의 내용적 측면과 형식적 측면을 아울러 살피는 간단치 않은 작업을 수행해야 한다.

이 두 가지 사항을 염두에 두고, 담화 통합 텍스트의 구성 방식과 그 특성을 고찰할 수 있는 새로운 분석 방법을 개발하기 위해서는 다음의 절차가 필요할 것으로 보인다. 먼저, 텍스트 분석을 위해 널리 사용되어 온 주요 접근법들을 두 가지 유형으로 분류하여 검토한다. 이 접근법들은 각각 텍스트의 내용적 측면과 형식적 측면을 중점적으로 고찰한다. 그래서 우리의 분석 방법을 설정하는 데 일정한 시사점을 줄 수 있을 것이다. 다음으로, 우리와 동일한 목표를 달성하고자 했던 선행 담화 통합 텍스트 분석 방법을 살피고, 그 한계를 고찰한다. 마지막으로, 선행 이론들의 성과와 한계를 바탕으로 우리의 분석 접근법을 설정한다. 즉, 우리의 목표를 달성하기 위한 분석 단위 및 분석 구조를 설정할 것이다.

2) 담화 통합 텍스트 분석을 위한 접근법

(1) 텍스트 분석을 위한 두 가지 접근법

문식성 연구 분야에서는 인지심리학, 텍스트언어학, 수사학 등 여러 학문 분야들과의 연계 속에서 텍스트의 구성적 특성을 분석하고 이를 도해(圖解)로 나타낼 수 있는 다양한 방법들을 개발해왔다. 이 방법들은 크게 텍스트의 내용적 측면에 집중한 접근법과 형식적 측면에 집중한 접근법으로 대별할 수 있다. 양자(兩者)는 모두 텍스트를 일정한 분석 단위로 나눈 뒤 이 단위들의 상관성(분석 구조)을 드러내고자 한다. 그러나 이들이 규명하고자 하는 문제에 따라 서로 다른 분석 단위와 분석 구조가 설정된다.

전자의 접근법은 "텍스트가 전달하고자 하는 의미가 무엇이며 그 의미가 서로 어떠한 관계를 맺고 있는가?"라는 질문에 답하고자 한다. 그리고 이 질문에 답하기 위해 텍스트를 명제(propositions) 단위로 나누고, 이들의 관계에 의해 형성되는 텍스트의 의미(내용)적 구조를 살피고자 한다. 반면, 후자의 접근법은 텍스트의 내용 그 자체보다는 "텍스트가 어떤 순서와 방법으로 내용을 제시하는가?"라는 문제를 규명하는 데 집중한다. 이를 위해 텍스트를 문장 단위로 나누고, 문장 주제들(sentence topics)의 제시 방식에 의해 형성되는 텍스트의 형식적 구조를 조명한다. 전자의 내용 구조란 텍스트가 전달하고자 하는 메시지 그 자체로서 내적 구조 개념에 대응되고, 후자의 형식 구조란 텍스트가 메시지를 전달하는 순차적 방식으로서 표면 구조 개념에 대응된다. 이때 하나의 내용 구조는 여러 가지의 형식 구조[1]를 취할 수 있다.

텍스트 분석 방법들을 분류한 연구자들은 이 두 가지 접근법을 다양하게 명명(命名)한 바 있다. Noh(1985)[2]와 노명완(1988a)은 전자를 '구조[3]적 접근법'으로, 후자를 '기능적 접근법'으로 명명했다. 한편 Connor(1988)[4]는 전자는 '과정 중심 접근법'으로, 후자는 '문장 중심 접근법'으로 불렀다. 여기서는 Noh(1985)와 노명완(1988a), Connor(1988), 박영

---

1) 예컨대 어느 필자가 착한 일을 한 사람이 복을 받고 나쁜 일을 한 사람이 벌을 받는다는 내용을 텍스트로 구성하고자 할 때 이 내용을 제시하는 방법(형식구조)은 여러 가지가 있을 수 있다. 착한 사람이 선행을 한 뒤 복을 받는 내용과 악한 사람이 악행을 한 뒤 벌을 받는 내용을 차례로 제시할 수도 있고, 두 사람이 각각 선행과 악행을 하는 내용을 먼저 제시한 뒤 이들이 복과 벌을 받는 내용을 이어 제시할 수도 있다.
2) Noh(1985)에서는 텍스트 분석 방법들을 '구조적 접근법', '기능적 접근법', '절차적 접근법'으로 삼분(三分)했다. 한편 노명완(1988a)에서는 이 중 '절차적 접근법'을 제외하고, 가장 주요하며 뚜렷이 그 성격이 대비되는 접근법으로서 '구조적 접근법'과 '기능적 접근법'을 제시했다.
3) 이때 '구조'라는 표현은 텍스트의 의미 구조, 특히 텍스트를 읽은 뒤 독자의 기억에 남는 지식 구조를 한정적으로 지칭하기 위해 사용된 것이다.
4) Connor(1988)의 분류는 Enkvist(1978)의 분류를 재분류한 것이다. Enkvist는 텍스트 분석 방법들을 문장 기반 접근법, 술어 기반 접근법, 인지 기반 접근법, 상호활동적 접근법으로 분류한 바 있다. Connor는 이 중 문장 기반 접근법을 제외한 세 가지 접근법이 갖는 공통성에 주목하여 이들을 '과정 중심 접근법'이라는 명칭으로 통합했다.

목(1996, 2008)의 설명을 참조하되, 해당 분석 접근법이 분석하고자 했던 대상을 부각하여 전자는 '내용구조 분석 접근법', 후자는 '형식구조 분석 접근법'이라는 명칭을 사용한다.

가. 내용구조 분석 접근법

텍스트의 내용구조 분석 접근법(Kintsch, 1974; Meyer, 1975; Frederiksen, 1975; Kintsch & Van Dijk, 1978 등)은 1970년대에 인지심리학 및 읽기 연구 분야에서 당시 활발히 제출된 언어학 분야의 성과들(Fillmore, 1968; Grimes, 1975)을 차용함으로써 개발되었다(노명완, 1988a: 228).

인지심리학 및 읽기 연구자들은 독자의 텍스트 이해 정도를 평가하는 방법을 찾는 데 관심을 가졌다. 이를 위해 이들은 텍스트의 내용 구조와 독자가 글을 읽은 뒤 기억하는 텍스트에 대한 인지적 표상 구조를 비교하고자 했다. 독자가 표상하는 의미 구조가 실제 텍스트의 내용 구조와 유사할수록 해당 텍스트를 잘 이해하고 기억한 셈이 되기 때문이다. 즉, 독자가 텍스트에서 중요한 내용들을 잘 회상할수록 그의 읽기 능력은 뛰어나다고 할 수 있다.

그렇다면 관건은 텍스트에서 중요한 내용이 무엇인가를 어떻게 식별하는가의 문제가 된다. 이 문제를 해결하기 위해서는 텍스트의 내용을 이루는 기본 단위를 설정하고, 이 단위들 간의 관계를 밝힐 필요가 있다. 언어학자 Fillmore와 Grimes는 이 문제를 해결할 수 있는 개념적 도구를 제공했다. 먼저, Fillmore(1968)는 격 문법(格文法, case grammar)을 개발했다. 격 문법에서는 문장의 의미를 '명제'를 통해 표현하고, 명제를 이루는 요소들의 관계를 '격 관계(case relationship)'에 의해 규명함으로써 문장 의미의 심층 구조를 규명한다. 이때 '명제'는 하나의 술부(predicate: 동사, 형용사 등 용언)와 하나 혹은 그 이상의 논항(arguments: 서술 대상으로서 일반적으로 명사)으로 구성되며, '격'은 술부에 대한 논항의 기능을 밝힘으로써 양자를 연결시키는 역할을 한다. 예를 들어, "문이 열린다."라는 문장은 '열리다'라는 술부와 '문'이라는 논항으로 구성된 하나의 명제[열다(열리다), 문]를 이루고 있다. 또한 논항 '문'은 술부 '열리다'에 대해 '대상격(object)'의 기능[5])을 갖는다.

Fillmore의 격 문법이 명제 내(內) 의미 구조를 밝히는 방법을 제시했다면, Grimes (1975)의 의미적 명제 문법(semantic grammar of propositions)은 여기서 한 발 나아가 명제 간(間) 의미를 밝히는 방법을 제안했다(노명완, 1988a: 229). Grimes는 Fillmore의 격 문법을 기반으로 문장을 명제 단위로 분석하고, 명제 간 관계를 '수사적 술부(rhetorical predicate)' 개념을 사용하여 규정했다. 이때 수사적 술부는 명제들 사이의 관계에 따라 '병렬적 수사적 술부'와 '종속적 수사적 술부', '중립적 수사적 술부'로 삼분(三分)되며, 각각의 하위 유형

---

5) Fillmore(1968)는 대표적 격 관계로 다음을 제시했다: 행위자(agent), 반행위자(counteragent), 대상(object), 결과(result), 도구(instrument), 근원(source), 목표(goal), 여격(dative: 행위의 효과를 받는 실체), 장소격(locative: 동사에 의해 표시되는 상태나 행위가 이루어지는 장소 또는 공간적 방향)

들6)을 갖는다. 예를 들어, "문이 열린다. 그 문은 크다."라는 문장들을
명제 단위로 분석하면, "그 문은 크다"라는 문장에 속하는 명제는 "문
이 열린다."라는 문장에 속하는 명제에 대해 종속적 수사적 술부 중
하나인 '속성(크기)'의 관계를 갖게 된다. 또한 이 관계는 "그 문은 크
다."가 "문이 열린다."에 대해 의미적으로 종속된다는 것, 즉 의미적
위계에서 하위에 위치한다는 것을 나타낸다. 이처럼 Grimes는 수사
적 술부 개념을 설정함으로써 격보다 한 차원 높은 층위에서 명제들
간의 위계적(hierarchical) 관계를 규명하는 것을 가능하게 했다.

언어학자 Fillmore와 Grimes의 이러한 작업은 독해 연구를 위해
텍스트의 내용구조를 분석하고자 하는 연구자들에 의해 적극적으로
활용되었다. Kintsch, Meyer, Frederiksen 등 여러 연구자들이 텍스트
의 내용구조를 분석하기 위한 방법을 개발했다. 이들은 모두 '명제'를
분석 단위로 삼아 텍스트의 의미를 위계적 구조로 표현하고자 했다
는 데서 공통되지만, 그 세부적 특성에서는 차이를 보인다.

이중 가장 널리 이용되는 것은 Kintsch와 Meyer의 체계(박영목,
2008: 61)다. Kintsch는 「기억에서의 의미 표상(The representation of
meaning in memory) (1974)」에서 Fillmore의 방법에 따라 텍스트를

---

6) 각 유형은 다음의 하위 유형들을 갖는다(Meyer, 1975: 21). : (1) 병렬적(paratactic)
수사적 술부: 대안(alternative), 반응(response). (2) 종속적(hypotactic) 수사적 술
부: 속성(attribution), 평형화(equivalent), 구체화(specific), 설명(explanation), 입
증(evidence), 비유(analogy), 양태(manner), 반의(adversative), 시간 배경(setting
time), 공간 배경(setting location), 대표 설정(representative), 확인(identification).
(3) 중립적(neutral) 수사적 술부: 수집(collection), 공변(covariance).

명제 단위로 분석한 뒤 명제들의 목록인 텍스트 기저(text base)를 작성했다. 그리고 명제를 구성하는 논항이 얼마나 '반복'되고 있는가에 따라 개개 명제 사이의 위계적 의미 관계를 결정[7]했다. 논항의 반복이 많을수록 상위 수준의 명제가 된다. 이 연구에서 Kintsch는 독자가 텍스트의 위계적 내용구조에서 상위에 위치한 단위들을 보다 잘 기억한다는 사실을 증명했다. 위계 구조에서 상위 수준 정보가 하위 수준 정보에 비해 중요도가 높고 독자에게 잘 기억되는 현상을 '수준 효과(level effect)'라고 한다.

한편, Meyer는 「산문의 조직과 그것이 기억에 미치는 효과(The organiz ation of prose and its effect on memory)(1975)」에서 텍스트의 내용구조가 크게 세 가지 층위로 구성된다고 보았다. 최상위 구조(top-level structure), 거시명제(macro- proposition), 미시명제(micro-proposition)가 그것이다. 그녀는 가장 낮은 층위의 미시명제는 Fillmore의 '격' 관계를 사용하고, 거시명제와 최상위 구조는 '수사적 관계(rhetorical relations)'을 사용하여 구조화했다. 그리고 거시명제와 최상위 구조가 텍스트의 중심 내용에 해당[8]한다고 보았다. 이때 Meyer가 분류한 '수사적 관계'는 Grimes의 '수사적 술부' 개념을 응용한 것으로, 인과, 비교/대조, 수집, 묘사, 반응의 5개 범주 및 그 하위 범주들[9]로 나누어진다. 그녀의 연구에서도

---

7) 노명완(1988b: 227~229)에서는 실제 텍스트 분석을 통해 텍스트 기저 및 위계적 구조 도해의 사례를 제시하고 있다.
8) 이경화(2001: 85-86)에서는 Meyer(1975)가 실제 텍스트를 분석하고 그 내용구조를 위계적으로 도해화한 사례를 제시하고 있다.
9) '인과'는 '대등 인과'와 '이유 설명'으로, '비교/대조'는 '대등 비교/대조'와

Kintsch(1974)에서와 마찬가지로 '수준 효과'가 확인되었다.

　이와 같은 텍스트의 내용구조 분석 방법들은 독자의 텍스트 이해와 기억 현상을 연구하는 데 유용하게 사용되었다. 그러나 이 접근법을 쓰기 연구에 적용하고자 할 때는 몇 가지 문제가 생긴다. 첫째, 이 접근법은 '명제'를 분석 단위로 삼기 때문에 분석에 소요되는 시간과 에너지가 많고 분석 방법도 복잡하다. 하나의 문장 안에도 여러 개의 명제들이 존재할 수 있기 때문이다. 그래서 상대적으로 긴 글을 분석할 때는 사용하기 어려우며, 쓰기 교육 현장에서 학생 필자의 글을 분석하는 교육 도구로 삼기에도 적합하지 않다.

　둘째, 이 접근법은 독자의 기억에 남는 결과적 의미를 살피는 데 주목하기 때문에 필자가 텍스트를 전개한 주요 국면들을 포착하지 못한다(Noh, 1985: 47). 예를 들어, "철수가 영희를 때렸다.", "영희가 철수에 의해 맞았다.", "영희를 때린 것은 철수였다.", "철수에 의해 맞은 것은 영희였다."는 명제 분석에서는 모두 같은 의미로 처리된다. 그러나 실상 이 문장들은 서로 상이한 구문적 형식으로 표현되었으며, 필자의 의도 차원에서 미묘하나 중요한 차이를 갖는다. 명제 분석은 이를 포착하지 못한다.

　마지막으로, 이 접근법이 제시하는 텍스트 구성 도해는 필자가 텍스트를 전개한 양상을 있는 그대로 표상하지 못한다. 예를 들어 필자가 지구온난화 문제의 원인과 결과를 설명한 텍스트를 쓴다고 해보

　'종속 비교/대조', '유추'로 분류되며, 수집, 묘사, 반응은 별도의 하위 범주를 갖지 않는다.

자. 필자는 결과를 먼저 제시하여 독자에게 충격을 주고 그 다음 원인을 분석하는 전개 방식을 택할 수도 있고, 원인들을 나열한 뒤 결과를 제시하는 전개 방식을 택할 수도 있다. 그러나 내용구조 분석 접근법이 사용하는 의미적 구조 도해에서 이들은 모두 동일하게 표상된다. Meyer의 방법을 적용한다면, 이들 텍스트는 모두 '인과'의 최상위 구조에 하위 거시명제 수준에서 '수집' 구조가 포함된 구조로 표상될 것이다(이를 상위 수준만을 표현한 도해로 나타내면 〈그림Ⅲ-1〉과 같다). 이처럼 내용구조 접근법의 도해는 텍스트에 내재하는 의미구조를 이 접근법이 전제하는 수사적 관계 유형에 맞게 재구조화하여 제시한다. 그래서 필자가 실제로 텍스트를 전개한 순차적 양상을 확인하기 어렵다.

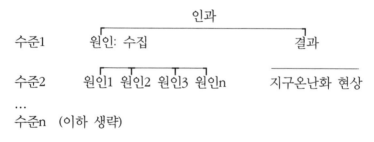

〈그림Ⅲ-1〉 내용구조 분석 도해 예시

나. 형식구조 분석 접근법

내용구조 분석 접근법이 텍스트 의미(내용)의 위계적 구조를 드러내는데 집중하는 것과 달리, 형식구조 분석 접근법은 텍스트의 내용이 선형적으로 전개(linear progression)되는 양상을 살피는 데 집중한다. 즉, 텍스트의 내용 그 자체보다는 텍스트에서 내용이 연결 및 제시되는 방법에 주목한다. 이 접근법에 속하는 연구들(Lautamatti, 1978; Clements, 1979; Witte, 1983ab; Noh, 1985 등)은 1920년대 후반 프라그학파가 제시한 '기능적 문장관(Functional sentence perspective)'에 입각해 있다. 기능적 문장관에서는 문장을 그것이 텍스트 맥락 안에서 갖는 정보 전달의 기능에 따라 볼 것을 주장한다. 그래서 문장을 문법적인 주어와 서술어로 분석하지 않고, 정보 전달 기능면에서 '주어진/오래된 정보'를 담지한 '테마(theme = 주제)'와 '새로운 정보'를 담지한 '레마(rheme = 진술)'로 분석[10]한다. 이때 정보 전달 가치 면에서는 새로운 정보를 제시하는 '레마'가 중요하지만 텍스트의 구조적 측면에서는 '테마'가 더 중요하다. 텍스트에서 테마가 전개되는 양상을 살피면, 해당 텍스트가 무엇에 대한 논의를 이어가고 있는가를 확인할 수 있기 때문이다. 테마의 전개 양상은 텍스트 구조의 전체적인 골격, 즉 형식구조를 보여준다.

  프라그학파의 기능적 문장관은 1970년대 이후 문식성 연구자들이 텍스트의 형식구조를 분석하는 데 이론적 토대를 제공했다. 연구자들은 '문장'을 분석 단위로 삼아 자신들이 관심을 둔 구체적 문제를 해결하고자 했다. 이들이 관심을 가진 문제는 크게 두 가지로 분류된

---

10) 예를 들어 선행 맥락에서 '무지개'에 대해 설명하던 중 "무지개는 사실 7가지 색이 아니다."라는 문장을 제시했다고 해보자. 이때 테마는 '무지개'이고, 레마는 '사실 7가지 색이 아니다.'가 된다.

다. 첫 번째는 텍스트를 관통하는 중심 줄기(central thread)로서 담화의 주제를 어떻게 발견할 것인가의 문제(Noh, 1985)다. 이때 '주제'란 '테마'에 대응되는 개념으로, 필자가 그에 대해 이야기하고 있는 대상이다. 문장 차원에서는 '문장 주제(sentence topic)'가, 전체 텍스트 차원에서는 '담화 주제(discourse topic)'가 존재한다. 그런데 문장 주제와는 달리 담화 주제는 한 눈에 식별하기 어려우며, 때로는 텍스트에 명시적으로 드러나지 않을 수도 있다.[11] 그래서 연구자들(Lautamatti, 1978; Clements, 1979; Noh, 1985)은 텍스트에서 문장 주제들이 연결되는 양상을 살핌으로써 담화 주제를 발견 혹은 추론하고자 했다. 이들이 드러내고자 한 문장 주제들의 연결상을 텍스트의 '주제 구조(topical structure)'라고 부른다. 이를 드러내는 주제 구조 분석 방법은 주로 읽기 연구자들에 의해 개발되었는데, 이들은 주로 독자가 텍스트의 주제를 얼마나 잘 이해하는가를 살폈다.

두 번째는 텍스트의 일관성(coherence)을 어떻게 측정할 것인가의 문제다. 이는 주로 쓰기 연구 분야(Witte, 1983ab; Schneider & Connor, 1990; Simpson, 2000; 정희모·김성희, 2008)에서 학생들이 쓴 텍스트의 질을 평가할 때 주목된 문제다. 일반적으로 텍스트의 일관성이 높을수록 텍스트 질이 높은 것으로 평가된다. 그렇다면 텍스트의 일관성 정도는 어떻게 측정될 수 있는가? 이 문제에 답하기 위해 쓰기 연구

---

11) 예컨대 각 문장의 주제들이 '수질오염', '대기오염', '토양오염'일 경우 이 문장들이 모여 이루어진 텍스트의 담화 주제는 '환경오염'이지만 그것이 명시적으로 나타나지 않을 수도 있다는 것이다.

자들은 Lautamatti(1978)가 개발한 주제 진행 유형을 차용 또는 수정하여 문장 주제들이 진행되는 양상을 살폈다. 이들의 연구 결과는 특정 진행 유형의 비율과 텍스트 질의 상관을 밝히는 방식으로 제시되었다.

이와 같은 문제들을 해결하기 위해 제안된 주제 구조 분석 방법 중 가장 최초로 제안되었으며 현재도 널리 사용되는 것은 Lautamatti(1978)의 방법이다. Lautamatti는 문장 주제들이 진행되는 방식, 즉 주제 진행의 방식을 다음 세 가지로 유형화했다. 첫 번째는 병렬적 진행(parallel progression) 유형이다. 이는 후행 문장의 주제가 선행 문장의 주제와 의미적으로 동일하게 제시되는 것을 말한다. 아래 〈사례〉에서 문장 (1), (2), (3), (4)는 모두 동일한 주제(인간의 유아)에 대해 진술하고 있다. 이처럼 '주제 변화(topical shift)' 없이 동일한 주제가 연속적으로 다루어지는 것이 병렬적 진행 유형이다. 두 번째는 순차적 진행(sequential progression) 유형이다. 이 유형에서는 후행 문장의 주제가 선행 문장의 주제와 의미적으로 변별된다. 아래 사례에서 문장 (4), (5), (6), (7)은 모두 상이한 주제에 대해 진술하고 있다. 이렇게 '주제 변화'가 이루어지는 것이 순차적 진행 유형이다. 세 번째는 확장된 병렬적 진행(extended parallel progression) 유형이다. 이는 순차적 진행에 의해 일시적으로 중단된 병렬적 진행을 말한다. 문장 (1)~(4)와 문장 (8)은 동일한 주제에 대해 진술하는 병렬적 진행이지만, 이것이 문장 (5)~(7)의 순차적 진행에 의해 중단되었음을 확인할 수 있다. 이처럼 순차적 진행에 의해 변화한 주제가 앞서 제시되었던 주제로 다시 돌아가는 것을 확장된 병렬적 진행 유형이라고 한다.

〈그림Ⅲ-2〉는 Lautamatti의 분석 방법에 의해 드러난 '언어와 공동체'라는 샘플 에세이의 형식구조 양상을 보여준다. 여기서 주목할 만한 사항은 Lautamatti가 텍스트를 도해화하는 과정에서 '주제 깊이(topical depth)'라는 개념을 사용하여 텍스트를 2차원적인 위계적 구조로 표현했다는 것이다. 이때 '주제 깊이'는 순차적 전개에서 주제가 변화할 때마다 그 정도가 1씩 증가하는 방식으로 측정된다. 이처럼 Lautamatti는 세로축에서는 텍스트에서 문장이 제시된 순서에 따라 문장 주제들의 순차적 연결성(sequential connectivity)을 표현하고, 가로축에서는 각 주제들의 개념적 연결성(conceptual connectivity)을 표현했다. 그럼으로써 텍스트를 구성하는 문장 주제들의 위계적 연결성을 나타낼 수 있었다.

〈사례〉'언어와 공동체' 전문(번역12)) 및 주제 구조 분석 (Lautamatti, 1978: 99)

(1) 인간의 유아(幼兒)는 세계의 어떤 언어 공동체에서 태어나더라도, 만약 사산이나 유산 같은 불의의 사고를 피했다면, 다른 모든 유아들과 마찬가지로 두 가지 특징을 갖는다. (2) 첫 번째 가장 명백한 특징은 새로 태어난 어린아이들이 무력하다는 것이다. (3) 비록 소리를 질러 주위의 관심을 끄는 강한 힘을 갖고 있기는 하지만, 그밖에 새로

---

12) 영어 원문의 문장을 그대로 유지하기 위해 한국어로 다소 긴 문장이 되더라도 문장 분할 없이 옮겼다.

태어난 어린아이가 자신의 생존을 위해 할 수 있는 일은 아무 것도 없다. (4) 다른 인간, 즉 엄마나 할머니, 누이나 간호사 등 다른 인간 집단의 도움이 없다면, 어린아이는 생존하기 어려울 것이다. (5) 인간 유아의 이러한 무력함은 출생 후 몇 분 안에 걸음마를 시작하고 몇 시간 안에 무리들과 함께 달릴 수 있는 동물들과 뚜렷이 대비되는 것이다. (6) 어린 동물들은 확실히 야생에서 위험한 처지에 있기는 하지만, 인간의 유아에 비하면 자신을 지킬 능력을 몇 달이나 몇 주 안에 빨리 발전시킨다.

(7) 이렇듯 긴 무력함의 기간은 한 생명이 생존하는 데 필요한 능력을 습득하는 데 긴 시간을 소비해야 하는 인간이라는 종(種)이 지불해야 하는 대가이다.

(8) 그(인간의 유아)는 다른 이에게 의존해야만 하는 긴 시간 동안, 사산이나 유산의 불운을 피한 다른 아이들과 공유하는 것으로서 언어 습득 능력을 발현한다. (9) 생물학자들은 언어 습득이 인간이라는 종(種)을 규정짓는 특징이라고, 즉 인간은 본래 언어 습득 능력을 타고 난다고 말한다. (10) 이는 인간 존재가 사물을 삼차원적으로 파악하거나 오른쪽을 선호하는 것 같은 특징을 갖는 것과 마찬가지로, 정상적인 존재로 발전하기 위해 언어를 습득하고 사용하도록 설계되어 있다는 것을 의미한다.

문장 번호	주제 깊이(topical depth)				주제 번호
	1	2	3	4	
1	인간의 유아				1
2	새로 태어난 어린아이들				1
3	새로 태어난 어린아이				1
4	어린아이 ⟶				1
5	|	인간 유아의 이러한 무력함 ⟶			2
6	|		어린 동물들 ⟶		3
7	| ↓			이렇듯 긴 무력함의 기간	4
8	그(인간의 유아) ⟶				1
9	| ↓	언어 습득			5
10	인간 존재				1

〈그림Ⅲ-2〉 형식구조 분석 도해 예시: '언어와 공동체'의 주제 구조(Lautamatti, 1978)

이와 같은 분석 방법 및 텍스트 도해는 문식성 연구자들이 해결하고자 한 문제에 대해 일정한 답을 제공해준다. 먼저, 이 방법은 형식구조를 분석함으로써 결과적으로 텍스트 전체의 주제(discourse topic)를 발견 혹은 추론할 수 있게 한다. 예컨대 아래 샘플 에세이 분석에서 우리는 이 에세이가 '인간의 유아(幼兒)'를 담화 주제로 삼고 있다는 사실을 어렵지 않게 확인할 수 있다. 가장 많이 언급된 주제이기 때문이다. 만약 개념적으로 하위에 있는(즉, 주제 깊이가 깊은) 주제들을 결합하면 '무력한 인간 유아의 언어 습득'으로 주제를 좀더 구체화할 수도 있다. 또한 여기에 동사를 결합한다면 '무력한 인간 유아는 언어를 습득할 수 있다.'가 되는데, 이는 곧 이 텍스트의 요지(gist)다.

두 번째로, 이 방법 및 도해는 텍스트의 일관성 정도를 확인할 수 있게 한다. 이 정도는 도해를 통해 직관적으로 확인되기도 하고, 전체 텍스트에서 특정 주제 진행 유형이 나타나는 비율을 계산함으로써 확인되기도 한다. 병렬적 진행의 비율이 높을수록 텍스트의 일관성이 높으며 순차적 진행의 비율이 높을수록 텍스트의 일관성이 낮다. 병렬적 진행의 비율이 높다는 것은 필자가 특정 화제에 집중한 논의를 전개했다는 의미이고, 순차적 진행의 비율이 높은 것은 필자의 논의 대상이 되는 화제가 분산된다는 의미이기 때문이다. 그리고 이렇게 확인된 일관성 정도가 높다면, 이는 해당 텍스트의 질이 높은 징후(symptom)[13]인 것으로 여겨진다.

이처럼 텍스트의 형식구조 분석 접근법은 문식성 연구의 여러 문제들을 살피는 데 다양하게 사용될 수 있다. 특히, 내용구조 분석 접근법에서와 같은 복잡한 명제 분석 절차를 거치지 않고도 텍스트의 주제 및 위계적 구조를 드러내게 할 수 있는 것은 매우 큰 이점이다. 또한 '문장'을 분석 단위로 삼기 때문에 분석에 소요되는 시간과 에너지가 적고 상대적으로 긴 글에 대한 분석이 가능하다는 것, 텍스트가 작성된 순차적 전개 양상을 있는 그대로 드러낼 수 있다는 것도 주목할 만한 이점이라고 할 수 있다.

그러나 이러한 이점에도 불구하고, 이 접근법을 학생 필자가 쓴 글의 구성적 양상을 드러내는 데 적용하려 한다면 다음 문제들을 고려

---

13) 언제나 정적 상관은 아니라는 것에 대해서는 곧이어 논의할 것이다.

해야 할 것으로 보인다. 첫째, 이 접근법은 분석 대상이 되는 텍스트가 어떤 주제(들)을 다루고 있는가는 뚜렷이 드러나지만, 이 주제(들)을 어떻게 다루고 있는지는 보여주지 않는다. 즉, 필자가 어떤 주제를 자신이 다룰 대상으로 선택했는지는 알 수 있지만 이 주제에 대해 어떻게 반응했는지는 나타나지 않는다. 그래서 텍스트의 전체적인 의미 진행 양상은 확인하기 어렵다. 이는 물론 형식구조 접근법의 목표 자체가 이를 확인하는 것에 있지 않기 때문에 나타나는 문제다. 그러나 앞서 살핀 대로, 텍스트의 구성 양상을 확인하기 위해서는 내용적 측면과 형식적 측면을 함께 고찰해야 하므로 형식구조 안에서 내용적 양상을 확인할 방법을 모색해야 할 것으로 보인다.

둘째, Lautamatti와 Witte 등의 연구에서는 문장 주제를 식별하는 방법이 명확히 제시되지 않았다. 주제(topic)란 '문장 안에서 필자가 그에 대해 말하고자 하는 대상'으로 정의된다. 문법적 주어(grammatical subject)와 일치하는 경우가 많지만 언제나 그렇지는 않다. 그런데 이와 같은 규정만으로는 실제 텍스트를 분석할 때 무수히 많은 모호한 경우에 부딪히게 된다. 특히 주어(S)와 동사(V)를 하나 이상 포함하는 복문(複文)의 경우에는 문장 주제를 판단하기가 더욱 어렵다. 예컨대 위 사례에서 문장 (2)의 주제는 왜 '명백한 특징'이 아니고 '새로 태어난 어린아이들'이며, 문장 (9)의 주제는 왜 '생물학자'가 아닌 '언어 습득'인가? 이러한 문제의식을 바탕으로, 영어의 경우 Clements(1979)와 Noh(1985)에서 문장 주제를 식별하는 체계적인 방법이 제시된 바 있다. 그러나 영어와 다른 언어 구조를 가진 한국어의 경우에는 아직 그 기준이 명확하지 않아 적용에 어려움이 있다.

셋째, 문장 주제들 간의 개념적 연결성을 나타내는 '주제 깊이'의 산정 방식을 재고(再考)할 필요가 있다. Lautamatti와 Witte 등의 경우, 순차적 진행이 일어날 때마다 주제 깊이를 1씩 증가시켰다. 그런데 이때 주제 깊이는 주제가 바뀐 횟수만을 표시할 뿐 해당 주제들의 의미적인 위계관계는 명확히 나타내지 못한다. 예를 들어 "이 고양이는 예쁘다. 고양이의 눈은 초록색이다. 고양이의 코는 분홍색이다."라는 문장들에서 주제는 '이 고양이(T1)-고양이의 눈(T2)-고양이의 코(T3)'의 순서로 전개된다. 이때 '고양이의 눈'과 '고양이의 코'는 '이 고양이'라는 주제를 의미적으로 심화시킨 것으로서 그 심화된 정도가 동일하다. 그러므로 주제들 간의 개념적 위계를 보다 명확히 나타내기 위해서는 '이 고양이'를 주제 깊이 1로 했을 때 나머지 두 주제를 모두 깊이 2로 산정해야 한다. 그러나 선행 연구들에서는 '고양이의 눈'은 깊이 2로, '고양이의 코'는 깊이 3으로 산정했다.

마지막으로, 순차적 주제 진행 유형을 좀더 세분화할 필요가 있다. 문장 주제가 변화하는 양상은 여러 가지일 수 있다. 예를 들어 위 사례에서 문장 (4)의 주제와 문장 (5)의 주제가 맺는 관계는 문장 (5)의 주제와 문장 (6)의 주제가 맺는 관계와 차별된다. 문장 (5)의 주제인 '인간 유아의 이러한 무력함'은 선행 문장 (4)의 주제인 '인간 유아'의 의미를 심화 또는 점증시키고 있다. 반면, 문장 (6)의 주제인 '어린 동물들'은 문장 (5)의 주제인 '인간 유아의 이러한 무력함'을 의미적으로 심화 또는 점증시키지 않는다. 다만, 문장 (5)의 진술이 '어린 동물들은 무력하지 않다'는 것이므로, 선행 문장의 주제와 의미적 관련성을 맺고 있다고는 볼 수 있다. 한편, 위 사례에서는 나타나지 않았지만 선행 문장의 주제와 의미적 관련성이 없는 주제가 후행 문장에 나타나는 경우도 있다. 예컨대 '꽃'에 대해 이야기를 하다가 독자가 인지할 만한 논리적 연결고리 없이 '무지개'에 대해 이야기를 하는 경우다. 이러한 경우는 미숙한 학생 필자의 글에서 자주 나타난다. 이상 세 가지 경우 중 앞의 두 경우는 텍스트의 일관성을 해치지 않으며, 세 번째 경우만 일관성을 저해하는 요소로 작용한다. 그런데 이 세 가지 경우를 모두 단일한 주제 진행 유형으로 산정한다면, 이 유형이 텍스트 구성 및 텍스트 질에 기여하는 바가 무엇인지 정확히 파악하기 어려워진다.

이처럼 텍스트의 내용구조 분석 접근법과 형식구조 분석 접근법은 각각의 분석 목표에 따라 각기 다른 분석 단위를 설정하여 텍스트의 구조를 분석하고 그 양상을 도해화하는 방법을 개발해왔다. 이 방법들은 학생 필자의 담화 통합 텍스트 구성 양상을 분석하고자 할 때 각기 다른 이점과 한계를 노정한다. 이상의 내용을 간략히 표로 정리하면 다음과 같다.

〈표Ⅲ-1〉 내용구조 접근법과 형식구조 접근법 비교

	내용구조 접근법	형식구조 접근법
분석 단위	명제	문장, 특히 문장 주제
분석 구조	내용 구조 (명제들의 의미적 관계)	형식 구조 (문장 주제들의 진행에 따라 형성되는 텍스트의 전체적 골격)
분석 목표	텍스트의 내적 의미 구조 분석 : 정보 사이의 의미 관계 분석	텍스트의 표면적 형식 구조 분석 : 정보의 제시 순서와 방법 분석
이론적 배경	언어학: Fillmore(1968)의 격문법, Grimes(1972)의 의미적 명제 문법	텍스트언어학 : 프라그학파의 기능적 문장관
연구 분야 및 주요연구	인지심리학 및 읽기 연구 : Kintsch(1974), Meyer(1975), Frederiksen(1975) 등	읽기 및 쓰기 연구 : Lautamatti(1978), Clements(1979), Noh(1985), Witte(1983a) 등
구조 도해의 특성	텍스트의 내적 의미를 정보의 수사적 관계 유형에 따라 위계적 구조도로 나타냄.	텍스트가 전개되는 순차적 양상을 문장의 '주제 깊이'와 '주제 진행 유형'을 통해 재현.
장점	○ 필자가 다루는 대상뿐 아니라 그에 대한 반응 양상을 확인할 수 있음.	○ 분석이 쉽고 시간 소모가 적음. ○ 필자가 텍스트를 전개한 있는 그대로의 양상을 드러냄.
텍스트 구성 분석 적용 시 문제점*	○ 명제분석이 복잡하고 시간 소모적임. ○ 텍스트에 상이한 구문 형식으로 표현된 주요 국면들(ex. 필자 의도)을 포착 못함. ○ 필자가 텍스트를 전개한 있는 그대로의 양상을 드러내지 못함.	○ 필자가 주제에 대해 반응한 양상을 확인할 수 없음. ○ 문장 주제를 식별하는 기준이 명확하지 않음. (한국어의 경우) ○ 주제 깊이 산정 방식 재고 필요함. ○ 순차적 진행 유형의 재분류가 필요함.

(2) 선행 담화 통합 텍스트 분석 방법

담화 통합 텍스트의 구성 양상을 분석한 연구는 매우 드물다. 앞서 언급한 두 가지 어려움 때문이다. 첫째, 필자의 텍스트를 이루고 있는 다양한 담화들의 기원을 식별하는 어려움과 둘째, 텍스트의 내용 및 형식적 특성을 아울러 살피는 일의 어려움이 그것이다. 그래서 담화 통합 텍스트 분석 연구는 그 방법론을 최초로 제안한 Spivey(1983) 이후 크게 발전하지 않아왔다. 대부분의 연구는 Spivey와 동료 연구자(Spivey, 1983; 1991; 1997, Spivey & King, 1989; Spivey & Greene, 1989)에 의해 이루어졌고, Ackerman(1991), Mathison(1993; 1996),

Mathison & Flower(1993) 등이 Spivey의 방법론을 변용(變容)한 연구를 진행했다. 한국에서 이루어진 담화 통합 텍스트 분석 연구는 박소희(2009)가 유일하며, 역시 Spivey의 방법론을 원용(援用)한 것이었다. 그러므로 새로운 담화 통합 텍스트 분석 방법을 마련하기 위해서는, Spivey가 제안한 방법론이 어떤 것이며 그 성과와 한계는 무엇인지 검토할 필요가 있다.

가. 분석 방법과 절차

Spivey는 담화 통합 텍스트의 구성적 특성을 '선택(select)', '연결(connect)', '조직(organize)'의 원리를 중심으로 고찰할 것을 제안했다. 즉, 필자가 담화 통합을 위해 ① 어떤 정보를 '선택'하며, ② 선택한 정보들을 어떻게 '연결'하여 텍스트를 구성하는가, 그리고 ③ 그렇게 구성된 텍스트의 전체적인 '조직' 양상은 어떠한가를 확인함으로써 해당 텍스트의 특성을 이해할 수 있다고 보았다. 이중 ①은 필자가 다루는 '내용'의 문제이고, ②는 내용의 제시 방법, 즉 '형식'의 문제다. 또한 ③은 ①과 ②가 결합되어 결과적으로 나타나는 전체적 구성 양상이다. 이를 확인하기 위해 Spivey는 앞서 검토한 내용구조 분석 접근법과 형식구조 분석 접근법의 방법들을 혼합적으로 사용했다.

그 방법은 다음과 같았다(Spivey, 1983). 첫 번째 단계에서는 각 자료 텍스트를 분석 단위인 '내용 단위(content unit)'로 나누었다. 이때 '내용 단위'는 Kintsch(1974)가 제안한 '명제'를 기본으로 하되, 여기에

'정보성의 원칙(informativity principle)'을 적용한 것이다. '정보성의 원칙'은 Spivey가 '명제'를 내용 단위로 했을 때 하나의 문장이 불필요하게 많은 명제들로 나뉘어지는 것을 방지하기 위해 도입한 것이다. 예를 들어, "아르마딜로는 원통형의 혀를 가지고 있다."라는 문장은 Kintsch의 방법을 따를 때 [가지다, 아르마딜로, 혀]와 [원통형, 혀]라는 두 개의 명제로 분석된다. 그러나 Spivey는 [가지다, 아르마딜로, 혀]를 별도의 내용 단위로 취급할 필요가 없다고 보았다. 포유류에게 혀가 있다는 사실을 새로운 정보로 인식할 독자는 없기 때문이다. 그래서 독자에게 새로운 것으로 인식될 수 있는 정보만을 기준으로 삼아, 두 명제를 통합한 [가지다, 아르마딜로, (원통형, 혀)]를 1개 내용 단위로 삼았다.

[1단계] 각 자료 텍스트를 '내용 단위'로 나눈다. ('정보성의 원칙'을 적용한 명제 분석)

• 사례 문장: "아르마딜로는 원통형의 혀를 가지고 있다."

• Kintsch(1974)의 명제 분석
  [가지다, 아르마딜로, 혀],
      [원통형의, 혀]
• Spivey(1984)가 '정보성의 원칙'을 적용하여 변용한 명제 분석
  [가지다, 아르마딜로, (원통형, 혀)]

두 번째 단계에서는 Grimes(1975)의 '수사적 술부(rhetorical predicate)' 개념을 적용하여 각 내용 단위의 위계 수준을 결정했다. 예를 들어, "아르마딜로에게는 돌기 있는 껍질이 있다."라는 문장은 [부분, 아르마딜로, 껍질]과 [돌기 있는, 껍질]이라는 두 개의 내용 단위로 나누어진다. 그런데 이때 '껍질에 돌기가 있다.'라는 정보를 제시하는 후자는 '아르마딜로에게는 껍질이 있다.'라는 정보를 제시하는 전자를 부연하는 것으로서 전자에 의미적으로 종속된다. 이는 Grimes가 분류한 '종속적 수사적 술부' 중 '구체화'에 해당한다. Spivey는 이러한 방식으로 각 내용 단위들의 위계 수준을 결정하여, 아래 사례와 같이 단위들을 수직적으로 나열한 '텍스트 기저(text base)'를 만들었다. 아래에서 수준3의 단위는 선행하는 수준2의 단위들에, 수준2의 단위들은 선행하는 수준1의 단위에 의미적으로 종속되었음을 뜻한다. 한편, '내용 단위5'에서도 '정보성의 원칙'이 적용되었음을 확인할 수 있다. '대부분의 포유류는 털을 가진다.'는 것은 독자에게 새로운 정보가 아니기 때문에 별도 단위로 분류되지 않은 것이다.

이처럼 내용 단위의 위계 수준을 설정함으로써 Spivey는 자료 텍스트의 정보들 중 무엇이 위계적 의미 구조에서 상위에 위치하는 주요 정보인지 식별했다. 그리고 이 '의미적 위계 수준'은 '상호텍스트적 중요도(intertexual importance)'와 더불어 특정 내용 단위의 '중요도'를 산정하는 기준으로 사용되었다. '상호텍스트적 중요도'란 특정 내용 단위가 자료 텍스트들에 출현한 횟수를 기준으로 산정된다. 예컨대 필자가 '아르마딜로'에 대한 설명적 보고서를 쓰기 위해 '아르마딜로'에 관한 3편의 자료 텍스트를 읽었다고 해보자. 이때 아르마딜로에 대한 특정 정보는 3편 모두에 나타날 수도 있고 1편 혹은 2편에만 나타날 수도 있다. 이때 특정 정보가 보다 많은 자료 텍스트들에 나타났다면, 해당 내용 단위는 '상호텍스트적 중요도'가 높다고 할 수 있다. 종합하면, 어떤 내용 단위가 해당 텍스트의 '텍스트 기저'에서 상위 수준에 위치했을수록, 그리고 보다 많은 자료 텍스트에 나타나 '상호텍스트적 중요도'가 높을수록 그 단위는 '중요도'가 높은 것으로 취급받는다. Spivey는 필자의 텍스트를 분석하여 정보가 '선택'된 양상을 살필 때 이 두 기준을 사용했다.

　[2단계] 각 자료 텍스트의 '텍스트 기저'를 만든다. ('내용 단위'의 위계성에 따라 수직 배열)

　• 사례 문장: "아르마딜로에게는 대부분의 포유류에게 공통적인 털을 대체하는 돌기 있는 비늘 껍질이 있다."

　• 텍스트 기저
내용 단위1　　1[부분, 아르마딜로, 껍질]
내용 단위2　　　2[돌기 있는, 껍질]
내용 단위3　　　2[비늘의, 껍질]
내용 단위4　　　2[대체하다, 껍질, 털]
내용 단위5　　　　3[공통적인, (부분, (대부분의, 포유류), 털)]

세 번째 단계에서는 각 자료 텍스트의 '텍스트 기저'에서 다루어지는 주제에 따라 '주제 표지(thematic label)'들의 목록을 작성했다. 이는 Bartlett(1932)이 처음 사용하고, Paul(1959)이 원용한 방법을 따른 것이다. 예를 들어, Spivey(1983)에서는 '아르마딜로'에 관한 세 편의 자료 텍스트로부터 총 24개의 주제 표지들을 생성해냈다. 이 목록은 학생 필자가 쓴 텍스트의 내용 단위들을 표지화하는 데 사용된다.

[3단계] 각 자료 텍스트의 '텍스트 기저'에 나타나는 주제에 따라 '주제 표지' 목록을 만든다.

• 주제 단위 목록 사례(Spivey, 1983의 경우)

X: 발음, C: 분류, H: 서식지, N: 이름, E: 민속, A: 보호 장구, Ab: 등딱지, Q: 행동 특성, Vl 크기, K: 털, T: 이빨, M: 입(주둥이, 혀), L: 집게발, B: 땅파기, F: 유연성/방어, D: 먹이, I: 인간에 대한 영향, R: 번식, O: 고대의 아르마딜로(같은 동물)의 형태, S: 종(種)(다음을 포함: S1: 요정 아르마딜로, S2: 거대 아르마딜로, S3: 9개의 등딱지를 지닌 아르마딜로, S4: 기타 종류)

이상 3단계는 자료 텍스트들을 분석하여 학생 필자가 쓴 텍스트를 분석할 수 있는 토대를 마련하는 작업이다. 이상의 절차가 끝나면, 필자의 텍스트를 다음 절차에 따라 분석하고 도해로 나타낸다.

네 번째 단계에서는 필자의 텍스트를 1단계에서와 같은 방법으로 '내용 단위'들로 나누고, 각 단위에 대해 3단계에서 도출한 '주제 표지'를 부여한다. 이때 각 내용 단위는 그것이 포함한 정보에 따라 1개

혹은 조합된 복수(複數)의 주제 표지를 부여 받는다. 예컨대 [빈치류, 아르마딜로]라는 내용 단위는 '아르마딜로는 빈치류다.'라는 '분류'에 대한 정보만을 제공하므로 이를 뜻하는 'C'라는 주제 표지만을 부여 받는다. 그러나 [이빨이 없는, 아르마딜로, 빈치류]라는 내용 단위는 "아르마딜로는 이빨이 없는 빈치류다."를 의미하여 '분류'에 대한 정보와 '이빨'에 대한 정보를 모두 제공한다. 그래서 'CT'라는 조합된 주제 표지를 받게 된다. 각 내용 단위에 '주제 표지'를 붙이는 작업이 끝나면, 각 단위가 텍스트에 나타난 순서에 따라 수직으로 배열한다. 아래 〈그림Ⅲ-3〉의 좌측에 위치한 〈그림A〉가 이 '주제 연쇄(thematic chain)'를 보여준다.

[4단계] 필자 텍스트를 '내용 단위'로 나누고, 각 단위에 대해 '주제 표지'를 붙여 수직으로 배열한다. (〈그림Ⅲ-3〉의 〈그림A〉)

• 사례 주제 표지
[빈치류, 아르마딜로] : C
[이빨이 없는, 아르마딜로, 빈치류] : CT

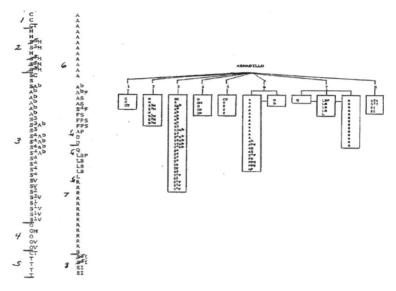

〈그림Ⅲ-3〉 학생 필자의 텍스트에 나타난 주제 표지들
(A: 좌)과 주제 덩이(B: 우) (Spivey, 1983)

다섯 번째 단계에서는 4단계에서 수직 배열한 '주제 연쇄'를 공통
성에 따라 '주제 덩이(thematic chunk)'로 묶어 수평 배열한 도해를
만든다. 〈그림A〉의 '주제 연쇄'를 보면 C(분류), C(분류), CT(분류+이
빨)라는 내용 단위가 진행되다가 H(서식지)로 주제 변화(topical
shift)가 이루어진 지점을 경계로 주제 덩이를 분류했음을 확인할 수
있다. 이는 이 텍스트를 작성한 필자가 '아르마딜로의 생물학적 분류
(빈치류)'에 대한 논의를 전개하다가 새로운 주제인 '아르마딜로의 서
식지'에 대한 논의를 시작했음을 의미한다. 이들은 〈그림Ⅲ-3〉의 우
측에 위치한 〈그림B〉에서 구별되는 주제 덩이를 이루고 있다. 한편,
〈그림A〉에서는 주제 표지가 상이한데도 화살표에 의해 연결된 단위

들을 볼 수 있다. 이는 해당 단위들이 서로 의미적 관련성을 맺고 있음을 뜻한다. 예컨대 주제 덩이6에서 A(보호 장구)에 대한 표지들이 연속되다가 D(먹이)에 대한 표지로 주제가 변화했는데, 이들이 화살표로 연결되어 있다. 이는 필자가 보호 장구와 먹이에 대한 논의를 의미적으로 연관지어 전개했음을 뜻한다. 즉, 이 필자는 "(…) 아르마딜로의 보호 장구는 육식 동물로부터 자신을 보호하는 자연적인 도구라고 할 수 있는데(보호 장구), 왜냐하면 아르마딜로는 오직 벌레와 식물만을 먹는 무해한 동물이기 때문이다(먹이)."라는 문장에서 상이한 두 주제를 '인과'적으로 연결했다. 이는 〈그림B〉의 도해에 나타난 주제 덩이6에서처럼 선으로 연결된 단일한 주제 덩이로 취급된다. 주제 덩이7에서도 세 가지 주제가 하나의 '주제 덩이'로 묶여 있음을 확인할 수 있다. Spivey는 이렇게 상이한 주제들이 의미적으로 연관될 수 있는 경우를 대조(contrastive), 유사(similarity), 인과(causal), 도구(instrumental), 시간(temporal), 속성 소유(attribute-possessor)의 여섯 가지로 분류했다.

[5단계] 필자 텍스트의 '주제 표지'들을 '주제 덩이'로 묶어 텍스트 진행 순서에 따라 수평적으로 배열한 도해를 만든다. (〈그림III-3〉의 〈그림B〉)

이상의 다섯 단계를 통해 담화 통합 텍스트를 분석하고 도해화한 Spivey는 해당 텍스트에 나타난 '선택', '연결', '조직'의 특성을 다음 방법을 통해 수치적으로 확인했다.

먼저, 필자의 텍스트에 나타난 '선택'의 양상은 다음 사항들을 살핌으로써 확인했다. 첫째, 자료 텍스트들의 '텍스트 기저(text base)'들과 필자의 '텍스트 기저'를 비교함으로써 선택된 〈정보의 양(quantity)〉과 〈정보의 기원(origin of information)〉을 살폈다. 예컨대 Spivey(1983)에서 필자들은 세 편의 자료 텍스트들을 이루는 총 227단위 중에서 평균 88단위를 선택하여 자신의 텍스트에 포함시켰다. 또한 이를 확인하는 과정에서 자료 텍스트들로부터 비롯된 정보는 무엇이고, 필자의 지식으로부터 비롯된 정보는 무엇인지도 살필 수 있었다. 두 번째로는 필자가 선택한 정보의 성격을 그 〈중요도(importance)〉 면에서 규명했다. 이때 앞서 살핀 두 가지의 중요도 판단 기준이 적용되었다. 특정 정보가 그것이 비롯된 자료 텍스트의 의미적 위계 구조에서 얼마나 상위에 위치하고 있는가를 살피는 '의미적 위계 수준' 정도, 그리고 특정 정보가 자료 텍스트들에 얼마나 반복적으로 출현한 것인가를 살피는 '상호텍스트적 중요도'가 그것이다. Spivey의 연구들(1983; Spivey & King, 1989)에서는 필자의 독해 능력이 뛰어날수록 '중요도'가 높은 정보를 자신의 텍스트에 포함시킨다는 결과가 반복적으로 나타났다. Spivey는 이를 읽기 연구 분야의 '수준 효과'와 대응되는 것으로서, '중요도 원칙(importance principle)'이라고 불렀다.

다음으로, 필자의 텍스트에 나타난 '연결' 양상은 선택된 내용들이 의미적 단절 없이 자연스럽게 이어지고 있는가를 측정함으로써 확인했다. 이를 위해서는 독자 중심 측정(reader-based measure) 방법이 사용되었다. 즉, 세 명의 평가자들이 필자의 텍스트를 독립적으로 읽고, 읽기 과정에서 의미 연결이 부자연스럽다고 판단되는 곳에 표시했다. 그리고 각 평가자가 표시한 숫자의 평균을 〈잘못이 인지된 연결 작용(perceived connective operations)〉의 값으로 삼았다. 예컨대 Spivey(1983)에서는 100개의 내용 단위 당 평균 6개의 '잘못된 연결 작용'이 나타나는 것으로 확인되었다.

　마지막으로 필자의 텍스트가 '조직'된 양상은 〈내용구조의 종류〉와 〈조직 긴밀도〉를 통해 살폈다. 이들은 텍스트 도해를 기반으로 판단되었다. 우선 텍스트의 전체적 내용구조가 어떠한지는 Meyer(1975)가 제시한 5가지 수사적 관계인 인과, 비교/대조, 수집, 묘사, 반응을 기준으로 판단했다. 예를 들어, 〈그림Ⅲ-3〉에서 〈그림B〉는 아르마딜로의 다양한 속성들을 나열하는 방식으로 구성되어 있다. 즉, 주제 덩이1에서는 아르마딜로의 생물학적 '분류(C)'에 대해 논의하고 이어 주제 덩이2에서는 '서식지(H)'에 대한 설명을 하는 식이다. 이처럼 병렬적인 속성을 나열하는 것은 Meyer의 분류에서 '수집(collection)' 구조에 해당한다. Spivey(1983)에서는 '아르마딜로'라는 단일 주제에 대한 자료들을 주고 설명적 글을 쓰게 했기 때문에 대부분의 필자가 수집 구조로 텍스트를 작성했다. 한편, Spivey(1991)에서는 서로 다른 두 개의 주제(오징어, 문어)에 대한 자료들을 주고 설명적 글을 쓰게 했기 때문에 대부분의 필자가 비교/대조 구조의 텍스트를 작성한 것으로 나타났다.

다음으로 조직 긴밀도는 텍스트가 얼마나 긴밀하게 조직되어 있는 지 수치화한다. 이는 〈그림B〉에 나타난 전체 내용 단위 수에 대한 주제 덩이 수의 비율(주제 덩이의 수/내용 단위의 수)로 측정한다. 조직 긴밀도 값이 낮을수록 해당 텍스트가 긴밀하게 조직되었음을 뜻한다. 예컨대 필자 A의 텍스트는 100개의 내용 단위들이 5개의 주제 덩이를 이루고 있고(조직 긴밀도: 0.05), 필자 B의 텍스트는 100개의 내용 단위들이 20개의 주제 덩이를 이루고 있다(조직 긴밀도: 0.2)고 가정해보자. 우리는 A의 텍스트가 하나의 주제에 대해 좀더 많은 내용 단위들을 할애하여 논의하고 있다는 것, 즉, 주제에 대한 좀더 밀도 있는 논의를 전개한다는 것을 예측할 수 있다. 이 조직 긴밀도는 Spivey의 연구(1983; 1991, Spivey & King, 1989)뿐만 아니라 그녀의 방법론을 원용한 이후 연구들(Mathison, 1993; 1996; Mathison & Flower, 1993; 이윤빈, 2010; 정희모, 2011)에서도 필자가 쓴 텍스트 질을 예측하는 강력한 요인임이 확인되어 왔다.

나. 분석 방법의 성과와 한계

이상에서 살펴본 Spivey의 방법론은 담화 통합 텍스트를 분석하기 위해 제안된 최초이자 가장 주요한 방법론으로서 의의가 크다. Spivey는 이 방법론을 통해 담화 통합 텍스트를 분석하고자 할 때 부딪치는 두 가지 문제점[14]을 일정 수준에서 해결했다. 먼저, 그녀는

필자의 텍스트를 구성하는 다양한 담화(정보)들의 기원을 식별하고
자 했다. 이를 위해 자료 텍스트들을 '내용 단위'로 나누고 각 단위가
다루고 있는 주제들을 공통성에 따라 상위 범주에서 표지화하여 '주
제 표지 목록'을 만들었다. 그리고 필자의 텍스트에 나타난 내용 단위
들을 이 목록에 따라 표지화함으로써 자료들의 정보가 필자의 텍스
트에 반영된 양상을 대조적으로 확인했다.

또한 Spivey는 담화 통합 텍스트의 내용적 측면과 형식적 측면을
아울러 살피고자 했다. 내용적 측면에서는 텍스트 구성을 위해 '선택
(select)'된 정보가 무엇인지 검토했고, 형식적 측면에서는 선택된 정
보들이 '연결(connect)'된 양상을 고찰했다. 그리고 선택된 정보들이
연결된 양상이 결과적으로 어떠한 '조직(organize)'을 이루고 있는지
도해화함으로써 그 유형을 분류했다. 이 도해는 기본적으로는 형식
구조의 성격을 갖지만, 이로부터 내용구조를 추론할 수 있게 한다는
점에서 특이점을 갖는다. 즉, 이 도해는 Lautamatti(1978) 등이 사용
한 형식구조 도해와 마찬가지로, 내용 단위의 주제들을 표지화하여
그것이 텍스트에 나타난 순서대로 배열한다. 그럼으로써 필자가 텍
스트를 진행한 있는 그대로의 양상을 주제 표지를 중심으로 확인할
수 있게 한다. 그러나 다른 한 편으로, Spivey는 연속되거나 의미적
관련성이 있는 주제 표지들을 '주제 덩이'로 묶음으로써 주제들 간의
의미적 관계를 표현하고자 했다. 그리고 이 '주제 덩이'들 간의 관계

---

14) 이와 관련한 설명은 이 장의 첫머리에서 제시했다.

를 Meyer(1975)가 제안한 수사적 관계 유형 분류에 비추어 살핌으로써 최상위 수준에서의 내용구조를 추론했다. 〈그림Ⅲ-3〉의 〈그림B〉를 '수집' 구조 유형으로 분류한 것이 그 사례다. Spivey의 이와 같은 시도는 선행 내용구조 분석 접근법이 사용하는 도해가 갖는 단점(텍스트가 전개된 순차적 양상을 표현하지 못하는 것)과 형식구조 분석 접근법이 사용하는 도해가 갖는 단점(텍스트의 내용구조에 대한 정보를 주지 못하는 것)을 일정 수준에서 극복하고자 한 것으로 볼 수 있다.

그러나 이러한 성과에도 불구하고, Spivey의 방법은 다음의 한계 또한 노정(露呈)한다. 첫째로, 이 방법은 '명제'를 분석 단위로 삼기 때문에 기존 명제 중심 분석이 갖는 한계를 공유한다. 즉, 분석에 소요되는 시간과 에너지가 많아 분량이 긴 텍스트나 여러 편의 텍스트를 분석하기에 무리가 있다는 점, 분석 방법과 절차가 복잡하여 이를 교육 현장에서 쉽게 활용할 수 없다는 점이 그것이다. 이는 중등 이상의 학생 필자가 쓴 상대적으로 긴 분량의 텍스트를 분석해야 하는 상황에서는 매우 치명적인 한계가 된다. 사실상 명제는 내용구조 분석 접근법을 발달시킨 인지심리학 및 읽기 연구의 관심사(독해 및 기억 현상)를 고찰할 때 가장 효과적으로 사용될 수 있는 단위다. 이를 쓰기 연구에서 학생 필자의 텍스트 분석 단위로 사용하고자 할 경우에는 무리가 따르게 된다. 학생 필자가 쓴 다수의 그리고 상대적으로 긴 분량의 텍스트를 분석하기 위해서는 명제보다 큰 분석 단위를 설정할 필요가 있다.

둘째로, Spivey가 담화(정보)의 기원을 식별한 방법은 특정 유형의 담화 통합 텍스트를 분석할 때만 유효하다. Spivey는 자료들을 기반으로 작성한 '주제 표지 목록'을 사용하여 필자의 텍스트를 표지화[15] 했다. 그럼으로써 텍스트에 나타난 정보가 어떤 자료에서 비롯된 것인지 확인했다. 그러나 이 방법으로는 자료들로부터 비롯되지 않은 정보, 즉 필자의 지식으로부터 비롯된 정보는 식별할 수 없다. 주제 표지 목록은 자료들에 나타난 정보만을 다루기 때문이다. 그러므로 이 방법은 Spivey(1983; 1991), Spivey & King(1989) 등에서 사용한 특정한 유형의 텍스트, 즉, 필자가 자료들의 정보를 주된 재료로 삼는 정보전달적 텍스트를 분석할 때만 유효하다. 필자가 자료들의 정

---

15) 주제 표지화 작업 자체가 갖는 번거로움과 한계에 대해서도 언급할 수 있다: (1)절차상의 복잡성(분석자는 텍스트를 명제로 분석하는 번거로운 작업에 더하여 각 명제들을 다시 다수의 주제 표지들로 범주화하는 작업을 해야 한다. 그런데 짧은 한 편의 글도 수백 개의 내용 단위로 나뉘어지기 때문에 이들을 일일이 검토하여 주제에 따라 범주화하는 것은 결코 만만한 작업이 아니다.), (2)표지 분류의 자의성(또한 이 번거로움을 감수한다고 하더라도, 분석자의 시각에 따라 분류가 자의적으로 이루어질 수밖에 없는 한계도 있다. 하나의 문장은 여러 개의 명제로 나뉘어지며, 이에 따라 여러 개의 주제를 다루게 된다. 예를 들어 자료 텍스트에 "샴 고양이는 털이 길고 애교가 많다."라는 문장이 있을 경우, '샴 고양이', '털', '애교'를 모두 주제 표지로 삼을 수 있다. 그러나 '애교'는 해당 텍스트에서 주요하게 다루어지는 주제가 아니라고 판단하여, 이를 주제 표지 목록에서 제외시키거나 또는 '성격'이라는 상위 범주에 포함시킬 수도 있다. 전자처럼 각 내용 단위가 다루는 주제를 최대한 반영하여 주제 표지 목록을 만들 경우에는 목록이 지나치게 방대해진다는 단점이 있다. 그리고 후자처럼 해당 표지를 제외하거나 혹은 상위 범주에 포함시킬 경우에는 필자의 텍스트에서 '애교'가 주요 내용으로 다루어질 경우 이를 포착하기가 어렵다는 단점이 있다.)

보보다는 자신의 지식을 주된 재료로 삼아 작성한 텍스트를 분석할 때는 이 방법으로 정보의 기원을 식별할 수 없다.[16]

셋째로, Spivey가 제안한 분석 방법과 도해는 담화 통합 텍스트가 구성된 내용적 측면과 형식적 측면을 온전히 아우른다고 보기 어렵다. 먼저, 내용적 측면에서 Spivey는 텍스트 구성을 위해 필자가 어떤 정보를 '선택'했는지의 문제만을 검토했다. 그리고 이는 텍스트에 나타난 주제들을 확인하는 방식으로 이루어졌다. 그러나 우리가 어떤 텍스트에서 다루어지는 주제들이 무엇인지 안다고 해서, 그 텍스트의 내용 전개를 온전히 이해했다고 할 수는 없다. 필자가 주제들을 어떻게 다루고 있는가, 즉 주제들에 어떻게 '반응(response)'했는가를 아울러 이해해야만 한다. 또한 형식적 측면에서 Spivey는 선택된 정보들이 '연결'된 양상을 살피고자 했다. 이는 주제 표지들을 순차적으로 나열하고, 이 표지들을 의미적 공통성이나 연관성에 따라 주제 덩이로 묶는 방식으로만 이루어졌다. 그러나 이러한 방식으로는 각 내용 단위들이 연결되는 다양하고 구체적인 양상을 확인할 수 없다. 내용 단위가 연결되는 방식은 다양할 수 있다. 선행 단위의 의미를 이어받거나 심화시킬 수도 있고 혹은 (미숙한 필자의 경우) 선행 단위

---

16) 메디슨(1993; 1996)은 Spivey의 방법을 변용하여 비평문 텍스트를 분석하는 과정에서 이 한계를 추가적인 두 개의 주제 표지를 생성함으로써 극복하고자 했다. 자료 밖에서 가져온 주제를 의미하는 'I(Import)'와 비평 대상이 되는 텍스트 자체를 지칭하는 'ST(Source Text)'가 그것이다. 그러나 이 방법 역시 자료 밖의 주제를 모두 하나의 표지(I)로 통칭하여, 필자의 텍스트가 다수의 외부 주제를 다루고 있을 경우 이를 변별적으로 나타내지 못한다는 한계를 갖는다.

와 의미적 관련이 없는 채로 연결되기도 한다. 그러나 Spivey의 방식은 이 다양한 경우의 수를 포착하지 못한다. 그녀가 연결성을 측정하는 객관적 방법을 사용하지 못하고, 평가자의 주관에 의존한 독자 중심 측정(reader-based measure)을 통해 부자연스러운 연결의 수를 산정한 것도 이 때문이다.

마지막으로, Spivey가 분류한 담화 통합 텍스트의 유형은 해당 텍스트가 구성된 방식에 근거한 것이 아니었다는 점도 언급을 요한다. 그녀는 Meyer(1975)의 '수사적 관계' 유형 분류에 근거하여 학생 필자의 텍스트 유형을 규정했다. 그래서 Spivey(1983; 1991)나 Spivey & King(1989)에서 사용된 정보전달 텍스트를 쓸 것을 요구하는 과제에 대해서는 '수집' 구조 유형 텍스트가 가장 빈번히 제출되었다는 것, Spivey & Greene(1989)에서 사용된 제안(proposal) 과제에 대해서는 반응(문제-해결) 구조나 인과(원인-결과) 구조 유형 텍스트가 가장 빈번히 제출되었다는 것 등의 결과를 도출했다. 즉, Spivey가 분류한 담화 통합 텍스트 유형은 해당 텍스트의 내용구조에 국한된 것이었지 필자가 텍스트를 구성한 방식을 분류한 것이 아니었다.

이처럼 Spivey가 제안한 담화 통합 텍스트 분석 방법은 그 의의만큼이나 분명한 한계들을 담지하고 있다. 그러므로 우리가 학생 필자가 쓴 담화 통합 텍스트의 다양한 구성 양상을 확인하고자 한다면, 우리는 Spivey의 성과에 기반하되 그 한계를 극복할 수 있는 방법을 모색해야 한다.

(3) 새로운 분석 방법의 전제

이제까지 우리는 담화 통합 텍스트 분석 방법을 개발하기 위한 이론적 기초 작업을 수행했다. 문식성 연구 분야에서는 아직 담화 통합 텍스트의 분석 방법론이 충분히 개발되어 있지 않다. 그리고 선행하는 유일한 분석 방법인 Spivey(1983; 1991, Spivey & King, 1989; Spivey & Greene, 1989)의 방법론은 텍스트의 내용구조 분석 접근법과 형식구조 분석 접근법의 방법론들을 혼합적으로 사용하고 있다. 그래서 우리는 먼저 두 접근법에 대해 검토한 뒤, Spivey의 방법론이 이 접근법의 방법들을 어떻게 원용하고 있는지 살폈다. 그 결과, Spivey 의 방법론은 담화 통합 텍스트를 분석할 때 부딪치는 어려움들을 일정한 수준에서 극복하고 있으나, 몇 가지 한계 또한 노정한다는 사실을 확인했다. 이제 우리는 선행 연구들의 성과와 한계를 바탕으로, 우리의 분석 목표를 달성하기 위한 새로운 접근법이 어떠한 전제 위에서 개발되어야 하는지 논의해야 한다.

우리의 분석 목표는 분석 대상이 되는 학생 필자의 텍스트가 어떠한 구성 유형을 보이고 있으며, 그 특성은 무엇인지 확인하는 것이다. 이 목표를 효과적으로 달성하기 위해서는 다음 사항들이 전제되어야 할 것으로 보인다.

첫째, 분석 단위는 '명제' 이상의 보다 광범위한 것이어야 한다. 앞서 살폈듯이 '명제'는 쓰기 연구에서 학생 필자들이 쓴 상대적으로 긴 분량의 텍스트를 분석하는 단위로서는 적합하지 않다. 보다 효율적인 단위가 필요하다. 그래서 이 연구에서는 형식구조 분석 접근법에서 사용한 '문장'을 분석 단위로 삼고, 그 '주제-진술' 구조에 주목한다. 이때 '문장'의 경계를 어떻게 설정할 것이며, 문장의 '주제-진술' 구조를 어떻게 식별할 것인가의 문제에 대해서는 다음 절에서 논의할 것이다.

둘째, 담화 통합 텍스트에 나타난 정보의 기원은 분석 단위의 의미 내용 전체를 살핌으로써 식별해야 한다. 자료 텍스트들을 구성하는 '주제 표지'가 필자의 텍스트에 나타난 양상을 단순 비교함으로써 확인할 수 있는 사항은 매우 제한적이다. 자료 텍스트가 아닌 필자의 지식으로부터 비롯된 정보가 무엇인지 식별하기 어렵고, 또한 주제에 대한 필자의 진술이 자료에서 비롯된 것인지 필자 고유의 것인지에 대해서도 식별할 수 없다. 따라서 이 연구에서는 '주제 표지'가 아닌 분석 단위의 의미 내용을 통합적으로 살핌으로써 정보의 기원을 식별한다. 다음 절에서 새로운 분류 기준을 마련할 것이다.

셋째, 담화 통합 텍스트가 구성된 내용적 측면과 형식적 측면을 아우를 수 있는 분석 방법과 도해가 필요하다. Spivey는 담화 통합 텍스트의 내용적 측면을 필자가 텍스트 구성을 위해 선택한 주제에만 집중하여 살폈다. 그러나 텍스트의 의미는 단지 필자가 어떤 주제들을 '선택'했는가의 문제만을 살핌으로써 드러나는 것이 아니다. 필자가 자신이 선택한 주제들에 대해 어떻게 '반응'했는가를 함께 고찰해야 한다. 동일한 주제들을 다루고 있는 두 편의 텍스트가 있다고 할

지라도 주제들에 대한 반응이 다르다면 두 텍스트는 전혀 다른 의미를 전달할 것이기 때문이다. 그러므로 이 연구에서는 담화 통합 텍스트의 '주제'뿐만 아니라 주제에 대한 반응, 즉 '진술'의 양상을 함께 살필 것이다. 이를 위해 진술의 종류와 성격을 규정하는 작업을 수행할 것이다. 또한 형식적 측면에서는 분석 단위들이 연결되는 다양한 양상을 차별적으로 살필 수 있는 방법 및 도해를 마련할 것이다. Spivey와 같이 주제 표지들을 단순 나열한 뒤 이를 의미적 공통성이나 연관성에 따라 주제 덩이로 묶는 방식만으로는 분석 단위들의 다양한 연결 양상을 포착하기 어렵다. 각 단위들의 순차적 연결 방식뿐만 아니라 개념적 연결 방식을 아울러 살펴야 한다. 이를 위해서는 Lautamatti(1978) 등이 사용한 '주제 깊이' 및 '주제 전개 유형'이 유용한 참조가 된다. 다만, 앞서 살핀 바 이 방식이 내재하는 한계들을 극복할 수 있도록 '주제 깊이' 및 '주제 전개 유형'을 재설정하는 작업이 필요할 것이다. 다음 절에서 재설정한 유형 및 그 근거를 소개한다.

마지막으로, 이와 같은 방법을 통해 확인하게 될 담화 통합 텍스트의 구성 유형은 필자가 다양한 담화들을 처리(processing)한 방식에 따라 분류될 것이다. 이윤빈·정희모(2010)는 이를 '요약', '틀', '종합' 및 그 하위 유형들로 분류한 바 있다. 이 유형들은 담화 통합 텍스트의 내용적 특성과 형식적 특성을 아울러 고찰할 때 파악되는 것들이다.

이상의 논의를 종합하여, 선행 담화 통합 텍스트 분석 방법과 이 연구에서 개발할 분석 방법의 특성을 비교하여 정리하면 〈표III-2〉와 같다.

⟨표Ⅲ-2⟩ 선행 담화 통합 텍스트 분석 방법(Spivey, 1983)과 이 연구의 분석 방법 비교

	선행 담화 통합 텍스트 분석 방법	이 연구의 분석 방법
분석 단위	내용 단위 (명제 + 정보성의 원리)	주제-진술 단위 (문장)
분석 구조	주제 표지가 형성하는 형식/내용구조	주제-진술 단위가 형성하는 형식/내용구조
분석 목표	담화 통합 텍스트의 구성 양상 확인 및 도해화	담화 통합 텍스트의 구성 양상 확인 및 도해화
분석 초점	선택, 연결: 조직 양상	선택, 반응, 연결: 구성 양상
이론적 배경	주로 내용구조 분석 이론 명제 분석: Kintsch 명제들 간의 종속관계 설정: Meyer 주제표지화: 바틀렛, 파울	형식구조+내용구조 분석 이론 주제 깊이: Lautamatti 외를 수정 주제 진행 방식: Lautamatti 외를 수정 반응(진술) 종류와 성격: 내용분석이론
특성/전제	◦ 명제 기반 분석이므로 분석 방법과 절차가 복잡하고 소모적임. ◦ 담화의 기원을 살피기 위해 '주제 표지 목록'을 사용함: 특정 유형 텍스트 분석에만 적용 가능함. ◦ 텍스트의 내용적 측면과 형식적 측면을 아우르고자 했으나 한계 있음: ① 필자가 '선택'한 주제들의 양상을 살핌. ② 내용 단위의 순차적 '연결' 및 '덩이화' 양상을 살핌. ③ 도해: 형식구조에서 내용구조를 추론해야 함. ◦ 구성 유형 분류: Meyer(1975)에 기반한 내용구조 유형(수집, 반응, 인과 등)	◦ 문장을 분석 단위로 설정하여 분석 방법과 절차를 단순화하고, 교육 도구로 이용할 수 있게 함. ◦ 담화의 기원을 살피기 위해 주제-진술의 전체 의미 내용을 살핌. ◦ Spivey의 한계를 보완하여 텍스트의 내용적 측면과 형식적 측면을 살핌: ① 필자가 '선택'한 주제와 함께 해당 주제에 '반응'한 양상을 살핌: 전체 내용 전개 양상 확인 ② 주제-진술 단위의 순차적/개념적 '연결' 양상을 살핌: 다양한 연결 방식 확인 ③ 도해: 형식구조 안에 내용구조가 일정 수준에서 드러남. ◦ 구성 유형 분류: 필자가 담화들을 처리한 방식에 따른 분류. 내용과 형식적 특성을 함께 다룸(ex. 요약, 틀, 종합 등)

2. 담화 통합 텍스트의 분석 모형

앞 절에서 우리는 담화 통합 텍스트의 분석 모형 개발을 위한 이론적 기초를 마련했다. 선행 텍스트 분석 이론들의 성과와 한계를 검토함으로써 새로운 분석 모형 개발을 위해 전제할 사항들을 규정했다. 이를 토대로, 이 절에서는 구체적인 텍스트 분석 모형을 제시한다.

1) 분석 단위의 설정

(1) 문장 단위의 설정

선행 담화 통합 텍스트 분석 모형을 제시한 Spivey(1983; 1991; 1997; Spivey & King, 1989; Spivey & Greene, 1989)는 내용구조 분석 접근법에서 사용한 '명제'를 분석 단위로 삼았다. 그러나 살펴본 것처럼 명제는 쓰기 연구에서 학생 필자가 쓴 텍스트를 분석하기 위한 단위로서는 적합하지 않았다. 그래서 우리는 명제를 대체할 수 있는 보다 효율적인 분석 단위로서 '문장'을 설정할 필요성을 검토했다.

문장은 형식구조 분석 접근법에서 사용해온 분석 단위다. 그러나 형식구조 분석 접근법에서 실제로 주목한 것은 문장 전체의 의미가 아닌 문장의 '주제(topic)'였다. 이들은 담화 주제를 발견하거나 텍스트의 일관성을 측정하기 위해 문장 주제들의 표면적 전개 양상을 살폈다. 그러나 문장의 주제만이 아닌 문장 전체의 의미에 주목할 경우, 문장은 텍스트의 형식뿐만 아니라 내용적 측면을 함께 드러내는 분석 단위(우리는 앞으로 이를 문장의 주제-진술 구조를 중심으로 고찰할 것이다)로 기능할 수 있다. 그래서 이 연구에서는 분석 단위로서 문장을 설정한다.

그런데 연구자들은 텍스트 분석 목적에 따라 문장을 분석 단위로 사용(Lautamatti, 1978; Witte, 1983a; 정희모·김성희, 2008)하기도 하고, 문장을 분석하여 하위 수준의 문장 단위를 설정한 뒤, 이를 분석 단위로 사용(Noh, 1985; Ackerman, 1991; 박채화, 1993)하기도 해왔다. 그러므로 우리가 문장을 분석 단위로 삼을 경우, 우리는 하나의 단위로 산정(算定)되는 문장이 무엇인지 규정할 필요가 있다.

한국어 문장은 주어와 서술어의 개수에 따라 '단문(短文)'과 '복문(複文)'으로 그 종류가 나뉜다. 주어와 서술어가 한 번 나타나면 단문, 두 번 이상 나타나면 복문이다. 또한 복문은 이를 구성하는 절들이 어떤 관계를 갖는가에 따라 '포유문(抱有文)'과 '접속문(接續文)'으로 분류된다. 절이 문장 성분으로 내포된 구조를 보이는 문장이 포유문, 절과 또 다른 절이 연결된 구조를 보이는 문장이 접속문이다(노대규 외, 1987).

예1) 지금은 <u>학교에 가기</u>에 이른 시간이다.
예2) 이 옷은 <u>영희가 [입은/입는/입을/입던]</u> 옷이다.
예3) 철수는 <u>영희가 말한 것</u>과 똑같이 말했다.
예4) <u>영희가 얼굴이 예쁘다.</u>
예5) 철수는 <u>자기가 대장이라고</u> 말했다.
예6) 철수는 <u>키가 크고</u>, 영희는 키가 작다.
예7) <u>비가 와서</u>, 길이 질다. (원인)

포유문과 접속문은 다시 하위 분류할 수 있다. 포유문은 문장 안에 내포된 절의 종류에 따라, 명사절 내포문, 관형절 내포문, 부사절 내포문, 서술절 내포문, 인용절 내포문으로 구분된다. 내포된 절에 명사형 어미 '-(으)ㅁ', '-기'가 붙은 것이 명사절 내포문(예1), 관형사형 어미 '-(으)ㄴ', '-는', '-(으)ㄹ', '-던'이 붙은 것이 관형절 내포문(예2)이다.

또한 내포된 절 전체가 부사어의 기능을 하여 서술어를 수식하는 경우를 부사절 내포문(예3), 서술어의 기능을 하는 것을 서술절 내포문 (예4)이라 한다. 서술절 내포문은 구조가 특이한데, 한 문장에 주어가 두 개 있는 것처럼 보인다. 이때 앞에 나오는 주어를 제외한 나머지 부분이 서술절에 해당하다. 사례에서 '영희가'의 서술어는 '얼굴이 예쁘다.'이고, '얼굴이'의 서술어는 '예쁘다'인 것으로 해석한다. 마지막으로, 다른 사람의 말을 인용한 것이 절의 형식으로 문장 안에 내포되는 것을 인용절 내포문(예5)이라고 한다. 인용격 조사인 '-(이)(라)고'를 사용한다.

한편, 접속문은 '대등 접속문'과 '종속 접속문'으로 구분된다. 전자는 연결되는 절들의 의미관계가 대등한 문장(예6)이다. 복수의 절이 '-고', '-(으)며', '-든지', '-지만' 등의 대등 연결어미에 의해 이어진다. 반면 후자는 절들의 의미가 독립적이지 못하고 종속적 관계를 갖는 문장(예7)을 말한다. 이어지는 절들이 어떤 의미 관계를 갖느냐에 따라 다양한 종속 연결어미들이 사용된다. 원인을 나타내는 '-(아)서', 조건을 나타내는 '-(으)면', 의도를 나타내는 '-(으)려고', 배경을 나타내는 '-는데', 양보를 나타내는 '-(으)ㄹ지라도' 등이 있다. 이상에서 살핀 한국어 문장의 종류를 정리하면 다음과 같다.

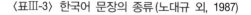

〈표Ⅲ-3〉 한국어 문장의 종류(노대규 외, 1987)

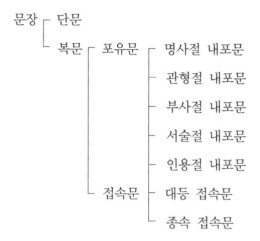

이들 중에서, 텍스트 분석을 위한 단위로서 가장 먼저 고려할 수 있는 것은 주어+서술어의 관계를 한 번만 갖는 단위인 단문(/절)이다. 그러나 단문(/절)을 단위로 삼아 텍스트를 분석할 경우, 하나의 복문이 다수의 단위로 분할되므로 총 분석 단위의 수가 매우 많아진다. 즉, 하나의 텍스트가 매우 많은 분석 단위로 나누어져 '명제'를 단위로 삼았을 때와 유사한 문제점이 초래된다. 그래서 쓰기 연구에서 학생 필자의 텍스트를 분석하기 위한 단위로서 단문(/절)은 그리 효율적인 단위가 되지 못한다.

다음으로 고려할 수 있는 것은 모든 종류의 문장(단문 및 복문)을 분석 단위로 삼는 것이다. 텍스트에 나타난 종지부(終止符)를 기준으로 단위를 산정하면 되기 때문에 분석 절차가 매우 간편하다는 장점이 있다. 그러나 이 경우, 한 단위 안에 여러 의미가 내포되어 있을 경우 다른 분석 단위와의 의미 관계를 설정하기가 어렵다는 문제가 생긴다. 예컨대 "철수의 첫 번째 문제는 게으름이고, 두 번째 문제는 나약함이고, 세 번째 문제는 탐욕이었다."처럼 다양한 의미를 내포한 문장이 있다고 할 때 어떤 의미를 중심으로 다른 단위와의 관계를 설정해야 할 것인가? 모든 종류의 문장을 분석 단위로 삼는 것은 매우 간편한 해결책으로 보이지만, 사실상 분석의 혼란을 초래하게 된다.

결국 문제가 되는 것은 복문을 구성하는 절의 처리 방식이다. 이를 어떻게 취급하느냐에 따라 분석 단위의 범위가 결정된다. 이와 관련하여, 텍스트의 내용구조 분석을 위해 문장 단위의 범위를 설정하고자 했던 연구자들(이삼형, 1994; 박진용, 1997; 김지혜, 2005)의 논의는 좋은 참조점을 제공한다. 이들은 텍스트 분석 단위로서 문장은 다음 두 가지 기준을 충족시켜야 한다고 보았다. 첫째는 완결된 의미체여야 한다는 것이고, 둘째는 다른 단위와의 변별력을 지니는 독립된 의미체여야 한다는 것(박진용, 1997: 219)이다. 이는 하나의 단위가 다른 단위와의 관계를 맺기 위해 충족해야 할 기본 조건들이다.

이 두 가지 기준을 한국어의 다양한 문장에 적용해보자. 먼저, 첫째 기준은 주어+서술어의 관계가 성립하는 단문(/절) 이상의 문장이라면 모두 충족한다. 반면, 둘째 기준을 적용하면 포유문에 속한 다섯 종류의 내포문 및 종속 접속문 내의 종속절은 독립된 단위로 인정되지 않는다. 내포문 및 종속절이 그 자체로 독립된 의미를 가지고 다른 단위와 관계를 맺을 수 없기 때문이다. 다음 사례를 보자.

예1′) 지금은 <u>학교에 가기</u>에 이른 시간이다. 좀더 자도 된다.

예7′) <u>비가 와서</u>, 길이 질다. 차가 미끄러졌다.

예1′)에서 포유문에 내포된 명사절('학교에 가기')은 완결된 의미를 전달한다. 그러나 이 명사절은 이어지는 문장인 '좀더 자도 된다'와 독립된 의미체로서 직접적인 의미관계를 맺지 않는다. '좀더 자도 된다'와 관계를 맺는 것은 '지금은 … 이른 시간이다'이지 '학교에 가기'가 아니다. 또한 예7′)에서 종속 접속문 내의 종속절('비가 와서')도 완결된 의미를 담지(擔持)하지만 이를 다른 단위와 관계를 맺을 수 있는 독립된 의미체라고 보기는 어렵다. '차가 미끄러졌다'와 직접적인 의미 관계를 맺는 것은 '비가 와서, 길이 질다'는 접속문 전체이지 '비가 와서'가 아니기 때문이다.

반면 대등 접속문의 경우에는 사정이 다르다. 대등 접속문을 이루는 절들은 완결된 의미체이면서 동시에 다른 단위와 의미 관계를 맺을 수 있는 독립된 의미체다. 앞서 사례로 든 "철수의 첫 번째 문제는 게으름이고, 두 번째 문제는 나약함이고, 세 번째 문제는 탐욕이었다."라는 문장은 이를 구성하는 각 절이 모두 다른 단위와 독립적으로 의미 관계를 맺을 수 있다. 즉, 각 절은 이 접속문 이후로 나올 수 있는 단위(게으름에 대해 설명하는 문장(들), 나약함에 대해 설명하는 문장(들), 탐욕에 대해 설명하는 문장(들))들과 그 자체로 독립적으로 의미 관계를 맺게 된다.

이상의 내용을 염두에 둘 때, 텍스트 분석 단위로 사용될 수 있는 단위는 (1) 단문(/절), (2) 포유문, (3) 종속 접속문, (4) 대등 접속문을 구성하는 각 절이다. 분석의 실제에서는 종지부를 기준으로 문장 단위를 나누되, 대등 접속문만 이를 구성하는 각 절을 별개의 단위로 산정하면 된다. 대등 연결어미('-고', '-(으)며', '-든지', '-지만' 등)가 분할의 기준점이 된다.

(2) 주제와 진술의 식별

텍스트를 분석 단위가 되는 문장들로 나눈 뒤에는 각 단위에서 우리가 주목하는 의미 자질인 '주제(topic)'와 '진술(comment)'을 식별해야 한다. 이들을 식별해야 각 문장 단위의 성격을 드러내고, 다른 단위와의 관계를 설정할 수 있기 때문이다.

주제는 일반적으로 "문장이 다루고 있는 대상(what the sentence is about)"(Chafe, 1976; Lautamatti, 1978; Witte, 1983a; Noh, 1985)으로 정의된다. 한편 진술은 "주제에 대해 이야기되는 것(what is said about the topic)"을 뜻하며, 문장에서 주제를 제외한 나머지 부분을 지칭한다. "무엇에 대해 무슨 말을 하였다."라고 할 때 '무엇'에 해당하는 성분이 주제(임홍빈, 2007)이고, '무슨 말'에 해당하는 성분이 진술이다. 예를 들어, "철수의 소원은 독립이다."라는 문장에서 주제는 '철수의 소원'이고, 진술은 '독립이다'이다. 따라서 문장에서 주제를 식별하면 진술은 자연적으로 확인이 가능하다. 그러므로 문장에서 주제와 진술을 식별할 때 관건이 되는 것은 주제의 식별이다.

그런데 주제를 식별하는 일은 그리 간단하지 않다. 주제, 즉 "문장이 다루고 있는 대상"에 대한 학자들의 관점이 다양하기 때문이다. 예를 들어, "㉠ 철수의 제안은 수입을 5:5로 나누자는 것이었다. ㉡ 영희는 그 제안이 나쁘지 않다고 생각했다."에서 ㉡문장의 주제는 무엇인가? 어떤 학자들은 이 문장이 놓인 맥락과 관계없이, '영희'가 주제라고 본다. '영희'로부터 문장의 발화가 시작(point of departure for utterance)되므로, 이 문장은 '영희'를 다루고 있다고 보는 것이다. 반면, 다른 학자들은 '그 제안'을 주제로 규정한다. 앞선 문장에서 '제안'에 대한 언급이 있고, 이 문장에서 이를 받아 중점적으로 다루고 있기 때문이다.

이러한 혼란을 방지하기 위해, Noh(1985)에서는 텍스트를 구성하는 문장들의 주제를 식별할 수 있는 효과적인 방법을 제안했다. 그는 주제를 식별하는 기존의 방법들을 네 가지로 분류[17]했다. 그리고 텍스트의 주제 구조를 나타내고자 하는 연구 목적을 염두에 둘 때 전제

---

17) Noh(1985: 51~53)의 네 가지 분류는 다음과 같다: (1) 논리 기반(logic -based) 방법, (2) 위치 기반(position-based) 방법, (3) 텍스트 맥락 기반 (textual context-based) 방법, (4) 주제성 기반(topicality-based) 방법. 이 중 (1) 논리 기반 방법(Dahl, 1969; Sgall, 1973)은 주제를 문장 자체의 논리적 표상에 의해서 규정하며, 문장이 놓인 맥락의 존재를 인정하지 않는다. 그래서 식별된 주제가 전체 텍스트의 맥락 안에서 타당성을 인정받을 필요가 있다고 전제하는 Noh의 방법에서 배제된다. 반면 (4) 주제성 기반 방법(Brown & Yule, 1983; Enkvist, 1975; Jones, 1977; Schank, 1977; Sider, 1983)은 주제를 필자가 텍스트 전체를 통해 말하고자 의도한 대상(우리는 앞서 이를 '담화 주제'라고 불렀다)으로 규정한다. 그래서 단일 문장에서는 주제를 식별할 수 없으며, 주제 분석은 담화 주제로부터 출발하여 하향식(top-down)으로 문장 주제들을 도출하는 방향으로만 이루어질 수 있다고 주장했다. 그래서 주제를 식별하는 기본 단위로 '문장'을 설정한 Noh의 방법에서 역시 배제된다.

할 사항을 설정했다. 주제는 문장 차원에서 식별해야 하되, 식별된 주제는 맥락 안에서 그 타당성을 인정받을 필요가 있다는 것이다. 이 전제 위에서 그는 두 가지 방법을 순차적으로 적용하여 주제를 식별할 것을 제안했다.

먼저, 위치 기반(position-based) 방법(Chomsky, 1965; Clements, 1979; Grimes, 1975; Halliday, 1967)을 적용한다. 이 방법은 주제를 문장에서 '발화가 시작되는 지점'으로 보고, 구문적 위치에 따라 이를 식별한다. 이 방법에 따르면 주제는 '문장에서 가장 왼편에 있는 명사(구) (Chomsky, 1965)'가 된다. Noh는 단문(/절)을 분석 단위로 삼았기 때문에 이를 '하나의 단문(/절)에서 정형동사18)에 의해 지배되는 가장 왼편의 명사(구)(Noh, 1985: 65)'로 재정의했다. 대부분의 경우 주제는 위치 기반 방법을 사용하면 식별된다. 그런데 이 방법을 통해 식별된 주제가 선행 맥락과의 관계를 고려할 때 받아들이기 어려운 경우도 존재한다. 이 경우, 텍스트 맥락 기반(textual context-based) 방법(Chafe, 1976; Danes, 1974; Firbas, 1974; Halliday, 1974)을 이차적으로 적용하여 맥락에 적합한 주제를 식별한다. 이 방법은 선행 맥락을 통해 '주어진 것(givenness)'을 주제 개념을 정의하는 핵심 자질로 본다. 그래서 선행 문장에서 이미 언급된 요소이거나 혹은 최소한

---

18) 정형동사(finite verb)란 주어의 수인칭·시제·법에 따라 동사의 형태가 변하는 동사를 말한다. 동사의 형태가 변하지 않는 비정형동사(infinite verb)인 부정사, 동명사, 분사를 제외한 일반적인 동사를 말한다. 단문에서는 정형동사가 한 번만 나온다. 문장에서 정형동사가 두 번 이상 나오려면 접속사가 필요하다.

선행 텍스트 맥락을 통해 쉽게 식별가능하거나 복구할 수 있는 요소를 주제로 규정한다. 위 사례 문장 ㉠, ㉡에 위치 기반 방법을 적용하면 주제는 각각 '철수의 제안'과 '영희'가 된다. 그러나 Noh의 제안대로 두 방법을 차례로 적용하면, 주제는 각각 '철수의 제안'과 '그 제안'이 된다.

결국 Noh의 방법은 문장의 문두(文頭)에 위치한 명사(구) 중, 맥락에 비추어 주제로 인정하기 어려운 요소(이를 '비(非)주제 문두 요소'라고 부른다)를 제외하는 것이라고 요약할 수 있다. Noh는 비주제 문두 요소를 두 가지 유형으로 범주화했다. '주제적 틀(thematic frame)'과 '태도적/정보적 틀(attitude/informative frame)'이 그것이다.

예1) <u>Yesterday</u> we discussed the financial arrangement.

예2-1) <u>It is clear</u> that he doesn't agree with me.

예2-2) <u>Biologists now suggest</u> that language is species-specific to the human race.

'주제적 틀'은 본래 진술의 위치에서 새로운 정보를 전달해야 할 텍스트 요소가 문두 위치로 전치(轉置)된 것을 말한다. 예1)에서 'Yesterday'가 그러하다. 이들은 CD[19]가 높은 신(新)정보가 필자의 목적이나 의

---

19) CD(Communicative Dynamism: 정보전달력: 통보력)란 특정 문장 요소가 정보 전달에 있어 얼마나 큰 역할을 하는가의 정도를 말한다. 프라그 학파의 일원인 Firbas(1966)가 제안한 개념이다. CD는 다음의 특성을 갖는다. 첫째, 문두(文頭) 위치에서 문말(文末) 위치로 갈수록 CD가 높아진다. 둘째, 신정보가 구정보보다 CD가 높다. 셋째, 행동이 행동주보다, 대

도에 의해 전치된 요소라는 점에서 주제로 볼 수 없다. 한편, '태도적 틀'은 필자의 태도나 판단을 나타내는 역할을 한다. 예2-1)에서 'It is clear'가 그러하다. 또한 '정보적 틀'은 주제와 관련된 정보를 제공하는 틀 역할을 한다. 예2-2)에서 'Biologist now suggest'가 그 사례가 된다. 이때 태도적/정보적 틀은 모두 문장이 다루고자 하는 대상과 직접적 관련이 없는 부가적인 정보를 제공하는 역할을 한다. 그래서 Noh는 이들을 하나의 범주로 묶어서 취급했다.

이상에서 소개한 Noh의 방법은 텍스트의 문장 주제들을 식별할 수 있는 효과적인 방법인 것으로 판단된다. 이 방법을 적용할 때, 텍스트를 구성하는 주제들의 흐름을 일관성 있게(coherent) 식별할 수 있기 때문이다. 앞선 사례 문장 ㉠, ㉡의 주제를 '철수의 제안'과 '영희'가 아닌 '철수의 제안'과 '그 제안'으로 파악할 수 있는 것처럼 말이다.

또한 Noh의 방법은 영어를 대상으로 한 것이었으나, 오히려 한국어의 문장 주제를 식별할 때 더욱 효과적으로 사용될 수 있다. 채완(1987)에 따르면, 어순(語順)이 자유로운 언어일수록 주제가 문두에 위치하기가 쉬워진다. 예컨대 영어처럼 문법이 어순에 강하게 영향을 미치는 언어에서는 필자가 목적어를 주제로 삼아 문두에 위치시키고자 할 경우, 피동문이라는 문법적 장치가 필요하다. 그러나 한국어처럼 문법이 어순에 미치는 영향이 상대적으로 적은 언어에서는 별도의 문법적 장치 없이 주제가 문두에 올 수 있다. 예컨대 "㉠' 철수

상이 행동보다 CD가 높다(임홍빈, 2007: 95~6). 이에 따르면 주제는 '문장에서 가장 낮은 CD를 갖는 요소'가 된다.

<u>의 제안</u>은 수입을 5:5로 나누자는 것이었다. ⓒ′ 그 제안을 영희는 받아들였다."의 ⓒ′ 문장에서 '그 제안'은 문법적 주어가 아니지만 필자가 문장에서 다루고자 한 주제이기 때문에 문두에 자유롭게 위치했다. 영어의 경우라면 목적어를 주제로 삼아 문두에 위치시키려면 문법적 장치로서 피동문 구조(<u>The proposal</u> is accepted by Younghee)가 필요했을 것이다. 따라서 문두성을 주제 식별의 1차 원리로 삼는 Noh의 방법은 한국어 텍스트의 문장 주제를 식별할 때 매우 효과적으로 적용될 수 있다.

그래서 이 방법은 한국어 텍스트의 주제 구조 연구(박채화, 1993)에서도 적극적으로 수용되었다. 박채화(1993) 역시 Noh와 마찬가지로 문두에 위치한 명사(구)를 일차적으로 주제로 식별하되, 맥락에 비추어 주제로 인정하기 어려운 비주제 문두 요소는 배제하는 방법을 사용했다. 다만 그녀는 비주제 문두 요소를 Noh에 비해 세분화했다. '장면 제시어', '정보 처리어', '담화 내부 조직어'가 그것이다.

예1) <u>어느 날</u> 그는 한국으로 돌아갔다.
예2-1) <u>갈릴레이는</u> 지구가 자전한다고 <u>말했다.</u>
예2-2) <u>나는</u> 국제 정세가 변하고 있다고 <u>말하고 싶다.</u>
예3-1) <u>따라서</u> 이 방식은 효과적이다.
예3-2) <u>다음 장에서</u> 우리는 텍스트 분석 방법에 대해 <u>살펴보겠다.</u>

'장면 제시어'는 Noh의 '주제적 틀'에 대응되는 개념이다. 문두의 부사구로서, 문장 나머지 부분의 상황이나 배경을 제공해주는 역할을 하는 텍스트 요소를 말한다. 주로 시간이나 장소를 나타내는 부사어가 여기에 해당한다. 예1)의 '어느 날'이 그 사례가 된다. '정보 처리어'는 Noh의 '태도적/정보적 틀'에 대응되는 개념이다. 주제와 관련된 정보원을 제공(정보 제공어)하거나 정보에 대한 필자의 태도를 나타내는(태도 표시어) 역할을 한다. 예2-1)의 '갈릴레이는 ~ 말했다'나 예2-2)의 '나는 ~ 말하고 싶다'이 각각의 사례가 된다. 한편, 박채화는 Noh에서 다루어지지 않은 새로운 비주제 문두 요소로서 '담화 내부 조직어' 개념을 제안했다. 이는 두 가지 하위 유형을 갖는다. 예3-1)의 '따라서'와 같이 담화 요소들의 논리적 연결을 보여주는 '담화 접속사', 예3-2)의 '다음 장에서 ~ 살펴보겠다'와 같이 담화 그 자체에 대한 상위담화적 언어(meta-textual language)를 보여주는 '상위담화적 틀'이 그것이다.

그런데 박채화의 분류 중 '담화 내부 조직어'는 굳이 별도로 구분할 필요가 없는 범주인 것으로 판단된다. 첫째, '담화 접속사'는 문두에 위치하기는 하지만 엄밀히 말해 문장 자체의 의미에 관여하기보다는 선행 문장과 현재 문장의 논리적 연결을 보여주는 역할만을 한다. 또한 직관적으로 식별 가능한 요소이기도 하다. 그래서 별도의 비주제 문두 요소로 규정할 필요가 없을 것으로 보인다. 둘째로 '상위담화적 틀'은 '정보 처리어' 범주에 통합 가능하다. '다음 장에서 ~ 살펴보겠다'라는 발화를 하는 주체는 결국 필자이므로, 정보에 대한 필자의 태도를 제공하는 '정보 처리어(태도 표시어)'의 역할을 하기 때문이다.

따라서 이 연구에서는 문장의 주제와 진술을 식별하기 위해 Noh와 박채화의 방법을 원용하여 다음과 같은 절차를 밟는다. 먼저, 주제 식별을 위한 제1원리로서 문두(文頭) 위치 기반 방법을 적용한다. 이때 주제는 문장의 가장 왼편에 위치한 명사(구)가 된다. 그런데 이렇게 식별한 주제를 텍스트 맥락상 받아들이기 어려운 경우가 있다. 이때는 제2원리로서 텍스트 맥락 기반 방법을 적용한다. 그래서 선행 맥락과의 관계상 주제로 보기 어려운 요소를 '비주제 문두 요소'로 배제한다. 비주제 문두 요소로는 〈표Ⅲ-4〉와 같은 두 가지 하위 유형을 둔다.

〈표Ⅲ-4〉 비주제 문두 요소의 종류

비주제 문두요소 명칭	기능	사례
1) 장면 제시어	문장 나머지 부분의 상황이나 배경을 제시해주는 말	어느 날, 10년 전에, 내가 어렸을 때, 그 곳에서, 첫째, 첫 번째로는.
2) 정보 처리어 (정보 제공어/태도 표시어)	• 주제와 관련된 정보원을 제공하는 말 • 정보에 대한 필자의 태도를 나타내는 말	• A는 ~ 말했다, A가 ~ 주장한 사실이다, A가 말한 것처럼. • 나는 ~ 생각한다, 꼭 알아야 할 것은 ~ 이다, 다음 장에서 ~ 살펴보겠다.

위의 방법에 따라 문장 단위에서 주제를 식별하면, 주제를 제외한 나머지 부분이 '주제에 대해 말해지는 것', 즉 진술로 식별된다. 이때 비주제 문두 요소는 주제에 대한 정보를 제공하므로 진술에 포함시킨다. 단, 담화 접속사는 예3-1)′에서처럼 별도로 표기한다. 문장 자체의 의미에 관여하는 것이 아니라, 문장 단위 사이의 논리적 연결 관계를 나타내는 텍스트 요소이기 때문이다.

예1)´ 그(주제) + 어느 날 한국으로 돌아갔다(진술).

예2-1)´ 지구(주제) + 갈릴레이는 자전한다고 말했다(진술)

예2-2)´ 국제 정세 + 나는 변하고 있다고 말하고 싶다(진술)

예3-1)´ [따라서] 이 방식(주제) + 효과적이다(진술).

예3-2)´ 우리(주제) + 다음 장에서 텍스트 분석 방법에 대해 살펴보

겠다(진술).

2) 분석 구조의 설정

이제까지 우리는 분석 단위를 설정했다. 분석 단위를 설정한 다음 우리가 할 작업은 분석 단위들이 관계 맺는 방식을 드러내는 일이다. 즉, 텍스트의 분석 구조를 살피는 일이다.

앞 절에서 논의했듯이, 담화 통합 텍스트의 구성적 특성은 내용구 조나 형식구조의 어느 한 면만을 살핌으로써 확인되지 않는다. 양 측 면을 아울러 고찰해야 한다. 그런데 선행 연구자 Spivey의 방법은 많 은 장점에도 불구하고 몇 가지 한계를 노정했다. 그녀는 내용구조 분 석 접근법에서 사용하는 분석 단위인 '명제'를 사용하되, 이를 주제 표지화하여 텍스트가 전개된 순서에 따라 나열함으로써 텍스트의 형 식구조를 드러냈다. 그러나 명제를 단위로 삼아 분석 절차가 비효율 적이었던 점, 주제 표지의 연결 양상만을 다룸으로써 텍스트의 의미 적 특성을 충분히 드러내지 못한 점 등의 한계를 노정했다.

그래서 이 연구에서는 '문장'을 분석 단위로 삼아, 그 주제와 진술 의 구조를 아울러 살핌으로써 텍스트의 내용 및 형식적 측면을 고찰

한다. 주제 구조는 필자가 텍스트 안에서 다루는 대상으로서 주제의 진행 양상에 집중함으로써 텍스트가 진행되는 전체적 골격을 드러낸다. 반면, 주제-진술 구조는 주제 및 그에 대한 필자의 반응을 통해 텍스트의 형식적 진행 구조 내에서 의미가 발현되는 양상을 나타낸다. 그래서 우리는 여기에서 텍스트의 주제 및 진술 구조를 드러내는 방법에 대해 논의할 것이다.

(1) 주제 연결의 구조

텍스트에서 주제 구조를 분석하는 방법(TSA: Topical Structure Analysis)은 Lautamatti (1978)가 개발한 이래 후속 연구자들에 의해 활발히 이용되어 왔다. 주제 구조는 텍스트에서 문장 주제들이 개념적·순차적으로 연결됨으로 구성되는 텍스트 진행의 전체적 골격이다. 앞 절에서 살핀 것처럼, Lautamatti는 '주제 깊이(topical depth)'와 '주제 진행 유형(topical progression type)' 개념을 사용하여 이를 드러내고자 했다. 그러나 우리는 이 방법을 학생 필자가 쓴 담화 통합 텍스트의 주제 구조를 드러내는 데 적용하기 위해 몇 가지 문제를 해결할 필요성이 있음을 검토했다. 이를 염두에 두고, '주제 깊이' 및 '주제 진행 유형'을 나타내는 방법을 살펴본다.

가. 수직적 연결: 주제 깊이의 산정

필자가 특정 담화 주제(discourse topic)를 다루는 텍스트를 작성할 때, 그는 텍스트 전체에서 이 담화 주제만을 반복하여 다루지는 않는다. 그보다는, 담화 주제와 관련한 자신의 메시지를 전달하기 위해 국지적 측면에서 다양한 문장 주제들(sentence topics)을 사용한다. 예컨대 필자가 '셧다운제에 관한 논란'을 담화 주제로 삼아 텍스트를 작성한다고 해보자. 그는 모든 문장의 주제를 '셧다운제에 관한 논란'으로 설정하기보다는 독자가 담화 주제에 대해 필자가 전하려는 메시지를 효과적으로 인지할 수 있게 하기 위해 다양한 층위의 문장 주제들을 사용한다. 다음 예문을 보자.

〈예문1〉 (1)셧다운제가 논란의 대상이 되고 있다. (2)이 제도의 찬성자들은 주로 기성세대다. (3)찬성자들의 주장은 청소년을 게임중독으로부터 보호하기 위한 강제 조치가 불가피하다는 것이다. (4)주장의 근거로는 청소년의 정신적 미숙성이 언급되곤 한다. 반면, (5)셧다운제의 반대자들은 청소년 당사자인 경우가 많다. (6)이들의 주장은 어떤 명분으로도 청소년의 기본권을 침해할 수는 없다는 것으로 요약된다. 이처럼 (7)셧다운제는 시행 전부터 상당한 세대 간 논쟁을 야기하고 있다. (학생 글, 부분)

예문에서 필자는 '셧다운제에 관한 논란'이라는 담화 주제를 독자에게 전달하기 위해 7개의 문장 주제들을 사용했다. 그런데 이때 주제들은 그 개념적 구체성의 수준이 각기 다르다. 예컨대 '셧다운제'라는 주제에 비하여, '이 제도(셧다운제)의 찬성자들'이라는 주제는 선행 주제를 의미적으로 심화시키고 있다. 즉, 구체성의 수준이 더 높다.

Lautamatti는 이 개념적 구체성의 수준을 표현하기 위해 '주제 깊이'라는 용어를 사용했다. 그런데 그의 분석에서 주제 깊이의 산정 기준은 그리 명확하지 않았다. 그는 '주제 깊이'가 '연속되는 순차적 진행의 숫자(the numbers of successive sequential types of progression)'와 일치한다고 규정(Lautamatti, 1978: 100)했다. 그의 '주제 진행 유형' 분류(앞으로 이 분류법을 우리의 연구 목적에 맞게 재분류할 것이다)에서 '순차적 진행'은 후행 주제가 선행 주제와 의미적으로 다른 것을 의미한다. 이를 염두에 두면, Lautamatti의 분석에서 '주제 깊이'는 순차적 진행이 일어날 때마다 1수준씩 증가하는 것으로 산정된다. 이를 문장 번호를 가로축으로 하고, 문장 깊이를 세로축으로 하는 도해로 나타내면 아래와 같다.

문장 번호 →

	(1)	(2)	(3)	(4)	(5)	(6)	(7)
1	셧다운제						셧다운제
2		이 제도의 찬성자들					
3			찬성자들의 주장				
4				주장의 근거			
5					셧다운제의 반대자들		
6						이들의 주장	

(주제 깊이 ↓)

〈그림Ⅲ-4〉 Lautamatti(1978)의 '주제 깊이' 개념에 따른 〈예문1〉의 주제 깊이 산정

〈그림Ⅲ-4〉에서 문장(2)에서 문장(6)까지는 모두 후행 주제가 선행 주제와 의미적으로 다르다. 즉, 순차적 진행의 양상을 보인다. 그러나

각 주제들이 의미적으로 다르다는 것이 이들의 개념적 구체성 정도가 모두 상이함을 의미하지는 않는다. 우리는 문장(2)와 문장(5)의 주제, 그리고 문장(3)과 문장(6)의 주제가 그 개념적 구체성 수준에 있어서 동일하다는 것을 직관적으로 인지할 수 있다. 문장(2)와 문장(5)의 주제들은 각각 셧다운제에 대해 특정한 태도를 보이는 집단을 지칭하고 있고, 문장(3)과 문장(6)의 주제는 각각의 집단이 내세우는 주장을 지칭하기 때문이다. 그러나 Lautamatti의 '주제 깊이' 규정을 적용하면, 이 구체성 수준의 동일함은 올바로 산정되지 못한다. 문장(2)와 문장(5)의 '주제 깊이'는 각각 2와 5가 되고, 문장(3)과 문장(6)의 '주제 깊이'도 각각 3과 6이 된다. 순차적 진행이 일어남에 따라 '주제 깊이'가 1수준씩 증가되는 것으로만 산정되기 때문이다.

따라서 이 연구에서는 '주제 깊이'의 수준을 보다 정확히 산정하기 위해, 다음과 같은 몇 가지 원칙을 설정한다. 첫째, '주제 깊이'는 '각 문장 단위의 주제들이 갖는 개념적 구체성의 수준'으로 정의된다. 둘째, '주제 깊이'는 후행 주제가 선행 주제를 의미적으로 구체화(심화)하는 경우에 한해서만 1수준 증가된다. 셋째, 분석 단위에서 주제를 식별할 때 후행 주제와 선행 주제의 의미적 관계에 따라 표기한다. 즉, 후행 주제가 선행 주제를 반복하거나 의미적으로 구체화하는 경우, 생략된 선행 주제를 복원하여 괄호 안에 표기한다. 이 세 가지 원칙을 적용하여 예문의 '주제 깊이'를 새롭게 산정하면 〈그림Ⅲ-5〉와 같다.

	(1)	(2)	(3)	(4)	(5)	(6)	(7)
1	섯다운제	이 제도의	(이 제도의)	(이 제도의)	섯다운제의	(섯다운제의)	섯다운제
2		찬성자들	찬성자들의	(찬성자들의)	반대자들	이들(반대자들)의	
3			주장	주장의		주장	
4				근거			
5							

문장 번호 →

주제 깊이

〈그림Ⅲ-5〉 이 연구의 방법에 따른 〈예문1〉의 '주제 깊이' 산정

이와 같은 방식으로 '주제 깊이'를 산정하는 것은 다음과 같은 이점을 준다. 먼저, Lautamatti의 규정이 초래하는 혼란을 제거하고, 각 문장 주제들이 갖는 개념적 구체성 수준을 명확히 표현할 수 있다. 또한 '주제 깊이'가 증가하다가 감소하는 지점을 기준으로 '주제 덩이 (topical chunk)(Spivey, 1983)'를 구분할 수 있다. '주제 덩이'는 동일 개념을 다루고 있는 주제들이 결합된 의미의 묶음(덩어리)를 뜻한다. Spivey(1983)는 분석 단위들을 주제 표지로 나타냄으로써 앞 절의 〈그림B〉에서와 같이 이 묶음(덩어리)를 표현할 수 있었다. 그러나 이 연구에서는 Spivey(1984)에서와 같은 복잡한 명제 분석 및 주제 표지화 절차를 거치지 않고도 각 문장 주제들의 깊이를 위와 같이 산정함으로써 '주제 덩이'를 표현할 수 있다. 위 〈그림Ⅲ-5〉에서는 문장 (1)~(4), 문장(5)~(6), 문장(7)이 각각 하나의 '주제 덩이'를 이루고 있음을 확인할 수 있다.

나. 수평적 연결: 주제 진행 유형의 산정

'주제 깊이'가 각 문장 단위의 주제들이 맺는 개념적 연결성(conce ptual connectivity)을 표현한다면, '주제 진행 유형'은 주제들의 순차적 연결성(sequential connectivity)을 나타낸다. 앞 절에서 우리는 Lautamatti(1978)가 분류하고 후속 연구자들이 활발히 사용한 세 가지 주제 진행 유형에 대해 살펴보았다. 후행 주제와 선행 주제가 의미적으로 동일한 '병렬적 진행', 후행 주제와 선행 주제가 의미적으로 상이한 '순차적 진행', 순차적 진행에 의해 일시적으로 중단된 병렬적 진행인 '확장된 병렬적 진행'이 그것이다.

그런데 이 세 가지 유형은 텍스트의 중심 줄기(central thread)를 이루는 주제와 지엽적인 주제들을 구분하고자 할 때 가장 효과적으로 사용될 수 있는 것으로 보인다. 일반적으로 텍스트에서 중심이 되는 주제는 텍스트 전반에서 자주 반복되어 나타난다. 그래서 중심이 되는 주제를 '병렬적 진행' 및 '확장된 병렬적 진행'을 통해 확인하고, 중심에서 벗어나는 주제는 '순차적 진행'을 통해 구분한다면 텍스트의 중심 줄기를 효과적으로 부각시킬 수 있다. 그래서 이 유형들은 텍스트의 담화 주제를 중점적으로 고찰한 Noh(1985)의 연구에서 설득력 있는 결과를 도출했다.

그러나 이 세 유형을 텍스트 질을 예측하는 기준으로 사용하고자 할 때는 문제가 다소 복잡해진다. Lautamatti(1978) 이후, 이 방법은 쓰기 교육 및 연구 분야에서 활발히 사용되었다. ESL 연구자들은 이 유형들을 필자가 자신이 쓴 텍스트의 일관성을 점검하고 이를 수정하게 하는 교육 도구로 활용(Tipton, 1987; Cerniglia, Medsker, & Connor, 1990) 했고, Witte(1983ab)는 제1언어 필자의 텍스트 질을 예측하는 도구로 사용했다. 이들은 공통적으로 '병렬적 진행'과 '확장된 병렬적 진행'은 텍스트의 일관성을 높게 함으로써 텍스트 질과 양적 상관을 갖는 반면, '순차적 진행'은 텍스트의 일관성을 저해함으로써 텍스트 질과 음적 상관을 갖는다고 보았다.

그러나 이와는 상충되는 시각을 제기한 연구들도 제출되었다. Connor & Schneider(1988)는 ESL 필자의 TWE(영어능력시험: Test of Written English) 에세이 답안에 나타난 주제 진행 유형을 분석하여 선행 연구들과는 정반대의 결과를 얻었다. 텍스트 질 측면에서 높은 점수를 받은 에세이일수록 '병렬적 진행'의 수가 적고, '순차적 진행'의 수가 많았던 것이다. 한편, 국내에서도 정희모·김성희(2008)가 제1언어 대학생 필자의 텍스트를 분석하는 도구의 하나로 세 가지 유형을 사용하여, 특정 유형의 비율이 텍스트 질과 의미 있는 상관을 갖지 않는다는 결과를 도출했다. 이 연구자들은 모두 Lautamatti의 세 가지 유형이 '언제나' 쓰기 텍스트의 질을 예측하는 도구가 되는 것은 아니라고 지적했다. 정희모·김성희(2008: 419)는 세 유형의 분류 방식에 대해 문제를 제기했고, Schneider & Connor(1990)는 특히 '순차적 진행' 유형의 분류 방식을 문제 삼았다. 즉, '순차적 진행'이 텍스트의 일관성을 저해하기도 하지만, 그렇지 않은 경우도 존재한다는 것이다.

이 연구 역시 정희모·김성희(2008), Connor & Schneider(1988; 1990)와 동일한 문제의식을 갖는다. 즉, 텍스트의 담화 주제를 발견하기 위한 목적이 아닌, 텍스트의 질적 양상을 살피기 위한 목적으로 주제 진행 유형을 사용할 때는 '순차적 진행'의 유형을 세분할 필요가 있다고 본다. Lautamatti의 주제 진행 유형을 재분류하기 위해 아래 예문을 살펴보자.

〈예문2〉 (1)셧다운제가 논란의 대상이 되고 있다. (2)셧다운제는 16세 미만 청소년에게 심야시간 인터넷 게임 제공을 제한하는 제도이다. (3)이 제도의 찬성자들은 주로 기성세대다. (4)찬성자들의 주장은 청소년을 게임중독으로부터 보호하기 위한 강제 조치가 불가피하다는 것이다. 반면, (5)셧다운제의 반대자들은 청소년 당사자인 경우가 많다. (6)이들의 주장은 어떤 명분으로도 청소년의 기본권을 침해할 수는 없다는 것으로 요약된다. (7)빈곤층은 인터넷 게임을 하고 싶어도 할 수 없다. (8)셧다운제는 시행 전부터 상당한 세대 간 논쟁을 야기하고 있다. (학생 글(변형), 부분)

먼저, 문장(2)는 선행 문장과 의미적으로 동일한 주제를 다루고 있어 '병렬적 진행' 양상을 보인다. 한편, 문장(8)에서는 '확장된 병렬적 진행'이 나타난다. 문장(3)~(7)의 순차적 진행에 의해 중단된 문장(2)의 병렬적 진행이 계속되고 있기 때문이다. 주목할 부분은 문장(3)~(7)의 진행이다. 이들은 Lautamatti의 분류법을 적용하면 모두 '순차적 진행'이라는 동일한 범주로 분류된다. 그러나 이 연구에서는 이 범주 안에 내포된 차별적인 주제 진행의 특성에 주목하여, '순차적 진행'을 다음과 같이 세분하고자 한다.

첫째로, '의미점증-순차적 진행' 유형을 상정한다. 이는 후행 주제가 선행 주제의 의미를 구체화(심화)하는 경우를 말한다. 즉, '주제 깊이'가 점차 증가하는 주제 진행 유형을 말한다. 문장(3)과 문장(4), 그리고 문장(6)에서 이 유형을 확인할 수 있다. 이 문장들의 주제는 모두 선행 문장 주제의 의미를 구체화하고 있다. 또한 '의미점증-순차적 진행'으로 연결되는 주제들은 '병렬적 진행'으로 연결되는 주제들과 마찬가지로, '주제 덩이'를 구성한다는 점에서 주목된다. 아래 〈그림 III-6〉에서 문장(1)~(4)는 '병렬적 진행((1), (2))'과 '의미점증-순차적 진행((3), (4))'으로 연결되고 있으며, 하나의 '주제 덩이'를 이룬다.

둘째로는 '의미인접-순차적 진행' 유형이 상정될 수 있다. 후행 주제가 선행 주제의 의미를 구체화하는 것은 아니지만, 의미적 관련성을 갖는 경우다. 문장(5)에서 이 유형을 확인할 수 있다. 문장(5)에서는 문장(4)의 주제인 '(셧다운제의-)찬성자들의-주장'과 대조되는 것으로서 '셧다운제의 반대자들'이라는 주제를 다루고 있다. 의미적 관련성을 갖는 경우는 다양할 수 있다. 여기에서는 Spivey(1983)의 분류에 기반하여 Mathison(1993; 1996)이 유형화하고, 이윤빈(2010) 등에서 활용한 일곱 가지 기준을 사용한다. 인과(casual), 조건(conditional), 대조(contrastive), 평가(evaluation), 예증(exemplification), 설명(explanation), 유사(similarity)가 그것이다. '의미점증-순차적 진행'이 하나의 주제를 점차 구체화함으로써 논의를 수직적으로 심화한다면, '의미인접-순차적 진행'은 선행 주제와 관련이 있는 또 다른 주제로 이동함으로써 논의를 수평적으로 확장하는 역할을 한다. 아래 〈그림Ⅲ-6〉에서는 '의미인접-순차적 진행' 양상을 보이는 문장(5)를 기준으로 두 개의 '주제 덩이'가 구분되고 있다. 이 연구에서는 이를 보다 명확히 구분하기 위해 두 단위 사이에 공백을 두되, 의미의 인접성을 문장(4)와 문장(5) 사이의 연결선으로 표시했다.

셋째로, '의미무관-순차적 진행' 유형을 상정한다. 이는 후행 주제가 선행 주제와 의미적으로 무관한 경우를 지칭한다. 이 유형은 우리의 분석 대상이 학생 필자의 텍스트임을 염두에 두고 상정한 것이다. 초보 필자일수록 텍스트를 일관성 있게 전개하는 데 어려움을 겪는다. 이들은 주제 전개의 과정에서 떠오른 생각을 진행 중인 텍스트에 통합하는 데 실패하곤 한다. 문장(7)이 그 사례가 된다. 필자는 문장(6)에서 '셧다운제를 반대하는 청소년들이 그들의 기본권 침해를 문제 삼는다'는 진술을 하는 동안, '빈곤층 청소년은 인터넷 게임 자체를 할 수 없으니 이들에게는 기본권 침해도 먼 이야기구나.'라는 생각을 했을 수 있다. 숙련된 필자라면 이 생각이 현재 주제 진행과 무관하다고 판단하여 제외하거나 혹은 별도의 단락을 통해 주제 진행과 논리적으로 연결될 수 있도록 제시한다. 그러나 초보 필자는 자주 그러한 논리적 연결고리를 생성하는 데 실패하고, 자신이 떠올린 생각을 그대로 텍스트에 반영한다. 자신의 머릿속에 존재하는 논리가 독자에게는 전달되지 못한다는 사실을 인지하지 못하는 것이다. 이처럼 선행 주제와의 의미적 관련성을 인지할 수 없는 주제 진행 유형을 '의미무관-순차적 진행'이라 한다. 앞선 두 가지의 순차적 진행이 텍스트의 일관성을 파괴(coherence break)하지 않는 데 반해, 이 유형은 일관성을 파괴한다. 따라서 〈그림Ⅲ-6〉에서는 선행 및 후행 주제와 의미적으로 상이함을 나타내기 위해 공백을 두되, 이들과 의미적 연결성이 끊어져 있음을 나타내기 위해 연결선을 표시하지 않았다. 문장 번호 사이의 '*' 표시는 일관성이 파괴되었음을 나타낸다.

	(1)	(2)	(3)	(4)	(-)	(5)	(6)	*	(7)	(=)20)	(8)
1	셧다운제	셧다운제	이 제도의	(이 제도의)		셧다운제의	(셧다운제의)		빈곤층		셧다운제
2			찬성자들	찬성자들의		반대자들	이들(반대자)의				
3				주장			주장				
4											
5											

〈그림Ⅲ-6〉 〈예문2〉의 '주제 진행 유형'

이와 같이 Lautamatti의 주제 진행 유형을 재분류함으로써 우리는 다음과 같은 이점을 얻을 수 있다. 먼저, Lautamatti의 분류를 학생 필자의 텍스트 분석에 적용했을 때 초래되는 혼란을 제거할 수 있다. 즉, '순차적 진행'이 갖는 경우의 수를 세분화함으로써 텍스트의 일관성을 파괴하는 경우와 그렇지 않은 경우를 변별할 수 있다. 또한

20) 문장 번호 사이의 약호들에 대해서는 이 장의 3)절에서 다룬다.

학생 필자의 텍스트가 전개되는 양상을 보다 명확하게 드러낼 수 있다. 특히, 앞서 규정한 '주제 깊이' 개념을 함께 적용하여 위와 같은 도해로 텍스트 진행을 표현함으로써 주제들의 개념적·순차적 연결 양상을 효과적으로 나타낼 수 있다. 이상의 주제 진행 유형과 그 특성을 간략히 도표로 나타내면 〈표Ⅲ-5〉와 같다.

〈표Ⅲ-5〉 주제 진행 유형 및 그 특성

	물리적 연결성	의미적 동일성	의미 점증성	의미 관련성	의미 연속성파괴
1) 병렬적 진행	○	○	-	-	-
2) 확장된 병렬적 진행	-	○	-	-	-
3) 의미점증-순차적 진행	○	-	○	-	-
4) 의미관련-순차적 진행	○	-	-	○	-
5) 의미무관-순차적 진행	○	-	-	-	○

(2) 진술의 유형과 성격

이제까지 우리는 텍스트의 주제 구조를 드러내는 방법을 '주제 깊이'와 '주제 진행 유형'을 통해 살펴보았다. 그러나 앞서 언급한 것처럼 '주제 구조'는 텍스트의 형식적 특성, 즉 텍스트가 진행되는 전체적인 골격만을 표현한다. 따라서 텍스트의 구성적 특징을 알기 위해 우리는 텍스트의 전체적인 골격 안에서 내용적 특성이 어떻게 드러나는가를 살펴야 한다. 즉, 주제와 더불어 주제에 대한 반응으로서 '진술'에 대해 고찰할 필요가 있다. 여기서는 진술의 유형을 분류하고 그 성격에 대해 검토한다.

그런데 진술의 유형을 분류하는 방법은 다양할 수 있다. 분석자가

텍스트에서 확인하고자 하는 내용적 특성이 무엇인가에 따라 범주를
나눌 수 있기 때문이다. 예를 들어, 비평문 텍스트의 주제-진술 구조
를 분석한 Mathison(1993; 1996)은 필자가 비평 대상이 되는 주제들
에 대하여 갖는 '평가적 입장(evaluative stance)'이 무엇인지에 주목
했다. 그래서 진술의 유형을 '긍정적', '유보적', '부정적' 진술로 분류
하고, 다음으로 각 진술이 '영역 지식적 근거'를 바탕으로 한 것인지
'개인적 근거'를 바탕으로 한 것인지 확인했다.

그러므로 진술의 유형을 분류하기 위해 이 연구에서 확인하고자
하는 담화 통합 텍스트의 내용적 특성을 분명히 규정할 필요가 있다.
이 연구에서 확인하고자 하는 텍스트의 내용적 특성은 두 가지다. 첫
번째로, 진술을 통해 드러나는 필자의 '의사소통 목적(communicative
purpose)'을 확인할 것이다. 즉, 필자가 주제에 대한 설명적 태도를 보
이는가 논증적 태도를 보이는가와 같은 '수사적 태도'에 주목함으로
써 각 문장 단위에 실현된 필자의 의사소통 목적을 확인하고자 하는
것이다. 주지하다시피 한 편의 텍스트 안에는 다양한 의사소통 목적
이 공존(박영목, 2008: 18)할 수 있으며, 이중 '지배적'인 목적이 무엇
인가에 따라 텍스트의 유형이 결정된다. 그러므로 각 문장 단위에서
드러나는 의사소통 목적을 확인하는 일은 이중(二重)의 이점을 줄 수
있다. 먼저, 텍스트가 전개되는 미시적인 국면들에서 필자의 다양한
의사소통 목적이 어떻게 나타나는지 살필 수 있다. 또한 거시적 국면
에서 해당 텍스트의 가장 지배적인 의사소통 목적이 무엇인지를 확

인함으로써 해당 텍스트의 유형에 대해 파악할 수 있다.

두 번째로는 '논증적 진술'의 정교화 정도를 살필 것이다. 첫 번째 특성을 확인하기 위해 분류한 세 범주의 진술 유형(아래 '가' 항목에서 논의할 것이다) 중, '논증적 진술'은 특히 그 수사적 기능을 세분화하는 것이 필요하다. 이 연구에서 분류한 세 가지 의사소통 목적 중 '설득'은 필자의 주장이나 견해에 독자가 찬동(贊同)하기를 지향한다. 이를 위해 설득은 논증 구조를 포함(Crammond, 1998: 230)하는데, 이 구조는 단일한 문장 단위에서는 온전히 실현되지 않는다. 즉, 다른 두 진술 유형(설명적 진술, 표현적 진술)이 단일 문장 단위에서도 충분히 그 의사소통 목적을 달성할 수 있는 것과는 달리, '논증적 진술'은 그것이 온전히 성립하기 위해 필수적인 하위 요소들을 갖는다. 우리는 이 하위 요소들을 분류하고, 텍스트에서 이 요소들이 나타나는 양상을 살필 것이다. 필자의 논증이 충분한 것인지 혹은 '결여된 (이성영, 2001)' 것인지 알기 위해서다.

가. 진술의 세 유형

주제가 '문장이 다루고 있는 대상'이라면 진술은 '주제에 대해 이야기되는 것'으로 정의된다. 이는 문장 단위에서의 주제와 진술에 대한 정의지만, 문장보다 광범위한 텍스트 단위에서도 이 관계는 성립한다. Calfee & Curley(1984; 박영목, 1996: 44에서 재인용)는 필자가 텍스트를 구성하는 동안 〈주제 초점(topical focus)의 선택 → 구조 형식 (structural form)의 선택 → 정교화 정도(degree of elaboration)의 선택)이라는 3단계의 의사 결정 과정을 반복한다고 설명한 바 있다. 즉, '무엇에 대해 말할 것인가'라는 주제 초점을 먼저 선택하고, 다음으로 '어떤 방식으로 말할 것인가'라는 구조 형식을 선택하며, 마지막으로 '주제 초점-구조 형식'이 실현될 텍스트 단위의 크기(정교화 정도)를 선택한다는 것[21]이다. 필자는 한 편의 텍스트를 구성하는 동안 이 과정을 지속적으로 반복한다. 그래서 한 편의 텍스트에는 '주제 초점-구조 형식'의 결합이 다양한 수준에서 공존할 수 있다. 예컨대 특정 현상에 대한 설명을 문장 수준에서 기술한 뒤, 그로부터 발견할 수 있는 문제에 대한 필자의 주장을 단락 수준에서 제시할 수도 있는 것이다. 이때 문장 수준에서 결합된 '주제 초점-구조 형식'은 이 연구에서의 '주제-진술' 개념에 대응된다.

Calfee & Curley의 논의가 시사하듯이, 한 편의 텍스트에는 필자가 자신이 선택한 주제(초점)를 다루기 위해 선택한 다양한 진술(구조

---

21) Calfee & Curley는 이를 다음과 같은 그림으로 나타냈다.

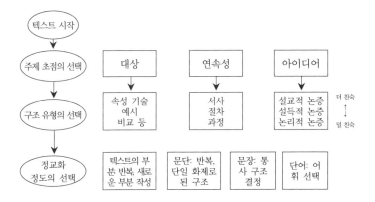

〈그림Ⅲ-7〉 텍스트 창조를 위한 의사 결정 경로(Calfee & Curley, 1984: 178)

형식)이 공존한다. 그래서 텍스트 유형(text type)에 대해 분류한 연구자들은 특정 텍스트의 유형 분류는 해당 텍스트에 공존하는 다양한 언어 사용 기능 중 '지배적' 통보 기능을 기준으로 한다는 것(김혜정, 2011: 38)을 강조해왔다. 이 연구에서는 필자가 텍스트를 구성하며 밟은 의사 결정 경로(decision path)를 역방향으로 추적하여, 각 문장 단위에 실현된 주제-진술의 수사적 성격을 밝히고자 한다. 이를 통해 텍스트의 미시적 국면에서 필자의 의사소통 목적이 어떻게 나타나는지 살피고, 나아가 거시적 국면에서 해당 텍스트의 '지배적' 소통 목적이 무엇인지 고찰한다.

진술을 통해 나타나는 필자의 의사소통 목적을 범주화하기 위해서는 텍스트 유형에 대한 기존의 분류를 참조할 수 있다. 다양한 학자들이 텍스트에 나타난 지배적 의사소통 목적을 기준으로 텍스트 유형을 분류해왔기 때문이다. 이 중 대표적인 몇 가지 유형을 아래와 같은 표로 나타낼 수 있다.

〈표Ⅲ-6〉 의사소통 목적에 따른 텍스트 유형 분류

분류자	텍스트 유형			
1. Reiβ(1969)	표현적	정보적	설득적	
2. Britton(1975)	표현적	시적	교류적	
3. Kinnevy(1980)	표현적	문예적	지시적	설득적
4. Brinker(1985)	친교적	정보적	책무적	선언적	설득적
5. 박영목(1995)	친교 및 정서표현적	정보전달적	설득적	
강조점	필자 ←——— 정보 내용 ———→ 독자			

먼저, Reiβ(라이스, 1969)는 텍스트의 유형을 표현적(expressive),

정보적(informative), 설득적(persuasive) 텍스트의 3가지로 분류했다 (박진용, 1998: 269). 표현적 텍스트는 필자(발신자)에 초점을 맞춘다. 그래서 필자의 미적 감각과 정서가 담긴 예술적 표현이 중시된다. 이 유형에는 일기, 수필, 문학 작품과 같이 정서적 표현이 중심이 되는 텍스트들이 포함된다. 정보적 텍스트는 필자가 독자에게 전달하고자 하는 정보 내용(메시지) 자체가 중심이 된다. 보고서, 사용설명서, 계약서, 보도자료 등의 텍스트가 이 유형에 포함될 수 있다. 설득적 텍스트는 독자(수신자)를 설득하여 그의 의사결정을 유도하고, 그 결과 그가 어떤 행동을 취하도록 유도한다. 설교문, 논술문, 학술 논문 등이 이에 포함된다.

한편, Britton(1975)과 Kinnevy(1980)는 Reiβ의 표현적 텍스트 범주를 이분(二分)했다. Britton은 표현적 텍스트와 시적(poetic) 텍스트로, Kinnevy는 표현적 텍스트와 문예적(literary) 텍스트로 세분화했다. Kinnevy의 경우에는 Reiβ의 정보적 텍스트와 동일한 의미에서 지시적(referential) 텍스트라는 명칭을 사용한 반면, Britton은 교류적(transactional) 텍스트라는 이름으로 기존의 정보적 텍스트와 설득적 텍스트를 하나의 범주로 묶었다.

반면, Brinker(1985)는 텍스트를 실용적 텍스트와 문학적 텍스트로 나누고, 자신의 논의에서 문학적 텍스트를 제외시켰다. Brinker가 말하는 실용적 텍스트란 '독특한 심미적, 문학적 주장'과는 무관한 텍스트를 말한다(Brinker, 1985(이성만 역, 1994: 13); 박진용, 1998: 271). 그리고 실용적 텍스트를 다시 친교적, 정보적, 책무적, 선언적, 설득적 텍스트라는 5개 범주로 분류했다. 이중 책무적 텍스트는 필자가 독자에게 특정한 행동을 수행할 의무가 있다는 것을 이해시키는 것을 목적으로 한다. 계약서나 합의서, 서약서 등이 이에 속한다. 또한 선언적 텍스트는 필자가 독자에게 새로운 현실을 창조해내거나 특정 사실의 도입을 요구한다는 것을 이해시키고자 한다. 기부증서, 유언장, 임명장 등이 이에 속한다.

마지막으로, 박영목(1995)의 분류는 Reiβ의 분류와 일맥상통한다. Reiβ의 표현적 텍스트가 친교 및 정서표현적 텍스트로 명명된 것만이 다르다. 또한 이 분류는 현행 2011년 개정 국어과 교육과정에서 텍스트 유형을 분류한 것과도 일치한다.

이 연구는 Reiβ와 박영목의 분류에 근거하여 필자의 의사소통 목적을 분류한다. Britton이나 Kinnevy의 경우처럼 문학적(시적; 문예적) 표현 목적을 세분화하거나, Brinker처럼 책무적, 선언적 목적을 세분화하는 것은 이 연구의 분석 목적을 염두에 둘 때 필요 이상으로 세분화된 분류이기 때문이다. 특히, 문학적 표현 목적은 Brinker가 지적한 바와 같이 별도의 논의를 통해 그 하위 유형을 분류할 필요가 있다고 본다. 한편, 책무적, 선언적 목적의 경우 상위 수준에서 정보전달적 목적에 포함시킬 수 있다. 따라서 이 연구에서는 텍스트의 유형을 결정짓는 주요한 의사소통 목적을 '정보전달적 목적', '설득적 목적', '정서표현적 목적'으로 규정한다. 그리고 이에 대응하는 세 가지 진술 유형을 아래와 같이 상정한다.

〈표III-7〉 의사소통 목적에 따른 진술 유형 분류

	1. 정보전달적 진술	2. 논증적 진술	3. 표현적 진술
의사 소통 목적	정보전달: 사람, 사물, 현상 등에 대한 객관적 정보를 전달함.	설득: 특정 문제나 사안에 대한 독자의 생각을 변화시킴.	정서표현: 필자의 주관적 정서나 감정을 드러내고 표출함.
강조점	정보 내용	독자	필자

첫 번째 정보전달적 진술은 사람, 사물, 현상 등에 대한 객관적 정보를 전달하는 것을 목적으로 한다. 아래 〈예문3〉에서 문장(1)~(4)의 진술이 그 사례가 된다. 필자는 자신의 감정이나 견해를 배제하고, 정보 내용 그 자체만을 전달하려는 수사적 태도를 보인다.

두 번째 논증적 진술은 특정 문제나 사안에 대한 독자의 생각을 변화시키는 것을 목적으로 한다. 즉, 독자로 하여금 필자의 주관적 견해나 주장에 동의하도록 논리적으로 설득한다. 예문의 문장(6)~(7)에서 이러한 목적을 가진 진술을 볼 수 있다(이 진술들의 논리적 불완전성에 대해서는 아래 '나'항에서 논의할 것이다).

사실상 학교 교육에서 사용하는 담화 통합 과제는 이상의 두 진술 유형만을 '적합한' 것으로 취급한다. 그러나 실제 학생들이 작성한 텍스트에는 종종 세 번째 유형의 표현적 진술이 포함된다. 논증적 진술과 마찬가지로, 표현적 진술 역시 필자의 주관을 드러낸다. 그러나 전자가 논증을 통해 주관을 객관화시키려는 시도를 한다면, 후자는 필자의 주관적 정서를 있는 그대로 드러낼 뿐 이를 객관화하려는 시도는 하지 않는다는 점에서 차별된다. 아래 예문의 문장(5)가 표현적 진술의 사례를 보여준다.

〈예문3〉 (1)셧다운제가 논란의 대상이 되고 있다. (2)셧다운제는 16
세 미만 청소년에게 심야시간 인터넷 게임 제공을 제한하는 제도이다.
(3)이 제도의 찬성자들은 주로 기성세대다. (4)찬성자들의 주장은 청
소년을 게임중독으로부터 보호하기 위한 강제 조치가 불가피하다는
것이다. (5)(이 주장은: 주제 생략) 정말 얼토당토 않은 주장이라 헛웃
음만 나온다. (6)셧다운제는 시행될 필요가 없다. (7)셧다운제가 시행
된다고 해도 청소년들은 여전히 게임을 할 수 있기 때문이다. (학생
글(변형), 부분)

나. 논증적 진술의 세분화

〈예문3〉의 문장(6)~(7)에서 볼 수 있는 것처럼, 필자는 독자를 설
득하려는 의사소통 목적을 달성하기 위해 단일 문장 단위 이상에서
진술한다. 즉, 독자가 찬동하기를 원하는 주장('셧다운제는 시행될 필
요가 없다.')만이 아닌 그에 대한 이유('시행된다고 해도 청소년들은
여전히 게임을 할 수 있기 때문이다.')도 제시하여 독자가 설득될 가
능성을 높이고자 하는 것이다. 그런데 위 예문의 경우 그 설득 가능
성은 그리 높지 않아 보인다. 현재의 논증만으로는 독자가 의문을 가
질 여지가 많기 때문이다. 예컨대 필자는 어떤 근거에서 '청소년들이
여전히 게임을 할 수 있다'고 말하는 것인가? 또한 필자와 반대 입장
을 가진 독자가 이 주장에 대해 반박할 경우, 필자는 그에 대해 무엇
이라고 답할 것인가? 이 논증은 독자가 의문을 가질 수 있는 여러 요
소들에 대한 답을 충분히 제시하지 못한다. 그래서 필자의 의사소통
목적을 효과적으로 달성하고 있다고 보기 어렵다.

그렇다면 독자를 효과적으로 설득하기 위해 필요한 논증의 요소들
은 무엇인가? 이 요소들을 규정할 수 있다면 우리는 논증적 진술을
세분화할 수 있을 것이다. 효과적인 논증을 구성하는 요소에 대해서
는 고대 수사학에서 현대 작문이론에 이르기까지 다양한 논의들이
있어왔다. 그 중 현재까지 작문 연구 및 교육에 가장 큰 영향을 미치
고 있는 것은 Toulmin(1958)의 이론이다(Crammond, 1998). Toulmin
은 전통적 형식논리학을 비판하고 그 대안으로 비형식 논증 모형을
제시한 영국의 논리학자다. 그는 삼단논법을 중심으로 한 형식논리학
은 논리적 사고 훈련에 도움이 된다는 점에서 교육적 가치를 지니지
만, 형식적 타당성에만 의존함으로써 실제 언어생활에서 일어나는 총
체적인 논증적 사고와 활동을 설명하는 데는 적합하지 않았다고 보았
다(Tindale, 1999). 그래서 Toulmin은 실제 언어생활에서 일어나는 논
증을 분석할 수 있는 요소들로 이루어진 논증 구조 모형을 제시했다.

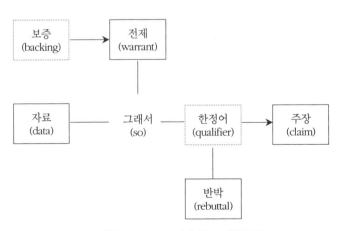

〈그림Ⅲ-8〉 Toulmin의 논증 모형(1959)

Toulmin이 제시한 논증 모형의 요소는 6가지다. 주장(claim), 자료 (data), 전제(warrant), 보증(backing), 반박(rebuttal), 한정(qualifier) 이 그것이다. 〈그림III-8〉에서 볼 수 있듯이, 그의 모형은 자료에서 출발하여 주장에 도달하는 구조로 이루어져 있다. 자료는 주장이 기초하고 있는 정보이며, 주장은 논증이 도달하고자 하는 결론이다. 전제는 제시된 자료와 주장이 어떤 관계에 있는지에 대한 추론 규칙을 제시한다. 또한 보증은 전제를 뒷받침하는 근거로서, 하나의 전제가 어떤 경우에 적용되는지를 나타낸다. 한편, 한정어는 주장의 강도와 한계를 제한하며, 반박은 주장에 반하여 제기될 수 있는 반론에 대한 인식을 나타낸다.

Toulmin의 모형은 작문 연구와 교육에서 널리 활용되어 왔다. 다양한 연구들(Connor, 1990; Ferris, 1994; Knudson, 1992; 조규락, 2002) 이 학생 필자의 텍스트에 이 모형의 요소들이 어떻게 나타났는지를 살핌으로써 해당 텍스트의 질을 예측할 수 있다는 것을 증명해왔다.

또한 여러 연구자들(Matsuhashi & Gordon, 1985; Scadamalia 외, 1982; Scadamalia & Paris, 1985; 오준영 · 김유신, 2009; 현남숙, 2010) 은 그의 모형을 사용한 교육 프로그램을 개발하고 검증해왔다.

그러나 Toulmin의 모형이 갖는 한계도 지속적으로 지적(Williams & Colomb, 2007; 오준영 · 김유신, 2009; 이영호, 2012)되어 왔다. 가장 빈번히 언급되는 것은 이 모형이 논증을 풀어가는 필자의 심리적 진행 과정과 동떨어져 있다는 것이다. Toulmin의 모형은 화살표를 통해 자료에서 주장으로 향하는 논증의 진행 방향을 표시한다. 그러나 자료를 먼저 진술하는 논증은 많지 않다. 대개 주장을 먼저 진술하고, 그 다음 자료, 전제, 반박이 뒤섞여 나온다. 또한 자료(data) 개념이 모호하다는 점도 지적된다. 독자들이 어떤 주장을 충분히 받아들이기 위해서는 적어도 다음 두 가지의 자료가 필요하다. 필자의 주장을 논리적으로 뒷받침하는 것과 필자의 주장이 '논증 밖 현실'에서도 타당함을 보여주는 증거가 그것이다. 전자를 주장에 대한 이유(reason)라고 한다면, 후자를 이유를 뒷받침하는 근거(ground)라고부를 수 있다. Toulmin의 모형에서는 이 변별되는 성격의 요소들이모두 '자료'라는 이름으로 제시된다.

이 연구에서는 Toulmin이 제안한 논증 구조의 요소들이 텍스트에 나타난 논증적 진술을 살피는 효과적 도구로 사용될 수 있다고 본다. 그러나 이와 함께 그동안 지적되어 온 몇 가지 한계를 극복할 필요성도인식한다. 따라서 이 연구에서는 Toulmin의 모형을 개정한 Williams & Colomb(2007: 516~520)의 모형을 구성하는 요소들을 논증적 진술의 세부 요소로 차용하고자 한다. 이 모형은 Toulmin 모형을 기반으로 그 한계를 수정한 것이다.

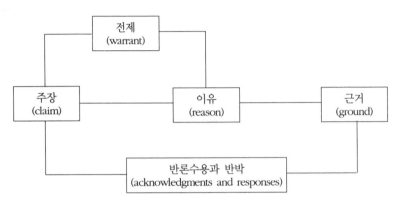

〈그림III-9〉 Toulmin 모형을 개정한 논증 모형(Williams & Colomb, 2007)

Williams & Colomb은 논증을 추론하거나 글로 쓰거나 읽거나 분석하는 '실시간' 과정보다는 모든 논증이 반드시 갖춰야 할 요소들과 이들 사이의 관계만을 나타내고자 했다. 그래서 Toulmin 모형에 존재했던 화살표를 삭제했다. 또한 자료를 이유와 근거로 세분화함으로써 논증의 설득성을 보다 명확히 살필 수 있게 했다. 논증의 설득성을 높이기 위해서는 주장을 논리적으로 뒷받침하는 이유 및 이유를 객관적으로 뒷받침하는 근거가 모두 제시될 필요가 있다. 예컨대 〈예문3〉의 문장(6)~(7)에서는 주장에 대한 이유만이 제시되어 있을 뿐 근거가 나타나지 않아 설득성이 떨어진다. 한편, 〈예문4〉에서는 이유(문장(2)~(3))에 대한 객관적인 근거(문장(4)~(6))를 제시함으로써 독자가 설득될 가능성을 높이고 있다. 또한 보증을 없애고, 한정을 별도로 구분하지 않은 것도 특징적이다. Toulmin 모형에서 보증은 전제가 어떤 경우에 적용되는지 나타냄으로써 분야에 따라 논증이 어떻게 달라지는지 드러내는 개념이다. 그러나 Williams & Colomb은 분야별 논증의 차이에는 관심을 두지 않았다. 그래서 보증을 삭제하고, 모든 분야의 논증에 포함되는 공통 요소만을 취급했다. 한정의 경우, 논증에서 별도로 존재하는 요소로 보기보다는 다른 요소들에 보편적으로 적용될 수 있는 요소라고 보아 제외했다. 마지막으로, 기존의 반박을 반론 수용과 반박으로 명칭을 바꾸었다.

결과적으로, Toulmin이 제안하고 Williams & Colomb이 수정한 논증 모형은 모두 5가지 요소를 갖는다. 필자의 주장(claim), 주장을 뒷받침하기 위해 필자가 생각해낸 진술인 이유(reason), 이유를 뒷받침하기 위해 외부세계에서 끌어온 객관적 사실로서 근거(ground)가 모형을 구성하는 일차적인 세 요소다. 또한 주장과 이유가 어떠한 관계에 있는지 드러내는 전제(warrant) 및 반론 인식과 반박(acknowledgements and responses)이 존재한다.

이 연구에서는 이상의 5가지를 설득력 있는 논증을 구성하기 위해 필요한 요소들로 규정한다. 이중 주장, 이유, 근거는 어느 하나가 생략될 경우 해당 논증을 '온전한' 것으로 보기 어려운 일차적인 요소로 본다. 반면, 전제는 표면적 텍스트에는 드러나지 않고 암묵적으로 기능하는 경우가 있기 때문에 이차적 요소로 취급한다. 반론수용과 반박 역시 논증의 설득성을 강화하지만 일차적 요소들이 이루는 내적 구조와는 별개의 기능을 담당하기 때문에 이차적 요소로 본다. 〈예문3〉에서 불완전하게 제시된 필자의 논증은 이들 5가지 요소를 염두에 두고 보완할 경우 〈예문4〉처럼 나타낼 수 있다.

〈예문4〉 (1)하나의 제도를 시행하려면 제도 시행으로 인한 효과성이 충분히 보장되어 있어야 한다[전제]. (2)셧다운제는 시행될 필요가 없다[주장]. (3)셧다운제가 시행된다고 해도 청소년들은 여전히 게임을 할 수 있기 때문이다[이유]. (4)최근 해킹이나 기업의 도덕적 해이로 인한 개인정보 유출이 만연되어 있는 상황이다. (5)청소년이라 하더라도 마음만 먹으면 가족이나 타인의 주민등록번호를 쉽게 구하고 사용할 수 있다. (6)최근 학계에서 발표된 조사 결과 청소년의 절대다수(94.4%)가 셧다운제가 실시된다고 하더라도 다른 대안을 찾거나 규제를 회피할 것이라고 답했다[근거]. (7)어떤 이들은 그 효과가 아주 높지는 않더라도 전무한 것보다는 낫다고 생각할지 모른다. (8)그러나 그 미미한 효과를 얻기 위해 지불해야 하는 사회적 비용이 55억 원에 이른다[반론수용과 반박].

이상의 논의를 바탕으로, 이 연구는 진술의 유형을 다음과 같이 분류한다. 먼저, 필자의 의사소통 목적에 따라 진술의 유형을 정보전달적 진술, 논증적 진술, 표현적 진술로 분류한다. 그럼으로써 텍스트의 미시적 국면들에서 주제에 대한 필자의 수사적 태도가 나타나는 양상을 살피고, 거시적 국면에서 해당 텍스트의 지배적 의사소통 목적이 무엇인지 확인한다. 또한 논증적 진술은 하위 유형을 세분화하여 확인한다. 다른 두 진술 유형과 달리, 논증적 진술은 단일 문장 내에서 그 의사소통 목적을 온전히 실현할 수 없기 때문이다. 이에 설득력 있는 논증을 구성하는 5가지 요소로서, 주장, 이유, 근거, 전제, 반론수용과 반박을 상정하고, 이를 논증적 진술의 하위 유형으로 삼는다.

3) 분석 절차와 도해화

이상의 내용을 바탕으로 이 연구에서 개발한 담화 통합 텍스트 분석 절차를 정리하고, 이를 도해화하는 방법을 나타내면 다음과 같다.

(1) 분석 절차

(ㄱ) 텍스트를 분석 단위인 '문장'으로 나눈다.

① '문장'에는 단문, 포유문, 종속 접속문, 대등 접속문을 구성하는 단문이 포함된다.

② 종지부를 기준으로 분할하되, 대등 접속문은 연결어미를 분할 기준으로 삼는다.

(ㄴ) 분석 단위인 문장의 '주제'와 '진술'을 식별한다.

① '주제'는 식별의 제1원리로서 문두 위치 기반 방법을, 제2원리로서 텍스트 맥락 기반 방법을 적용한다. 즉, 문장 가장 왼편에 위치한 명사(구)를 주제로 식별하되, 식별된 주제가 텍스트 맥락상 주제로 받아들이기 어려운 '비주제 문두 요소'일 경우 배제한다.

② '진술'은 문장에서 '주제'를 제외한 나머지 부분이다.

(ㄷ) 텍스트에서 분석 단위의 '주제 깊이' 및 '주제 진행 유형'을 확인한다.

① '주제 깊이'는 각 단위 주제가 갖는 개념적 구체성의 수준에 따라 산정한다. 후행 주제가 선행 주제의 의미를 구체화(심화)하는 경우에 한하여 1수준 증가하는 것으로 본다.

② '주제 진행 유형'은 각 단위 주제 연결 방식에 따라 5가지로 산정한다. 후행 주제가 선행 주제와 동일할 경우 '병렬적 진행(P)', 비동일하지만 의미를 구체화시키는 경우 '의미점증-순차적 진행(S1)', 비동일하지만 의미적 관련성이 있는 경우 '의미인접-순차적 진행(S2)', 비동일하며 의미적 관련성도 없는 경우 '의미무관-순차적 진행(S3)', 순차적 진행에 의해 중단된 선행 주제가 다시 출현할 때 '확장된 병렬적 진행(EP)'이다.

(ㄹ) 텍스트에서 분석 단위의 '정보 유형'을 확인한다.

① '정보 유형'은 3종류의 '정보 기원'과 7종류의 '정보(의 수사적) 성격'이 조합되는 방식에 따라 21가지로 분류된다.

② '정보 기원'은 해당 단위의 정보가 어디에서 비롯된 것인가에 따라 3종류로 나눈다. 자료 내용을 변형 없이 사용했을 경우 '(-)'(자료 무변형), 자료 내용을 일부 변형했을 경우 '(0)'(자료 변형), 필자의 지식일 경우 '(+)'(필자 지식)로 표시한다.

③ '정보 성격'은 해당 단위의 정보가 어떤 수사적 목적을 달성하려는 것인가에 따라 7종류로 나눈다. '(I)'(정보전달적), '(A1)'(논증적-주장), '(A2)'(논증적-이유), '(A3)' (논증적-근거), '(A4)(논증적-

전제)', '(A5)'(논증적-반론인식 및 재반론), '(EX)'(표현적)으로 표시한다.

(2) 도해화 방법

이상의 절차에 따라 분석한 텍스트는 다음 방법을 사용하여 〈전개도〉로 표현한다.

(ㄱ) 텍스트를 이루는 분석 단위에 순서대로 번호를 붙인다.

(ㄴ) 각 분석 단위를 '주제 깊이' 및 '주제 진행 유형'에 따라 〈그림 Ⅲ-10〉과 같은 2차원적 평면에 배열한다.

① 각 분석 단위는 도해에서 □로 표현된다.

② 〈가로축〉은 텍스트 전개 방향으로, 분석 단위들이 '주제 진행 유형'에 따라 연결된다. 가로축 상단의 숫자는 분석 단위 번호이며, B(A) 형식으로 표현된 것은 단위A의 주제가 단위B에서 '확장된 병렬적 진행(EP)'에 의해 다시 출현했음을 의미한다. 'ㅡ' 표시는 이를 전후한 단위들이 '의미인접-순차적 진행(S2)'으로 연결되었음을, '=' 표시는 이를 전후한 단위들이 '확장된 병렬적 진행(EP)'으로 연결되었음을 의미한다. '*' 표시는 이를 전후한 단위들이 '의미무관-순차적 진행(S3)'에 의해 연결되지 않음을 뜻한다.

③ 〈세로축〉은 '주제 깊이'를 나타낸다. 분석 단위들의 개념적 연결
상을 보여준다. 숫자가 높을수록 주제가 구체화(심화)됐음을
의미한다.

④ 도해의 표현 및 약호를 정리하면 〈표Ⅲ-8〉과 같다.

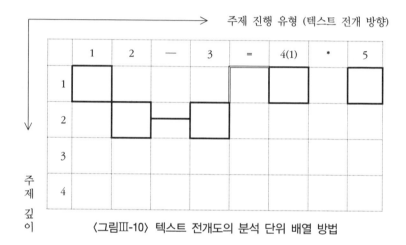

〈그림Ⅲ-10〉 텍스트 전개도의 분석 단위 배열 방법

〈표Ⅲ-8〉 텍스트 전개도의 표현 및 약호 의미

도해	A(숫자)	B(A)	—	=	*
의미	가로: 단위 번호 세로: 주제 깊이	A단위 주제가 다시 나타남	의미인접 순차적 진행 (S2)	확장된 병렬적 진행 (EP)	의미무관 순차적 진행 (S3)
도해					
의미	병렬적 진행 (P)	확장된 병렬적 진행 (EP)	의미점증 순차적 진행 (S1)	의미인접 순차적 진행 (S2)	의미무관 순차적 진행 (S3)

(ㄷ) 각 분석 단위 안에는 '정보 기원'과 '정보(의 수사적) 성격'이
조합된 '정보 유형'을 표시한다.

① 단위의 상부에는 3종류의 '정보 기원' 중 하나를, 단위 하부에는 7종류의 '정보 성격' 중 하나를 표시한다.

② 〈그림Ⅲ-11〉과 같은 21종류의 '정보 유형'이 존재할 수 있다. 단, (-)(EX)(자료를 그대로 사용하여 필자의 정서를 표현) 단위는 조합의 한 형태로만 존재할 뿐 출현할 수 없다. 자료를 사용하여 필자의 정서를 표현하려면 자료가 어떤 형태로든 변형되기 때문이다. 따라서 실제적으로 나타날 수 있는 단위는 이를 제외한 총 20종류다.

-	-	-	-	-	-	-
I	A1	A2	A3	A4	A5	EX
자료 무변형 정보 전달	자료 무변형 논증-주장	자료 무변형 논증-이유	자료 무변형 논증-근거	자료 무변형 논증-전제	자료 무변형 논증-반론인식	자료 무변형 논증-표현
0	0	0	0	0	0	0
I	A1	A2	A3	A4	A5	EX
자료 변형 정보 전달	자료 변형 논증-주장	자료 변형 논증-이유	자료 변형 논증-근거	자료 변형 논증-전제	자료 변형 논증-반론인식	자료 변형 표현
+	+	+	+	+	+	+
I	A1	A2	A3	A4	A5	EX
필자 지식 정보 전달	필자 지식 논증-주장	필자 지식 논증-이유	필자 지식 논증-근거	필자 지식 논증-전제	필자 지식 논증-반론인식	필자 지식 표현

〈그림Ⅲ-11〉 텍스트 전개도의 내용 단위별 정보 유형

(3) 〈예문〉의 분석과 도해화

이상의 분석 절차 및 도해화 방법을 적용하여, 학생 예문을 분석하고 〈텍스트 전개도〉로 나타내면 다음과 같다.

〈예문5〉 셧다운제가 논란의 대상이 되고 있다. 셧다운제는 16세 미만 청소년에게 심야시간 인터넷 게임 제공을 제한하는 제도이다. 이 제도의 찬성자들은 주로 기성세대다. 찬성자들의 주장은 청소년을 게임 중독으로부터 보호하기 위한 강제 조치가 불가피하다는 것이다. 반면, 셧다운제의 반대자들은 청소년 당사자인 경우가 많다. 이들의 주장은 어떤 명분으로도 청소년의 기본권을 침해할 수 없다는 것으로 요약된다. 이처럼 셧다운제는 시행 전부터 상당한 세대 간 논쟁을 야기하고 있다.

셧다운제는 폐지되어서는 안 된다. 청소년들은 아직 자신의 의지를 조정하기에 미약한 존재이기 때문이다. 물론 청소년들이 우리가 생각하는 것만큼 게임에 중독되지 않는다는 통계도 있다. 그러나 청소년의 게임 중독은 일부의 경우라도 큰 문제다. 그 일부가 곧 자신을 망치고 사회를 파괴할 수 있기 때문이다. (학생 글, 부분)

〈자료1〉 ⓐ셧다운제는 16세 미만 청소년에게 심야시간 인터넷 게임 제공을 제한하는 제도이다. 신데렐라법이라고도 한다. 신데렐라법이라고도 한다. 2011년 5월 19일 도입된 청소년보호법 개정안에 따라 신설된 조항 (26조)으로, 2011년 11월 20일부터 시행되었다. 계도 기간을 거쳐 2012년부터 단속을 실시하게 된다. 주무부처는 여성가족부이다.

〈자료2〉 셧다운제는 불필요한 제도이다. ⓑ셧다운제를 옹호하는 사람들은 이를 통해 청소년을 게임 중독으로부터 보호할 수 있다고 생각한다. 그러나 청소년은 원한다면 부모님의 주민등록번호를 도용해서라도 얼마든지 게임을 할 수 있다. 셧다운제는 규제를 위한 규제에 불과하다.

〈자료3〉 한국콘텐츠진흥원과 한국교육개발원이 발표한 '2012 게임 과

> 몰입 종합 실태조사' 결과에 따르면 '게임 과몰입군'과 '게임 과몰입위험군'
> 으로 분류된 청소년은 각각 0.8%, 1.2%였다. 이는 지난해 6.5%에서 4.5%
> 낮아진 수치다. 이 통계에서 보듯이, 청소년들은 우리가 생각하는 것만큼
> 게임에 중독되거나 악영향을 받지 않는다. (자료 부분 발췌)

〈예문5〉는 학생 글의 일부다. 또한 〈자료1~3〉은 해당 글에서 학생
이 사용한 자료의 일부를 발췌한 것이다. 〈예문5〉를 앞서 제시한 절
차에 따라 분석하면 아래와 같다.

> (1) 셧다운제[1]가 + 논란의 대상이 되고 있다. (+)(I)
>
> (2) 셧다운제[1: P]는 + 16세 미만 청소년에게 심야시간 인터넷 게임
>   제공을 제한하는 제도이다. (-)(I)〈자료1〉
>
> (3) 이 제도(셧다운제)의-찬성자들[2: S1]은 + 주로 기성세대다. (+)(I)
>
> (4) (셧다운제의-)찬성자들의-주장[3: S1]은 + 청소년을 게임 중독으로부
>   터 보호하기 위한 강제 조치가 불가피하다는 것이다. (0)(I)〈자료2〉
>
> (5) 반면, 셧다운제의-반대자들[2: S2]은 + 청소년 당사자인 경우가 많
>   다. (+)(I)
>
> (6) 이들(셧다운제의-반대자들)의-주장[3: S1]은 + 어떤 명분으로도 청
>   소년의 기본권을 침해할 수 없다는 것으로 요약된다. (+)(I)
>
> (7) 이처럼 셧다운제[1: EP(1)]는 + 시행 전부터 상당한 세대 간 논쟁을
>   야기하고 있다. (+)(I)
>
> (8) 셧다운제[1: P]는 + 폐지되어서는 안 된다. (+)(A1)
>
> (9) 청소년들[1: S2]은 + 아직 자신의 의지를 조정하기에 미약한 존재

> 이기 때문이다. (+)(A2)
>
> (10) 물론 청소년들[1: P]이 + 우리가 생각하는 것만큼 게임에 중독되
>
> 지 않는다는 통계도 있다. (-)(A5)〈자료3〉
>
> (11) 그러나 청소년의-게임 중독[2: S1]은 + 일부의 경우라도 큰 문제
>
> 다. (+)(A5)
>
> (12) 그 일부(청소년의-일부)[2: S2]가 + 곧 자신을 망치고 (+)(A5)
>
> (13) (청소년의-일부[1: P]가) + 사회를 파괴할 수 있기 때문이다.
>
> (+)(A5)

첫 번째로, 주어진 예문을 분석 단위인 '문장'으로 나누어 배열했
다. 이때 단위(12), (13)은 대등 접속문이기 때문에 연결 어미 '-고'를
기준으로 2개 단위로 나누었다.

두 번째로, 각 단위별 '주제'와 '진술'을 식별했다. 예컨대 단위(1)에
서는 주제 식별의 제1원리인 문두(文頭) 위치 기반 방법을 사용하여
'셧다운제'를 '주제'로, 이를 제외한 나머지 부분을 '진술'로 분류했다.
'주제'와 '진술' 사이에는 '+' 표시를 했다.

세 번째로는 각 단위의 '주제 깊이' 및 '주제 진행 유형'을 표시했다.
먼저, 각 단위의 주제가 개념적으로 구체화된 정도에 따라 '주제 깊이'
를 숫자로 표시했다. 예컨대 단위(3)의 주제인 '이 제도(셧다운제)의
찬성자들'은 선행 단위의 주제인 '셧다운제'보다 그 의미가 한 단계 구
체화(심화)된 것으로 보았다. 따라서 '주제 깊이'를 2로 표시했다.

또한 '주제 깊이'를 나타내는 숫자 우측에 '주제 진행 유형'의 약호

를 표시했다. 예컨대 단위(2)의 주제는 선행하는 단위(1)의 주제와 동일하므로 'P(병렬적 진행)'를 표시했다. 또한 단위(3)의 주제는 선행하는 단위(2)의 주제보다 한 단계 의미가 구체화(심화)되었으므로 'S1(의미점증-순차적 진행)'를 표시했다. 한편, 단위(5)의 주제는 선행하는 단위(4)의 주제와 동일하지도, 의미를 심화시키지도 않으나, 의미적인 관련성(대조)이 있으므로 'S2(의미인접-순차적 진행)'으로 표시했다. 마지막으로, 단위(7)의 주제는 선행 단위에서는 아니지만 앞선 단위에서 출현한 바 있는 것이므로, 'EP(확장된 병렬적 진행)'로 표시하고 괄호 안에 해당 주제가 처음 출현한 단위의 번호를 표시했다.

마지막으로, 각 단위의 가장 우측에 '정보 유형'의 약호를 표시했다. 3종류의 '정보 기원' 중 하나와 7종류의 '정보(의 수사적) 성격' 중 하나가 조합된 형식이다.

'정보 기원'은 (-), (0), (+) 중 하나로 표시했다. 예컨대 단위(2)는 〈자료1〉에 나타난 ⓐ의 정보를 변형 없이 그대로 사용했으므로 (-)로 표시했다. 또한 단위(4)는 〈자료2〉에 나타난 ⓑ의 정보를 일부 변형하여 사용했으므로 (0)로 표시했다. 한편, 단위(1), (3), (5)-(9), (11)-(13)은 모두 자료에 나타나지 않은 정보를 필자가 새롭게 다루었으므로 (+)로 표시했다.

'정보 성격'은 각 단위의 정보가 어떤 수사적 목적을 달성하려는가에 따라 'I'(정보전달적), 'A1'(논증적-주장), 'A2'(논증적-이유), 'A3'(논증적-근거), 'A4'(논증적-전제)', 'A5'(논증적-반론인식 및 재반론), 'EX'(표현적) 중 하나로 표시했다. 예를 들어, 단위(1)-(7)은 섯다운제 관련 논란을 설명하는 것을 목적으로 하며, 필자의 가치 판단은 나타내지 않는다. 따라서 (I)로 표시했다. 한편 단위(8)-(13)은 단위(8)에서 제시한 필자의 주장을 논증하고 있으므로 (A1-5)로 표시했다. 이때 1종류 이상으로 판단될 여지가 있는 단위는 선행하는 맥락을 기준으로 판단했다. 예컨대 단위(11)-(13)은 단위(11)을 필자의 주장으로 보아 (A1)로, 단위(12)-(13)을 이유로 보아 (A2)로 분류될 여지를 갖는다. 그러나 선행하는 맥락을 기준으로 살피면, 단위(8)에 대해 예상되는 반론을 단위(10)에서 제시하고, 이에 대한 재반론을 단위(11)-(13)에서 펼치는 것으로 보게 된다. 따라서 단위(11)-(13)은 (A5)로 분류했다.

이상의 절차에 따라 분석한 텍스트를 '(2) 도해화 방법'에서 소개한 방법에 따라 〈텍스트 전개도〉로 표현하면 〈그림Ⅲ-12〉와 같다.

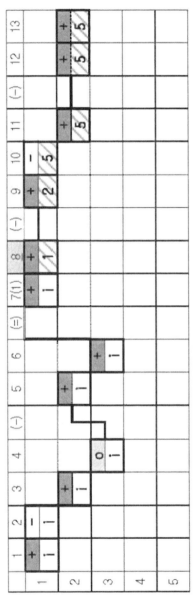

〈그림Ⅲ-12〉 학생 예문의 텍스트 전개도

〈그림Ⅲ-12〉의 〈텍스트 전개도〉는 우리에게 담화 통합 텍스트에 대한 다음의 정보를 추론할 수 있게 한다.

첫째, 텍스트의 전반적인 골격(骨格), 즉 형식적 전개 양상을 알 수 있다. 즉, ① 텍스트가 몇 개의 주제를 다루고, ② 각 주제가 얼마나 구체화(심화)되는지, ③ 각 주제들이 어떠한 방식으로 연결되며, ④ 중심이 되는 주제는 무엇인지, ④ 텍스트의 조직은 얼마나 긴밀한지 이해할 수 있다.

① 이 텍스트는 총 8개의 주제[22]를 다룬다. 총 13개의 단위 중 병렬적 진행을 보이는 단위(1)-(2), (7)-(8), (9)-(10), (12)-(13) 단위가 4개 있다. 그런데 이중 단위(7)-(8)의 주제는 단위(1)-(2)의 주제가 확장된 병렬적 진행에 의해 반복되는 것이다. 따라서 총 13개 단위 중 5개 단위가 주제 반복을 보이는 것으로 보아, 총 8개 주제를 다루고 있음을 알 수 있다.

② 이 텍스트는 총 4개의 주제 덩이에서 각기 다른 수준으로 주제를 구체화(심화)한다. 예컨대 첫 번째 주제 덩이인 단위(1)-(4)에서는 단위(1)의 주제를 수준3에 이르기까지 점차 구체화함을 알 수 있다. 또한 두 번째 주제 덩이인 단위(5)-(6)에서는 주제 깊이 수준2였던 단위(5)의 주제를 수준3으로 한 단계 구체화했다. 한편, 세 번째 주제 덩이인 단위(7)-(8)에서는 동일 주제를 반복하여 다루고, 구체화는 하

---

22) 위 〈예문5〉에서 해당 주제를 찾으면 다음과 같다: (1) 셧다운제, (2) 이 제도의 찬성자들, (3) 찬성자들의 주장, (4) 셧다운제의 반대자들, (5) 이들의 주장, (6) 청소년들, (7) 청소년의 게임 중독, (8) 일부.

지 않았다.

이때 단위(1)-(4)에서처럼 주제가 점차 구체화되는 것(세로축 운동)은 필자가 해당 주제 덩이의 기본 주제(단위(1)의 주제)를 심층적으로 다룬다는 것을 의미한다. 반면, 단위(7)-(8)에서처럼 주제가 연속적으로 다루어지는 것(가로축 운동)은 필자가 해당 주제 덩이의 기본 주제(단위(7)의 주제)에 대한 다양한 정보를 제공한다는 것을 뜻한다.

한편, 이 텍스트는 평균 1.62 수준에서 주제를 다루고 있음도 산출할 수 있다. 각 단위의 주제 깊이 수치를 합하여 전체 단위수로 나누면 텍스트의 주제 깊이 평균값이 된다.

③ 이 텍스트에서는 다음의 방식으로 주제가 연결된다: 단위(1)의 주제 → 단위(2)까지 반복(P) → 단위(4)까지 구체화(S1) → 단위(5)에서 인접 주제로 변화(S2) → 단위(6)까지 구체화(S1) → 단위(7)에서 단위(1)의 주제 재(再)출현(EP) → 단위(8)까지 반복(P) → 단위(9)에서 인접 주제로 변화(S2) → 단위(10)까지 반복(P) → 단위(11)까지 구체화(S1) → 단위(12)에서 인접 주제로 변화(S2) → 단위(13)까지 반복(P).

④ 이 텍스트는 단위(1)의 주제를 중심으로 삼고 있다. 텍스트에서 가장 빈번하게 반복되고 구체화되는 주제이기 때문이다. ③에서 볼 수 있듯이, 단위(1)의 주제는 텍스트 전반에서 반복되고 구체화되며, 인접 주제로 변화했다가 재출현한다. 또한 단위(8)에서 필자 주장의 대상이 되기도 한다. 즉, 단위(1)의 주제는 〈그림Ⅲ-2〉의 '인간의 유아'와 마찬가지로 텍스트 전체의 주체(discourse topic)로 기능함을

추론할 수 있다.

⑤ 이 텍스트의 조직 긴밀도는 0.38이다. 〈그림Ⅲ-3〉에 대한 분석에서 언급한 바와 같이, 조직 긴밀도는 텍스트가 얼마나 긴밀하게 조직되어 있는지 수치화한 것이다. 전체 내용 단위 수에 대한 주제 덩이 수의 비율로 측정[23]한다. 0에서 1 사이의 값을 가지며, 수치가 낮을수록 해당 텍스트가 긴밀하게 조직되었음을 뜻한다. 잦은 주제 변화 없이 특정 주제들을 연속적 또는 심층적으로 다루고 있음을 의미하기 때문이다.

둘째, 텍스트가 다루는 내용적 전개 양상을 알 수 있다. 즉, ⑥ 텍스트가 필자의 어떠한 수사적 목적을 성취하기 위해 전개되는지, 그리고 ⑦ 해당 내용은 어떤 정보를 기원으로 하고 있는지(자료의 이용 방식은 어떠한지) 알 수 있다.

⑥ 이 텍스트는 먼저 주제에 대한 정보를 객관적으로 전달하고, 다음으로 필자의 주장을 논증하고 있다. 단위(1)-(7)까지는 정보 전달을 목적으로 하다가, 단위(8)-(13)에서는 필자의 주장에 대한 논증으로 목적이 변화했음을 확인할 수 있다.

⑦ 이 텍스트는 필자의 지식을 주된 정보원으로 삼고, 자료의 내용

---

23) 조직 긴밀도는 두 가지 방법으로 계산할 수 있다: (1) 〈텍스트 전개도〉에 나타난 주제 덩이의 수를 세고, 그것을 전체 단위 수로 나누는 방법. (2) 〈텍스트 전개도〉를 그리지 않았을 경우, 분석된 텍스트에서 (EP+S2+S3)+1의 값을 구해 전체 단위 수로 나누는 방법. 주제 덩이는 P, S1에 의해 연속되고, EP, S2, S3에 의해 구분되기 때문에 이들의 합에 1을 더한 값이 주제 덩이의 수가 된다.

을 부차적으로 사용한 지식 기반(knowledge-based) 텍스트의 성격을 보인다. (+)단위의 비율이 매우 높으며(76.9%), 특히 논증 대상이 되는 필자의 주장 및 이유가 모두 (+)단위라는 점에서 그렇다. 이때 자료 정보는 정보 전달 과정에서 일부 사용되거나 필자 주장을 논증하는 과정에서 예상되는 반론으로 언급된다. 만약 단위 하부의 '정보 성격'이 동일하더라도, 단위 상부의 '정보 기원'이 대부분 (-)로 이루어져 있고 특히 주장을 나타내는 단위가 (-)(A1)일 경우, 이 텍스트는 자료 기반(source-based) 텍스트로 분류될 수 있다.

살펴본 바와 같이, 이 연구에서 개발한 담화 통합 텍스트 분석 모형은 선행 연구의 분석 모형과 비교할 때 보다 풍요로운 정보를 제공한다. 〈표Ⅲ-2〉에서 정리했듯이, Spivey의 모형은 그것이 갖는 상당한 유용성에도 불구하고 몇 가지 한계를 가졌다. (1) '명제'를 분석 단위로 삼아 분석 방법 및 절차가 복잡하고, (2) 특정 유형의 담화 통합 텍스트 분석에만 적용 가능하며, (3) 분석 단위의 '선택' 및 '연결' 양상만을 분석함으로써 텍스트의 형식적·내용적 특성을 온전히 드러내지 못한다는 점이 그것이다. 한편, 이 연구의 분석 모형은 선행 모형의 한계를 다음과 같이 발전적으로 극복했다. (1) '문장'을 분석 단위로 설정하여 분석 방법 및 절차가 좀더 용이하고, (2) 다양한 유형의 담화 통합 텍스트 분석에 적용할 수 있으며, (3) 분석 단위의 '선택', '반응', '연결' 양상을 모두 분석함으로써 텍스트의 형식적·내용적 특성을 보다 풍부하게 확인하게 한 것이다.

제4장
담화 통합 과제 표상과
텍스트 구성의 실제

이 연구는 학생 필자의 담화 통합 글쓰기 양상을 살펴 그 특성을 드러내고자 한다. 특히, 대학생 필자가 학술적 담화 통합 과제에 대해 갖는 표상과 텍스트의 구성적 특성 간 관계를 고찰의 중심으로 삼는다. 구체적으로 이 연구는 필자들이 담화 통합 텍스트 구성을 위해 어떤 과제 표상을 가지며, 이들이 실제로 작성한 담화 통합 텍스트는 어떤 구성적 특성을 드러내는지, 필자의 과제 표상은 담화 통합 텍스트의 구성적 특성과 어떤 관계를 갖는지 규명하려 한다.

이를 위해 이 연구는 두 단계로 구성되었다. 첫 번째 단계에서는 이론적 논의를 바탕으로 연구 수행을 위한 방법론을 마련했다. 먼저, 필자의 과제 표상을 구성하는 핵심 특질을 규정하고, 과제 표상과 텍스트의 관계를 살필 기준을 확보했다. 다음으로, 기존의 담화 통합 텍스트 분석 방법론의 한계를 염두에 두고 새로운 텍스트 분석 방법론을 개발했다. 이제 두 번째 단계에서는 실제 학생 필자의 텍스트 구성 양상을 살피기 위한 사례 연구를 실시한다.

1. 담화 통합 글쓰기 사례 연구의 방법

1) 연구 대상

사례 연구는 연세대학교의 〈글쓰기〉 강좌 2개 분반(공학계열 1개 분반, 인문계열 1개 분반) 수강생 40명을 대상으로 실시되었다. 각 분반의 정원은 공학계열이 23명, 인문계열이 24명이었다. 그러나 연구 수행 과정에서 휴학생, 신입생이 아닌 학생(강좌 재수강생), 원고 또는 프로토콜 파일 미제출자, 과제 표상 교육 결석자를 제외했다. 이에 따라, 공학계열 20명과 인문계열 20명을 합한 40명이 최종 연구 대상으로 선정되었다. 학생들의 성별은 남학생 21명(52.5%)과 여학생 19명(47.5%)으로 비교적 균등했다. 공학계열 분반의 경우 남학생 15명과 여학생 5명으로 구성되어 있었고, 인문계열 분반은 남학생 6명과 여학생 14명으로 구성되어 있었다.

〈표Ⅳ-1〉 연구 대상 필자의 계열 및 성별 분포

계열	성별		계
	남	여	
공학계열	15	05	20
인문계열	06	14	20
계	21	19	40

사례 연구에 앞서, 학기가 시작되는 1차시에 연구 대상 학생들에 대한 기초 정보를 수집했다. 연구 결과 해석을 위한 참조 자료로 사용하기 위해서다. 먼저, 대학 입학 전 쓰기 교육 경험(정규 교과과정 외) 및 쓰기 효능감을 조사하는 간단한 설문(〈부록1〉)[1]을 실시했다. 또한 진단평가(〈부록2〉)[2]를 시행하여 학생들의 전반적인 쓰기 능력 수준을 측정했다.

파악된 정보는 다음과 같았다. 먼저, 초·중등 정규 작문 수업을 제외한 쓰기 교육 경험을 묻는 질문에 학생들은 평균 9.2개월의 경험이 있다고 답했다. 이때 교육 유형은 입시 논술시험을 준비하기 위한 것이 압도적으로 많았다. 총 29명(72.5%)의 학생이 논술을 위한 사교육(논술학원·과외·인터넷 강의 수강 등)을, 3명(7.5%)의 학생이 논술을 위한 공교육(방과 후 논술·교내 스터디 활동 등) 경험이 있다고

---

1) 〈부록1〉의 설문 문항 중 아래 〈표Ⅳ-2〉에서는 3번(쓰기 교육 경험)과 6번(쓰기 효능감)에 대한 응답 결과를 기록했다. 쓰기 교육 경험에 대해서는 정규 교과 과정 외 쓰기 지도를 받은 경험의 형태와 기간(개월 수)를 조사했다. 또한 쓰기 효능감에 대해서는 스스로의 쓰기 능력에 대한 자신감 정도를 5개 항목(매우 높음, 높음, 보통임, 낮음, 매우 낮음) 중 선택하여 답하게 했다.
2) 진단평가는 '연세대학교 2009학년도 글쓰기 진단평가' 문제지를 사용하여 실시했다.

답했으며, 4명(10%)의 학생은 사교육과 공교육을 모두 경험했다고 답했다. 한편, 정규 과정 외 별도의 쓰기 교육을 받은 경험이 없다고 답한 학생은 4명(10%)에 불과했다. 계열별로는 공학계열 학생이 평균 6.2개월의 교육 경험을 갖는 데 비해, 인문계열 학생은 2배에 해당하는 12.3개월의 교육 경험을 갖는 것으로 나타났다. 또한 남학생의 평균 교육 경험 기간은 6.3개월인 반면, 여학생의 교육 경험 기간은 12.4개월이었다.

다음으로, 필자의 쓰기 효능감 수준은 5점을 최대 점수로 삼았을 때 2.75[3]였다. 자신의 쓰기 능력에 대한 자신감 정도를 묻는 질문에 '매우 높다'라고 답한 필자는 0명(0%), '높다'라고 답한 필자는 7명(17.5%), '보통이다'라고 답한 필자는 21명(52.5%), '낮다'라고 답한 필자는 7명(17.5%), '매우 낮다'라고 답한 필자는 5명(12.5%)이었다. 공학계열의 평균 점수가 2.85로 인문계열의 평균 점수 2.65보다 높았다. 이는 공학계열 필자 중 남학생의 비율이 높기(75%) 때문인 것으로 보인다. 쓰기 효능감의 성별 차이를 살폈을 때 남학생의 평균 점수는 2.90이었던 반면, 여학생은 2.58로 상대적으로 낮게 나타났다.

마지막으로, 필자의 쓰기 능력 수준은 5점을 최대 점수로 삼았을 때 3.19[4]였다. 공학계열의 평균 점수가 3.13로 인문계열의 평균 점수

---

3) '매우 높다'-5점, '높다'-4점, '보통이다'-3점, '낮다'-2점, '매우 낮다'-1점으로 산정하여 계산했다.
4) 평가자 3인이 5점 척도(상:5, 중상:4, 중:3, 중하:2, 하:1)를 사용하여 총체적 평가를 실시했다. 평가자간 신뢰도는 Cronbach α값을 사용했을 때 0.83($p < .05$)이었다.

3.28보다 다소 낮았다. 또한 남학생의 평균 점수가 2.97로 여학생의 평균 점수인 3.47보다 낮았다.

전체적으로, 이 연구에서 대상으로 삼은 40명의 학생들은 공학계열 20명, 인문계열 20명으로 구성되어 있었고, 이중 남학생은 21명, 여학생은 19명이었다. 이들은 대학 입학 전 평균 9.2개월의 정규 교과과정 외 쓰기 교육 경험을 가지고 있었고, 이는 대부분 입시 논술 시험을 준비하기 위한 것이었다. 쓰기 능력 수준은 계열 간 유사(인문계열이 +0.15)한 편이었으나, 성별 차이(여학생이 +0.5)가 있는 것으로 나타났다. 그러나 쓰기 효능감 수준은 공학계열이 인문계열에 비해(+0.21), 남학생이 여학생에 비해(+0.32) 오히려 높은 편이었다.

2) 연구 도구

(1) 과제와 읽기 자료

연구 대상 학생들에게는 과제와 읽기 자료 5편(〈부록3〉)을 부과했다.

과제의 지침은 다음과 같았다. "다음은 '사이버 정체성(cyber identity)'과 관련된 문제들에 대한 다양한 시각을 보여주는 자료들입니다. 이를 잘 읽고, 이해하고, 자료 내용과 필자의 지식을 종합적으로 이용하여, '사이버 정체성'과 관련하여 필자가 구체화한 화제에 대한 견해를 제시하는 글을 쓰십시오."

이 과제는 대학에서 사용되는 학술적 담화 통합 과제의 형식을 취하고 있다. Flower 외(1990)에 따르면, 대학에서 사용되는 학술적 담화 통합 과제는 다음 두 가지 성격을 갖는다. 첫째, 다양한 자료들에 대한 읽기 수행을 전제한다. 이는 대학의 쓰기 과제가 학술적 담화 생산을 목적으로 하기에 전제되는 조건이다. 학술적 담화 공동체의 구성원으로서 필자는 다른 구성원들이 쓴 저술을 읽음으로써 진행 중인 담화를 이해할 필요가 있다. 자료들은 교수자가 부과하기도 하고, 필자 스스로 찾기도 한다. 이 과제에서는 5편의 자료를 부과했다.

둘째, 필자는 자신의 수사적 목적에 따라 화제를 구체화하고, 그에 대한 주체적 관점을 제시할 것을 요구받는다. 즉, 중등교육에서 사용되는 쓰기 과제 혹은 논술시험의 논제와 비교할 때 '잘 정의되지 않은(ill-defined)', '열려 있는(open-ended)' 지침이 제시된다. 중등 쓰기 과제 또는 논술시험의 논제는 대부분 '잘 정의된(well-defined)' 지침을 통해 필자가 구성할 텍스트의 목적을 규정5)한다. 그러나 대학의 담화 통합 과제는 이러한 과제들에 비해 보다 '열려 있는' 형식으로 제시된다. 화제는 주어지지 않거나 광범위하게 주어지며, 자료 읽기를 통해 필자 스스로 문제를 발견하고 화제를 구체화할 것이 요구6)된다. 이 과제에서는 '사이버 정체성'이라는 광범위한 화제는 제

---

5) 예컨대 "개미와 꿀벌에 관한 자료들을 읽고 개미와 꿀벌을 비교하는 글을 쓰라(박소희, 2009)."든가 "제시문 (가)와 (나)를 낭비의 관점에서 비교하고, 두 입장을 모두 활용하여 (다)에 나타난 정신 활동에 대한 이해 방식을 비판적으로 분석하라(2013학년도 연세대 인문계열 논술문항)."는 식이다.
6) 예컨대 "자료들에 대한 해석을 바탕으로 '시간 관리(화제)'에 관한 자신의 글을 쓰라(Flower, 1987)."든가 "자료들을 통해 스스로 화제를 선택하고 주제를 설정하여 학술적인 글을 쓰라(정희모·이재성, 2009)."는 식이다.

시했지만, 텍스트 작성을 위한 화제는 필자 스스로 구체화할 것을 요구했다. 또한 "견해(見解)를 제시하라."는 비교적 열려 있는 지시어를 의도적으로 사용했다. '비교하라', '비판하라', '설명하라', '논증하라' 등의 잘 정의된 지시어와는 달리, '견해를 제시하라'는 지시어는 견해 제시의 방법, 즉 텍스트의 수사적 목적을 스스로 표상할 것을 요구하기 때문이다.

요컨대 이 과제는 대학의 학술적 담화 통합 과제가 부과되는 전형적인 상황을 재현하고, 이 과제에 대해 신입생 필자가 갖는 다양한 표상의 스펙트럼을 충분히 고찰할 수 있도록 구성되었다. 필자는 '사이버 정체성'에 대한 자료들을 읽고 학술적 글쓰기에서 보편적으로 요구되는 인지 활동(자료를 해석하기, 자료 정보와 배경지식을 통합하기, 문제를 발견하고 필자의 견해·주장을 제시하기)을 수행할 것을 요구받았다. 그러나 과제 해결을 위해 필요한 구체적인 사항은 제시되지 않았다. 필자는 스스로 과제 수행을 위한 목적, 전략, 자료 이용 방식 및 글의 형식을 표상해야 했다.

읽기 자료 5편[7]은 '사이버 정체성'에 관한 다양한 문제들을 다루는

---

7) 각 자료의 내용을 간략히 소개하면 다음과 같다: 〈자료1〉은 사이버 공간의 특성이 사이버 정체성 문제를 야기한다고 본다. 즉, 사이버 공간의 네 가지 특성(익명성, 중독성, 심리적 현실감, 금기 도발)이 초래하는 문제들을 설명한다. 〈자료2〉는 사이버 공간의 이용자가 정체성을 분열하기보다는 통합하는 경향을 보인다고 보고한 연구 결과를 제시한다. 〈자료3〉은 사이버 공간에서의 다중 정체성이 개인에게 혼란을 야기하지 않는다는 주장을 논증한다. 〈자료4〉는 사이버 공간의 이용자가 사이버 정체성을 만드는 과정을 분석한다. 그리고 이 과정이 이용자로 하여금 진정한 자아를 대면하지 못하게 하는 폐해를 낳는다고 비판한다. 마지막으

논문 또는 단행본의 일부를 발췌하여 사용했다. 자료들은 모두 '사이버 정체성'과 관련된 논의를 제시했다. 그러나 각 자료가 다루는 세부적인 화제 및 저자의 관점은 상이했다. 그래서 필자가 다양한 방식으로 화제를 구체화할 여지를 제공했다. 또한 자료들은 상호 불일치하거나 논쟁적인 내용을 포함하며, 어느 한 자료가 다른 자료보다 권위를 가진 기준 텍스트8)로 기능하지 않았다. Hartman & Allison(1996)의 다중 텍스트 구성 방식 분류9)에 근거하면, 이 자료들은 대화 관계의 구성 방식을 취했다. 그래서 필자가 특정 화제와 관련하여 자료들로부터 정보를 얻고자 할 때, 그는 자료들의 각기 다른 입장을 스스로의 관점에서 평가하고 통합해야 했다.

  (2) 즉시 회상 프로토콜 녹음 지침

  연구 대상 학생들에게 과제와 읽기 자료를 부과할 때 '즉시 회상 프로토콜 녹음 지침'(〈부록4〉)과 보이스 레코더를 함께 배부했다. 과정 중 즉시 회상법을 사용하여, 필자의 과제 표상에 대한 질적 분석을 수행하기 위해서다.

  로, 〈자료5〉는 사이버 공간에서의 다중 정체성이 개인과 사회에 미치는 긍정적인 영향에 대해 설명한다.
 8) '기준 텍스트'란 다중 텍스트 중 다른 텍스트를 읽고 해석하게 하는 관점이나 기준을 제공하는 텍스트를 말한다. Hartman & Allison(1996)이 분류한 다중 텍스트 구성 방식 중 '통제 관계'에서 나타난다.
 9) Hartman & Allison(1996)은 다중 텍스트가 구성될 수 있는 방식을 5가지(보완 관계, 논쟁 관계, 통제 관계, 대화 관계, 변형 관계)로 분류한 바 있다(김도남, 2003: 296~300).

이 연구에서 사용하는 과정 중 즉시 회상법은 종래의 인지 분석 방법들의 단점을 보완한 대안적 인지 분석 방법의 하나다. 필자의 인지를 분석하기 위해 전통적으로 사용되어 온 방법은 사고 구술법과 사후 인터뷰 방법이다. 그러나 이 방법들은 각각의 장단점을 갖는다. 사고 구술법은 필자가 글을 쓰는 동안 떠오른 생각을 모두 언어화하게 함으로써 필자의 인지에 대한 정보를 연구자에게 직접적으로 전달한다. 그러나 필자의 쓰기 과정을 방해하는 인지적 간섭(干涉) 현상을 초래한다는 점, 프로토콜 자료의 양이 방대하여 제한된 필자만을 대상으로 실시할 수 있다는 점에서 상당한 한계를 갖는다. 반면, 사후 인터뷰 방법은 사고 구술법의 가장 큰 단점인 간섭 현상을 제거한다. 그러나 이미 수행을 마친 필자의 기억에 의존함으로써 인지 과정에 대한 구체적이고 직접적인 정보를 확보하기 어렵다는 단점을 갖는다.

이 때문에 여러 연구자들은 사고 구술법과 사후 인터뷰 방법의 한계를 보완한 대안적 인지 분석 방법을 개발해왔다. Bloom(1979)과 Rose(1984)는 유도된 회상법[10]을 사용했고, Schumacher 외(1984)와 Kellogg(1994)는 즉시 회상 설문법[11]을 실시했다. 이 방법들은 모두

---

10) 유도된 회상법(stimulated recall method)은 사후 인터뷰 방법을 변형한 것이다. 글을 쓰는 필자와 원고 작성 과정을 비디오카메라로 녹화하여, 작성을 마친 필자와 함께 보면서 해당 장면에서 어떤 생각을 했는지 회상하게 하는 방법이다.

11) 즉시 회상 설문법(a directed form of retrospection)은 연구자가 글쓰기 과정을 일정 범주로 분류한 뒤, 필자가 글을 쓰는 과정에서 불쑥 질문을 던져 당시에 필자가 수행하고 있던 과정이 무엇이었는지 답하게 하는 방

사고 구술법의 가장 큰 한계인 간섭 현상을 최소화하면서, 사후 인터 뷰 방법의 단점인 정보의 부정확성을 극복하고자 했다는 의의를 갖 는다. 그러나 인위적 실험 환경이 필자에게 부담을 준다는 점, 상당 한 연구 인력과 장비를 필요로 하여 제한된 피험자만을 대상으로 실 시할 수 있다는 점 등의 한계[12] 또한 노정한다.

이 연구에서 사용하는 과정 중 즉시 회상법은 필자의 수행 과정을 몇 가지 국면으로 나누고, 필자가 각 국면에서 한 생각을 즉각적으로 회상하여 녹음하게 하는 방법이다. 예컨대 필자는 과제를 부과 받고 본격적으로 과제에 착수하기 직전까지 떠오른 생각들을 한꺼번에 구 술할 수 있다. 물론 이때의 국면은 필자의 회상을 돕기 위해 편의적 으로 나눈 것이며 고정적인 것은 아니다. 필자는 필요에 따라 언제든 생각을 구술할 수 있는 자유를 갖는다.

이러한 방법은 기존의 인지 분석 방법들에 비해 다음의 장점을 갖 는다. 첫째, 사고 구술법에서와 같이 필자에게 생각이 떠오를 때마다 발화할 것을 요구하지 않는다. 그래서 필자의 인지적 간섭 현상을 최 소화할 수 있다. 둘째, 사후 인터뷰 방법에서와 같이 모든 수행이 끝

법이다(Kellogg, 1994: 52).

12) 유도된 회상법은 카메라가 있는 실험실 환경에서 사용할 수밖에 없고, 즉시 회상 설문법 또한 연구자 입회하에 필자가 쓰기 과정을 수행하는 인지적 부담을 갖게 된다. 또한 유도된 회상법은 상당히 방대한 양의 자 료를 얻게 되어 다수의 피험자를 대상으로 실시하기 어렵고, 즉시 회상 설문법의 경우에는 특정 순간 필자가 어떤 인지 행위를 하고 있었는가를 설문하는 데 그치기 때문에 필자의 사고 과정에 대한 상세한 정보를 얻 을 수 없다.

난 후에 회상을 유도하지 않는다. 필자는 과정 중 머릿속에 떠오른 생각이 사라지기 전에 구술한다. 그래서 상대적으로 현장성 있는 정보를 확보할 수 있다. 셋째, 유도된 회상법이나 즉시 회상 설문법에서와 같이 인위적인 실험 환경을 필요로 하지 않는다. 그래서 필자가 일상적으로 과제를 수행하는 자연스러운 환경에서 정보를 수집할 수 있다. 넷째, 사후 인터뷰·유도된 회상법·즉시 회상 설문법에 비해 연구에 투입되는 인력과 장비가 적고, 사고 구술법에 대해 압축적인 자료를 얻을 수 있다. 따라서 다수의 참여자를 대상으로 한 연구에서 사용하기가 상대적으로 용이하다.

이러한 장점에 의거하여, 필자들에게 배부한 '즉시 회상 프로토콜 녹음 지침'의 내용은 다음과 같다. 먼저, 프로토콜 녹음의 목적을 설명했다. 필자로 하여금 스스로의 읽기 및 쓰기 수행 과정을 언어화하여 점검하게 하는 데 목적이 있음을 고지했다. 다음으로, 프로토콜 녹음의 방법을 설명하고 간단한 사전 훈련을 통해 이를 숙지하게 했다. 녹음은 (1) 과제를 해석한 후, (2) 자료 읽기를 마친 후, (3) 계획하기를 마친 후(쓰기 직전), (4) 원고 작성 후에 즉시 하도록 요구했다. 그러나 필자가 녹음을 원할 때는 언제든 추가적인 녹음을 할 수 있다는 사실도 고지했다.

(3) 〈자기 분석 점검표〉

연구 대상 학생들이 과제 수행을 마친 후에는 〈자기분석점검표〉

(《부록5》)를 배부하여 응답하게 했다. 점검표에 대한 응답 결과를 분석하여, 필자의 과제 표상에 대한 양적 분석을 수행하기 위해서다.

〈자기분석점검표〉는 3개의 주요 점검 문항과 2개의 부가적인 점검 문항으로 이루어져 있다. (1) 주요 정보원, (2) 글의 형식, (3) 구성 계획과 (4) 사용 전략, (5) 과제 수행 목표가 그것이다. '주요 정보원' 문항은 필자가 텍스트 구성을 위해 어떤 정보를 주된 재료로 삼았는지 묻는다. 필자가 자료 정보와 자신의 지식 중 무엇을 전면화했는가를 살피는 것이다. '글의 형식' 문항은 필자가 어떠한 형식(format)의 텍스트를 구성했는지 점검한다. 필자의 글이 자료의 요약, 설명적 보고서, 논증적 에세이와 같은 다양한 형식 중 무엇을 취하고 있는지 확인한다. '구성 계획' 문항은 필자가 텍스트 구성을 위해 어떤 계획을 세웠는지 묻는다. 자료를 요약하기, 틀 세우기, 종합하기, 목적을 위해 해석하기, 자유 반응하기와 같은 다양한 구성 계획들 중 무엇을 사용했는지 살핀다. 이와 함께, '사용 전략'과 '과제 수행 목표' 항목에서는 필자가 과제를 수행하는 동안 사용한 전략들이 무엇이고, 과제 수행을 위해 가진 세부적인 목표들이 무엇인지 점검한다.

〈자기분석점검표〉는 Flower(1990)의 것을 수정하여 사용했다. '구성 계획' 문항에 대한 선택항으로 '틀 세우기' 항목을 포함한 것이다. '틀 세우기'는 일정한 서술구조 안에 자료 내용을 삽입하는 구성 방식이다. 필자의 뚜렷한 수사적 목적이 존재하지 않는다는 점에서 '목적을 위해 해석하기'와 구별된다. 이윤빈·정희모(2010)에서는 우리나라 학생들이 이러한 구성 계획을 빈번히 표상한다는 사실을 발견했다. 그래서 '구성 계획'의 선택항에 이 항목을 포함시켰다.

3) 사례 연구의 절차

사례 연구는 연세대학교의 〈글쓰기〉 강좌 2개 분반의 교과 과정 일부로서 진행되었다. 각 분반의 교육은 모두 연구자가 담당했다. 〈글쓰기〉 강좌는 1개 학기 동안 진행되며, 1주일에 2차시(1차시 당 2시간)씩 총 16차시의 수업이 이루어진다.

연구의 첫 단계로, 〈글쓰기〉 강좌가 시작되는 1차시에 연구 대상 필자들에 대한 기초 정보를 수집했다. 〈글쓰기 교육 경험 및 자기 효능감에 대한 설문〉(〈부록1〉)과 〈글쓰기 능력 수준 진단평가〉(〈부록2〉)를 사용하여 학생들의 쓰기 교육 경험 및 효능감, 전반적인 쓰기 능력 수준을 측정했다.

두 번째 단계로, 강좌의 6차시[13]에 학생들에게 과제와 읽기 자료(〈부록3〉), 프로토콜 녹음 지침(〈부록4〉), 보이스 레코더를 배부했다. 수업시간에는 학생들에게 프로토콜 녹음 지침을 설명하고, 보이스 레코더를 사용하여 연습하게 했다. 그러나 과제와 읽기 자료에 대해서는 별도의 부연 설명을 하지 않고, 학생들이 스스로 적합하다고 생각하는 방식으로 과제를 수행할 것을 독려했다. 텍스트 작성 및 프

---

13) 강좌의 6차시에 본 연구를 시작한 이유는 수강변경기간이 종료되어 연구 대상 학생이 확정된 상태에서 연구를 진행하기 위해서였다.

로토콜 녹음을 위해서는 일주일의 시간을 주었으며, 학생들 각자가 집에서 과제를 수행하게 했다. 원고 및 프로토콜 파일은 8차시가 시작되기 직전까지 사이버 강의실에 제출할 것을 요구했다.

세 번째 단계로, 강좌의 8차시에 원고 및 프로토콜 자료를 수집하고, 학생들에게 〈자기분석점검표〉를 작성하게 했다. 학생들은 원고를 한 부 출력해서 가져와 교수자의 설명을 들으며 점검표 문항에 응답했다.

〈표IV-2〉 연구 절차 및 수행 내용

연구 단계	강좌 차시	연구 수행 내용
1	1	• 필자에 대한 기초 정보 수집
2	6	• 과제 및 읽기 자료 배부 • 프로토콜 녹음 지침, 보이스레코더 배부 • 프로토콜 녹음 훈련
3	8	• 원고 및 프로토콜 자료 수집(사이버 강의실) • 〈자기분석점검표〉 작성

4) 자료 분석 방법 및 절차

수집된 자료[14]는 다음 절차에 따라 분석했다.

---

14) 40명의 학생들로부터 수집된 자료는 다음과 같았다. 먼저, 텍스트 자료 40편이 수집되었다. 원고의 양은 200자 원고지 기준 453장으로 1편당 평균 11.3장(2,130자)이었다. 한편 과제 표상 관련 자료로는 학생들이 과제 수행 과정에서 녹음한 프로토콜 파일 758분 분량 및 〈자기분석점검표〉 40편을 수집했다. 프로토콜 파일은 전사(轉寫)했고, 전사한 원고는 200자 원고지 기준 837.5장 분량이었다.

(1) 텍스트의 질 평가

분석의 첫 단계로, 텍스트의 질에 대한 총체적 평가를 실시했다. 평가는 대학에서 글쓰기를 교육하고 있는 교강사 3인[15]이 담당했다. 원고는 대부분 워드 문서로 작성되어 있었으나, 일부 원고지에 작성한 필자의 원고는 워드 문서로 변환했다.

평가에서는 9분위 표(C-, C0, C+, B-, B0, B+, A-, A0, A+)를 사용했다. 통계 분석 시에는 이를 1~9점 사이의 점수로 변환했다. 한편, 평가가 신뢰롭게 이루어졌는가를 점검하기 위해 SPSS 17.0 프로그램을 사용하여 평가자 간 상관 분석 및 신뢰도 분석을 실시했다. 그 결과, 평가자 간 상관 계수는 아래 〈표Ⅳ-3〉과 같이 나타났다. 이는 평가자 3인의 평가가 p⟨.01 수준에서 0.6~0.7 사이의 상관을 가짐을 보여준다. 또한 평가자 간 신뢰도는 Cronbach's α값을 구했을 때 .842로 높은 편이었다.

〈표Ⅳ-3〉 총체적 질 점수에 대한 평가자 간 상관 분석 결과

	평가자1	평가자2	평가자3
평가자1	1		
평가자2	.661(**)	1	
평가자3	.634(**)	.627(**)	1

**p⟨.01

---

15) 평가자1(연구자)은 글쓰기 교육을 전공한 박사과정 수료자로, 대학 글쓰기 강의 경력은 4년이다. 평가자2는 현대 문학을 전공한 박사학위자로, 대학에서 9년째 글쓰기 및 독서토론 관련 강의를 하고 있다. 평가자3은 국어학을 전공한 박사학위자로, 대학에서 19년 동안 글쓰기 및 국어학 강의를 해 왔다.

(2) 텍스트 분석 및 구성 유형 분류

분석의 두 번째 단계에서는 이 연구에서 개발한 분석 방법을 사용하여 텍스트를 분석하고, 이에 근거하여 텍스트의 구성 유형을 분류했다. 분석은 연구자가 담당했으며, 평가자 1인이 20%(8편)의 텍스트를 함께 분석하여 상호 대조 검토(cross-check)[16)를 실시했다.

분석은 3장에서 소개한 방법을 사용하여 이루어졌다. (1) 텍스트를 분석 단위인 '문장'으로 나누고, (2) 문장의 '주제'와 '진술'을 식별하고, (3) '주제 깊이'와 '주제 진행 유형'을 확인한 뒤 (4) 마지막으로 '정보 유형'('정보 기원' + '정보 성격')을 점검한 것이다.

그런데 이상의 분석은 텍스트의 형식적·내용적 특성만을 살피는 것이므로, 실제 분석에서는 표현적 측면을 점검하는 기준을 추가했다. '담화 표지'와 '표현 오류'의 종류 및 개수를 산정한 것이다. '담화 표지'는 다음 6가지 유형으로 나누어 유형별 개수를 산정했다: ① 순접(그리고, 또한 외), ❶ 병렬(첫째, 첫 번째로 외), ② 역접(그러나, 그런데 외), ③ 인과(그러므로, 따라서 외), ④ 예시(예를 들어 외), ⑤ 요약/환원(즉, 요컨대 외). '표현 오류'는 문법적 오류(ER: error)가 나타난 단위와 맥락에 부적합한 표현(존댓말, 비속어 등, NA: Not Appropriate)이 나타난 단위의 개수를 산정했다.

한편, 실제 분석에서 제외한 단위도 1개 존재한다. '정보 성격' 중 'A4(논증적-전제)'를 분석 과정에서 제외했다. 학생들의 글에서 논증

---

16) 상호 대조 검토 결과, 두 분석자의 분석은 세부 항목에서는 75% 수준에서 일치했고, 최종 구성 유형 판단에서는 87.5%(8편 중 7편) 일치했다.

을 위한 '전제'가 거의 나타나지 않았기 때문[17]이다.

또한 각 텍스트의 항목별 분석 수치(數値)는 아래 〈표Ⅳ-4〉에 기입했다. '기입표'를 구성하는 58개 수치는 Excel 2010 프로그램에 입력되어 통계 자료로 사용되었다.

〈표Ⅳ-4〉 텍스트 분석 결과 수치 기입표

	단위 수			덩이 수			긴밀도	
형식적	주제 깊이	1	2	3	4	5	6	평균
	주제 유형	P	EP	S1	S2	S3		
내용적	자료 사용	①	②	③	④	⑤	합계	
	정보 성격	I	A1	A2	A3	A5	EX	
	정보 유형	(-)(I)	(-)(A1)	(-)(A2)	(-)(A3)	(-)(A5)	(-)(EX)	(-)합
		(0)(I)	(0)(A1)	(0)(A2)	(0)(A3)	(0)(A5)	(0)(EX)	(0)합
		(+)(I)	(+)(A1)	(+)(A2)	(+)(A3)	(+)(A5)	(+)(EX)	(+)합
표현적	담화 표지	①	❶	②	③	④	⑤	합계
	표현 오류	ER	NA	합계				

---

17) 3장에서 논의했듯이, '전제'는 주장과 이유를 이어주는 원칙으로서 표면적 텍스트에 드러나지 않는 경우가 많다. 예컨대 "섯다운제는 시행될 필요가 없다(주장). 섯다운제가 시행된다고 해도 청소년들은 여전히 게임을 할 수 있기 때문이다(이유)."라는 논증은 "하나의 제도를 시행하려면 제도 시행으로 인한 효과성이 충분히 보장되어야 한다."는 '전제'에 기반해 있다. 그러나 필자가 이를 분명히 인식하고 의도적으로 제시하지 않는 한 '전제'는 종종 생략된다. 더욱이 논증적 텍스트를 작성해본 경험이 부족한 학생 필자들은 '전제'에 대한 인식 자체를 갖지 않은 경우가 많았다. 그래서 '전제'를 제시하는 경우가 거의 없었다. 따라서 연구자는 분석을 보다 단순화하기 위해 해당 단위를 제외했다.

이상의 과정을 통해 텍스트를 분석한 이후에는 분석 결과에 근거하여 텍스트의 구성 유형을 분류했다. 확정된 유형은 총 5가지((1) 요약(+반응), (2) 틀-정보전달적(+반응), (3) 틀-논증적(+반응), (4) 통합-정보전달적, (5) 통합-논증적)였다.

(3) 과제 표상의 양적 양상 분석

분석의 세 번째 단계에서는 학생들이 원고 제출 후 작성한 〈자기분석점검표〉의 응답 결과를 분석했다. 분석은 연구자가 담당했으며, 학생들이 점검표 문항의 각 선택항을 선택한 비율을 산정했다. 이중 과제 표상의 핵심 특질인 '구성 계획'을 묻는 문항에 대한 응답 결과는 다음 분석 단계에서 필자의 과제 표상과 텍스트 구성의 관계를 살피기 위한 자료로 사용되었다.

(4) 필자 집단 선정

분석의 네 번째 단계에서는 필자의 과제 표상과 텍스트 구성의 관계에 따라 필자 집단을 선정했다. 양자(兩者)의 관계는 필자의 '구성 계획'과 텍스트의 '구성 유형' 간 일치 여부를 확인하는 방식으로 분석했다. 필자가 〈자기분석점검표〉를 통해 자신이 사용한 '구성 계획'이라고 밝힌 항목과 텍스트 분석을 통해 판정된 '구성 유형'의 일치 여부를 살핀 것이다.

〈자기분석점검표〉의 '구성 계획' 항목과 텍스트의 '구성 유형' 항목은 상호 대응한다. '(a) 요약하기' 계획은 '(1) 요약(+반응)' 유형과, '(b) 틀 세우기' 계획은 '(2) 틀-정보전달적(+반응)' 및 '(3) 틀-논증적(+반응)' 유형과, '(c) 통제개념으로 종합하기' 계획은 '(4) 통합-정보전달적' 유형과, '(d) 목적을 위해 해석하기' 계획은 '(5) 통합-논증적' 유형과 대응한다. 해당 '구성 계획'을 성공적으로 텍스트에 반영할 경우, 해당 텍스트는 필연적으로 그에 상응하는 '구성 유형'으로 판정[18]된다는 의미다.

이때 양자가 일치하는 5개 집단((a)-(1) 일치 집단, (b)-(2) 일치 집단, (b)-(3) 일치 집단, (c)-(4) 일치 집단, (d)-(5) 일치 집단)을 차례로 요약자 집단, 정보전달적 틀 구성자 집단, 논증적 틀 구성자 집단, 논증적 통합자 집단으로 분류했다.

한편 양자가 불일치하는 집단은 '의도자' 집단으로 분류하고 하위 유형을 세분(細分)했다. '의도자(intender)'란 Flower 외(1990)에서 처음 사용한 용어로, 특정한 '구성 계획'을 가졌으나 이를 텍스트에 성공적으로 실현하지 못한 필자를 지칭한다.

---

18) 여기서 '구성 계획'과 그에 대응하는 '구성 유형'의 명칭 및 개수에 다소 차이가 있음을 볼 수 있다. '구성 계획' 항목은 Flower 외(1990)의 것을 사용했지만, '구성 유형' 항목은 이 연구에서 재분류하고 명칭을 조정했기 때문이다. '구성 계획' 항목이 포함된 〈자기분석점검표〉는 연구 과정에서 학생들에게 배부해야 했으므로 선행 연구의 것을 그대로 사용할 수밖에 없었다. 그러나 텍스트 분석을 통해 선행 연구에서 단일하게 제시했던 '구성 유형'을 세분화하기도 했으므로 '틀 세우기' 계획이 두 가지 '틀' 유형(정보전달적/논증적)에 대응하는 것이다. 이때 두 종류의 '틀' 유형 텍스트를 작성한 필자들의 표상이 어떻게 다른지는 과제 표상의 질적 양상 분석을 통해 확인할 수 있다.

(5) 필자 집단별 과제 표상의 질적 양상과 텍스트 분석

분석의 최종 단계에서는 앞서 분류한 필자 집단별 과제 표상의 질적 양상 및 텍스트의 구성적 특성을 분석했다. 이 연구가 목적한 바, 필자의 담화 통합 텍스트 구성 양상을 원인(과제 표상)과 결과(텍스트)의 관계를 중심으로 구체적으로 이해하기 위해서다.

과제 표상의 질적 양상은 과제 수행 시 필자가 녹음한 '즉시 회상 프로토콜'을 분석함으로써 점검했다. 분석은 프로토콜의 전사본을 대상으로, 각 집단별 특성을 살피는 방식으로 이루어졌다. 집단별 필자의 (1) 과제 해석, (2) 자료 읽기, (3) 텍스트 구성상의 특성을 검토한 것이다. 각각 필자가 과제를 읽은 직후, 자료 읽기/계획하기를 마친 직후(쓰기 직전), 원고 작성 직후 녹음한 프로토콜이 집중적 고찰 대상이 되었다.

첫 번째 '과제 해석' 부문에서는 필자가 부과된 과제를 해석하는 방식에 주목했다. 즉, 과제의 요구 사항을 인지하는 방식과 과제에 대한 정의적 태도를 고찰했다. 두 번째 '자료 읽기' 부문에서는 필자가 자료에 대해 보이는 태도와 자료 이용 방식을 살폈다. 필자가 읽기로부터 쓰기로 이동하는 과정에서 자료를 어떻게 다루며, 이때 나타나는 그의 인지적 특성은 어떠한지 검토했다. Anderson 외(2001)의 〈인지적 교육 목표 유목(지식-이해-적용-분석-평가-창안)〉(Bloom(1956) 유목의 개정안)이 필자의 인지적 수준을 가늠하는 척도로 활용되었다. 마지막 '텍스트 구성' 부문에서는 필자가 특정 방식으로 텍스트를

구성한 이유 및 텍스트에 나타난 '필자의 수사적 위치(writer's rhetorical stance)'(이하 '필자의 위치')19)를 확인했다. 원고 작성 직후 녹음한 프로토콜에서 필자들은 대체로 자신이 어떻게 텍스트를 구성했고, 그 이유는 무엇인지에 대해 설명했다. 그리고 이 과정에서 그가 필자로서의 자신의 역할을 어떻게 규정하는지 드러나는 경우가 많았다. 이 연구에서는 필자의 프로토콜에서 이 '위치'가 명시적 또는 암묵적으로 어떻게 규정되는지, 그리고 해당 '위치'가 확고한지 또는 불안정한지 검토했다.

한편, 텍스트의 구성적 특성은 두 번째 단계에서 분석한 결과를 토대로, 집단별 텍스트의 특성을 검토하는 방식으로 확인했다. 집단별 텍스트의 특성은 각 집단에 속한 필자들이 작성한 텍스트에 대한 '분석 결과 수치'의 평균값을 구함으로써 도출했다. 필자별 수치와 마찬가지로, 집단별 평균값 또한 〈표IV-5〉의 '기입표'에 정리했다.

먼저, 필자의 '구성 계획'과 텍스트의 '구성 유형'이 일치하는 5개 집단(요약자 집단, 정보전달적 틀 구성자 집단, 논증적 틀 구성자 집단, 논증적 통합자 집단)별 텍스트 구성의 평균값을 도출했다. 그리고 이를 통해 집단별 텍스트에 나타난 평균적인 형식적·내용적·표현적 특성을 분석했다. 분석 시에는 집단별 필자의 과제 표상 특성이

---

19) '필자의 위치'란 필자가 텍스트 안에서 독자들에 대한 자신의 역할을 어떻게 상정하는가를 나타내는 용어(Booth, 1963; Kantz, 1989)다. 즉, 필자가 스스로를 객관적인 입장에서 자료 내용을 설명하는 자로 규정했는지, 또는 자신의 주장을 독자들에게 설득하는 자로 규정했는지와 같은 자기 이미지(self-image)를 말한다.

이들이 작성한 텍스트에 반영된 양상을 집중적으로 살폈다. 이후에
는 5개 집단을 제외한 '의도자' 집단의 텍스트 특성을 하위 유형별로
검토했다. 이들은 필자의 '구성 계획'과 텍스트의 '구성 유형'이 불일
치하는 집단이므로, 불일치의 양상을 확인하는 데 분석의 초점을 두
었다. 이상의 자료 분석 절차를 정리하면 〈표IV-5〉와 같다.

〈표IV-5〉 자료 분석 절차 및 수행 내용

분석 단계	분석 내용	비고
1	텍스트의 질 평가	텍스트의 총체적 질을 평가함.
2	텍스트 분석 및 구성 유형 분류	텍스트의 형식적·내용적·표현적 특성을 분석하고 이에 의거하여 구성 유형을 분류함.
3	과제 표상의 양적 양상 분석	〈자기분석점검표〉 응답 결과를 분석함.
4	필자 집단 선정	'구성 계획' 응답 내용과 '구성 유형' 도출 결과의 관계에 따라 필자 집단을 분류함.
5	집단별 과제 표상의 질적 양상과 텍스트 분석	집단별 필자의 프로토콜에 나타난 특성 및 텍스트의 특성을 분석함.

2. 담화 통합 글쓰기를 위한 필자의 과제 표상

먼저, 40명의 학생들이 원고 제출 후 작성한 〈자기분석점검표〉의
응답 결과를 양적 분석했다. 그럼으로써 학생들이 대학의 학술적 담
화 통합 과제를 어떻게 표상하는지 그 전체적인 경향성을 점검했다.
또한 과제 표상의 핵심인 '구성 계획'의 다양성이 나타나는 원인을 탐
색하기 위해, 다양한 필자 요인(교육 경험, 쓰기 효능감, 쓰기 능력
수준)과 '구성 계획'이 갖는 관계에 대해 검토했다.

1) 필자의 자기 분석에 나타난 과제 표상

〈자기분석점검표〉는 총 5개 문항으로 구성되어 있었다. 원고 제출 후 학생들은 교수자의 설명을 들으면서 자신이 과제 수행 시 어떤 표상을 가졌는지 회고하여 각 문항에 답했다. 1~3번 문항은 각각 주요 정보원, 텍스트 형식, 구성 계획에 대한 것으로 학생들이 과제에 대해 갖는 전반적인 표상을 묻는 것이었다. 이어지는 4~5번 문항은 사용 전략과 세부 목표들을 물었다. 학생들이 자신의 전반적인 표상에 근거하여 과제를 수행할 때, 그 수행 과정에서 사용한 전략 및 세부적 목표들이 무엇이었는지 점검하고자 했다.

(1) 주요 정보원·텍스트 형식·구성 계획

1~3번 문항에 대한 학생들의 응답 결과를 표로 나타내면 〈표Ⅳ-6〉과 같다.

〈표Ⅳ-6〉 필자들의 〈자기분석점검표〉 응답 결과(1~3번)

문항	선택항	응답자%(괄호: n=40)
1. 주요 정보원	(a) 자료	10.0 (04)
	(b) 자료+견해	**60.0 (24)**
	(c) 지식	12.5 (05)
	(d) 지식+자료	17.5 (07)
2. 텍스트 형식	(a) 요약	02.5 (01)
	(b) 검토+반응	15.0 (06)
	(c) 설명적 보고서	32.5 (13)
	(d) 논증적 에세이	**50.0 (20)**
3. 구성 계획	(a) 요약(+논평)하기	12.5 (05)
	(b) 틀 세우기	**42.5 (17)**
	(c) 통제개념으로 종합하기	10.0 (04)
	(d) 목적을 위해 해석하기	35.0 (14)
	(e) 자유 반응하기	00.0 (00)

1번 문항은 학생들이 자신의 텍스트 내용을 구성하기 위한 '주요 정보원(major source)'으로 무엇을 사용했는지 묻는 것이었다. 이에 대해 가장 많은 응답을 보인 항목은 '(b) 자료+견해'로, 60%(24명)의 학생이 이를 선택했다. 이 항목은 읽기 자료들의 내용을 필자의 텍스트의 중심 내용으로 전면화하고, 이에 대한 필자의 견해를 부차적으로 사용하는 것을 말한다. 반면, '(d) 지식+자료' 항목은 화제에 대한 필자의 지식을 텍스트의 주된 내용으로 삼고, 이 과정에서 읽기 자료의 내용을 부차적으로 이용하는 것이다. 17.5(7명)의 학생이 이를 선택했다. 한편, '(b) 자료+견해'에 대한 응답률이 가장 높은 것은 선행 연구의 결과와도 일치한다. Flower 외(1990)에서는 54%, 이윤빈·정희모(2010)에서는 46.7%의 학생들이 이 항목을 '주요 정보원'으로 선택했다.

2번 문항은 학생들이 과제에 적합한 '텍스트의 형식(text format)'으로 무엇을 표상했는가를 묻는 것이다. 이에 대해 가장 많은 응답을 보인 항목은 '(d) 논증적 에세이'다. 50%(20명)의 학생이 이를 선택했다. 두 번째로는 '(c) 설명적 보고서' 항목을 32.5%(13명)의 학생이 선택했다. '(a) 요약' 또는 '(b) 검토+반응' 항목을 선택한 학생도 17.5%(7명)에 이르렀다. 가장 많은 학생이 '논증적 에세이'를 선택한 이 연구의 결과는 선행 연구의 결과와는 다소 차이가 있다. Flower 외(1990) 및 이윤빈·정희모(2010)에서는 '(c) 설명적 보고서' 항목을 선택한 학생이 각각 50%와 43.3%로 가장 많았다. 다음으로는 Flower 외(1990)

의 경우 '(a) 요약'을 선택한 학생이 25%, 이윤빈·정희모(2010)의 경우, '(d) 논증적 에세이'를 선택한 학생이 26.7%로, 두 번째로 많았다.[20]

3번 문항은 과제 표상의 핵심이 되는 필자의 '구성 계획(organizing plan)'에 대한 것이다. 즉, 필자가 자료 읽기로부터 텍스트 쓰기로 이동하는 중심 원리를 무엇으로 삼았는가를 묻는 문항이다. 선행 연구에서는 '(a) 요약(+논평)하기'가 가장 높은 응답률(Flower 외: 43%, 이윤빈·정희모: 46.7%) 을 보인 바 있다. 그러나 이 연구에서는 이윤빈

---

20) 연구자는 선행 연구와 차이를 보이는 이러한 결과의 원인이 이 연구의 대상 분포에 있을 것으로 추정했다. 이윤빈·정희모(2010)의 경우, 연세대학교 공학계열 신입생 30명을 연구 대상으로 삼았다. 반면, 이 연구는 같은 대학교 공학계열 신입생 20명과 인문계열 신입생 20명을 대상으로 했다. 앞서 검토한 것처럼, 공학계열과 인문계열 학생들은 대체로 대학입학 전 논술 교육을 받지만, 이들이 준비하는 논술시험의 형식에는 차이가 있다. 인문계 학생들이 준비하는 소위 '문과 논술'은 논증적 텍스트의 형식을 요구한다. 시험을 출제하는 학교에 따라 세부적인 차이는 있으나, 대부분 (1) 제시문들의 내용을 요약하고, (2) 각 제시문의 핵심적 주장에 대해 반론을 제시하고, (3) 앞선 논의를 토대로 특정 문제에 대한 필자의 견해를 서술하게 한다. 반면, 이공계 학생들이 준비하는 소위 '이과 논술'은 수리·과학 논술로, 문제 풀이의 과정을 기술하는 설명적 텍스트의 형식을 요구한다. 따라서 연구자는 공학계열 학생을 대상으로 한 연구에서는 '설명적 보고서'의 형식이 가장 높은 응답률을 보이고, 공학계열과 인문계열 학생을 함께 대상으로 삼은 이 연구에서는 '논증적 에세이' 형식이 보다 높은 응답률을 보였을 것이라고 추정했다. 그러나 실제로 계열별 학생들의 응답 결과를 확인한 결과는 추정과 달랐다. '설명적 보고서'를 선택한 13명의 학생 중 공학계열 학생이 5명, 인문계열 학생이 8명으로 오히려 인문계열 학생의 해당 항목 응답률이 더 높았던 것이다. 또한 '논증적 에세이' 항목도 공학계열 학생이 10명, 인문계열 학생이 10명 선택하여 균등한 양상을 보였다. 즉, 이 연구의 결과는 학생들이 담화 통합 과제에 대해 갖는 표상이 매우 다양하다는 사실만을 보여주며, 연구 대상의 계열 또는 교육 경험에 따른 표상 차이를 보여주지는 않는다.

· 정희모(2010)의 연구 결과에 기반하여, 새로운 선택항인 '틀 세우기'[21]를 추가했다. 그 결과, '(b) 틀 세우기' 항목을 구성 계획으로 표상했다는 응답이 42.5%(17명)으로 가장 높게 나타났다. 다음으로 '(d) 목적을 위해 해석하기'(35%: 14명)와 '(a) 요약(+논평)하기'(12.5%: 5명)가 뒤를 이었다.

〈표Ⅳ-6〉에 나타난 결과를 통해 우리는 다음의 사실을 알 수 있다. 첫째, 신입생 필자들은 대학에서 새롭게 접한 담화 통합 과제를 매우 다양한 방식으로 표상한다. 대학의 교수자들은 그들에게 익숙한 특정한 표상을 자명한 것으로 생각하곤 한다. 그리고 학생들 또한 해당 표상을 공유할 것이라 전제하곤 한다. 그래서 부과된 과제에 대해 그들이 보기에는 전혀 엉뚱한 표상을 구성하고도 문제점을 인식하지 못하는 필자들이 존재한다는 사실을 간과할 때가 많다. 그러나 〈표Ⅳ-6〉에서 볼 수 있듯이, 이 연구의 대상이 된 학생 중 17.5%(7명)은 자료를 단순히 요약하거나 검토하고 단편적인 반응을 보이는 것이 이 과제에 적합한 텍스트 형식일 것이라고 보았다. 또한 55%(22명)에 해당하는 학생은 필자의 수사적 목적이 배제된 '요약(+논평)하기' 또는 '틀 세우기' 구성 계획을 사용하여 과제를 수행했다고 보고했다.

---

21) 2장에서 설명한 바와 같이, '틀 세우기'란 일정한 서술 구조 안에 자료의 내용을 삽입하는 구성 방식이다. 필자의 뚜렷한 수사적 목적이 존재하지 않는다는 점에서 '목적을 위해 해석하기'와 구별된다. Flower 외(1990)에서는 이를 '요약하기'의 한 변형태로만 취급했다. 그러나 이윤빈·정희모(2010)에서는 우리나라 학생들이 '틀 세우기' 방식의 글을 구성하는 경향이 높다는 사실을 발견했다. 이에, 이 연구에서는 〈자기분석점검표〉의 새로운 선택항으로서 '틀 세우기' 항목을 추가했다.

같은 공간에서 동일한 과제를 부과 받은 이 학생들은 제각각 다른 방식으로 과제를 수행했다. Flower 외(1990: 36)는 이러한 필자들을 "'과제가 요구하는 것을 잘 하고 있다.'고 굳게 믿으며 서로 다른 북소리에 맞추어 행진하는 한 무리의 필자들"이라고 표현한 바 있다.

둘째, 이러한 다양성을 전제한 상태에서, 그럼에도 가장 높은 응답률을 보인 선택항(가장 많은 필자가 구성한 표상은 '자료+견해'를 정보원으로 삼아, '틀 세우기' 계획을 사용하여, '논증적 에세이' 형식의 글을 쓰는 것이었다)에 주목한다면 다음의 사실을 확인할 수 있다.

먼저, 학생들은 필자의 지식 기반(knowledge-based) 글보다는 자료 기반(source- based)의 글을 쓰려는 경향을 보였다. 필자의 텍스트를 구성하는 내용으로 60%(24명)의 필자는 자료들의 내용을 전면화하고 이에 대한 필자의 견해를 부차적으로 사용했다고 답했다. 이 경우, 필자의 글은 능동적인 지식 변형을 이루기가 상대적으로 어렵다. 자료를 주도하기보다는 자료에 종속되는 글을 작성하기 쉽기 때문이다.

다음으로, 학생들은 '논증적 에세이'라는 학술적 담화 공동체의 '형식'에는 비교적 익숙했지만, 정작 그 논증을 주도하는 동력(動力)이 필자의 수사적 목적이어야 한다는 사실에는 익숙하지 않았다. '틀 세우기'를 사용하여 '논증적 에세이'를 작성할 경우, 해당 글의 논증 대상은 자료에 나타난 주장이 된다. 자료의 주장을 마치 필자의 주장인 것처럼 논증하는 글을 쓸 때, 그 글은 자료 내용을 상당 부분 되풀이할 수밖에 없다. 그러나 학생들은 학술적 담화 공동체가 요구하는 논

증은 자료의 주장과는 구별되는 필자의 주장에 대한 것이어야 한다
는 사실을 인식하지 못하는 경향을 보였다.

(2) 사용 전략 및 세부 목표

다음으로, 4~5번 문항에 대한 응답 결과를 표로 나타내면 〈표Ⅳ
-7〉과 같다. 문항 당 1개 항목만을 선택하게 한 1~3번과 달리, 4~5번
은 학생들이 자신에게 해당되는 항목을 모두 선택할 수 있게 했다.
읽기 및 쓰기 수행 과정에서 필자가 갖는 세부 목표들이나 사용하는
전략들은 단일하지 않기 때문이다.

〈표Ⅳ-7〉 필자들의 〈자기분석점검표〉 응답 결과(4~5번)

문항	선택항	응답%* (괄호: n=191)
4. 사용 전략	(a) 자료들의 핵심을 파악하고 나열하기	90.0 (36)
	(b) 자료들의 핵심을 파악하고 나열한 뒤 그에 대해 반응하기	77.5 (31)
	(c) 내 생각을 발전시키는 도약대로서 자료 읽기	45.0 (18)
	(d) 나 자신의 언어로 표현하기	27.5 (11)
	(e) 자료에서 흥미로운 내용을 찾아 그에 대해 반응하기	70.0 (28)
	(f) 내가 쓸 글을 통괄할 수 있는 하나의 아이디어를 찾기	22.5 (09)
	(g) 아이디어들을 둘 혹은 그 이상으로 분류하기	67.5 (27)
	(h) 내 글을 읽는 독자가 알아야 할 내용을 선택하기	17.5 (07)
	(i) 나 자신의 목적을 위해 자료 사용하기	60.0 (24)
	선택항	응답%* (괄호: n=165)
5. 세부 목표	(a) 자료의 내용을 이해했음을 드러내기	80.0 (32)
	(b) 과제 수행을 통해 나의 생각을 발전시키기	30.0 (12)
	(c) 내가 알고 있는 지식을 드러내기	52.5 (21)
	(d) 무언가 흥미로운 말할 거리를 찾기	32.5 (13)
	(e) 최소의 노력으로 빨리 과제 끝내기	10.0 (04)
	(f) 요구된 과제 분량 채우기	55.0 (22)
	(g) 나의 경험을 적용하여 글쓰기	37.5 (15)
	(h) 자료들의 핵심을 모두 언급하기	42.5 (17)
	(i) 개성적이고 창의적이기	27.5 (11)
	(j) 나 자신을 위해 무언가 배우기	25.0 (10)
	(k) 내 글을 읽는 독자에게 영향을 주기	20.0 (08)

* 응답%는 학생 수를 기준으로 산정한 것이 아니라, 학생들이 선택한 항목의 총수(n)를 기준으로 산정한 것임.

4번 문항은 학생들이 자료 읽기 및 텍스트 구성 과정에서 사용한 '전략들(strategies)'을 모두 표시할 것을 요구했다. 이에 대해 가장 높은 응답률을 보인 항목은 '(a) 자료들의 핵심을 파악하고 나열하기'였다. 90%(36명)에 이르는 다수의 학생이 자료 읽기 과정에서 각 자료의 핵심을 파악하고 나열하는 전략을 사용했다고 답했다. 다음으로는 '(b) 자료들의 핵심을 파악하고 나열한 뒤 그에 대해 반응하기' 전략이 77.5%(31명)로 높은 응답률을 보였다. 이 전략은 (a) 전략을 사용한 학생만이 추가적으로 사용할 수 있는 것이었다. 읽기 과정에서 자료들의 핵심을 파악하고 나열했던 학생 중 5명은 그에 대한 자신의 반응을 보이는 데까지는 나아가지 않은 것이다. 다음으로는 '(e) 자료에서 흥미로운 내용을 찾아 그에 대해 반응하기' 전략이 70%(28명)의 높은 응답률을 보였다. 반면, '(h) 내 글을 읽는 독자가 알아야 할 내용을 선택하기'와 '(f) 내가 쓸 글을 통괄할 수 있는 하나의 아이디어를 찾기' 전략은 각각 17.5%(7명)와 22.5%(9명)의 응답률을 보임으로써 학생들이 가장 적게 사용한 전략인 것으로 나타났다.

이러한 경향성은 Flower 외(1990)의 결과[22]와도 대체로 일치한다. 자료 다루기에 관한 (a), (b), (e) 전략은 Flower 외(1990)의 학생들로부터도 두 번째로 높은 응답률(16%)[23]을 보였고, 독자 인식에 관한 (h) 전략은 가장 낮은 응답률(0%)을 보였다. 다만, 통괄 아이디어에 대

---

22) 이윤빈·정희모(2010)에서는 4번, 5번 항목에 대해서는 조사하지 않았다.

23) Flower 외(1990)의 학생들은 4번, 5번 항목에 대해 대체로 하나 혹은 많을 경우 두 개의 항목만을 선택했다. 그래서 학생들이 평균 네 개 이상의 항목을 선택한 이 연구에 비해 항목별 응답률이 낮다.

한 (f) 전략은 이 연구의 학생들로부터는 낮은 응답률을 보인 반면, Flower 외(1990)의 학생들에게는 가장 높은 응답률(18%)을 보였다는 점이 다르다.

마지막 5번 문항은 학생들이 자료 읽기 및 텍스트 구성 과정에서 세운 세부적인 '목표들(goals)'이 무엇이었는지 묻는 것이었다. 이에 대해서는 '(a) 자료의 내용을 이해했음을 드러내기'를 목표로 했다는 응답이 80%(32명)으로 가장 높았다. 다음으로, '(f) 요구된 과제 분량 채우기'와 '(h) 자료들의 핵심을 모두 언급하기'를 목표로 했다는 응답이 각각 55%(22명)와 42.5%(17명)으로 높았다. 한편, '(e) 최소의 노력으로 빨리 과제 끝내기'와 '(k) 내 글을 읽는 독자들에게 영향을 주기'를 목표로 했다는 응답은 각각 10%(4명)과 20%(8명)으로 가장 낮게 나타났다.

이러한 경향성은 Flower 외(1990)의 결과와 일부 일치한다. Flower 외(1990)의 학생들은 자료들의 핵심을 모두 언급하는 목표 (h)를 가장 많이 선택(18%)했고, 과제 분량을 채우려는 목표 (f)와 흥미로운 말할 거리를 찾는 목표 (d)를 세 번째로 많이 선택(12%)했다. 목표 (h)와 (f)는 이 연구에서도 각각 세 번째와 두 번째로 높은 응답률을 보였다. 또한 이 연구에서 두 번째로 낮은 응답률을 보인 독자에게 영향 주기에 대한 목표 (k)는 Flower 외(1990)의 학생들에게도 가장 낮은 응답률(0%)을 보였다. 그러나 이 연구에서 가장 높은 응답률을 보인 자료 이해도를 보여주는 목표 (a)는 Flower 외(1990)에서는 높지 않은 응답

률(6%)을 보였다. 또한 Flower 외(1990)에서 두 번째로 높은 응답률
(17%)을 보인 '(j) 나 자신을 위해 무언가 배우기' 역시 이 연구에서는
세 번째로 낮은 응답률을 보였다.

〈표Ⅳ-7〉에 나타난 결과는 앞서 〈표Ⅳ-6〉에서 살핀 경향성을 재확
인하게 해준다. 첫째, 학생들이 과제 수행 과정에서 사용한 전략들과
목표들은 다양했다. 예컨대 한 무리(42.5%)의 학생들은 자신의 글 안
에서 자료들의 핵심을 모두 언급하는 것을 목표로 삼았다. 하지만 이
와 반대로 개성적이고 창의적인 글을 쓰고자 하는 또 다른 학생들도
존재(27.5%)했다.

둘째, 그 다양성 안에서 일정한 경향성을 찾고자 할 때, 학생들은
대체로 자료에 대해 수동적으로 반응하는 편임을 확인할 수 있었다.
전략(a), (b), (e)와 목표(a), (h)가 자료 기반(source-based)의 것이라
면, 전략(c), (d), (f), (i)와 목표(b), (c), (g), (i)는 필자의 지식 기반
(knowledge-based)의 것으로 분류할 수 있다. 이 연구에서는 전자의
응답률이 후자의 응답률에 비해 현저히 높은 양상을 보였다.

또한 학생들은 과제 수행 과정에서 독자에 대한 고려를 잘 하지 않
는 것으로 나타났다. 독자와 관련된 전략(h)와 목표(k)는 각 부문에서
모두 매우 낮은 응답률을 보였다. 이는 〈표Ⅳ-6〉에서 학생들이 가장
많이 표상한 것으로 나타난 텍스트 형식이 '논증적 에세이'였음을 상
기할 때 흥미로운 사실이다. 논증의 목적은 설득이며, 설득은 대상이
되는 독자를 반드시 전제한다. 비교적 많은 학생들(50%: 20명)이 논

증적 형식의 글을 쓰고자 했는데도, 정작 설득의 대상이 되는 독자를 고려한 필자는 많지 않았다는 것(전략(h): 17.5%, 목표(k): 20%)은 문제적 현상이다.

2) 구성 계획과 필자 요인의 관계

〈자기분석점검표〉에 대한 응답 결과는 동일한 담화 통합 과제에 대해 근본적으로 다른 표상을 갖는 필자들이 존재한다는 사실을 보여주었다. 그렇다면 이 차이를 발생시키는 요인은 무엇인가? 물론 그 요인은 단일하기보다는 복합적일 수밖에 없다. 다양한 요인들 중, 이 연구에서는 세 가지 요인에 우선적으로 주목했다. (1) 필자가 대학 입학 전 받은 쓰기 교육(정규 작문 과정 외) 기간, (2) 필자의 쓰기 효능감 수준, (3) 진단평가를 통해 측정한 필자의 전반적인 쓰기 수준이 그것이다.

관계 검토를 위해 각 요인의 수준에 따라 필자 집단을 분류한 뒤, 필자 집단별 구성 계획의 차이가 나타나는지 일원변량분석(one-way ANOVA)을 실시하여 확인했다. 그 결과는 〈표Ⅳ-8〉과 같았다.

〈표Ⅳ-8a〉 필자의 쓰기 교육 경험 기간별 구성 계획에 대한 일원변량분석결과

구성계획*경험	총합	자유도	평균 제곱	F	유의확률
집단 간	17.475	4	4.369	5.219*	.002
집단 내	29.300	35	.837		
전체	46.775	39			

*p〈.05

〈표Ⅳ-8b〉 필자의 쓰기 효능감 수준별 구성 계획에 대한 일원변량분석결과

구성계획*효능감	총합	자유도	평균 제곱	F	유의확률
집단 간	5.594	3	1.865	1.630	.199
집단 내	41.181	36	1.144		
전체	46.775	39			

〈표Ⅳ-8c〉 필자의 쓰기 수준(진단평가)별 구성 계획에 대한 일원변량분석결과

구성계획*쓰기수준	총합	자유도	평균 제곱	F	유의확률
집단 간	1.768	4	.442	.344	.847
집단 내	45.007	35	1.286		
전체	46.775	39			

〈표Ⅳ-8〉에서 확인할 수 있는 것처럼, 세 가지 요인 중 필자가 대학 입학 전 받은 쓰기 교육(정규 작문 과정 외) 기간이 통계적으로 유의미한 수준(F통계값 5.219, 유의확률 .002, p<.05)에서 필자의 구성 계획 차이를 발생시키는 것으로 나타났다. 쓰기 효능감과 쓰기 수준은 통계적으로 유의미한 차이를 발생시키지 않았다.

〈표Ⅳ-9a〉 필자의 쓰기 교육 경험 기간별 구성 계획의 사후비교분석

교육경험	평균차	표준오차	유의확률
경험 없음 vs. 01-06개월	-1.125	.511	.324
경험 없음 vs. 07-12개월	-1.750	.541	.052
경험 없음 vs. 13-18개월	-1.750	.614	.111
경험 없음 vs. 19개월이상	-2.550*	.614	.006
01-06개월 vs. 07-12개월	-.625	.369	.585
01-06개월 vs. 13-18개월	-.625	.469	.776
01-06개월 vs. 19개월이상	-1.425	.469	.077
07-12개월 vs. 13-18개월	.000	.501	1.000
07-12개월 vs. 19개월이상	-.800	.501	.639
13-18개월 vs. 19개월이상	-.800	.579	.752

〈표IV-9b〉 필자의 쓰기 교육 경험 기간별 구성 계획의 분포

교육경험 \ 계획유형	(a) 요약하기	(b) 틀세우기	(c) 종합하기	(d) 목적해석
1. 경험 없음	3	1	-	-
2. 1~6개월	2	9	2	3
3. 7~12개월	-	5	-	5
4. 13~18개월	-	2	1	2
5. 19개월 이상	-	-	1	4

* 표 안의 숫자는 학생 수를 의미함.

다음으로, Scheffé 방법을 사용한 사후비교분석을 실시하여 대학 입학 전 쓰기 교육을 받은 집단들 중 어떤 집단 사이에 유의미한 차이가 나타나는지 확인했다. 그 결과를 나타낸 것이 〈표IV-9a〉다. 이를 보면, 쓰기 교육 경험이 없는 필자 집단과 19개월 이상의 교육 경험을 가진 필자 집단 사이에 구성 계획 표상의 차이가 나타남을 알 수 있다. 두 집단은 $p < .05$ 수준에서 −2.550의 평균차를 가졌다.

한편, 〈표IV-9b〉는 각 집단별 필자가 어떤 구성 계획을 표상했는가를 나타낸 것이다. 이를 보면, 일원변량분석을 통해 통계적으로 유의미한 차이를 보였던 '경험 없음' 집단과 '19개월 이상' 집단 필자들이 각각 어떤 계획을 표상했는지 확인할 수 있다. '경험 없음' 집단은 '(a) 요약하기' 계획을 주로 표상하고 일부 '(b) 틀 세우기' 계획을 표상했다. '(c) 종합하기'나 '(d) 목적 해석' 계획을 표상한 필자는 전무했다. 반대로, '19개월 이상' 집단은 '(d) 목적 해석' 계획을 주로 표상하고 일부 '(c) 종합하기' 계획을 표상했다. 반면, '(a) 요약하기'나 '(b) 틀 세우기' 계획을 표상한 필자가 전무했다. 또한 다른 집단들에서도 통계적으로 유의미한 수준에서는 아니지만 일정한 경향성이 나타났다. '1~6

개월' 집단의 필자들은 전체적으로 다양한 계획을 표상하는 가운데, '(b) 틀 세우기' 계획을 표상한 필자가 압도적으로 많았다. 한편, '7~12개월' 집단과 '13~18개월' 집단의 필자들은 '(a) 요약하기' 계획을 표상하지 않았다. 그리고 '(b) 틀 세우기'와 '(d) 목적 해석'을 표상한 필자들의 숫자가 동일했다.

이상의 내용을 정리하면 다음과 같다. 이 연구에서 주목한 필자 요인들 중 필자가 대학 입학 전 경험한 쓰기 교육 기간(정규 작문 과정 외)은 그가 특정한 구성 계획을 표상하는 데 통계적으로 유의미한 차이를 야기했다. 교육 경험이 없는 필자들의 경우, '(a) 요약하기' 계획을 표상하는 경향이 있었다. '1~6개월'의 상대적으로 짧은 교육을 경험한 필자들은 다양한 계획을 표상했지만, 특히 '(b) 틀 세우기' 계획을 많이 표상했다. '7~12개월', '13~18개월'의 교육 경험을 가진 필자들은 '(b) 틀 세우기'와 '(d) 목적 해석' 계획을 유사한 수준으로 표상했으며, '(a) 요약하기' 계획은 표상하지 않았다. 한편, '19개월 이상'의 상대적으로 긴 교육 경험을 가진 필자들의 경우, '(d) 목적 해석' 계획을 가장 많이 표상했으며, '(a) 요약하기'나 '(b) 틀 세우기' 계획은 표상하지 않았다.

이러한 경향성은 다음의 판단을 가능하게 한다. 사전 설문 결과, 이 연구의 필자들이 경험한 정규 과정 외 쓰기 교육은 대부분 입시를 위한 논술 교육이었다. 앞으로 논의하겠으나, 한국의 대학생들이 유독 '틀 세우기' 계획을 많이 표상하고, 또 실제로 '틀' 유형의 텍스트를 많이 구성하는 것은 논술 교육의 영향과 관련 있는 것으로 보인다. 특히 대학수학능력시험이 끝난 후 6개월 이하의 단기 논술 교육을 받은 학생들일수록 '틀 세우기' 계획을 표상하는 경향이 높았다. 즉, 이들은 단기 논술 교육의 영향으로, 일정한 서술 구조 안에 필자의 수사적 목적 없이 자료 내용을 반복하는 형식의 글을 빈번히 표상·작성한 것으로 판단된다. 그러나 1년 반 이상의 장기적인 논술 교육은 오히려 긍정적 효과를 나타냈다. 장기적인 교육을 받은 학생들일수록 '목적 해석' 계획을 표상하고, 실제로 '목적 해석' 유형의 글을 작성하는 경우가 많았던 것이다. 이러한 결과는 단기 논술 교육이 야기할 수 있는 폐해와 장기 논술 교육이 가져올 수 있는 긍정적 효과를 함께 부각시킨다.

3. 담화 통합 텍스트의 구성

앞서 우리는 필자들이 담화 통합 텍스트 구성을 위해 어떤 과제 표상을 가졌는지 살폈다. 또한 과제 표상의 다양성을 야기한 원인을 살피기 위해, 다양한 필자 요인과 '구성 계획'의 관계에 대해서도 검토했다. 이제 시선을 이들이 실제 작성한 텍스트로 돌린다. 먼저, 40명의 필자들이 작성한 담화 통합 텍스트의 일반적인 특성을 형식적·내용적·표현적 측면 수치들의 평균값을 통해 확인한다. 또한 텍스트의

구성 유형을 분류하고, 유형별 분포 양상을 검토할 것이다. 이후에는
구성 유형과 총체적 질의 관계를 확인한다.

1) 담화 통합 텍스트 구성의 일반적 특성

40명의 필자들이 작성한 담화 통합 텍스트를 이 연구에서 개발한
방법론을 사용하여 각각의 형식적·내용적·표현적 특성을 분석했다.
〈표IV-10〉은 40편의 텍스트에 나타난 평균값을 제시한 것이다. 40편
의 텍스트에 대한 총체적 질 점수의 평균값은 4.67로, B-~B0 수준[24]
이었다.

〈표IV-10〉 담화 통합 텍스트 구성의 일반적 특성(총체적 질: 4.67)

형식적	단위 수	39.68		덩이 수	17.8		긴밀도	0.45
	주제 깊이	1	2	3	4	5	6	평균
		15	15	7	2.2	0.5	0	1.93
	주제 유형	P	EP	S1	S2	S3		
		15	6.1	7.1	9.4	1.3		
내용적	자료 사용	①	②	③	④	⑤	합계	
		8.7	2.5	3	4.2	5.6	24	
	정보 성격	I	A1	A2	A3	A5	EX	
		18.8	9.5	5	2.6	2	1.7	
	정보 유형	(-)(I)	(-)(A1)	(-)(A2)	(-)(A3)	(-)(A5)	(-)(EX)	(-)합
		7	1.1	1.2	0.8	0.8	0	10.9
		(0)(I)	(0)(A1)	(0)(A2)	(0)(A3)	(0)(A5)	(0)(EX)	(0)합
		5.3	2.3	1	0.6	0.5	1	10.7
		(+)(I)	(+)(A1)	(+)(A2)	(+)(A3)	(+)(A5)	(+)(EX)	(+)합
		6.5	6.1	2.8	1.2	0.7	0.8	18.1

---

24) 이 수치는 평가자 3인이 C-(1), C0(2), C+(3), B-(4), B0(5), B+(6), A-(7),
A0(8), A+(9)로 분류된 9점 척도를 사용하여 텍스트를 평가한 후 그 평균
값을 구한 것이다.

표현적	담화표지	①	❶	②	③	④	⑤	합계
		2.9	0.9	2.7	1.4	0.4	0.5	8.7
	표현 오류	ER	NA	합계				
		3.1	1.4	4.5				

먼저, 형식적 측면의 수치들을 통해 필자들이 작성한 담화 통합 텍스트의 골격을 가늠해보면 다음과 같다. 이 연구의 필자 40명이 쓴 담화 통합 텍스트의 평균 길이('내용 단위의 수')는 39.68이었다. 대략적으로 2,100~2,300자 정도의 분량이다. 또한 필자들이 각 내용 단위에서 다룬 '주제 깊이'의 평균은 1.93이었다. 표를 보면, 주제 깊이가 대체로 수준1과 수준2에 밀집25)해 있는 것을 확인할 수 있다. 한편, '주제 진행 유형'은 P(병렬적 진행)가 평균 15회로 가장 빈번히 나타났다. 다음으로 S2(의미관련-순차적 진행)가 9.4회, S1(의미점증-순차적 진행)이 7.1회, EP(확장된 병렬적 진행)가 6.1회, S3(의미무관-순차적 진행)이 1.3회의 순서로 나타났다. 이때 '주제 덩이'26)의 평균 개수는 17.8개였고, '조직 긴밀도'27) 수치는 0.45였다. 이 수치는 필자가 하나의 주제를 평균 2.23개의 내용 단위를 할애하여 다루었다는 것을

---

25) 〈표IV-10〉에서 '주제 깊이'에 해당하는 숫자들은 각 깊이 수준을 사용한 개수의 평균값이다. 예컨대 40명의 필자들은 텍스트에서 주제 깊이 수준 1에 해당하는 주제를 평균 15번 사용했다.

26) 〈텍스트 전개도〉에서 주제 덩이는 P와 S1에 의해 연속되고, EP와 S2와 S3에 의해 덩이가 구분된다. 따라서 '주제 덩이의 개수'는 (EP+S2+S3)+1 의 공식을 사용하여 구한다.

27) '조직 긴밀도'는 내용 단위 수에 대한 주제 덩이 개수의 비율로서 수치가 낮을수록 조직이 긴밀함을 나타낸다. 만약 숫자가 1이라면 모든 내용 단위가 각각 주제 덩이를 이루고 있다는 의미로서, 조직이 전혀 긴밀하지 않음을 나타낸다.

의미한다.

한편, 내용적 측면의 수치들을 통해 필자들이 담화 통합 텍스트를 어떤 정보로 구성했는지 살피면 다음과 같다. 먼저, 각 내용 단위 정보의 변형도((-), (0), (+)로 표시) 및 수사적 성격(I, A1~5, EX로 표시)을 결합하여 나타낸 18가지 '정보 유형'은 다양한 분포를 보이고 있다. 이중 가장 수치가 높은 것(7)은 (-)(I)로, 자료의 정보를 변형 없이 그대로 전달하는 내용 단위 유형이다. 두 번째로는 필자의 지식을 토대로 한 정보전달적 내용 단위 유형((+)(I))이, 세 번째로는 필자의 지식을 토대로 한 논증적-주장 내용 단위 유형((+)(A1))이 각각 6.5와 6.1로 많았다. (-)(EX)의 수치는 0으로 나타났다. 자료의 내용을 변형 없이 그대로 전달하는 내용 단위가 필자의 자기표현적 성격을 가질 수는 없으므로, 이는 당연한 결과라 할 수 있다.

'정보 성격'은 각 내용 단위가 어떤 수사적 성격을 가졌는지 나타낸다. I(정보전달적) 성격을 가진 내용 단위의 수가 평균 18.8로 가장 많았고, 다음으로 A1(논증적-주장)의 성격을 나타내는 내용 단위 수가 평균 9.5로 많았다. A2(논증적-이유), A3(논증적-근거), A5(논증적-반론인식 및 재반론), EX(표현적) 성격을 가진 내용 단위 수의 평균이 각각 5, 2.6, 2, 1.7로 그 뒤를 이었다.

'자료 사용'은 자료의 내용을 변형 없이 그대로 반복하거나((-) 표시) 일부 변형((0) 표시)한 정보를 전달하는 내용 단위들이 어떤 자료를 사용하고 있는지 보여준다. 사용 빈도수가 가장 높은 것은 자료

①로, 평균 8.7단위에서 이 자료의 정보를 그대로 또는 일부 변형하여 사용했다. 다음으로는 자료 ⑤와 ④와 ③을 정보의 기원으로 삼는 단위 수의 평균이 각각 5.6, 4.2, 3으로 나타났다. 자료 ②는 평균 2.5 단위에서만 사용되어 빈도수가 가장 낮았다.

마지막으로, 표현적 측면의 수치들을 통해 필자들이 담화 통합 텍스트를 작성할 때 사용한 담화 표지 및 텍스트에서 발생시킨 표현 오류를 살피면 다음과 같다. 먼저, 담화 표지의 경우, 평균 39.68 내용 단위로 이루어진 글에서 필자들은 평균 8.7개의 표지를 사용했다. 그 중 가장 사용 빈도수가 많은 담화 표지는 ①(순접: 그리고 외)로 2.9회 사용되었고, 다음으로 ②(역접/전환: 그러나, 그런데 외)가 2.7회 사용되었다. ③(인과: 그러므로 외), ❶(병렬: 첫째, 첫 번째로 외), ⑤(예시: 예를 들어 외), ④(요약/환원: 즉, 요컨대 외)가 각각 1.4, 0.9, 0.5, 0.4회 사용되어 그 뒤를 이었다. 또한 필자들은 전체 39.48 단위 중 평균 4.5 단위에서 표현 오류를 발생시켰다. ER(문법적 오류)은 3.1단위, NA(부적합한 표현)은 1.4단위에서 나타났다.

이상의 수치(數值)들은 40명의 필자가 쓴 담화 통합 텍스트의 전반적인 경향성을 보여준다. 이들의 텍스트는 대체로 자료 내용에 의존한 정보전달적 텍스트의 성격을 드러냈다. 또한 필자의 주장은 자주 제시되지만 이를 뒷받침하는 논증은 빈약하다는 사실도 확인됐다. 요컨대 〈표IV-10〉은 필자들이 대체로 〈표IV-6·7〉을 통해 나타낸 과제 표상이 반영된 텍스트를 작성했음을 수치적으로 입증한다.

2) 담화 통합 텍스트 구성 유형 및 분포

40명의 필자들이 작성한 담화 통합 텍스트를 분석한 결과, 뚜렷이 구분되는 경향성을 보이는 5가지 구성 유형이 나타났다.

〈표IV-11〉 담화 통합 텍스트의 구성 유형 분류

구성 유형	특성	변형도		원고 수 n=40 (%)
		형식적 (거시명제)	내용적 (지식변형)	
1. 요약(+반응)	자료를 병렬적으로 요약하고 필자의 단편적인 반응을 덧붙임	×	×	08 (20%)
2. 틀-정보전달적(+반응)	자료의 내용을 일정한 서술구조에 정리하여 설명적으로 제시함	○	×	10 (25%)
3. 틀-논증적(+반응)	자료의 주장을 필자의 주장인 것처럼 제시하고 자료 내용을 주로 사용하여 논증함	○	×	07 (17.5%)
4. 통합-정보전달적	필자가 생성한 통제개념을 중심으로 자료 내용 및 필자의 지식을 통합하여 설명적으로 제시함	○	○	03 (7.5%)
5. 통합-논증적	필자의 주장을 자료 내용과 필자의 지식을 통합적으로 사용하여 논증함	○	○	12 (30%)

유형1인 '요약(+반응)'은 읽기 자료의 일부 또는 전부를 병렬적으로 요약하고, 그에 대한 필자의 단편적인 반응을 덧붙이는 방식의 구성 유형이다. 이때 '반응'이란 견해와 감상을 모두 포함하는 개념으로, 텍스트에 따라 존재하기도 하고 부재하기도 한다. 이 유형의 텍스트가 보이는 가장 큰 특성은 텍스트로부터 논리적 연결성을 가진 거시명제(coherent macro-proposition)를 도출할 수 없다는 점이다. 자료 각각에 대한 요약 및 반응을 단순 나열하는 방식으로 구성되어, 이를 잇는 논리적 연결고리가 존재하지 않기 때문이다.

반면, 유형2와 유형3은 텍스트로부터 논리적 연결성을 가진 거시명제를 도출할 수 있다는 점에서 '요약(+반응)' 유형과 구별된다. 유형2인 '틀-정보전달적(+반응)'은 읽기 자료들의 내용을 일정한 서술구조 안에 정리하여 설명하는 방식의 구성 유형이다. 이때 필자는 객관적인 정보 전달자의 입장에 서있으며, 텍스트를 통괄하는 특정한 주장을 제기하지 않는다. 대체로 화제와 관련하여 자료들에 나타난 다양한 입장들을 분류하여 소개하는 방식으로 구성된 텍스트가 많다. 이때 텍스트를 구성하는 중심 내용은 자료들로부터 비롯되며, 필자의 반응은 논의 과정에서 부수적으로 삽입된다.

한편 유형3인 '틀-논증적(+반응)'은 읽기 자료에서 제기된 바 있는 주장을 필자의 주장인 것처럼 내세우고, 이에 대한 논증을 펼치는 방식의 구성 유형이다. 이 유형의 글은 표면적으로 잘 구성된 논증적 텍스트로 보인다. 그러나 읽기 자료와 대조해보면, 자료에 나타난 주장을 그대로 또는 표현만 바꾸어 제시했음이 드러난다. 자료의 주장을 되풀이했을 경우 자연히 그에 대한 논증 또한 자료의 내용을 주된 것으로 할 수밖에 없다. 따라서 이 유형의 텍스트 역시 중심 내용은 자료들로부터 비롯되며, 부차적으로 필자의 아이디어나 반응이 포함된다. 요컨대 유형2와 유형3은 텍스트를 관통하는 일관된 거시명제가 존재한다는 점에서 유형1과 차별성을 가지며, 텍스트의 수사적 목적에서 상호 변별된다. 한편, 유형2와 유형3은 텍스트에서 전달하고자 하는 핵심 정보 혹은 논증 대상이 되는 주장이 읽기 자료로부터 비롯된 것이라는 점에서 다시 유형4 및 유형5와 구별된다.

유형4와 유형5는 텍스트의 수사적 목적에서 각각 유형2와 유형3에 대응된다. 유형4는 정보 전달을 주된 목적으로 하고, 유형5는 주장에 대한 논증을 주된 목적으로 삼기 때문이다. 그러나 핵심 정보 혹은 주장이 자료에서 비롯된 것이 아닌 필자 자신의 것이라는 점에서 변별성을 갖는다. 또한 자료에 나타나지 않은 새로운 개념 혹은 주장을 다루기에, 고도의 지식 변형(knowledge transformation)이 일어난다는 점에서도 차별된다.

유형4인 '통합-정보전달적'은 필자가 새롭게 생성해낸 통제개념(controlling idea)을 중심으로 읽기 자료 및 필자의 지식을 통합적으로 제시하는 방식의 구성 유형이다. 정보 전달을 목적으로 한다는 점에서는 유형2와 같다. 그러나 유형2가 자료의 내용을 단순 반복하는 데 그친다면, 유형4는 자료에 존재하지 않았던 통제개념을 사용하여 자료와 자신의 지식을 하나의 의미 있는 총체로 만든다는 점에서 구별된다. 예컨대 '가면무도회'라는 통제개념을 사용하여 자료 내용과 필자의 지식을 통합한 경우를 생각해볼 수 있다. 이 텍스트를 작성한 필자는 사이버 공간의 이용자가 사이버 정체성을 갖는 행위를 가면무도회에 참여하는 것에 비유한다. 그리고 이 개념을 중심으로 사이버 정체성의 긍정적·부정적 측면을 설명한다. 이용자는 여러 가면들(ID와 아바타들)을 바꾸어 쓰며 '내가 되고 싶은 나'가 되고 자유로움을 느낄 수 있다. 반면, 가면 뒤에 숨을 수 있는 익명성 때문에 각종 문제들이 발생할 수 있다. 이처럼 통제개념을 사용할 경우, 자료의 내용을 단순 나열할 때와 구별되는 지식 변형이 일어난다.

유형5인 '통합-논증적'은 필자의 주장을 논증하기 위해 자료 내용과 필자의 지식을 통합적으로 사용하는 방식의 구성 유형이다. 주장을 논증하는 것을 수사적 목적으로 삼는다는 점에서 유형3과 동일하다. 하지만 자료에 나타나지 않은 필자의 주장을 전면화한다는 점에서 뚜렷이 변별된다. 또한 자료에 부재하는 새로운 주장을 논증하기 위해 자료 및 필자의 지식을 능동적으로 변형한다는 점에서도 유형3과 다르다. 이 유형은 소위 '학술적 글쓰기'의 가장 전형적인 형식이다.

유형1인 '요약(+반응)'으로 판정된 텍스트는 8편(20%), 유형2인 '틀-정보전달적(+반응)'으로 판정된 텍스트는 10편(25%), 유형3인 '틀-논증적(+반응)'으로 판정된 텍스트는 7편(17.5%), 유형4인 '통합-정보전달적'으로 판정된 텍스트는 3편(7.5%), 유형5인 '통합-논증적'으로 판정된 텍스트는 12편(30%)이었다. 전체적으로, '틀-정보전달적/논증적(+반응)' 유형의 텍스트가 총 17편(42.5%)으로 매우 높은 비중을 차지했다.

3) 담화 통합 텍스트 구성 유형과 텍스트 질의 관계

담화 통합 텍스트의 구성 유형에 따라 총체적 질 점수의 차이가 발생하는지 알아보기 위해 일원변량분석(one-way ANOVA)을 실시했다. 그 결과는 〈표IV-12〉와 같았다.

〈표Ⅳ-12a〉 텍스트의 구성 유형별 질 점수에 대한 일원변량분석결과

구성유형*질 점수	총합	자유도	평균 제곱	F	유의확률
집단 간	111.559	4	27.890	18.109*	.000
집단 내	53.905	35	1.540		
전체	165.465	39			

*p〈.05

〈표Ⅳ-12b〉 텍스트의 구성 유형별 질 점수의 사후비교분석

구성 유형	평균차	표준오차	유의확률
요약 vs. 틀(정보)	-2.54950*	.58867	.004
요약 vs. 틀(논증)	-2.36964*	.64229	.019
요약 vs. 통합(정보)	-3.74917*	.84018	.003
요약 vs. 통합(논증)	-4.72167*	.56645	.000
틀(정보) vs. 틀(논증)	.17986	.61159	.999
틀(정보) vs. 통합(정보)	-1.19967	.81694	.708
틀(정보) vs. 통합(논증)	-2.17217*	.53138	.007
틀(논증) vs. 통합(정보)	-1.37952	.85639	.632
틀(논증) vs. 통합(논증)	-2.35202*	.59023	.009
통합(정보) vs. 통합(논증)	-.97250	.80108	.829

〈표Ⅳ-12c〉 텍스트의 구성 유형별 질 점수 수준의 분포

집단	점수	구성 유형					텍스트 수
		1. 요약	2. 틀-정보	3. 틀-논증	4. 통합-정보	5. 통합-논증	
상	7~9				1	7	08
중	4~6.99		8	6	2	5	21
하	1~3.99	8	2	1			11

〈표Ⅳ-12a〉를 보면, 텍스트의 구성 유형에 따라 총체적 질이 통계적으로 유의미한 수준(F통계값 18.109, 유의확률, .000, p〈.05)에서 차이를 보인다는 것을 알 수 있다. 이를 확인한 뒤, Scheffé 방법을 사용한 사후비교분석을 실시하여 어떤 구성 유형을 사용한 텍스트 사이에 총체적 질이 통계적으로 유의미한 수준에서 차이를 보이는지

살폈다. 〈표IV-12b〉가 그 결과다. 먼저, '요약(+반응)' 유형으로 구성된 텍스트는 '틀-정보전달적(+반응)', '틀-논증적(+반응)', '통합-정보전달적', '통합-논증적' 유형의 텍스트와 총체적 질 면에서 통계적으로 유의미한 차이가 있음이 나타났다. 그 차이의 구체적 양상은 〈표IV-12c〉에서 확인할 수 있다. 텍스트의 수준별 구성 유형 분포를 정리한 이 표는 총체적 질 점수가 '하위'인 텍스트 11편 중 8편이 '요약(+반응)' 유형에 속함을 보여준다. 이를 통합하면, '요약(+반응)' 유형은 언급한 4개 유형과 비교할 때 통계적으로 유의미한 수준에서 총체적 질이 낮았음을 알 수 있다.

다음으로, '틀-정보전달적(+반응)' 유형의 텍스트는 '요약(+반응)' 및 '통합-논증적' 유형의 텍스트와 총체적 질 면에서 유의미한 차이를 보였다. 〈표V-7c〉를 보면 이 유형의 텍스트들은 질 점수 면에서 중위 및 하위 집단에 속해있고, 상위 집단에는 한 편도 속해 있지 않음을 볼 수 있다. 이를 통해, '틀-정보전달적(+반응)' 유형의 텍스트는 '통합-논증적' 유형의 텍스트와 비교할 때 통계적으로 유의미한 수준에서 총체적 질이 낮다고 말할 수 있다.

한편, '틀-논증적(+반응)' 유형의 텍스트는 '통합-논증적' 유형의 텍스트와 통계적으로 유의미한 수준에서의 질 차이를 보였다. 다시 〈표IV-12c〉를 확인하면, '틀-논증적(+반응)' 유형의 텍스트는 질 점수 면에서 중위 및 하위 집단에 속해 있는 반면, '통합-논증적' 유형의 텍스트는 상위 및 중위 집단에 속해 있음을 볼 수 있다. 즉, '틀-논증적(+

반응)' 유형의 텍스트는 '통합-논증적' 유형의 텍스트에 비해 통계적으로 유의미한 수준에서 총체적 질이 낮았다. 그러나 '틀-정보적(+반응)' 유형의 텍스트와 '틀-논증적(+반응)' 유형의 텍스트, '틀-정보적' 유형의 텍스트와 '통합-정보적' 유형의 텍스트, '틀-논증적' 유형의 텍스트와 '통합-정보적' 유형의 텍스트, '통합-정보적' 유형의 텍스트와 '통합-논증적' 유형의 텍스트는 텍스트의 질 점수 면에서 통계적으로 유의미한 차이를 보이지 않았다.

4. 담화 통합 과제 표상과 텍스트 구성의 관계 양상

이제까지 우리는 〈자기분석점검표〉의 응답 결과를 통해 나타난 과제 표상의 양상 및 텍스트 구성의 전반적인 특성에 대해 살펴보았다. 전자는 필자가 스스로 응답한 것으로, 그가 실현하고자 한 '의도' 차원에서의 구성 계획을 보여준다. 반면, 후자는 실제 작성된 텍스트를 분석한 것으로, '결과' 차원에서의 구성 유형을 나타낸다. 그렇다면 필자의 '의도'와 텍스트에 나타난 '결과'는 어떤 관계를 가지며, 그 구체적 양상은 어떠한가? 이를 확인하기 위해, 우리는 먼저 양자(兩者)의 일치 여부를 확인할 것이다. 이후, 일치 및 불일치 유형별 필자 집단의 과제 표상 및 텍스트 특성을 보다 구체적으로 검토한다. 과제 표상은 필자의 프로토콜에 나타난 질적 양상을 통해, 텍스트의 특성

은 유형별 집단의 특성 및 사례 필자의 〈텍스트 전개도〉 분석을 통해
살필 것이다.

1) 과제 표상(구성 계획)과 텍스트 구성 유형의 일치도

필자가 〈자기분석점검표〉를 통해 보고한 구성 계획과 텍스트 분석
을 통해 판단된 구성 유형의 일치도는 72.5%였다. 즉, 전체 40편의
텍스트 중 필자가 보고한 구성 계획과 텍스트의 구성 유형이 일치하
는 경우는 29편이었다. 반면, 불일치도는 27.5%로 11편의 텍스트에
서 구성 계획과 구성 유형간 불일치가 발생했다. 〈표IV-13〉은 구성
계획과 구성 유형의 관계를 정리한 것이다.

〈표IV-13〉 필자의 '구성 계획'과 텍스트 '구성 유형'의 관계

일치여부	구성 계획	구성 유형	해당 필자 번호 (필자 수)
일치 (72.5%: 29명)	요약(+논평)하기	요약(+반응)	05,07,10,13,24 (5)
	틀 세우기	틀-정보전달적(+반응)	08,15,20,27,28,30,34 (7)
	틀 세우기	틀-논증적(+반응)	01,03,06,19,23 (5)
	통제개념으로 종합하기	통합-정보전달적	14,25,26 (3)
	목적을 위해 해석하기	통합-논증적	02,04,09,12,16,21,22,31,40 (9)
불일치 (27.5%: 11명)	목적을 위해 해석하기	틀-논증적(+반응)	17,29,36 (3)
	목적을 위해 해석하기	틀-정보전달적(+반응)	39 (1)
	목적을 위해 해석하기	요약(+반응)	11 (1)
	통제개념으로 종합하기	틀-정보전달적(+반응)	33 (1)
	틀 세우기	요약(+반응)	18,35 (2)
	틀 세우기	통합-논증적	32,37,38 (3)

〈표IV-13〉 중 '일치' 부문을 보면, '요약(+논평)하기', '틀 세우기', '종
합하기', '해석하기'등의 특정 구성 계획을 사용했다고 보고한 필자의

텍스트가 실제 그와 상응하는[28) '요약(+반응)', '틀-정보전달적(+반응)', '틀-논증적(+반응)', '통합-정보전달적', '통합-논증적' 구성 유형으로 판정된 경우 및 해당 텍스트를 작성한 필자 번호를 확인할 수 있다.

Flower 외(1990)에서 초고 텍스트에 대한 학생 필자-평가자 간 일치도가 48%에 불과했음을 감안할 때, 72.5%의 일치도는 상당히 높은 것이다.[29) 이러한 현상이 나타난 원인은 복합적이겠으나, 주된 요인으로 다음을 추정해볼 수 있다. 먼저, 텍스트의 구성 유형을 평가자의 질적 판단에만 의거하지 않고, 텍스트 분석을 통해 최종 판정했다는 점을 들 수 있다. 선행 연구의 경우처럼 평가자의 질적 판단에만 의존할 경우, 평가자의 선입견이 개입될 여지가 높다. 그래서 총체적 질 수준이 높지 않은 텍스트가 '요약'이나 '틀-정보전달적/논증적'과 같은 하위 구성 유형을 취하고 있는 것으로 판정되기 쉽다. 그러나 이 연구에서 평가자 판단에 의해 1차적으로 구성 유형을 분류한 후

---

28) '구성 계획'의 분류는 선행 연구에서 사용한 〈자기분석점검표〉의 명칭을 따른 것이다. 반면, '구성 유형'의 분류는 이 연구에서 텍스트 분석을 통해 분류하고 재명명(再命名)한 명칭을 따른 것이다. 따라서 〈자기분석점검표〉에서는 단일한 것으로 제시된 '틀 세우기' 계획과 이 연구에서 재분류한 '틀-정보전달적(+반응)' 및 '틀-논증적(+반응)'은 일치하는 것으로 본다. 또한 2)-(2)에서 설명한 바와 같이, '통제개념으로 통합하기'와 '목적을 위해 해석하기'에 의해 작성된 텍스트는 그 의미를 명료하게 하기 위해 '통합-정보전달적'과 '통합-논증적'으로 명칭을 변경한 것이므로 이들도 일치한다.

29) 한편, 이윤빈·정희모(2010)에서는 일치도를 별도로 산정하여 제시하지는 않았다. 그러나 이 연구에서 각각 제시한 학생 필자의 자기 점검 결과와 평가자의 텍스트 유형 판단 결과를 대조적으로 살펴보면, Flower 외(1990)와 유사한 수준의 초고 일치도를 보임을 알 수 있다.

텍스트 분석을 수행했을 때, 평가자에 의해 중·하위 구성 유형을 취한 것으로 판단된 텍스트가 실제로는 '통합-정보전달적/논증적' 같은 상위 구성 유형을 취한 것으로 판명되는 경우가 발생했다. 즉, 텍스트의 총체적 질 수준은 그리 높지 않지만, 분명 상위 구성 유형을 취하는 것으로 분류 가능한 텍스트가 존재했다는 것이다. 그러므로 이 연구에서 수행한 텍스트 분석이 평가자의 질적 판단에 의한 판정 오류의 가능성을 최소화했다고 추정할 수 있다. 또한 학생들이 구성 계획을 보고하는 데 있어 항목을 잘못 선택할 확률을 줄이고자 했다는 점도 언급할 수 있다. 학생들이 특정 구성 계획을 표상했더라도 그것을 제대로 보고하지 못한다면 일치도가 떨어질 수밖에 없다. 이 연구에서는 〈자기분석점검표〉의 항목 설명을 보충하고, 관련 설명 시 항목별 사례를 보다 충분히 제시하여 그러한 가능성을 줄이고자 했다.

이처럼 별도의 교육을 하지 않았을 때, 학생들은 담화 통합 과제에 대해 다양한 구성 계획을 가졌고, 이는 실제 텍스트의 구성 유형과 72.5%의 높은 비율로 일치했다. 이어지는 3-2)에서 이러한 일치를 보이는 필자 집단을 각각 '요약자 집단', '정보전달적 틀 구성자 집단', '논증적 틀 구성자 집단', '정보전달적 통합자 집단', '논증적 통합자 집단'으로 분류하여, 각 집단의 과제 표상 및 텍스트 구성의 특성을 보다 세밀하게 살펴볼 것이다.

한편, 전체의 27.5%인 11명의 경우, 필자가 보고한 구성 계획과 구성 유형이 불일치하는 현상을 보였다. 특히 전체의 12.5%인 5명의 경우, 필자는 '목적 해석' 구성 계획에 따라 텍스트를 작성했다고 보고했으나, 실제 텍스트는 '통합-논증적' 이외의 유형('틀-논증적(+반응)', '틀-정보전달적(+반응)', '요약(+반응)')인 것으로 나타났다. 또한 필자가 '종합하기' 구성 계획을 가졌다고 보고했으나 텍스트는 '틀-정보전달적(+반응)'인 경우가 2.5%인 1명, 필자가 '틀 세우기' 구성 계획을 보고했으나 텍스트는 '요약(+반응)'인 경우가 5%인 2명 있었다. 또한 필자는 '틀 세우기' 구성 계획을 가졌다고 보고했으나 텍스트는 보다 상위 수준인 '통합-논증적' 유형인 경우도 7.5%인 3명 존재했다. 모두 필자의 '의도'와 텍스트에 나타난 '결과'가 어긋나는 경우다. 3)절에서 이러한 불일치를 보이는 필자의 사례를 '목적 해석' 의도자, '통합하기' 의도자, '틀 세우기' 의도자로 나누어 불일치의 원인을 탐색할 것이다.

2) 일치 집단의 과제 표상 및 텍스트 구성

(1) 요약자 집단의 특성

가. 요약자 집단의 과제 표상 특성 : 프로토콜에 나타난 질적 양상

요약자 집단은 필자가 〈자기분석점검표〉를 통해 '요약(+논평)하기' 구성 계획을 가졌다고 보고하고, 실제 텍스트도 '요약(+반응)' 유형으로 판정받은 필자 집단을 말한다. 이들의 프로토콜에 나타난 과제 표상의 질적 특성을 과제 해석, 자료 읽기, 텍스트 구성의 측면에서 살피면 다음과 같다.

(ㄱ) 과제 해석

요약자 집단이 과제를 읽은 직후 녹음한 프로토콜에는 필자의 과
제 해석에 대한 정보가 충분히 드러나지 않았다. 다른 집단의 필자들
은 대체로 이 단계에서 과제 지시문(task prompt)에 대한 해석을 다
양한 수준에서 드러낸다. 즉, 과제의 요구사항에 대한 해석이나 수행
의 방향성에 대해 예측한 바를 구술하는 것이 일반적이다. 그런데 이
연구에서 요약자 집단으로 분류된 필자 5명은 대체로 과제에 대한 해
석 자체를 시도하지 않았다. 대신, 높은 정도의 쓰기 불안(writing
anxiety)을 토로하는 경우가 많았다. 다음 13번 필자의 프로토콜은
그 전형적 사례다.

[13] 지금, 과제만 읽고 아직 제시문은 읽지 않은 상태다. 과제는…
'다음은 사이버 정체성과 관련된 문제들에 대한 다양한 시각을 보여주
는 자료들입니다. 이를 잘 읽고, 이해하고, 자료 내용과 필자의 지식을
통합적으로 이용하여, 사이버 정체성과 관련하여 필자가 구체화한 화
제에 대한 견해를 제시하는 글을 쓰십시오.'라는 것이다. (한숨 후 침
묵) 어… 문제가 너무 어려운 것 같아서 걱정이 된다. 솔직히 저는
어렸을 때부터 글쓰기를 못했고 글을 쓰려면 가슴이 답답하고 싫습니
다.[30] 또 이 〈글쓰기〉 수업도 정말… (한숨) 제가 공대에 와서까지

---

30) 프로토콜 녹음 시 학생들은 존댓말이든 반말이든 자신에게 편안한 방식으
로 생각을 구술할 수 있음을 고지 받았다. 학생들은 둘 중 편안한 방식을
골라 구술했다. 그런데 간혹 반말로 구술하다가 교수자를 인식하여 존댓
말을 사용하는 학생들도 있었다. 대체로 쓰기 불안이 높은 필자들이 이러
한 양상을 보이는 경우가 많았는데, 13번 필자도 이 경우에 해당한다.

제4장 담화 통합 과제 표상과 텍스트 구성의 실제 239

글쓰기를 하게 될 줄은 몰랐습니다. (침묵) 어… 또 제시문도 있는데 보나마나 이 제시문들도 뭔가 어려운 얘기를 하고 있을 것 같다. 아무튼 이공장학금을 유지하려면 학점을 잘 받아야 하고 그러려면 글을 잘 써야 하니까 최선을 다해서 제시문을 읽고 사이버 정체성에 대한 글을 써보겠다. 어… 열심히 하면 잘 할 수 있을 거라고 생각합니다, 네. (이하 모든 강조는 인용자의 것)

많은 필자들이 그러하듯이, 13번 필자 또한 과제 지시문을 소리 내어 읽었다. 대부분의 필자들은 지시문을 읽은 직후 그에 대한 해석을 시도한다. 그러나 13번 필자의 프로토콜에는 과제 해석이나 자신의 수사적 위치에 대한 선정, 수행 방향성에 대한 인식이 부재한다. 글쓰기에 대한 두려움과 불안만을 토로할 뿐이다. 또한 요약자 집단의 과제 이해 단계의 프로토콜은 대체로 매우 짧았고(13번 필자의 경우, 위 인용문이 해당 단계 프로토콜의 전부였다), 아예 과제 해석에 대한 언급을 생략하고 바로 자료 읽기를 시작한 필자도 존재(05번 필자)했다.

프로토콜 분석 전 연구자는 요약자 집단이 과제에 대한 부적합한 이해를 가장 두드러지게 보일 것으로 예측했다. 그러나 이들은 전체 집단 중 유일하게 과제 해석을 드러내지 않는 경향성을 보였다. 그렇다면 과제 해석의 부재 자체를 징후적인 것으로 해석할 수도 있다. 즉, 이들은 과제에 대한 해석을 드러내지 않는 방식으로, 과제에 대한 이해 부족이나 혼란, 또는 그 밖의 문제들[31]을 나타냈다고 할 수 있다.

(ㄴ) 자료 읽기

요약자 집단이 자료를 읽은 직후 녹음한 프로토콜은 대체로 다음
의 경향성을 보였다. 첫째, 이들은 자료에 대해 가장 수동적인 태도
를 보였다. 즉, 자료의 내용에 절대적인 권위를 부여하고 이에 의문
이나 비판을 제기하지 않는 경향을 보였다. Ⅳ-2장에서 살펴본 것처
럼, 이 연구의 읽기 자료들은 의도적으로 상호 양립하기 어려운 입장
들을 포함하도록 구성되었다. 만약 필자가 특정 자료의 입장을 지지
한다면 다른 입장의 자료에는 비판적 태도를 보일 수밖에 없었다. 그
러나 이들은 대체로 자료 내용에 대한 수동적 공감을 표현하고, 이해
또는 공감이 되지 않는 자료에 대한 비판은 잘 시도하지 않는 경향을
보였다. 10번 필자의 사례를 보자.

[10] 어, 자료1을 읽다보니까 <u>내가 공감 가는 부분이 좀 많은 것 같
다.</u> 공간전도 현상? 이것도 처음 들어본 말인데 알고 보니 신문기사나
뉴스에 자주 나오는 내용이고, 음… 원래부터 익명성의 무책임에 대해
어느 정도 생각을 갖고 있던 터라 아무래도 공감가고 비교적 쉽게 읽
히는 글이 아니었나 싶다. <u>자료2도 공감이 간다.</u> (중략) <u>자료3은 공
감… 어, 사실은 이게 무슨 글인지 잘 모르겠다.</u> 다양한 관계 사이를

---

31) 여기서 '그 밖의 문제'란 표현은 과제의 요구 사항을 이해하고도 다른 이
유에서 '요약하기' 방식으로 글을 구성할 수밖에 없었던 필자가 존재하기
때문에 사용한 것이다. 예컨대 10번 필자는 프로토콜의 후반부에서, 자신
의 방식이 과제가 요구한 것이 아니라는 사실을 인식하고 있었음에도 불
구하고, "과제가 요구한 방식대로의 글을 작성할 자신이 없어 '요약(+논
평)하기' 방식을 택했다"고 고백한다. 이에 대해서는 곧이어 살필 것이다.

자유롭게 유영할 수 있기 때문에 다중정체성이 유지, 뭐라고 하는
데… (잠시 침묵) 좋은 얘기인 것 같기는 하다… ①뭐 유명한 학자가
쓴 거니까 맞는 얘기겠지. (중략) 자료 4번도 나에게 많이 공감을 주는
글 같다. 나도 미니홈피나 블로그에서는 보여주고 싶은 나만 보여주려
고 노력하는데… (중략) 아무튼 난 큰 공감을 하며 읽었다. 자료5를
읽고는… 음, 이건 화자가 아주 좋은 경우를 나타낼 때만 쓴 것 같다.
②사실은 이렇지 않은 것 같다. 그냥 내가 봤을 때. 내 느낌으로는.
(침묵) 별로 내 마음에 들지 않는 글이다.

10번 필자는 자료1, 2, 4에 대해서는 공감을 표현하고, 자료3, 5에
대해서는 각각 이해가 가지 않거나 반대한다는 입장을 표명했다. 그
러나 어느 경우에도 공감 혹은 반대에 대한 논리적인 이유는 제시하
지 않았다. 공감은 지극히 개인적인 경험에 근거하며, 반대의 이유
또한 ②에서처럼 '그냥 … 내 느낌' 때문이라고만 표현되고 있다. 또
한 ①에서처럼 자료를 비판적 검토의 대상으로 삼기보다는 권위 있
고 '옳은' 것으로 간주하려는 경향을 보였다.

한편, 요약자 집단 중에서도 부분적으로 자료에 대한 비판적 입장
을 표현하는 필자가 존재했다. 그러나 이는 필자의 글에 성공적으로
반영되지 못했다. 예컨대 13번 필자는 프로토콜에서 자료5에 대한 입
장을 다음과 같이 표명했다. "MUD 공간에서의 성 바꾸기 경험이 다
른 성 소유자들의 경험을 이해하게 해준다는 건 지나친 생각인 것 같
다. 이런 걸 뭐라고 배웠는데……. 아, 성급한 일반화의 오류였나? 이
렇게 얘기하면 그럴 듯해 보이지만 모두가 다 그런 건 아니니까." 그

러나 필자의 글에는 자료5의 견해가 '성급한 일반화의 오류'를 보인
다는 주장이나 그에 대한 논증이 부재했다. 이유가 제시되지 않은 막
연한 반대만이 표현32)됐을 뿐이다.

둘째, 이들은 자료들을 관계화하지 못했고, 자료들을 포괄하는 하
나의 거시명제(macro-proposition) 또한 창출하지 못했다. 이는 요약
자 집단의 읽기 과정에서 나타난 가장 특징적인 양상이다. 앞서 제시
한 10번 필자의 사례에서도 볼 수 있듯이, 읽기 과정에서 이들은 개
별적 자료의 내용을 이해하는 데만 주력했다. 그리고 자료들 사이의
내용적 충돌에 주목하거나, 한 자료의 내용을 다른 자료에 적용하거
나, 자료들을 분류 또는 관계화하여 파악하려는 시도는 하지 않았다.
Bloom(1956)의 것을 개정한 Anderson 외(2001)의 인지적 교육 목표
유목인 〈지식-이해-적용-분석-평가-창안〉의 단계를 염두에 둔다면,
이들은 대체로 '지식' 및 '이해'의 단계에 머무르는 양상을 보였다. 이
는 자료들을 관계화하는 데 주력한 정보전달적 틀 구성자 집단의 양
상과 특히 대조된다.

---

32) 13번 필자의 텍스트에서 자료5에 대한 견해는 다음과 같이 제시되었다:
'자료5에서는 유일하게 자료와 나의 견해가 상반된다. (중략) MUD의 예
로 든 남성과 여성의 성 바꾸기가 개인이 고유한 성의 억압에서 벗어날
수 있는 기회를 줄 수 있다고는 생각하지만 다른 성 소유자들의 경험을
이해할 수 있게 해준다고는 생각하지 않는다. 게임 캐릭터가 또는 꾸밀
수 있는 아바타가 자신과 다른 성이라고 해서 이해할 수 있다고? 예를
들면 무엇일까. 힘의 차이? 체력? 신체적 차이? 그 무엇도 얻을 수 없을
거라 생각하고 Reid가 기대한 새로운 문화(남녀평등 같은)가 오는 것은
힘들 것이다.'

(ㄷ) 텍스트 구성

요약자 집단은 자료들을 순차적으로 요약하거나 또는 요약한 내용에 자신의 단편적인 견해나 감상을 덧붙이는 방식으로 텍스트를 구성한다. 즉, '자료 읽기' 과정에서 각 자료를 이해하고 이에 반응한 내용을 내용적·형식적 변형 없이 나열하는 것이다. Bereiter & Scadamalia(1987)의 개념을 빌리면, 지식 변형(knowledge-transforming)이 아닌 지식 나열(knowledge-telling) 방식으로 텍스트를 구성한다고 할 수 있다.

그렇다면 이들은 왜 이러한 방식으로 텍스트를 구성했는가? '요약(+논평)하기'가 과제의 요구에 부적합한 구성 방식임을 인식하지 못해서인가? 요약자 집단이 텍스트 작성 직후 녹음한 프로토콜은 이들이 동일한 이유에서 해당 구성을 택한 것은 아님을 보여준다. 예컨대 07번 필자는 "이 정도면 괜찮게 잘 쓴 것 같다."고 자평(自評)함으로써 자신의 텍스트가 부적합한 방식으로 구성되었다는 인식 자체를 하지 못한다는 사실을 드러냈다. 그러나 아래 10번 필자처럼, 자신이 과제가 요구한 것과 다른 방식으로 텍스트를 구성했음을 인식하는 필자도 존재했다. 즉, 이들은 자신의 구성 계획이 부적합한 것임을 인식하기도 하고 인식하지 못하기도 했다. 그런데 이들 모두에게 공통적으로 나타나는 양상이 있었다. 05번 필자와 10번 필자의 사례를 보자.

[05] 저는 각 자료에 대한 내 생각을 병렬적으로 나열하는 식으로 글을 썼습니다. 그렇게 쓴 이유는… 솔직히 2500자 분량의 글을 구조

있게 쓸 자신이 없어서입니다. 아무래도 긴 글을 쓰려면 서론, 본론, 결론을 딱딱 맞춰서 보기 좋게 써야 할 텐데 그럴 자신이 없었고… 또 자료를 읽으면서 메모한대로 차례대로 글을 쓰면 금방 2500자를 논리적으로 채울 수 있을 거라고 생각했습니다. 그런데 막상 글을 완성하고 나니 계획한 내용은 잘 반영되지 않았습니다. 저는 대략적인 계획을 가지고 쓰면 그에 대한 보충 설명이나 근거가 술술 나올 줄 알았는데 쉽지 않더라고요. (중략) 그래서 각 자료별로 뭔가 연결이 자연스럽게 되지 않은 것 같아 좀 아쉬웠습니다.

　[10] 내 의견, 내 견해를 제시하는 글을 자료를 이용해서 썼어야 했었는데, 이제 그걸… 한 글에 쓰는 능력이 부족하다 보니까 그냥 자료 1에 제시하고 자료2에 대한 견해를 제시하고 이런 식으로 글을 썼다. 계획대로 쓴 거는 맞지만 이렇게 쓰면 안 된다는 생각을 갖고 있다. 하지만… 그래도 최대한 성실히 쓰려고 노력했고 아무튼 나는 내 글을 계획하고 준비하면서 자료1과 4에 의견을 맞춰서 이제 글을 썼는데, 계획이 글에 잘 반영된 거 같긴 하지만 그 계획이 잘 된 거라고 말할 수는 없을 것 같다.

이들의 프로토콜에는 공통적으로, '2500자의 글을 통일성 있게 완성하는 데 대한 부담감'이 드러난다. 05번 필자의 경우 "솔직히 2500자 분량의 글을 구조 있게 쓸 자신이 없어서.", "자료를 읽으면서 메모한대로 (…) 쓰면 금방 2500자를 논리적으로 채울 수 있을 거" 같아서 해당 방식으로 글을 구성했다고 설명한다. 막상 글을 구성한 이후에는 "각 자료별로 뭔가 연결이 자연스럽게 되지 않아 좀 아쉬웠"다고 말하지만, 이는 애초의 계획이 부적합한 것이었다는 인식은 아니다. 한편, 10번 필자는 "내 의견, 내 견해를 제시하는 글을 자료를 이용해서 썼어야 했었"음을 인지하고 있다. 이때 그의 문제는 과제에 대한 이해 부족이 아니다. "이렇게 쓰면 안 된다는 생각을 갖고 있"으면서도, "한 글(한 편의 통일성 있게 완결된 글-인용자)에 쓰는 능력이 부족하다 보니까" 잘못된 구성 방식으로나마 "최대한 성실히" 쓰는 쪽을 택할 수밖에 없었던 글쓰기에 대한 부담감이다.

이처럼 요약자 집단은 과제 이해에 있어서는 편차를 보였으나, 2500자 분량의 글을 완성하는 데 대한 부담감에 의해 '요약(+논평)하기' 방식으로 글을 구성했다. 과제 표상 과정 전반에서는 이들이 스스로의 '필자의 위치(writer's stance)'를 수동적 과제 수행자로 규정하고 있음이 빈번히 드러났다. 즉, 이들은 능동적이고 주체적인 필자로서 읽기 및 쓰기 과정을 주도하기보다는 교수자에게 자신이 자료를 읽고, 이해하고, 일정한 생각을 해보았음을 드러내고자 하는 경향을 보였다. 높은 쓰기 불안과 수동성, 한 편의 완결된 텍스트를 구성하는 데 대한 부담감이 요약자 집단의 프로토콜에 나타난 특징적 양상이다.

나. 요약자 집단의 텍스트 특성

요약자 집단이 작성한 텍스트에는 앞서 살핀 이들의 과제 표상이 반영되어 있었다. 〈표IV-14〉는 요약자 집단이 작성한 텍스트에 나타난 형식적·내용적·표현적 수치들의 평균값을 정리한 것이다. 앞서 〈표IV-10〉에서 제시한 전체 텍스트의 평균값 및 타 집단 텍스트의 평균값과 비교해볼 때, 요약자 집단의 텍스트는 다음의 구성적 특성을 드러낸다.

〈표IV-14〉 요약 유형 텍스트 구성의 일반적 특성 (총체적 질: 1.92)

형식적	단위 수	32.63		덩이 수	19.4	긴밀도	0.60
	주제 깊이	1	2	3	4	5	6	평균
		18	9.3	3.5	1.3	0	0	1.59
	주제 유형	P	EP	S1	S2	S3	
		9.9	3.8	3.5	9.3	5.3	
내용적	자료 사용	①	②	③	④	⑤	합계
		8.3	4	3.5	4.6	6.1	26
	정보 성격	I	A1	A2	A3	A5	EX
		13	7.3	3.9	1.1	1.3	6
	정보 유형	(-)(I)	(-)(A1)	(-)(A2)	(-)(A3)	(-)(A5)	(-)(EX)	(-)합
		8	1.3	1.3	0.5	0.3	0	11.4
		(0)(I)	(0)(A1)	(0)(A2)	(0)(A3)	(0)(A5)	(0)(EX)	(0)합
		4	2.4	1.3	0.6	0.3	4.8	13.4
		(+)(I)	(+)(A1)	(+)(A2)	(+)(A3)	(+)(A5)	(+)(EX)	(+)합
		1.1	3.6	1.4	0	0	1.5	7.6
표현적	담화 표지	①	❶	②	③	④	⑤	합계
		2.6	0	2.4	0.5	0	0.3	5.8
	표현 오류	ER	NA	합계	
		4.6	6.1	10.7	

먼저, 형식적 측면에서 요약자 집단의 텍스트는 각 부문의 수치들이 최하위 수준인 것으로 나타났다. 우선 텍스트의 길이를 나타내는 '단위 수(내용 단위의 수)'는 32.63으로 전체 평균값에 비해 7.05 낮았다. 이는 모든 유형에서 가장 낮은 수치다. 또한 얼마나 깊이 있게 주제를 탐구했는가를 살피는 '주제 깊이'의 평균값 또한 1.59로, 전체 평균값에 비해 0.34 낮고, 모든 유형 중 가장 낮았다. 이는 필자가 텍스트에서 주제를 충분히 구체화하지 못했음을 나타낸다. 5편의 자료에 나타난 다양한 주제들을 단편적으로만 언급할 뿐 특정 주제를 심층

적으로 탐구하지 못한 결과다. 한편 텍스트 조직이 얼마나 긴밀한가를 나타내는 '긴밀도' 수치는 0.60이다. 전체 평균값에 비해 0.15 높고, 모든 유형 중 가장 높다. 내용 단위 수에 대한 주제 덩이 수의 비율(심도율)인 '긴밀도'는 그 수치가 낮을수록 하나의 주제를 보다 많은 내용 단위를 할애하여 다루었음을 뜻한다. 즉, '긴밀도' 수치가 낮을수록 보다 일관성 있는 텍스트가 된다. 그러므로 요약자 집단의 텍스트는 모든 유형 중 가장 느슨하게 조직되었음을 확인할 수 있다.

'주제 진행 유형' 부문에서는 선행 주제를 연속적으로 다루거나(P), 주제를 심화시키거나(S1), 앞서 다루었던 주제로 되돌아가는(EP) 진행 유형 비율[33)]이 모든 유형 중 가장 낮았다. 반면, 선행 주제와 의미적 관련은 있으나 변화된 주제를 다루거나(S2), 의미적으로 무관한 주제를 다루는(S3) 진행 유형 비율은 가장 높았다. 특히, 텍스트의 일관성이 파괴되었음을 알리는 S3의 비율은 월등히(5.3: 16.2%) 높았다. 각 단락에 대한 요약(+논평)들을 논리적으로 연결하고자 하는 시도 없이 병렬한 결과다. S3의 수치가 높은 것은 해당 텍스트가 '요약(+반응)' 유형임을 알리는 가장 강력한 징후다.

내용적 측면에서는 자료의 내용을 요약적으로 전달하고, 이에 단

---

33) 단위 수, 긴밀도, 주제 깊이 평균값은 그 수치(절대값)를 타 유형과 절대적으로 비교하는 것이 가능하지만, 그 밖의 수치들은 타 유형과의 비교를 위해 내용 단위 수 대비 비율을 환산해야 한다. 따라서 단위 수, 긴밀도, 주제 깊이 평균값을 제외한 수치들은 〈표〉에서는 절대값을 제시했지만, 타 유형과 비교할 때는 내용 단위 수 대비 비율을 기준으로 삼았고, 괄호 안에 절대값을 제시했다.

편적인 반응을 덧붙이는 방식으로 텍스트가 구성되었음이 확인되었다. 먼저 '자료 사용'의 합계가 26으로, 단위 수 대비 자료 사용 비율을 계산했을 때 그 수치가 모든 유형 중 가장 높았다(79.7%). 이는 '정보 유형' 부문에서 (-) 및 (0) 합계의 비율이 모든 유형 중 가장 높은 반면, (+)합계의 비율은 가장 낮은 것과도 맥락을 같이 하는 결과다. 이는 '요약(+반응)' 유형의 텍스트가 자료의 정보를 그대로 사용하거나(-), 일부 변형한(0) 정보를 제시했으며, 필자의 지식으로부터 비롯된(+) 정보는 충분히 제시하지 않았다는 것을 의미한다.

또한 18가지 '정보 유형'이 나타난 세부적인 양상을 살피면, (-)(I)와 (0)(I), (0)(EX)와 (+)(A1)의 순서로 그 수치가 높음을 확인할 수 있다(각각 8, 4.8, 4, 3.6). 이러한 분포로부터 이 유형의 텍스트가 자료의 정보를 그대로 또는 일부 변형하여 전달하고, 그에 대한 감상이나 주장을 덧붙이는 방식으로 구성되었음을 유추할 수 있다. 또한 (A1)의 수치에 비해 이를 뒷받침하는 (A2-5)의 수치가 현저히 낮음도 주목된다. 이는 요약한 자료 내용에 대한 필자의 주장이 논증으로 충분히 뒷받침되지 않은 단편적인 것에 그친다는 사실을 보여준다.

표현적 측면에서는 문법적 오류(ER)와 부적합한 표현(NA)을 합한 표현 오류의 비율이 모든 유형 중 가장 높았다(10.7: 32.8%). 특히, 학술적 글쓰기에 부적합한 표현의 비율이 월등히 높았는데 이는 이 유형에서 필자의 자기표현적(EX) 정보 비율이 매우 높았던 것(6: 18.4%)과도 관련이 있다. 예컨대 "(…자료 내용 언급…)하다니 정말

화가 난다.", "(…자료 내용 언급…)라는 것을 읽고 나도 우울해졌다." 와 같은 내용 단위가 빈번히 나타난 것이다. 한편, '담화 표지'의 사용 비율(5.8: 17.8%)은 모든 유형 중 두 번째로 낮았다. 각 자료 내용을 요약하여 병렬적으로 나열할 뿐 내용을 논리적으로 연결하는 데는 상대적으로 소홀했기 때문인 것으로 보인다.

이처럼 〈표Ⅴ-12〉는 요약자 집단의 텍스트가 [자료 요약+단편적 반응]으로 이루어진 하위 수준의 텍스트 특성을 보인다는 것을 수치 적으로 입증한다. 이 유형은 형식적으로 (1) 주제에 대한 얕은 탐구를 보이고, (2) 조직이 느슨하며, (3) 텍스트 일관성을 파괴하는 S3 비율 이 높다. 또한 내용적으로 (4) 자료 사용 비율이 높은 반면 필자의 지 식 사용 비율은 낮으며, (5) 자기표현적 정보 비율이 높고, (6) 자료에 대한 단편적 주장을 제시할 뿐 이를 논증으로 충분히 뒷받침하지 않 는다. 또한 표현적으로 (7) 문법적 오류 및 부적합한 표현이 많고, (8) 담화 표지 사용은 적었다. 실제로 이 유형 텍스트의 총체적 질 점수 평균은 1.92로, 모든 유형 중 가장 낮았다.

다. 사례 필자 분석 : 24번 필자의 과제 표상과 텍스트 구성

보다 구체적인 고찰을 위해, 요약자 집단 중 24번 필자의 사례를 살펴보자. 24번 필자는 과제 표상 프로토콜에서 집단의 특징적 양상 을 명확히 드러냈다. 또한 텍스트[34]의 총체적 질 및 정보 유형의 분

---

34) 24번 필자의 텍스트 전문(全文) 분석 및 각 부문 수치들을 제시한 표는 〈부록6〉에서 확인할 수 있다.

포에서도 요약자 집단 텍스트의 특징적 양상을 드러내어 사례 필자로 선정되었다.

먼저 24번 필자의 프로토콜은 다음의 특성을 보여주었다. 첫째, 그는 과제 수행 과정 전반에서 쓰기 불안을 반복적으로 표출했다. 그는 과제 이해 단계부터 작성 과정에 이르기까지 "원고지를 다 채울 생각을 하니 막막하고 걱정이 된다."는 등 심리적 부담감을 지속적으로 표현했다.

둘째, 읽기 과정에서는 각 자료 내용을 요약하고 이에 수동적·단편적으로 반응하는 데 집중했다. 이때 필자가 이해 및 동의하는 자료에 대해서는 개인적 사례를 들어 수동적 공감을 표현했고("나도 전에 인터넷 뉴스에서 이거(자료1에서 언급한 사건-인용자)와 비슷한 사건을 본 적 있는데 진짜 끔찍했다.", "이 문장(자료2의 문장-인용자)을 읽으면서 내 블로그 별명을 생각해 보았는데 나도 이 문장처럼 나와 관련된 별명을 사용하고 있었다." 등), 이해하지 못한 자료에 대해서는 반응 자체를 하지 않거나 "어, 뭔가… 어려운 말인 것 같다."는 식의 회피적 반응을 보였다. 부분적으로 자료4에 대해 동의하지 않는다는 의사를 표현했지만, 이 역시 비판적 논증으로 이어지지는 않았다("하지만 이 문장은 좀 갸우뚱했다. (중략) 이 부분에서는… 어, 내 생각과 조금 맞지 않다고 생각했다.").

셋째, 자료들을 관계화하는 시도를 보이지 않았다. 자료 각각에 대한 이해 이후 이를 바로 텍스트로 옮기는 양상을 보였다.

이러한 과제 표상은 그의 텍스트에 여실히 반영되었다. 〈그림Ⅳ-1〉은 24번 필자의 텍스트 전개도다. 이를 통해 그가 작성한 '요약(+반응)' 유형 텍스트의 형식적·내용적 특성을 시각적으로 확인할 수 있다. 첫째로, 형식적 측면에서 이 텍스트는 주제 깊이가 낮고, 주제 진행에서 S3(의미무관 순차적 진행)이 빈번히 발생하여 일관성이 파괴되는 양상을 보인다. 〈부록6〉에서 전문(全文)을 확인할 수 있는 것처럼, 그는 5편의 읽기 자료를 각각 요약하고 그에 대한 반응을 덧붙이는 방식으로 텍스트를 구성했다. 그러나 각 자료별 내용을 논리적으로 연결하지 못하여 단위6-7, 단위10-11, 단위13-14, 단위20-21 사이에서 주제 진행이 끊어지는 양상을 보인다. 즉, 필자는 단위1에서 '읽기 자료들'을, 단위2-4에서 '자료1'을, 단위7~8에서 '자료2'를, 단위12-13에서 '자료3'을, 단위14-20에서 '자료4'를, 단위21-23에서 '자료5'를 주제로 삼아 논의를 전개했으나 주제 간 의미적 연결은 시도하지 않았다. 이 때문에 이 텍스트에서는 텍스트를 통괄하는 일관된 거시 명제가 창출되지 않는다.

둘째로, 내용적 측면에서 이 텍스트는 각 주제 덩이의 전반부에서 자료 내용을 그대로 또는 일부 변형한((-)/(0)) 정보전달적(I) 단위를 제시하고, 후반부에 필자의 감상(EX)이나 주장(A1)을 삽입하는 양상을 나타낸다. 이때 프로토콜에서 수동적 공감을 표현했던 자료1과 2에 대해서는 단위6, 단위10-11에서 "(…자료 내용 언급…)한다고

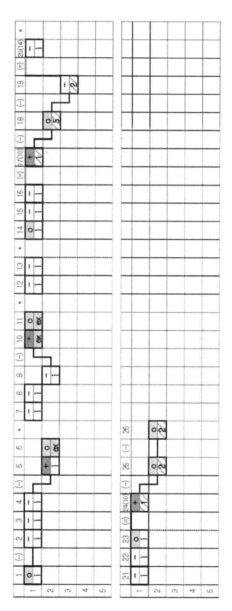

〈그림Ⅳ-1〉 24번 필자(요약자)의 텍스트 전개도[35]

하니 참 한심하게 느껴진다."와 같이 자료의 내용을 단순 반복하고 공감했다. 한편, 프로토콜에서 동의하지 않았던 자료4에 대해서는 단위17-19를 통해 반대 의사를 표현하고자 했다. 그러나 "나는 이와 좀 다르게 생각했다."는 주장 제시 이후 그에 대한 설득력 있는 논증은 펼치지 못했다. 자료4의 내용을 다시 언급하며 "물론 (…자료4의 주장…)도 일리는 있"다고 전제한 후, 자료2의 내용을 그대로 반복하며 "(…자료2의 내용…)처럼 주로 자신들의 일상이나 그냥 자신이 느낀 그대로를 글에 남겨놓기 때문이다."는 이유를 제시했을 뿐이다. 이때 필자가 언급한 자료2의 내용이 왜 자료4의 내용을 비판할 수 있는지에 대한 설명은 주어지지 않았다.

이처럼 24번 필자의 프로토콜 및 텍스트는 요약자 집단의 특징적 양상을 보여준다. 앞으로 살펴볼 다른 유형의 필자 집단과 달리, 요약자 집단은 '적합한' 과제 표상 및 텍스트를 구성하지 못하는 데 쓰기 능력 및 효능감의 부족이 크게 작용했다. 그러므로 이들에 대한 교육은 '과제 표상 교육' 이상의 것이 될 필요가 있을 것으로 보인다. 다양한 쓰기 전략을 교육하고 충분한 쓰기 경험을 제공함으로써 필자의 기초적 쓰기 능력과 효능감을 증진시키는 일이 병행되어야 할 것이다.

---

35) 도해를 단순화하기 위해 A1~A5는 A를 제외한 숫자만을 표시했다. 또한 I와 1을 시각적으로 변별하기 위해 I를 소문자인 i로 표시했으며, EX는 ex로 표시했다.

(2) 정보전달적 틀 구성자 집단의 특성

가. 정보전달적 틀 구성자 집단의 과제 표상 특성
: 프로토콜에 나타난 질적 양상

정보전달적 틀 구성자 집단은 필자가 〈자기분석점검표〉를 통해 '틀 세우기' 구성 계획을 가졌다고 보고하고, 실제 텍스트도 '틀-정보전달적(+반응)' 유형으로 판정받은 필자 집단을 말한다. 이들의 프로토콜에 나타난 과제 표상의 질적 특성을 과제 해석, 자료 읽기, 텍스트 구성의 측면에서 살피면 다음과 같다.

(ㄱ) 과제 해석

정보전달적 틀 구성자 집단이 과제를 읽은 직후 녹음한 프로토콜은 요약자 집단과 논증적 틀 구성자 집단의 중간적 특성을 드러냈다. 즉, 이들은 대체로 요약자 집단처럼 과제 수행에 대한 부담감과 어려움을 토로했다. 그러나 결국엔 논증적 틀 구성자 집단처럼 "논술처럼 써야겠다."고 결정했다. 그러나 논증적 틀 구성자 집단이 '논술처럼 쓰는 것'에 대해 비교적 명확한 상(象)을 가지고 있었던 반면, 이들은 그렇게 뚜렷한 상을 가지고 있지는 않은 것으로 보였다. 27번 필자와 28번 필자의 사례를 보자.

[27] 이제 그… 문제를 보니까 뭐, 사이버 정체성에 대한 다양한 시각을 보여주는 다섯 편의 자료를 읽고, 자료의 내용과 자신의 배경지식을 통합적으로 이용해서 어… 어떻게 하라는데. <u>사실 처음에는 이게 뭔 말인지 잘 모르겠는 거예요.</u> 대학에서 글쓰기 하는 게 어떤 건지

아직 감도 제대로 못 잡았고. (중략) 일단 문제가 무슨 뜻인지를 모르겠으니까 아무래도 좀 당황이 될 수밖에 없죠. 그래 가지고 이제 나름 생각을 해보니까, 논술 시험처럼 쓰는 게 낫겠다라는 생각이 들었어요. 아무튼 그게 좀 학술적으로 보이니까.

[28] 과제를 읽었는데 뭘 어쩌라는 건지 사실 잘 모르겠다. (중략) 문제랑 읽기 자료가 있으니까 논술 같기도 하고, 그러면 정말로 논술처럼 써 내려가면 되는 건지 알 수 없다. (중략) 글 쓰는 건 어떻게 시작해야 되지? 논술처럼 시작해도 되나? 논술이면 그냥 시선 끄는 서두 쓰고, 두괄식 쓰고, 문단 딱, 딱, 딱, 딱 나누고… 어, 왠지 그렇게 쓰면 안 될 것 같기도 하고. 다섯 개의 자료가 있으니까 대충 400자씩 잘라서 쓰면 될 것 같기도 하고. 하, 너무 막막하다.

27번 필자는 과제 지시문을 읽고 그 요구사항을 제대로 이해하지 못해 당황했다고 말한다. 그리고 고민하다가 "논술 시험처럼 쓰는 게 낫겠다."고 결심한다. 그렇게 쓰는 것이 "학술적으로 보"일 것이라는 판단 때문이다. 그런데 정작 "논술 시험처럼 쓰는" 것이 무엇인지에 대해서는 설명하지 않는다. 그가 쓴 텍스트는 자료 내용을 화제에 대한 긍정적·부정적 입장으로 분류하여 설명한 뒤 부정적 입장이 좀더 우세하다는 단편적 주장을 논증 없이 덧붙인 것이었다. 그러나 그의 프로토콜에는 그가 왜 이러한 방식을 택했고, 이러한 방식이 어떤 점에서 논술의 구성과 유사한지 또는 "학술적"인지에 대한 설명은 나타나지 않았다.

한편, 28번 필자의 프로토콜에는 그가 생각하는 "논술처럼" 쓰는 것이 무엇인지에 대한 설명이 부분적으로 드러난다. "시선 끄는 서두 쓰고, 두괄식 쓰고, 문단 딱, 딱, 딱, 딱 나누"어 쓰는 것이 논술이라는 것이다. 그러나 이는 정보전달적 또는 논증적 글에서 일반적으로 사용되는 형식일 뿐 다양한 유형을 가진 논술 시험이 요구하는 핵심적인 요소라고 볼 수는 없다. 또한 이 연구의 과제가 요구하는 "자료 내용과 필자의 지식을 통합적으로 이용하여 (…) 필자가 구체화한 화제에 대한 견해를 제시"하는 글의 필요충분조건도 아니다.

이처럼 정보전달적 틀 구성자 집단은 모호한 과제 이해 하에 논술 교육 경험에 의존하여 과제를 수행하려는 경향을 보였다. 정보전달적/논증적 통합자 집단과 비교할 때, 이들에게는 필자의 시각을 전면화하여 능동적으로 읽기 및 쓰기 과정을 수행하려는 의지가 결여되어 있었다.

(ㄴ) 자료 읽기

정보전달적 틀 구성자 집단이 자료를 읽은 직후 녹음한 프로토콜에는 다음의 경향성이 드러났다. 첫째, 요약자 집단과 마찬가지로, 이들 역시 자료에 대해 수동적이고 무비판적인 태도를 보였다. 논증적 틀 구성자 집단의 경우 자료에 나타난 특정 입장을 선택하고 그와 다른 입장에 대해서는 비판하는 모습을 보인다. 그러나 정보전달적 틀 구성자 집단의 필자들은 특정 입장을 선택하는 데 큰 관심이 없어보였다. 앞서 살핀 요약자 집단의 10번 필자와 마찬가지로, 각 자료의 내용에 수동적으로 공감하거나 감정적인 호오(好惡)를 드러낼 뿐이었다. "이 자료는 좀… 아닌 것 같아(08번 필자)"라고 표현했을 때조차도 그 이유나 근거를 논리적으로 제시하려는 시도는 하지 않았다. 그 결과, 이들은 화제인 사이버 정체성에 대한 자신의 입장을 갖지 않거나 또는 이를 긍정적·부정적으로 생각한다는 식의 매우 막연한 태도만을 드러냈다.

둘째, 요약자 집단과는 달리, 이들은 자료들을 관계화하는 데 매우 집중했다. 앞서 살핀 요약자 집단은 개별 자료를 이해하는 데 노력의 대부분을 경주했다. 그러나 정보전달적 틀 구성자 집단은 여기에서 한 발 나아가, 자료들을 적극적으로 분류하고 관계화하고자 했다. 34번 필자의 사례를 확인해보자.

[34] 자료1은 사이버 공간의 특성으로 인해 나타난 문제를 제기하고 있다. (중략) 자료2는 1과는 다른 입장을 보여주고 있다. 사이버 공간에서도 현실에서의 정체성이 반영되고 형성된다는 것이다. (중략) 자료5는 자료4와 반대되는 입장인 것 같다. (중략) 이 자료들을 전체적으로 봤을 때, 자료1과 4는 인터넷 상에서 정체성이 혼란을 일으키고 분열된다는 부정적인 입장을 이야기하고 있는 듯하다. 자료2, 3, 5는 사이버 공간에서도 사람들은 정체성을 자유롭게 구사하면서 통제할 수 있다고 이야기하고, 이러한 사이버 공간의 특징들이 현실에서의 정체성에서도 좋은… 좋게 작용한다는 긍정적인 입장을 보여주는 것 같다. 또 자료1과 2가 대조적이고, 자료4와 5가 대조적인 입장을 보여주고 있는 것 같다.

요약자 집단의 10번 필자와 마찬가지로, 34번 필자 또한 각 자료의 핵심을 파악한다. 그러나 그는 각 자료를 다른 자료와의 관계 속에서 파악하려 한다. "자료2는 1과 다른 입장을 보"인다든지 "자료5는 자료 4와 반대되는 입장"이라든지 하는 식이다. 또한 이러한 작업을 통해 모든 자료를 통괄하는 하나의 거시명제를 창출한다. "자료들을 전체 적으로 봤을 때 자료1과 4는 (…) 부정적인 입장을 (…) 자료2, 3, 5는 (…) 긍정적인 입장을 보여준다."는 명제가 그것이다.

34번 필자 이외에도, 대부분의 필자들은 자료들을 관계화한 뒤, 이 를 포괄하는 하나의 거시명제를 만들었다. 이때 거시명제를 창출하 는 양상은 크게 두 가지로 나타났다. 하나는 34번 필자처럼 자료들을 일정한 기준에 따라 분류하는 것이다. 주로 화제에 대해 긍정적·부 정적 입장을 보이는 자료로 이분(二分)하는 경향을 보였다. 다른 하 나는 자료들의 핵심 내용을 엮어 논리적 서술구조를 만드는 것이다. 예컨대 20번 필자가 그렇다. 그는 자료4가 사이버 정체성이 문제가 되는 '현상'을, 자료1이 현상의 '원인'을 자료2와 5가 문제적 현상을 해결할 수 있는 '해결 방안'을 보여준다고 보았다.

그러나 이들은 자료들을 관계화하는 것에서 나아가 이를 비판적으 로 평가하거나 새로운 관점을 창안하지는 못했다. Anderson 외 (2001)의 인지적 교육 목표 유목(개정안)인 〈지식-이해-적용-분석-평 가-창안〉의 단계를 염두에 둔다면, 이들은 대체로 '적용' 및 '분석'의 단계에 머무르는 양상을 보였다. 이는 '지식' 및 '이해'의 단계에만 머

무는 요약자 집단보다는 발전된 것이면서, 부분적으로나마 '평가'를
시도하는 논증적 틀 구성자 집단과는 변별되는 것이다.

(ㄷ) 텍스트 구성

정보전달적 틀 구성자 집단은 자료들을 요약한 내용을 일정한 서
술구조로 이어붙이는 방식으로 텍스트를 작성한다. 읽기 과정에서
창출한 거시명제를 그대로 쓰기 텍스트의 거시명제로 차용하는 것이
다. 그리고 그 과정에서 필자의 배경지식이나 단편적 반응을 삽입하
곤 한다. 이는 자료 정보를 재구조화(restructuring)한다는 점에서 형
식적 측면의 지식 변형을 이루는 구성 방식이라 할 수 있다. 그러나
내용적 측면에서는 자료 정보를 그대로 사용하는 지식 나열적 방식
인 것으로 보인다.

이들이 이러한 방식으로 텍스트를 구성한 이유는 무엇인가? 정보
전달적 틀 구성자 집단이 텍스트 작성 직후 녹음한 프로토콜에서, 대
부분의 필자들은 "논술을 쓸 때 그렇게 썼기 때문에(27번 필자)"라고
설명했다. 논증적 틀 구성자 집단과 더불어, 이들의 프로토콜에는 유
독 "논술처럼 썼다.", "논술학원에서 이렇게 배워서."라는 표현이 빈번
히 등장했다. 논술 교육을 통해 이들에게 익숙해진 서술구조를 일종
의 공식(틀)으로 사용한 것이다. 15번 필자의 사례를 보자.

[15] 어, 이번 글은 예전에도 써봤던 거라서 구조는 그냥 그 때처럼
짰습니다. 그게 아무래도 무난하고 편할 것 같아서요. (중략) ①[일단

서론에서는 사이버 정체성의 정의와 실태에 대해 소개를 했고요, 본론에서는 (사이버 정체성이 이용자에게 미치는-인용자) 긍정적, 부정적 영향을 본격적으로 설명하고, 부정적 예로 연예인의 자살이나 소송이나 마녀사냥 식 여론 형성에 대해서… 그런 거를 들어주었고, 어, 문제가 결론이었는데요. 결론에서는 해결 방안이 나와야 하는데 자료에는 그게 잘 나와 있지 않은 것 같아서 고민을 좀 하다가… 논술 다닐 때 선생님이 모든 방안은 개인적인 것, 사회적인 것, 이렇게 나누면 딱딱 떨어진다고 했었기 때문에… 어, 그렇게 나눠 썼습니다.]

15번 필자는 "예전(논술학원을 다닐 때-인용자)"에 써봤던 대로 쓰는 것이 "아무래도 무난하고 편할 것 같아서" 특정 방식으로 텍스트를 구성했다고 말한다. ①에서 볼 수 있듯이 그는 [화제 정의 및 현상 소개-긍정적/부정적 측면 설명-부정적 측면의 해결 방안 제시]의 순서로 내용을 전개했다. 이러한 제시 방식은 그에게 고정된 답안과도 같아서, 그는 "결론에서는 해결 방안이 나와야 하는데" 자료에서 그 내용을 찾을 수 없어 고민한다. 그러다가 역시 "논술 다닐 때 선생님이 모든 방안은 개인적인 것, 사회적인 것, 이렇게 나누면 딱딱 떨어진다고 했었기 때문에" 그렇게 나누어서 썼다고 설명한다.

이때 15번 필자가 분류한 해결 방안의 두 층위는 다른 틀 구성자의 텍스트에서도 매우 빈번히 발견되었다는 점에서 주목을 요한다. 정보전달적 틀 구성자뿐만 아니라 논증적 틀 구성자의 텍스트에서도 15번 필자의 것과 동일한 해결 방안이 제시되었다. '사이버 정체성 관련 문제를 해결하기 위해 개인적 차원에서는 의식을 개선하고, 사회적 차원에서는 제도를 개선해야 한다.'는 해결 방안이 그것이다. 물론 이러한 해결 방안은 현대 사회의 모든 문제를 다룰 때 적용할 수 있는 광범위한 것으로, 독자에게 진부하고 당위적이라는 인상을 주기 쉽다. 그러나 필자들은 "이렇게 하면(개인적 의식 개선과 사회적 제도 개선을 해결 방안으로 제시하면-인용자) 마무리가 깔끔(15번 필자)"하다고 자평하며 만족하는 양상을 보였다.

이처럼 정보전달적 틀 구성자 집단은 논술 교육 경험에 의존하여, 읽기 과정에서 관계화한 자료 내용을 일정한 서술 구조 안에 재배열하는 방식으로 텍스트를 구성했다. 이때 이들이 사용한 서술 구조는 내용 자체의 논리적 흐름에 의한 필연적인 것이라기보다는 "…에서는 …이 나와야 하는" 당위적인 것이었다. 이러한 당위적인 서술 구조를 미리 만들어진(ready-made) 틀, 또는 공식이라 부를 수 있을 것이다.

한편, 과제 표상 전반에서 드러난 '필자의 위치'는 다소 불안정한 양상을 보였다. 기본적으로 이들은 수동적 정보전달자로 자신의 수사적 위치를 규정했다. 즉, 자료 내용을 일목요연하게 정리하여 객관적으로 전달하고자 했고, 자신의 입장은 드러내지 않았다. 그러나 종종 이들은 자신의 견해를 순간적으로 전면화하기도 했다. 예컨대 화제에 대한 긍정적·부정적 입장이 있음을 설명하다가 자신이 보기에는 부정적 입장이 옳다고 하는 식이다. 이러한 불안정성은 텍스트 상의 균열로 나타났다. 중립적 위치에서 정보를 전달하다가 갑자기 정보에 대한 필자의 주장을 제기하는 식이다. 물론 이때의 주장은 논증

으로 뒷받침되지 않은 선언적인 것이었고, 텍스트 전체를 통제하는
것이 되지는 못했다.

나. 정보전달적 틀 구성자 집단의 텍스트 특성

앞서 살핀 정보전달적 틀 구성자 집단의 과제 표상은 이들의 텍스
트 특성에 반영되었다. 〈표IV-15〉는 정보전달적 틀 구성자 집단이 작
성한 텍스트에 나타난 형식적·내용적·표현적 수치들의 평균값을 정
리한 것이다. 〈표IV-10〉의 전체 텍스트 평균값 및 타 집단 텍스트의 평균
값과 비교해볼 때, 이 집단의 텍스트는 다음의 구성적 특성을 드러낸다.

〈표IV-15〉 틀-정보전달적 유형 텍스트 구성의 일반적 특성 (총체적 질: 4.47)

형식적	단위 수	38.9		덩이 수	18		긴밀도	0.47
	주제 깊이	1	2	3	4	5	6	평균
		16	14	7.7	0.7	0	0	1.81
	주제 유형	P	EP	S1	S2	S3		
		15	7	6.4	9.7	0.3		
내용적	자료 사용	①	②	③	④	⑤	합계	
		14	2.9	2.4	6.3	3.5	30	
	정보 성격	I	A1	A2	A3	A5	EX	
		32	5.7	1.4	0.1	0	0.1	
	정보 유형	(-)(I)	(-)(A1)	(-)(A2)	(-)(A3)	(-)(A5)	(-)(EX)	(-)합
		13	0	0.2	0	0	0	13.2
		(0)(I)	(0)(A1)	(0)(A2)	(0)(A3)	(0)(A5)	(0)(EX)	(0)합
		11	0.4	0	0	0	0.1	11.5
		(+)(I)	(+)(A1)	(+)(A2)	(+)(A3)	(+)(A5)	(+)(EX)	(+)합
		7.2	5.3	1.2	0.1	0	0	13.8
표현적	담화 표지	①	❶	②	③	④	⑤	합계
		3.5	1.5	2.2	1.2	0.1	0.3	8.6
	표현 오류	ER	NA	합계				
		3.3	0.1	3.4				

먼저, 형식적 측면에서 정보전달적 틀 구성자 집단의 텍스트는 각 부문의 수치들이 요약자 집단의 텍스트에 이어 2번째로 하위 수준인 것으로 나타났다. 텍스트 길이를 나타내는 '단위 수', 주제의 탐구 정도를 나타내는 '주제 깊이 평균', 조직의 긴밀함 정도를 나타내는 '긴밀도' 수치가 각각 38.9, 1.81, 0.47로 전체 평균값과 −0.78, -0.12, +0.02 차이를 보였다. 이는 정보전달적 틀 구성자 집단의 텍스트 길이가 평균보다 0.78 단위 짧고, 0.12 수준에서 주제 구체화 정도가 얕으며, 0.02 수준에서 조직이 느슨하다는 사실을 보여준다.

'주제 진행 유형' 부문에서는 앞서 살핀 요약자 집단의 텍스트에 비해 S3(의미무관 순차적 진행)의 비율이 현저하게 줄어든 것이 주목된다. 즉, 선행 주제와 의미적으로 무관한 주제가 출현하여 텍스트의 일관성이 파괴되는 경우가 적었다. 틀 구성자 필자들이 가장 주력하는 것이 자료의 정보를 일목요연하게 정리하는 것이기 때문이다. 또한 S2(의미인접 순차적 진행)의 비율이 전체 평균값에 비해 다소 (1.2%) 높았다. 특정 주제를 지속적으로 다루거나(P), 심화시켜 깊이 있게 탐구하기보다는 자료들이 다루고 있는 다양한 주제들을 나열하는 데 집중하기 때문이다.

내용적 측면에서는 자료에 의존한 정보전달적 텍스트의 특성이 확인되었다. 먼저, '자료 사용'의 합계가 30으로, 단위 수 대비 자료 사용 비율을 계산했을 때 그 수치가 요약자 집단의 텍스트에 이어 2번째로 높았다(77.1%). 각 내용 단위 정보의 기원을 계산한 (-), (0), (+)

합(合)의 수치를 통해서도 자료 의존도가 재확인된다. 전체 단위 중 자료 내용을 변형 없이 그대로 사용한 (-)정보가 13.2(33.9%), 일부 변형한 (0)정보가 11.5(29.6%)로 총 63.5%[36]를 차지했다. 반면, 필자의 지식에서 비롯된 (+)정보의 수치는 13.8(35.5%)이었다.

한편, '정보 성격' 및 18가지 '정보 유형'의 분포를 보면 (I)단위의 비율이 압도적으로 높은 것이 주목된다. (I)의 수치가 32(82.3%)로 월등히 높다. 이는 정보전달적 통합자의 텍스트에 이어 2번째로 높은 수치다. 다시 세부적 정보 유형의 양상을 살펴면, (-)(I), (0)(I), (+)(I), (+)(A1)의 순서로 수치가 높음을 확인할 수 있다(각각 13, 11, 7.2, 5.3). 이러한 분포로부터 이 유형의 텍스트가 자료의 정보를 그대로 또는 일부 변형하여 전달하는 데 주력했다는 것, 때로 필자의 지식에서 비롯된 정보를 전달하거나 필자의 주장을 제기했다는 것을 알 수 있다. 그러나 (A2-5)의 수치가 현저히 적거나 0인 것으로 보아, 필자의 주장이 논증으로 뒷받침되지 않은 단편적인 것에 불과함을 확인할 수 있다. 이때 (A1)은 앞선 프로토콜 분석에서 언급한 '필자의 위치' 변화를 보여준다.

표현적 측면에서는 두드러진 특성을 보이지 않았다. 문법적 오류(ER)와 부적합한 표현(NA)을 합한 표현 오류 비율이 하위 3번째로, 전체 5개 유형의 중간 수준이었다.

---

36) '자료 사용' 비율의 합계와 '(-)/(0) 정보' 비율의 합계 수치가 동일하지 않은 것은 하나의 내용 단위에서 두 개 이상의 자료를 사용하는 경우가 있기 때문이다.

이처럼 〈표 V-10〉은 정보전달적 틀 구성자 집단의 텍스트가 [자료 내용을 일정한 서술구조로 제시 + 단편적 필자 지식/주장]으로 이루어진 중하위 수준(총체적 질: 4.47) 텍스트 특성을 보임을 수치적으로 입증한다. 이 유형은 형식적으로 (1) 주제에 대한 얕은 탐구를 보이고 (요약자 집단에 이어 2번째), (2) 조직이 느슨하며(상동), (3) 텍스트 일관성을 파괴하는 S3의 비율은 낮으나, 주제 변환을 나타내는 S2의 비율은 높았다. 또한 내용적으로 (4) 자료 사용 비율이 높고(요약자 집단에 이어 2번째), (5) (I)의 비율이 월등히 높으며(정보전달적 통합자 집단에 이어 2번째), (6) 텍스트에서 필자의 수사적 위치 변화를 보이는 (A1)도 일부 분포하는 양상을 보였다.

다. 사례 필자 분석: 20번 필자의 과제 표상과 텍스트 구성

20번 필자의 사례를 통해, 이제까지 살펴본 정보전달적 틀 구성자 집단의 특성을 보다 상세히 살펴보자. 20번 필자는 프로토콜 및 텍스트[37]의 총체적 질, 정보 유형의 분포 면에서 집단의 특징적 양상을 나타내어 사례 필자로 선정되었다.

우선 20번 필자의 프로토콜 특성을 살펴보자. 첫째, 과제 해석 단계에서 그는 자신이 작성할 텍스트의 서술 구조를 미리 예측하는 양상을 보였다("그러니까 화제가 사이버 정체성인데 거기에는 좋은 점도 있고, 나쁜 점도 있겠죠. (중략) 그런 것들을 이제… 이야기하고 나쁜 점은 해결하자, 그러면… (된다고 생각합니다-인용자).").

---

37) 20번 필자의 텍스트 전문(全文) 분석 및 각 부문 수치들을 제시한 표는 〈부록7〉에서 확인할 수 있다.

둘째, 읽기 과정에서는 각 자료를 요약한 뒤 관계화했다. 즉, 자료들을 화제에 대해 긍정적·부정적 입장을 보이는 것으로 이분(二分)했다. 이때 그가 과제 이해 단계에서 예측한 '해결 방안'으로 분류할 만한 자료가 보이지 않자 고민하는 모습을 보였다("문제는 이게… 자료1을 보면 안 좋은 점을 일으키는 원인까지는 제시가 되어 있는데, 그러니까 해결은 딱히 어떻게 하자는 게 없는 것 같아서…").

셋째, '필자의 위치'가 불안정한 양상을 보였다. 자료들을 분류하고 소개할 때 그는 중립적인 정보전달자의 위치에 머물렀다. 그러나 자료에서 찾지 못한 '해결 방안'을 스스로 찾아 제시할 때는 필자의 가치판단을 적극적으로 개입시켜 주장했다("실명제, 실명제 하는데 사실 인터넷 공간에서 익명성 자체가 나쁜 건 아니잖아요? 이건 하면 안 된다고 저는 보고요…"). 이러한 태도 변화는 그의 텍스트에 논증이 생략된 주장으로 반영되었다.

〈그림IV-2〉는 이상의 과제 표상을 토대로 20번 필자가 작성한 텍스트의 전개도다. 이를 통해 그가 작성한 '정보전달적 틀(+논평)' 유형 텍스트의 형식적·내용적 특성을 확인할 수 있다. 첫째, 형식적 측면에서 이 텍스트는 주제 깊이가 비교적 낮고, 주제 진행에서 S2(의미관련 순차적 진행)가 빈번히 발생하여 조직이 느슨한 양상을 보인다. 이는 〈그림IV-5〉에서 제시한 논증적 통합자의 텍스트 전개도와 비교할 때 더욱 분명히 확인된다. 31번 필자의 텍스트는 20번 필자의 텍스트와 유사한 길이(42단위)로 작성되었다. 그러나 S2보다는 P(병렬적 진행) 또는 S1(의미점증 순차적 진행)가 많아 전개도의 길이가 보다 짧다. 이는 31번 필자의 텍스트의 조직이 보다 긴밀하며, 20번 필자의 텍스트는 상대적으로 느슨하다는 것을 뜻한다. 주제 깊이가 낮고 조직이 느슨하다는 점에서 이 유형은 요약자 집단의 텍스트 유형과 유사해보인다. 그러나 S3(의미무관 순차적 진행)이 없다는 점에서 변별된다. 20번 필자는 사이버 정체성의 긍정적·부정적 측면, 해결방안에 대한 논의를 일관되게 펼쳤다. 그래서 텍스트로부터 거시명제를 추출할 수 있다.

  둘째, 내용적 측면에서는 정보전달적(I) 단위가 압도적으로 많고, 특히 자료 내용을 그대로 또는 일부 변형한 단위((-)/(0)(I))가 대부분임을 볼 수 있다. 〈그림Ⅳ-4〉의 정보전달적 통합자 텍스트 역시 정보전달적(I) 단위로 이루어져 있지만 (+)(I)의 비중

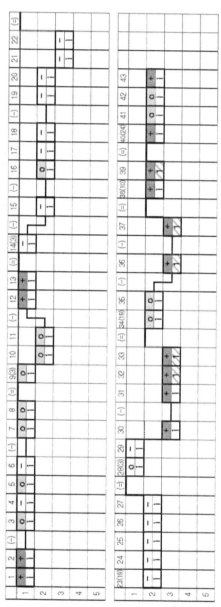

〈그림Ⅳ-2〉 20번 필자(정보전달적 틀 구성자)의 텍스트 전개도

이 훨씬 높다. 정보전달적 통합자가 필자의 지식 기반 텍스트를 구성했다면, 정보전달적 틀 구성자는 자료 기반 텍스트를 구성한 것이다. 한편, 단위32 이후 필자의 주장((+)(A1))이 5차례 제시되는 것이 주목된다. 프로토콜에서 '필자의 위치' 변화를 보여주었던 '해결 방안' 논의 부분이다. 단위32 이전 필자는 "사이버 공간 속 단점을 (…) 줄이려는 방안들이 모색되기도 한다. 우선 (…) 실명제로 바꾸는 방안이 제시된다."는 서술을 통해 객관적 정보전달자로서의 입장을 고수한다. 그러다가 단위32에서 "이건 (…)기 때문에 최대한 피해야 한다."는 주장을 내세움으로써 서술 태도의 변화를 보인다. 그러나 이는 논증으로 뒷받침 되지 않은 선언적 진술에 불과했다. 단위32 이후 이 텍스트는 필자의 위치가 변화하여 불안정한 양상을 보인다.

이상에서 살펴본 20번 필자의 프로토콜 및 텍스트는 정보전달적 틀 구성자 집단의 특징적 양상을 보여준다. 이 집단은 곧이어 살펴볼 논증적 틀 구성자 집단과 더불어 '과제 표상 교육'이 가장 필요한 집단이다. 이들에게는 '과제 표상 교육'을 우선적으로 실시하고, 이후 쓰기 교육을 실시할 필요가 있다. 특히 필자의 분명한 수사적 목적을 상정하고 이를 중심으로 텍스트를 구성할 수 있게 해야 한다. 논증적 통합자 집단의 텍스트 구성 사례가 능동적 지식 변형의 실례(實例)로 활용될 수 있을 것이다. 또한 이들이 의존하는 틀(공식)이 고정된 것이 아니며, 필자의 수사적 목적에 따라 서술구조가 변형될 수 있음을 인식하게 해야 한다.

(3) 논증적 틀 구성자 집단의 특성

가. 논증적 틀 구성자 집단의 과제 표상 특성
　　: 프로토콜에 나타난 질적 양상

논증적 틀 구성자 집단은 필자가 〈자기분석점검표〉를 통해 '틀 세우기' 구성 계획을 가졌다고 보고하고, 실제 텍스트도 '틀-논증적(+반응)' 유형으로 판정받은 필자 집단을 말한다. 이들의 프로토콜에 나타난 과제 표상의 질적 특성을 과제 해석, 자료 읽기, 텍스트 구성의 측면에서 살피면 다음과 같다.

(ㄱ) 과제 해석

앞서 살핀 정보전달적 틀 구성자 집단은 과제 이해에 어려움을 토로하다가 결국 '논술처럼 쓰는 것'을 택했다. 그러나 이들에게 '논술처럼 쓰는 것'은 그 상(象)이 다소 불분명한 것이었다. 그래서 이들은 기본적으로 자료 정보를 일정한 서술 구조에 맞추어 전달하는 방식으로 텍스트를 작성했지만, 텍스트에 나타난 '필자의 위치'는 종종 불안정했다. 반면, 논증적 틀 구성자 집단은 이러한 불확실성을 보이지 않는다. 이 집단이 과제를 읽은 직후 녹음한 프로토콜에서는 과제 해석에 대한 확신이 드러났다. 이들은 과제가 자신이 알고 있는 특정 유형의 논술 문제와 동일한 것이라고 믿고 있었다. 자료들을 화제에 대한 대립적인 입장으로 분류하고, 한 입장을 선택하여 논증적인 글을 쓰는 문제가 그것이다. 흥미롭게도, 이들은 눈앞의 과제 지시문을 읽으면서도 자신의 선입견에 따라 지시문을 변형하여 읽는 양상을 보이곤 했다. 23번 필자가 그 전형적 사례다.

[23] ①과제는 사이버 정체성… 에 대한 자료를 읽고… 이해하고… 어… 사이버 정체성과 관련하여 견해를 제시하는 글을 쓰라… 라는 것이다. (중략) ②그러니까 이제 읽을 자료들이 사이버 정체성에 대한 것인데 이 자료들은 사이버 정체성에 대한 시각… 그러니까 찬성한다 든지 반대한다든지 이런 걸 보여줄 것 같다. 그러면 그거에 대한… 내 입장을 정해서 내 주장을 하고… 아닌 주장을 비판하고… 하면 될 것 같다. (중략) 뭐, 이런 건 논술 다닐 때 많이 써보기는 했지만… 아무래도 대학 와서는 처음 쓰는 거니까 긴장이 된다.

밑줄 친 ①은 필자가 과제 지시문을 읽는 부분이다. 필자가 읽은 과제 지시문의 전문(全文)은 다음과 같다.

다음은 '사이버 정체성'과 관련된 문제들에 대한 다양한 시각을 보여 주는 자료들입니다. 이를 잘 읽고, 이해하고, 자료 내용과 필자의 지식 을 통합적으로 이용하여, '사이버 정체성'과 관련하여 필자가 구체화 한 화제에 대한 견해를 제시하는 글을 쓰십시오. (모든 강조-인용자).

①과 지시문을 비교하여 보면, 필자가 과제를 자신에게 친숙한 것 으로 이해하는 과정에서 무엇이 강조되고 무엇이 생략되었는지 확인 할 수 있다. 부과된 과제는 자료들을 "사이버 정체성과 관련된 문제 들에 대한 다양한 시각"을 보여주는 것으로 규정하고, "자료 내용과 필자의 지식을 통합적으로 이용하여", "필자가 구체화한 화제"에 대

한 견해를 제시할 것을 요구했다. 그러나 필자는 자료들을 "사이버 정체성에 대한" 것으로 읽고, "자료 내용과 필자 지식을 통합적으로 이용"하라는 지침은 생략했다. 또한 필자가 제시할 견해를 단지 "사이버 정체성과 관련"한 것이라고만 읽었으며, 그것이 "필자가 구체화한 화제에 대한" 것이어야 한다는 지침은 배제(排除)했다.

이러한 선택적 집중과 배제가 무의식적인 것인지 혹은 부분적으로 의도적인 것인지에 대해서는 이 자리에서 판단하기 어렵다. 중요한 것은 논증적 틀 구성자 집단이 이러한 과제 오독(誤讀)에 의거하여 수행 방향을 예측하고, 또 수행했다는 사실이다. 23번 필자가 밑줄 친 ②에서 자료 내용과 자신의 수행 방향에 대해 예견한 것처럼 말이다. 이처럼 논증적 틀 구성자 집단은 과제 이해 과정에서 자신의 선입견이 만들어낸 함정에 자주 빠지는 경향을 보였다. "이런 건 논술(학원-인용자) 다닐 때 많이 써보"았던 것이라는 인식의 함정이 그것이다.

(ㄴ) 자료 읽기

논증적 틀 구성자 집단이 자료를 읽은 직후 녹음한 프로토콜은 다음의 경향성을 드러냈다. 첫째, 이들은 자료들을 관계화하는 데서 나아가 특정 입장을 선택하고, 그와 상이한 입장에 대해 비판적으로 평가하는 태도를 보였다. 정보전달적 틀 구성자 집단과 마찬가지로 이들 또한 자료들을 요약한 후 이를 관계화하는 데 집중했다. 그러나 이들은 정보전달적 틀 구성자 집단이 대체로 중립적인 입장에서 자료들을 분류하고 관계화한 것과 상이한 양상을 보였다. 자신이 분류한 입장 중 하나를 선택하고, 나머지 입장에 대해서는 비판 및 평가하는 태도를 보인 것이다. 때로는 자료를 요약할 때부터 이미 특정 입장에서 각 자료에 대해 논평하기도 했다. 19번 필자의 사례를 보자.

[19] 그래서 자료 1번과 4번을 사이버 정체성을 부정하는 글로 보고, 자료 2번, 3번, 5번을 사이버 정체성을 긍정하는 글로 봐서… 그러니까 부정적인 견해 글이 두 가지가 있고 긍정적인 견해 글이 세 가지가 있는 걸로 나눠서 글을 쓸 건데. (중략) 일단 내가 견해를 제시하려면 한 가지 요점을 옹호하는 것이 좋은데 난 사이버 정체성을… 괜찮다고 보는 입장이야. (중략) 일단 자료 1번은 좀 그런 게, 극단적이라고 해야 하나. 이건 3번으로 반박할 수 있을 것 같은데. 자료 1번에서 '게임에 중독된 양군이… 금기를 깨는 분열된 행동을 보인 것이다.'라고 했잖아. 근데 이건 자료 3번을 보면 '사실 머드 환경을 이용하는 대부분의 이용자들은 다중 인격성에 따른 병적 증세를 드러내 보이지 않는다.'라고 되어 있거든. 그러니까 일부만 그렇고 그, 양군 얘만 문제가 있다는 거지. (중략) 이렇게 자료 1번을 자료 3번과 5번으로 반박할 수 있고, 자료 4번을 자료 2번으로 반박할 수 있어.

19번 필자는 자료를 차례로 요약한 뒤 화제에 대해 긍정적·부정적 입장을 보이는 것으로 분류한다. 이후 "내가 견해를 제시하려면 한 가지 요점을 옹호"해야 한다는 판단 아래 긍정적 입장을 선택한다. 그리고 해당 입장에서 반대 편 입장의 자료들을 차례로 비판한다. Anderson 외(2001)의 인지적 교육 목표 유목인 〈지식-이해-적용-분석-평가-창안)의 단계에 비추어본다면, 그는 자료들을 '분석'하여 관계화하는 데서 나아가 '평가'하는 양상을 보이는 것이다.

그러나 이러한 '평가'는 필자의 주체적인 것이라기보다는 자료에 의존한 것이라는 점에서 한계를 갖는다. 필자 스스로의 관점과 논리에 의해서가 아니라, "자료 1번을 자료 3번과 5번"의 관점과 논리를 사용하여 비판 및 평가한 것에 불과하기 때문이다. 이는 애초에 필자가 자료 입장 중 하나를 자신의 견해로 차용했기에 일어난 현상이다. 그러므로 19번 필자를 포함한 논증적 틀 구성자 집단이 읽기 과정에서 보인 '평가'의 양상은 그 주체가 온전히 필자 자신은 아니라는 한계와 함께 언급되어야 한다.

둘째, 이들은 자료를 읽는 동안 자신이 쓸 텍스트의 내용을 적극적으로 배치하는 양상을 보였다. 이때 이들에게 익숙한 논증 구조가 고정된 틀(공식)로 사용되었다. 23번 필자의 사례를 보자.

[23] 그러니까 이거(자료4-인용자)랑 아까 자료1은 사이버 정체성을 까는 거 같다. 자료2랑 3은 좋다는 거고. 5는 좀 중립? 아무튼 뭐 비판까지는 아닌 것 같고. (중략) 자료들을 어떻게 써먹어야 되냐면… (중략) 나는 사이버 정체성을 긍정적인 측면이 아니라 부정적인 측면에서 바라보니까, 어… 일단 긍정적인 것을 앞에 둬야지. 비판할 게 먼저 나와야 되니까. 그리고 '근데 그게 아니다. 잘못 생각하는 거다.' 그러면서 부정적인 얘기를 그 다음에 하나 둘 해주고… (중략) 그러면 먼저 자료2랑 3 얘네가 한 얘기를 해주고, 그 다음에 1… (중략) 여기 4 같은 건 내 페이스북 경험으로 서론에서 한 번 더 써줄 수 있을 것 같다.

23번 필자는 과제 해석 단계에서부터 강한 선입견을 보인 바 있다. 과제가 자신에게 익숙한 논술 문제와 동일한 것이며, 과제 수행을 위해 "(자료들의 입장 중-인용자) 내 입장을 정해서 주장을 하고… 아닌 주장을 비판하고 하면 될 것"이라는 확신을 드러낸 것이다. 이러한 확신 하에 그는 자료를 읽는 동안 해당 자료를 "어떻게 써먹어야" 될지 구상하는 태도를 보였다. 즉, 그가 상정한 틀(화제 관련 일화 제시-긍정 입장 주장 소개-긍정 입장 비판 및 부정 입장 논증-결론) 안에 해당 자료를 어떻게 배치할지 고민한 것이다.

앞서 살핀 요약자 집단 또한 자료 읽기 과정에서 생성한 내용(자료 요약 및 논평)으로 쓰기 텍스트를 구성했다. 그러나 이는 결과적인 것으로, 이들이 읽기 과정에서부터 해당 구성 방식을 적극적으로 표상한 것은 아니었다. 정보전달적 틀 구성자 집단도 읽기 과정에서 창출한 거시명제를 쓰기 텍스트의 거시명제로 사용했다. 이 거시명제는 "논술학원에서 배운" 틀에 의거한 것이었다. 그러나 이들 역시 논증적 틀 구성자 집단처럼 강한 확신을 가지고 과제에 접근한 것은 아니었다. 그래서 종종 '필자의 위치'가 불안정했고, 읽기 과정에서부터 쓰기 텍스트의 구성에 대한 확신을 보이지는 않았다. 반면 논증적 틀 구성자 집단은 과제 이해 단계부터 상정한 틀을 바탕으로, 자료를 읽는 동안 적극적으로 틀 안에 배치될 내용을 탐색했다. 비유컨대 이들은 설계도에 들어맞는 부품을 찾는 엔지니어와 같았다. 앞으로 살필 통합자 집단을 포함하여, 이들은 모든 집단 중 가장 강한 확신을 드러낸 필자들이다.

(ㄷ) 텍스트 구성

논증적 틀 구성자 집단은 자료 입장 중 하나를 필자의 주장으로 삼고, 이를 논증하는 방식으로 텍스트를 구성한다. 이때 이들에게 익숙한 논증 구조가 자료 내용을 배치하는 틀(공식)로 사용된다. 전형적인 논증적 텍스트의 구성을 취하기 때문에, 이들의 텍스트는 표면적으로 매우 안정적이고 잘 작성된 것으로 보일 때가 많다. 그러나 텍스트의 중심을 이루는 주장이 자료의 것이며, 이를 뒷받침하는 논증 또한 상당 부분 자료의 것을 되풀이한다는 점에서 과제가 요구한 텍스트라고 할 수는 없다. 또한 정보전달적 틀 구성자 집단의 것과 마찬가지로, 이들의 텍스트는 자료 정보를 재구조화한다는 점에서 형식적 측면의 지식 변형을 이룬 텍스트라고 할 수 있다. 그러나 내용적 측면에서는 자료 정보를 대체로[38] 변형 없이 나열하는 지식 나열적 방식을 취하고 있다.

이들이 왜 이런 방식으로 텍스트를 구성했는가에 대해서는 별도의 논의가 필요치 않다. 살펴본 바와 같이, 자신의 구성 방식이 맥락에

---

38) 여기서 '대체로'라는 표현을 쓴 것은 논증적 틀 구성자 집단의 일부 필자는 서론의 사례 또는 주장에 대한 근거 사례를 자료 밖에서 찾아 쓰기도 했기 때문이다. 특히 이들은 서론에서 화제와 관련된 영화 또는 사회 현상 사례를 능동적으로 생성하여 사용했다. 그러나 01번 필자의 사례를 통해 곧 확인할 것처럼 이는 단순한 지식 나열적 서술에 그치는 경우가 대부분이었다.

적합한 것이라는 맹목적 확신을 가지고 있었기 때문이다. 주목해야 할 것은 맹목에 의해 사상(捨象)된 필자로서의 정체성이다. 프로토콜 전반에서 이들은 스스로의 '필자의 위치'를 주장하고 논증하는 자로서 규정했다. 그러나 주지하다시피 이때의 주장 및 논증은 필자가 아닌 자료의 것이었다. 즉, 이들은 자료의 필자와 자신을 동일시함으로써 '필자의 위치'를 착각한 것이다. 03번 필자의 사례를 보자.

[03] 나는 '사이버 공간에서의 정체성이 가져오는 효과적인 교류와 새로운 문화적 기대'라는 제목으로 논술문… 논설문? 뭐지, 아무튼 주장하는 글을 썼다. (중략) ①사람들이 사이버 정체성을 갖는 것이 현실과 다른 상상 세계의 구성원이 되게 해서 현실에서 하지 못한 자아실현을 할 수 있게 하고 또 현실의 고통… 그러니까 문화적인 벽 또는 경계에서 나오는 고통을 치유할 수 있다는 말을 하려고 했고… (중략) 서론이 좀 밋밋한 것 같아서 좀 그런데… 그래도 계획한대로는 쓴 것 같다.

03번 필자는 "사이버 공간에서의 정체성이 가져오는 효과적인 교류와 새로운 문화적 기대"라는 제목으로 "주장하는 글"을 썼다고 말한다. 그리고 텍스트에서 ①과 같은 주장을 펼쳤다고 보고한다. 그러나 ①에서 언급한 내용은 〈자료5〉의 일부다. 〈자료5〉는 사이버 공간에서의 다중 정체성이 개인과 사회에 긍정적인 영향을 미친다고 주장한다. ①의 내용은 〈자료5〉 필자의 주장 및 논증을 부분적으로 가져온 것이다. 그러나 03번 필자는 자료의 주장과 필자의 주장을 구분하려는 인식 자체를 가지고 있지 않았다. 자신이 "주장하는 글"을 "계획한대로는 쓴 것 같다"는 만족감을 나타낼 뿐이었다.

이처럼 논증적 틀 구성자 집단은 자신이 '주장 및 논증하는 자'로서의 '필자의 위치'를 갖는다고 생각했지만, 그 위치는 허구적인 것이었다. 이들은 자료를 쓴 필자의 주장과 논증을 자신의 것처럼 되풀이했고, '타인의 주장과 논증을 반복하는 자'로서의 위치만을 가졌다. 과제가 요구한 것은 자료의 목소리를 되풀이하는 것이 아니라 스스로의 목소리를 내는 것임을 이들 대부분은 인식하지 못했다.

나. 논증적 틀 구성자 집단의 텍스트 특성

논증적 틀 구성자 집단이 작성한 텍스트는 이제까지 살핀 과제 표상의 특성을 여실히 반영하고 있었다. 〈표IV-16〉은 논증적 틀 구성자 집단이 작성한 텍스트에 나타난 형식적·내용적·표현적 수치들의 평균값을 나타낸 것이다. 〈표IV-10〉의 전체 텍스트 평균값 및 타 집단 텍스트의 평균값과 비교할 때, 이 집단의 텍스트는 다음의 구성적 특성을 드러낸다.

〈표IV-16〉 틀-논증적 유형 텍스트 구성의 일반적 특성 (총체적 질: 4.29)

	단위 수	42.43		덩이 수	17.1		긴밀도	0.42
형식적	주제 깊이	1	2	3	4	5	6	평균
		15	17	6.9	3	0.1	0	1.94
	주제 유형	P	EP	S1	S2	S3		
		16	6.1	9.4	9.6	0.4		
내용적	자료 사용	①	②	③	④	⑤	합계	
		11	2.7	5.1	4.4	9.3	32	
	정보 성격	I	A1	A2	A3	A5	EX	
		9.6	12	7.4	6.9	4.9	1.9	

	정보 유형	(-)(I)	(-)(A1)	(-)(A2)	(-)(A3)	(-)(A5)	(-)(EX)	(-)합
		4.4	4.4	3.9	3	2.1	0	17.8
		(0)(I)	(0)(A1)	(0)(A2)	(0)(A3)	(0)(A5)	(0)(EX)	(0)합
		1.7	4.7	2.4	2	1.1	0	11.9
		(+)(I)	(+)(A1)	(+)(A2)	(+)(A3)	(+)(A5)	(+)(EX)	(+)합
		3.4	2.9	1.1	1.9	1.6	1.9	12.8
표현적	담화 표지	①	❶	②	③	④	⑤	합계
		3.7	0.7	3.9	1.4	0.7	1	11
	표현 오류	ER	NA	합계				
		3	0.4	3.4				

먼저, 형식적 측면에서 논증적 틀 구성자 집단의 텍스트는 각 부문의 수치들이 전체 집단의 중간(5개 집단 중 3번째 상·하위) 수준인 것으로 나타났다. 텍스트 길이를 나타내는 '단위 수', 주제 탐구 정도를 나타내는 '주제 깊이 평균', 조직의 긴밀함 정도를 나타내는 '긴밀도' 수치가 각각 42.43, 1.94, 0.42로 전체 평균값과 +2.75, +0.01, -0.03 차이를 보였다. 이는 논증적 틀 구성자 집단의 텍스트가 평균보다 2.75 단위 길고, 0.01 수준에서 주제 구체화 정도가 깊으며, 0.03 수준에서 조직이 긴밀하다는 사실을 나타낸다.

'주제 진행 유형' 부문에서는 S1(의미점증 순차적 진행)의 비율이 전체 유형 중 가장 높았다. 단위 수 대비 S1의 비율은 전체 텍스트에서는 17.9%(39.68 : 7.1) 수준이었으나, 논증적 틀 구성자 집단의 텍스트에서는 22.2%(42.43 : 9.4)였다. S1의 비율이 높다는 것은 텍스트에서 특정 주제를 심화시키는 빈도가 높음을 의미한다. 특정한 주장을 제시하고 그 이유나 근거, 예상 반론에 대한 재반론을 전개하는 논증적 텍스트에서는 S1의 비율이 높게 나타나기 쉽다. 〈표Ⅴ-13〉을 보면, 논증적 통합자 집단의 텍스트 또한 S1의 비율이 20.2%(42.67 :

8.6) 수준으로 높게 나타났음을 확인할 수 있다. 이때 논증적 통합 유형의 텍스트보다 이 유형의 텍스트에서 S1의 비율이 보다 높게 나타난 것은 '자료 사용'에 그 원인이 있는 것으로 보인다. 즉, S1의 비율이 월등히 높은 자료를 그대로 옮겨 쓴 경우가 많기 때문에, 스스로 논증적 텍스트를 구성하고자 했던 논증적 통합자 집단의 텍스트에 비해 S1이 높게 나타났다는 의미다. 한편, S3(의미무관 순차적 진행)의 비율은 0.9%(0.4)로 정보전달적 틀 유형 텍스트와 마찬가지로 낮았다.

내용적 측면에서는 자료에 의존한 논증적 텍스트의 특성이 나타났다. 우선 '자료 사용' 합계가 32로, 단위 수 대비 비율 75.4%에 이르렀다. 이는 요약 및 정보전달적 틀 유형 텍스트에 이어 3번째로 많은 수치다. 그러나 정보전달적/논증적 틀 유형 텍스트의 '자료 사용' 비율이 각각 46.9%, 32.8%인 것을 감안하면 상대적으로 매우 높은 수치라고 할 수 있다. 각 내용 단위 정보의 기원을 살핀 (-), (0), (+) 합(合)의 수치도 이와 관련된다. 전체 단위 중 자료 내용을 변형 없이 그대로 사용한 (-)정보가 17.8(42%), 일부 변형한 (0)정보가 11.9(28%)로 총 70%를 차지했다. 반면, (+)정보는 12.8(30.2%)이었다.

'정보 성격' 및 18가지 '정보 유형'의 분포에서는 (I)단위의 비율이 상대적으로 적고, (A1-5)단위가 골고루 분포한 것이 주목된다. 앞서 살핀 유형들에서는 (I)의 비율이 가장 높고, 부분적으로 (A1)이 포함되어 있었으나 이것이 (A2-5)에 의해 충분히 뒷받침되지 않는 양상을 보였다. 그러나 이 유형에서는 (A1)의 수치가 12(28%)이고, (A2-5)의 수치를 합한 값이 19.2(45.2%)로, (A1)이 (A2-5)에 의해 상대적으로 충분히 논증되고 있음을 확인할 수 있다. 다시 세부적 정보 유형을 살피면, (0)(A1), (-)(A1)과 (-)(I), (-)(A2), (-)(A3)의 순서로 수치가 높음을 확인할 수 있다(각각 4.7, 4.4, 3.9, 3.4, 3). 이러한 분포로부터 이 유형의 텍스트가 자료의 주장을 그대로 또는 일부 변형하여 제시하고, 역시 자료로부터 가져온 이유와 근거를 사용하여 이를 논증하는 방식으로 구성되었음을 알 수 있다. 이는 논증적 통합자 유형의 텍스트가 주로 필자의 지식에서 비롯된 논증을 전개하는 것과 대조되는 것이다.

표현적 측면에서는 단위 수 대비 담화 표지의 사용 비율이 25.9%(42.43 : 11)로 전체 유형 중 가장 높았다. 논증 전개 과정에서 논리적 관계를 명확히 표현하려는 수단으로 담화 표지를 빈번히 사용한 것으로 보인다. 논증적 통합자의 텍스트에 나타난 담화 표지 사용 비율 역시 23.2%(42.67 : 9.9)로 2번째로 높았음을 참조할 수 있다. 한편, 문법적 오류(ER)와 부적합한 표현(NA)을 합한 표현 오류의 비율은 8%(42.43 : 3.4)로, 전체 유형 중 2번째로 낮았다. 그러나 이 수치가 곧 이 집단의 문장 표현력이 뛰어나다는 사실을 의미한다고 해석하기는 어렵다. 내용적 측면에서 살핀 바대로, 자료의 정보를 그대로 옮겨온 (-)단위의 비율이 42%에 이르기 때문이다. (-)단위를 제외한 내용 단위에서는 표현 오류가 빈번히 나타났다. 그러므로 논증적 틀 구성자 집단의 표현 능력에 대한 해석은 유보적으로 이루어질 필요가 있다.

이처럼 〈표IV-16〉은 논증적 틀 구성자 집단의 텍스트가 [자료 주장을 제시 + 자료에 의존하여 논증]하는 방식으로 이루어진 중하위 수준(총체적 질: 4.29) 텍스트 특성을 보임을 수치적으로 입증한다. 이 유형은 형식적으로 (1) 주제 깊이, 조직 긴밀도에서 전체 집단의 평균적 수치를 보이고, (2) 주제를 심화하는 전개 방식인 S1의 비율이 높았다. 또한 내용적으로 (3) 자료 사용 비율이 높고(정보전달적 틀 구성자에 이어 3번째이나 평균치보다 매우 높음), (4) (A1-5)가 골고루 분포하는 양상을 보였다. 표현적으로는 (5) 담화 표지 사용 비율이 전체 유형 중 가장 높았다.

다. 사례 필자 분석 : 01번 필자의 과제 표상과 텍스트 구성

이제까지 살펴본 논증적 틀 구성자 집단의 특성을 보다 구체적으로 확인하기 위해, 01번 필자의 사례를 검토해보자. 01번 필자의 텍스트[39]는 총체적 질, 내용 단위 수와 주제 깊이면에서 집단 평균값을 다소 상회한다. 그러나 주제 전개 유형과 자료 사용, 정보 유형면에서 집단의 특성을 보여주며, 프로토콜에서도 집단의 특성이 나타나 사례 필자로 선정했다.

먼저 01번 필자의 프로토콜 특성을 살펴보자. 첫째, 과제 해석 단계에서 그는 "(논술-인용자) 학원에서 배운 대로 쓰면 될 것"이라는 자신감을 표출했다. 그리고 자신이 쓸 텍스트의 구조를 미리 예측하

---

39) 01번 필자의 텍스트 전문(全文) 분석 및 각 부문 수치들을 제시한 표는 〈부록8〉에서 확인할 수 있다.

는 양상을 보였다("서론 쓰고요, 제 주장하고, 이유 쭉 써주고… 예상되는 반론 같은 것 해주고 다시 거기에 반론…").

둘째, 읽기 과정에서는 자료들을 관계화하면서 하나의 입장을 선택했다. 그리고 자신이 선택한 것과 다른 입장에 대해 비판적으로 평가했다. 그러나 이때 평가 내용의 대부분은 필자가 선택한 입장의 자료에서 가져온 것이었다("이렇게 (자료들을-인용자) 둘로 나눌 수 있는데요. 저는 사이버 정체성이 실제 세계에서 자신에게 도움이 되는 것도 아니고, 사회에도 나쁜 역할을 끼친다고 생각하는 쪽입니다. (중략) 이게(자료3-인용자) 좀 말이 안되는 게, 제일 문제가 되는 것이 인터넷의 익명성인데요(이하 자료1 내용을 사용하여 비판-인용자).").

셋째, 텍스트 구성 시 과제 해석 단계에서 상정한 구조에 맞추어 자료 내용을 배열했다. [화제 환기-주장-이유/근거1,2-예상 반론-재반론-결론]의 구조가 그것이다. 이때 대부분의 내용은 자료 정보를 그대로 또는 일부 변형하여 이용했다. 필자는 '화제 환기'를 위한 서론 및 근거 사례의 일부 내용만을 새롭게 생성했다("제일 쓰기 힘들었던 것은 서론인데요. 뭔가 확 시선을 끄는 걸 쓰고 싶은데 잘 생각이 나지 않아서… (중략) 본론에서는 인터넷에서 봤던 내용이나 알고 있던 것을 토대로 (근거의-인용자) 내용을 채워 넣었습니다."). 그러나 그는 과제 수행 내내 스스로의 주장을 논증하고 있다고 확신했다. 자료의 견해를 필자의 견해인 것처럼 동일시한 것이다.

이러한 과제 표상은 〈그림Ⅳ-3〉과 같은 텍스트 구성으로 나타났다. 〈그림IV-3〉을 통해, 01번 필자가 작성한 '틀-논증적(+반응)' 유형 텍스트의 형식적·내용적 특성을 시각적으로 확인할 수 있다. 첫째, 형식적 측면에서 이 텍스트는 앞서 살핀 요약자·정보전달적 틀 구성자의 텍스트와 비교할 때 주제 깊이가 깊은 편이다. 주제 진행에서는 S1(의미점증 순차적 진행)이 많이 발생하여 주제를 심층화하는 양상을 보인다. 또한 〈그림IV-4〉에서 살핀 정보전달적 틀 구성자의 텍스트와 마찬가지로, S3(의미무관 순차적 진행)가 없어 하나의 거시명제가 창출된다. S2(의미인접 순차적 진행) 역시 유사한 수준이어서 조직이 유사한 정도로 느슨함을 확인할 수 있다.

둘째, 내용적 측면에서는 각 정보 유형이 고르게 분포하는 데 주목할 수 있다. 요약자·정보전달적 구성자의 텍스트와 대조적으로, 이 텍스트에는 (A1-5)가 골고루 분포한다. 화제 관련 영화 내용을 소개하는 서론부에서 (+)(I)단위가 사용되고, 이후로는 (0)(A1)(자료를 일부 변형한 주장) → (-)(A2)(자료를 그대로 사용한 이유) → (-)/(0)/(+)(A3)(자료를 그대로 또는 변형하거나 필자가 생각한 근거) → (-)/(+)(A5)(자료를 그대로 사용하거나 필자가 생각한 예상 반론/재반론) → (0)(A1)(자료를 일부 변형한 주장의 재확인) 순서로 텍스트가 전개됨을 볼 수 있다. 이때 논증의 중심을 이루는 주장 및 이유는 자료의 것을 그대로 또는 일부 변형한 것이며, 필자는 근거 및 예상 반론/재반론의 일부 내용만을 생성했음도 확인 가능하다. 이는 〈그림IV-5〉에서 살펴볼 논증적 통합자의 텍스트 양상과는 확연히 구분되는 것이다.

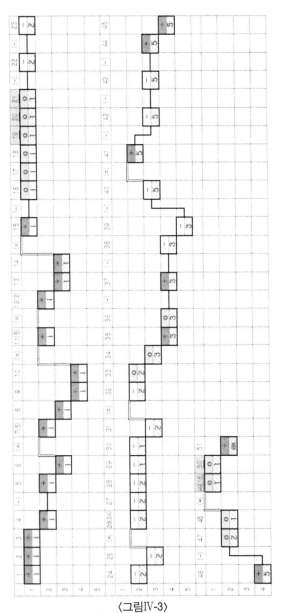

〈그림IV-3〉
01번 필재(논증적 틀 구성자)의 텍스트 전개도

만약 각 내용 단위에서 '정보 기원'을 나타내는 상부((-)(0)(+))를 제거한다면, 이 전개도는 매우 깔끔하게 작성된 논증적 텍스트로 보인다. 평가자 질적 판단에 의한 1차 분류 시 평가자 1인이 이 텍스트를 '통합-논증적' 유형으로 판단한 것도 이와 무관하지 않다. 그러나 '정보 기원'과 함께 텍스트의 전개 양상을 살피면 평가는 달라진다. 이 텍스트는 '틀(공식)'로서의 논증 구조가 먼저 있고, 그 안에 지식 변형 없는 자료 정보를 채워 넣은 것에 불과하다. 필자의 주장이 먼저 존재하고, 이를 논증하려는 수사적 목적을 달성하기 위해 논증 구조를 사용한 것이 아니라는 의미다. 그래서 텍스트를 보다 면밀히 고찰하면, 곳곳에서 '틀'과 '내용'이 긴밀히 융합하지 않고 겉도는 현상이 발견된다.

예컨대 서론의 경우, 필자가 "(서론에서는-인용자) 사회 현상이라든지 영화 같은 것"을 소개하여 화제를 환기해야 한다는 확신에 의해 소개한 영화 내용은 본론과 긴밀히 융합하지 않는다. 본론에서 사이버 정체성의 폐해에 대한 주장을 논증한다면, 영화 내용 또한 사이버 정체성의 부정적 측면을 다루는 것으로 소개하는 편이 효과적이다. 그러나 필자는 단지 화제와 관련된 영화를 소개한다는 당위만을 인식했을 뿐 그것이 가져올 수사적 효과는 고려하지 않았다. 그래서 본론 내용과 관련 없는 영화의 줄거리를 단위1-14를 사용하여 길게 소개하고, 단위15에서 "현 시점에서 봤을 때, 이 영화는 사이버 정체성이라는 용어와 관련을 시킬 수 있다."고만 진술한다. 필자의 수사적 목적을 전면화하지 못하고, '틀' 안에 당위적으로 들어갈 내용을 채우는 데만 급급한 결과다.

이상에서 살펴본 01번 필자의 프로토콜 및 텍스트는 논증적 틀 구성자 집단의 특징적 양상을 보여준다. 앞서 살핀 정보전달적 틀 구성자 집단과 더불어, 이 집단은 '과제 표상 교육'을 우선적으로 시행해야 할 집단이다. 특히 자료 내용과 필자의 견해를 구분하게 할 필요가 있다. 특정 주제에 대한 견해가 반드시 양자택일적으로 존재하지는 않는다는 것, 타인의 견해를 필자의 것처럼 제시하는 것은 쓰기 윤리에 위배된다는 것도 인지하게 해야 한다. 또한 정보전달적 틀 구성자 집단과 마찬가지로, 필자가 의존하는 논증적 틀(공식)이 고정적·당위적인 것이 아니며, 필자의 수사적 목적에 따라 유동적으로 변화하는 것임을 인식하게 할 필요가 있다.

(4) 정보전달적 통합자 집단의 특성
  가. 정보전달적 통합자의 과제 표상 특성
    : 프로토콜에 나타난 질적 양상

정보전달적 틀 구성자 집단은 필자가 〈자기분석점검표〉를 통해 '통제개념으로 종합하기' 구성 계획을 가졌다고 보고하고, 실제 텍스트도 '통합-정보전달적' 유형으로 판정받은 필자 집단을 말한다. 이 집단은 사례 수가 3명(14, 25, 26번 필자)으로 다른 집단에 비해 매우 적다. 또한 텍스트의 총체적 질을 기준으로 했을 때 상위 필자 2명(25, 26번 필자)과 중하위 필자 1명(14번 필자)으로 이루어져 있다.

그래서 집단의 평균적 속성을 파악하고 이를 일반화하기가 어렵다. 그러므로 이 집단에 대한 분석은 이러한 사실을 전제한 상태에서, 필자별 특성을 언급하며 이루어져야 할 것으로 보인다. 정보전달적 통합자 집단의 프로토콜에 나타난 과제 표상의 질적 특성을 과제 해석, 자료 읽기, 텍스트 구성의 측면에서 살피면 다음과 같다.

(ㄱ) 과제 해석

앞서 살핀 요약자 및 틀 구성자 집단은 심리적 부담감 또는 논술 교육 경험에 의한 선입견에 의해 부과된 과제를 있는 그대로 받아들이지 못하는 양상을 보였다. 그러나 정보전달적 통합자 집단에게서는 이러한 외면 또는 왜곡 현상을 발견할 수 없었다. 세 필자가 모두 과제 이해의 어려움을 토로하기는 했지만, 이들은 특정한 선입견을 과제 이해에 적용하지는 않았다. 14번 필자의 경우에는 과제 지시문을 그대로 읽은 뒤 별도의 해석을 붙이지 않았고, 25, 26번 필자는 공통적으로 독창성의 문제에 주목했다. 26번 필자의 사례를 보자.

[26] "다음은 '사이버 정체성'과 관련된 문제들에 대한 다양한 시각을 보여주는 자료들입니다. 이를 잘 읽고, 이해하고, 자료 내용과 필자의 지식을 통합적으로 이용하여, '사이버 정체성'과 관련하여 필자가 구체화한 화제에 대한 견해를 제시하는 글을 쓰십시오." 네, 이게 과제네요. 사이버 정체성은 옛날에 토론대회 준비할 때도 다뤘었고요⋯ (중략) 필자가 구체화한 화제라고 했는데 이게 좀 어려운 것 같아요.

<u>뭔가 반짝반짝하는 그런 거, 그런 거를 찾아야 할 것 같아요.</u>

26번 필자는 과제 지시문을 읽은 뒤 '사이버 정체성'이라는 화제에 대한 친숙함을 드러낸다. 고등학생 시절 토론대회를 준비하거나 논술학원을 다니며 접해본 화제라는 것이다. 이후 그는 지시문 중 "필자가 구체화한 화제"라는 표현에 주목한다. 그리고 "뭔가 반짝반짝하는" 독창적인 화제를 찾는 것이 과제 수행의 관건이 되리라는 생각을 드러낸다. 사례 필자로 살펴볼 25번 필자 또한 "진부한 건 재미가 없겠죠."라는 표현을 통해 독창적인 화제를 찾으려는 의지를 피력했다. 앞선 세 집단의 필자들과 달리, 이들은 학술적 글쓰기에서 일반적으로 요구되는 독창성의 필요성을 인지한 것이다.

그러나 두 필자 모두에게 독창성이란 '독창적인 화제'를 찾는 것에 한정되어 있는 것으로 보였다. 이들과 마찬가지로 독창성의 문제에 주목한 논증적 통합자 집단에게 독창성이란 자료에 나타나지 않은 새로운 주장을 제기하는 것이었다. 그래서 이들의 독창성은 '화제+견해(S+V)'의 문장 형식으로 기술될 수 있었다. 반면, 정보전달적 통합자 집단의 독창성은 '화제'를 발견하고, 그것을 중심으로 기존 자료의 내용을 통합적으로 기술하는 것으로 보였다. 자료의 견해와 대립하거나 이를 넘어서고자 한 논증적 통합자 집단과 달리, 이들은 화제를 발견한 즉시 자료로 되돌아갔다.

(ㄴ) 자료 읽기

정보전달적 통합자 집단이 자료를 읽은 직후 녹음한 프로토콜은 다음의 특성을 드러냈다. 첫째, 이들은 자료를 읽으면서 자신만의 화제를 발견하는 데 주력했다. 앞서 살핀 집단들과 마찬가지로, 정보전달적 통합자 집단 또한 각 자료를 요약 및 관계화했다. 그러나 이들의 목적은 자료 요약 또는 관계화 자체에 있지 않았다. 각 자료를 요약하고 논평하거나 자료들을 관계 짓는 동안 이들은 흥미로운 화제를 찾는데 열중했다.

14번 필자의 경우 [자료4]에 나온 "내가 되고 싶은 나"라는 표현이 [자료5]에도 나오자 이에 주목했다. 한편, 25번 필자는 [자료3]에서 다중 정체성에 대한 논의를 읽던 도중 어린 시절 본 영화 〈변검(變瞼)〉을 떠올렸다. '가면 바꾸기'를 뜻하는 '변검'과 자료에서 논의하는 정체성 변환 사이의 유사성을 포착한 것이다. 또한 26번 필자는 [자료 1-3]을 읽는 동안 자료의 논의가 진부하고 케케묵은 것이라고 비판했다. [자료1-3]에서는 모두 사이버 공간에서의 익명성 문제가 언급되는데, "익명성을 바탕으로 하는 사이버 커뮤니티는 거의 지금 전멸했다고 봐도 무방"하다는 이유에서다. 그러다가 [자료4]에서 미니홈피나 블로그 사용자의 사례가 나오자 "이제 익명성에서 좀 벗어난 사이버 정체성에 대한 얘기"라며 집중했다. 그리고 "인터넷의 익명성은 사실 사라진지 오래"이므로 이제는 익명성을 전제하지 않은 공간(미니홈피, 블로그, 트위터 등)에서 "포장된 페르소나"의 문제에 주목할 때라고 강조했다. 14번 필자의 "(내가) 되고 싶은 나", 25번 필자의 "변검(의 빛과 그림자)", 26번 필자의 "포장된 페르소나"는 이후 이들이 쓰는 텍스트의 중심 화제이자 통제 개념(controlling idea)이 되었다.

둘째, 화제 발견 후 이들은 해당 개념을 염두에 두고 2차적 읽기를 수행하는 양상을 보였다. 1차적 읽기가 화제 발견을 위한 것이었다면, 2차적 읽기는 화제를 적용하여 논의를 생성하기 위해 이루어졌다. 14번 필자의 사례를 보자.

[14] ①[저는 5번 자료가 가장 와 닿았는데요. 5번에서 가상 세계에서는 다양한 역할을 수행함으로써 현실 세계와는 다른 그런 사회적 입지를 얻을 수 있고 자기 계발을 할 수 있다… 이런 내용이 제 생각과 비슷한 것 같았습니다. 아까 말한 '내가 되고 싶은 나'가 될 수 있다는 거죠. 그래서 4번에서 '되고 싶은 나'가 부정적인 영향을 미친다고 했는데 저는 그렇게 생각하지 않습니다. (중략) '되고 싶은 나'가 되어 현실에서 하지 못한 것들을 가상세계에서 함으로써 다양한 간접 경험들을 할 수 있겠죠. 1번에서와 같은 사건은 좀… 부정적인 측면이라고 할 수 있겠지만요.] (중략) ②[그래서 '되고 싶은 나'가 어떤 의미를 가지는지, 그러니까 어떤 영향을 미치는지를 통해 글의 제목을 생각해 보니까 〈나는 누구인가, 그리고 누구이고 싶은가〉… (중략) 본론에서는 '되고 싶은 나'가 어떤 의미를 지니는지, 그리고 '되고 싶은 나'의 의점들, 예를 들어 아까 서론에서 말했던 것들을 좀더 자세하게 적는 거겠죠.]

인용된 프로토콜에 앞서, 14번 필자는 [자료1]부터 [자료5]까지의 내용을 차례로 요약하며 흥미로운 화제를 찾았다. 그 과정에서 '되고 싶은 나'라는 화제를 발견하자, 이후 ①에서와 같이 해당 화제를 중심으로 [자료5]에서 [자료1]까지의 내용을 다시 검토했다. 화제와 관련된 내용을 생성하기 위해서다. '되고 싶은 나'라는 개념이 포함된 자료는 [자료4]와 [자료5]뿐이었지만, 이 과정에서 필자는 모든 자료의 내용을 '되고 싶은 나'라는 개념과 관련시켜 해석했다. 또한 이렇게 생성된 내용을 바탕으로 ②에서처럼 자신이 쓸 텍스트의 제목 및 내용을 예상하는 양상을 보였다.

다른 필자들과 달리, 14번 필자는 자료에서 사용된 개념을 화제로 삼았다는 점에서 온전히 독창적인 화제 선정을 이루었다고 보기 어렵다. 그러나 해당 화제를 적용하여 모든 자료의 내용을 새롭게 정리했다는 점, 이 과정에서 필연적으로 내용적·형식적 변형이 일어났다는 점에서 다른 필자들과 공통된다. 예컨대 [자료1]에서 사이버 공간의 캐릭터와 자신을 혼동하여 동생을 살해한 양모 군 사건의 사례가 나오자, 그는 "양모 군은 '되고 싶은 나'를 헷갈린 거죠. 사실은 이게 아니었을 텐데." 라고 논평했다. 즉, [자료1]에서 사이버 공간의 심리적 현실감과 중독성 문제를 논의하게 위해 사용된 사례가 14번 필자에게는 '사이버 공간의 이용자가 이상적 자아('되고 싶은 나')를 잘못 상정하여 벌어진 사건'으로 해석된 것이다. 그리고 이러한 해석을 바탕으로 그는 자료에 나타나지 않은 새로운 구조의 텍스트를 작성했다.

이러한 변형은 자료에 나타나지 않은 새로운 개념인 '변검(의 빛과 그림자)'과 '포장된 페르소나'를 화제로 사용한 25, 26번 필자의 텍스트에서도 동일하게 일어났다. Anderson 외(2001)의 인지적 교육 목표 유목인 〈지식-이해-분석-평가-창안〉의 단계를 상기한다면, 이들은 통제 개념의 '창안' 및 이 개념을 통한 내용적·형식적 '창안'을 이루었다고 볼 수 있다. 물론 이러한 '창안'이 새로운 주장과 그에 대한 논증의 형식으로 제시되지는 않았음은 다시 한 번 언급될 필요가 있을 것이다.

(ㄷ) 텍스트 구성

정보전달적 통합자 집단은 필자가 발견한 화제(통제 개념)를 사용하여 자료 내용과 필자 지식을 통합적으로 전달하는 방식으로 텍스트를 작성한다. 이때 이들의 목적은 정보를 전달하는 데 있으며 특정한 주장을 제기하는 데는 있지 않다. 다양한 견해를 보이는 자료들의 내용을 필자가 창안한 화제를 통해 통합하고 설명하는 데 집중하는 것이다. 그래서 과제 수행을 하는 동안 이들의 '필자의 위치'는 "구슬을 하나로 실에 꿰는 것처럼"[40] 다양한 정보를 통합하여 설명하는 정보전달자로 고정되어 있다. 이때의 "실"이란 물론 이들이 창안한 화제, 즉 통제 개념이다.

'필자의 위치'를 정보전달자로 상정한다는 점에서, 이들은 앞서 살핀 정보전달적 틀 구성자 집단과 비교된다. 정보전달적 틀 구성자 또

---

40) 이 표현은 일부 사례 필자를 대상으로 한 비공식적 사후 인터뷰에서 26번 필자가 자신의 수행 방식을 설명할 때 사용한 것이다.

한 스스로를 자료 내용을 일목요연하게 정리하여 독자에게 전달하는 자로 규정했기 때문이다. 그러나 정보전달적 틀 구성자의 경우, 텍스트를 통제하는 집중된 개념을 사용하지 않았고, 이에 따른 지식 변형 또한 야기하지 않았다는 점에서 이 집단과 변별된다. 즉, 정보전달적 틀 구성자가 수동적 정보전달자에 머물렀다면, 정보전달적 통합자는 개념 창안과 지식 변형을 통해 능동적 정보전달자의 위치를 확보하는 것이다.

그러나 이들의 구성 방식은 교실 맥락과 교수자에 따라 상이하게 평가될 여지를 갖는다. 텍스트가 반드시 포함해야 할 요건을 '새로운 지식 생산'에 두는가 또는 '주장과 이에 대한 논증'에 두는가에 따라 평가가 달라질 수 있다는 의미[41]다. 전자의 시각에서라면 이 집단의 구성 방식은 훌륭한 학술적 담화 통합이 될 수 있다. 독창적 화제를 사용하여 논의를 새롭게 통합한 것 자체가 필자의 새로운 시각을 보여주는 지식 생산이 될 수 있기 때문이다. 그러나 후자의 시각에서라면 부적합한 구성 방식이 된다. 필자의 주장과 논증이 부재하기 때문이다. Flower 외(1990)에서도 이 구성 방식에 대해 유보적인 태도를 보인 바 있다. 이들은 '통제개념으로 종합하기' 방식이 고도의 지식 변형을 이루는 지적 활동이며 학술적 담화에서도 자주 사용된다고 인정했다. 그러면

---

41) 이윤빈(2012: 162~4)에서는 대학별 교재에 나타난 '학술적 글쓰기' 및 '학술적 에세이'의 정의를 비교한 바 있다. 그 결과, 교재에 따라 학술적 텍스트의 정의 및 그것이 포함해야 할 우선적 요건이 다르게 나타난다는 사실을 확인했다.

서도 이 방식이 기본적으로 정보 전달에만 수사적 목적을 둔다고 보고, 실제 교육에서는 보다 광범위한 목적을 상정하는 '목적을 위해 해석하기' 방식으로 텍스트를 구성할 것을 학생들에게 요구했다.

이 연구는 '통합-정보전달적' 유형 텍스트가 신입생에게 교육할 만한 '모범적인' 학술적 담화 통합 텍스트인가를 판단하는 데 목적을 두지는 않는다. 그래서 이 연구는 Flower 외(1990)와 마찬가지로 이 유형에 대해 유보적인 태도를 취했다. 학생들이 〈자기분석점검표〉를 작성할 때 각 항목에 대해 설명하면서, 연구자는 정보전달적 텍스트로서 이 유형의 가치를 높게 평가했다. 그러나 교실 맥락을 전제하여, 수정고를 작성할 때는 '목적을 위해 해석하기' 계획을 표상해보기를 조언했다.

한편, 이 연구의 관심은 이들이 왜 이러한 유형의 텍스트를 작성했는가에 있다. 이들은 왜 독창성의 문제에 주목했으면서도 정작 필자의 주장은 부재하는 텍스트를 작성했는가? 텍스트 작성 직후 이들이 녹음한 프로토콜에서는 주목할 만한 원인을 찾을 수 없었다. 그러나 14번 필자가 수정고를 계획한 후 녹음한 프로토콜42)에는 흥미로운 단서가 드러났다.

[14] 저는 '되고 싶은 나'라는 키워드를 사용해서 설명문 같은 걸 썼

---

42) 연구자는 학생들에게 수정고 작성을 요구하고, 그 과정에서 초고와 마찬가지로 프로토콜을 녹음할 것을 요구했지만, 해당 내용을 이 논문에 포함시키지는 않았다. 다만, 14번 필자의 프로토콜 내용은 이 논문의 내용과 관련하여 흥미로운 단서를 제공하는 것으로 판단하여 논문 안에서 다루었다.

는데요. 이걸 주장문? 음, 제 주장을 하는 글로 바꿔 쓰려니까 좀 부담이… 되네요. (한숨) 사실 저는 아무래도 대학에서 쓰는 글은 학술적 글쓰기니까, 논문처럼요. 제 주장을 써도 되나 그런 생각을 가지고 있었거든요. 물론 과제에 필자의 견해를 쓰라고는 했지만 견해가 꼭 주장은 아니니까… (중략) 아무튼 저는 최대한 객관적으로…(쓰려고 했었습니다-인용자).

14번 필자는 초고에서 자신의 주장을 드러내지 않은 이유에 대해 "대학에서 쓰는 글은 학술적 글쓰기니까" "제 주장을 써도 되나"라는 생각에 "최대한 객관적으로" 텍스트를 작성했다고 말했다. 즉, '대학에서 쓰는 학술적 글은 객관적이어야 하며, 객관적인 글에는 필자의 주관적 판단이나 주장이 들어가서는 안 된다.'라는 판단 하에 텍스트를 작성했다는 것이다. 그가 보인 '학술적 글의 객관성'에 대한 오해는 신입생 필자로부터 자주 발견할 수 있는 것이라는 점에서 주목을 요한다. 이윤빈·정희모(2010: 480)에서 제시한 사례에서도 볼 수 있듯이, 학생들은 종종 텍스트에 '나의 생각'을 드러내거나 나아가 '나'라는 어휘를 쓰는 것에 대해 부담감을 표출한다. 이러한 부담감은 학술적 글에 나타난 전문 필자의 견해는 객관적 진리이며, 자신의 생각은 그렇지 못하다는 오해와도 맞닿아 있다. 그래서 이들은 종종 독창적인 화제를 발견하고자 애쓰면서도, 정작 필자의 주장은 숨기려는 이중적인 태도를 보이곤 한다.

물론 14번 필자 개인의 사례를 집단의 특성으로 일반화하기에는 무리가 있다. 그러나 그가 보인 태도가 교수자들에게 특수한 것은 아니라는 점에서 이 연구는 다음과 같이 잠정적 결론을 내린다. 이 집단이 구성한 텍스트 유형은 앞서 살핀 유형들처럼 맥락에 부적합한 것이라고 할 수는 없다. 이 유형은 통제 개념을 사용하여 자료 내용을 변형 및 재구조화한다. 따라서 내용적·형식적 측면 모두에서 지식 변형의 계기를 포함하며, '새로운 지식 생산'이라는 학술적 글의 주요 요건을 충족한다. 그러나 이 유형의 수사적 목적은 어디까지나 정보전달에 한정되어 있으며, 화제에 대한 필자의 주장은 드러내지 않는다. 이러한 현상은 필자가 학술적 글의 객관성에 대한 오해를 가지고 있었을 경우 문제가 된다. 만약 필자가 자신의 주장을 드러내면 안 된다는 판단 하에 '필자의 위치'를 정보전달자로 고정했다면, 이러한 오해를 불식할 수 있는 교육이 필요하다는 의미다.

나. 정보전달적 통합자의 텍스트 특성

정보전달적 통합자의 텍스트는 앞서 살핀 이들의 과제 표상을 바탕으로 구성되었다. 〈표IV-17〉은 정보전달적 통합자 집단이 작성한 텍스트에 나타난 형식적·내용적·표현적 특성을 보여준다. 〈표IV-10〉에서 제시한 전체 텍스트의 평균값 및 타 집단 텍스트의 평균값과 비교할 때, 이 집단의 텍스트는 다음의 구성적 특성을 드러낸다.

〈표IV-17〉 통합-정보전달적 유형 텍스트 구성의 일반적 특성 (총체적 질: 5.67)

형식적	단위 수	42.67		덩이 수	15.7		긴밀도	0.37
	주제 깊이	1	2	3	4	5	6	평균
		9	23	9	1.7	0	0	2.07
	주제 유형	P	EP	S1	S2	S3		
		19	5.3	8	8.7	0.7		
내용적	자료 사용	①	②	③	④	⑤	합계	
		6.3	1	3.3	1.3	8.3	20	
	정보 성격	I	A1	A2	A3	A5	EX	
		41	2	0	0	0	0	
	정보 유형	(-)(I)	(-)(A1)	(-)(A2)	(-)(A3)	(-)(A5)	(-)(EX)	(-)합
		8.3	0	0	0	0	0	8.3
		(0)(I)	(0)(A1)	(0)(A2)	(0)(A3)	(0)(A5)	(0)(EX)	(0)합
		10	0.3	0	0	0	0	10.3
		(+)(I)	(+)(A1)	(+)(A2)	(+)(A3)	(+)(A5)	(+)(EX)	(+)합
		22	1.7	0	0	0	0	23.7
표현적	담화 표지	①	❶	②	③	④	⑤	합계
		2.3	0	1.3	1.7	0	0.3	5.7
	표현 오류	ER	NA	합계				
		4.7	0.7	5.4				

먼저, 형식적 측면에서 정보전달적 통합자 집단의 텍스트는 논증적 통합자 집단의 텍스트와 함께 가장 상위 수준의 수치를 보였다. 먼저, 텍스트 길이를 나타내는 '단위 수'와 주제 탐구 정도를 나타내는 '주제 깊이 평균'의 수치는 각각 42.67과 2.07로 전체 평균값과 +3.07, +0.14의 차이를 보였다. 이는 논증적 통합자 집단의 텍스트에 이어 2번째로 높은 것이다. 또한 조직의 긴밀함 정도를 나타내는 '긴밀도' 수치는 0.37로 전체 평균값과 -0.09의 차이를 보였다. 이 유형의 텍스트는 모든 유형 중 가장 조직이 긴밀한 것으로 나타났다.

'주제 진행 유형' 부문에서는 동일 화제를 연속적으로 다루는 P(병렬적 진행) 비율이 모든 유형 중 가장 높게 나타났다. 단위 수 대비

P의 비율은 전체 텍스트에서는 37.8%(39.68 : 15) 수준이었으나, 정보 전달적 통합자 집단의 텍스트에서는 44.5% (42.67 : 19)였다. 필자가 통제 개념을 각 단위의 주제로 삼아 논의를 지속한 경우가 많았기 때문이다.

내용적 측면에서는 필자의 지식에 의존한 정보전달적 텍스트의 특성을 확인할 수 있었다. 우선 '자료 사용'의 합계가 20으로, 단위 수 대비 비율 46.9%였다. 이는 논증적 통합 유형 텍스트에 이어 2번째로 적은 수치다. 요약 및 정보전달적/논증적 틀 유형 텍스트의 '자료 사용' 비율이 각각 79.7%, 77.1%, 75.4%였던 것을 감안하면, 이 유형 텍스트의 '자료 사용' 비율은 적은 편이라고 할 수 있다. 이러한 현상은 각 내용 단위 정보의 기원을 살핀 (-), (0), (+) 합(合)의 수치 분포에서도 확인할 수 있다. 전체 단위 중 자료 내용을 그대로 사용한 (-) 정보와 일부 변형한 (0)정보가 각각 8.3(19.5%), 10.3(24.1%)로 총 43.1%였다. 반면, 필자의 지식으로부터 비롯된 (+)정보는 23.7(55.5%)로 나타났다. 역시 (-), (0)정보의 비율은 논증적 통합자의 텍스트에 이어 2번째로 낮고, (+)정보의 비율은 논증적 통합자의 텍스트에 이어 2번째로 높았다.

한편, '정보 성격' 및 18가지 '정보 유형'면에서는 (I)단위 수치가 41(96.1%)로 매우 높게 나타났다. 이는 모든 유형 중 가장 높은 수치다. (I)단위 수치가 압도적으로 높다는 점에서 이 유형은 앞서 살핀 정보전달적 틀 유형 텍스트와 비교된다. 그러나 정보전달적 틀 유형 텍스트는 자료 내용을 그대로 전달하는 단위의 비율이 매우 높았다. 반면 이 유형은 (+)(I), (0)(I), (-)(I)의 순서로 수치가 높게 나타났다 (각각 22, 10, 9.3). 이는 이 유형 역시 정보전달을 수사적 목적으로 하고 있지만, 정보전달적 틀 유형에 비해 자료 의존도가 높지 않다는 사실을 보여준다.

표현적 측면에서는 문법적 오류(ER)와 부적합한 표현(NA)을 합한 표현 오류 비율이 12.7%(42.67 : 5.4)로 요약 텍스트에 이어 2번째로 높게 나타났다. 그러나 이를 집단의 특성으로 일반화하기에는 무리가 있어 보인다. 14번 필자의 텍스트가 유독 많은 표현 오류를 포함하고 있었기 때문이다. 한편, 담화 표지의 사용 비율은 13.4%(42.67 : 5.7)로 모든 유형 중 가장 낮았다. 주제 진행에 있어서 타 유형에 비해 P(병렬적 진행) 비율이 높았기 때문인 것으로 추정된다.

이와 같이 〈표IV-17〉은 정보전달적 통합자 집단의 텍스트가 [통제 개념을 중심으로 자료 및 필자 지식에서 비롯된 정보를 통합적으로 전달하는 방식으로 이루어진 상위 수준(텍스트 질: 5.67) 텍스트 특성을 보임을 수치적으로 입증한다. 이 유형은 형식적으로 (1) 주제에 대한 깊은 탐구를 보이고(논증적 통합 유형에 이어 2번째), (2) 조직이 가장 긴밀하며, (3) 통제 개념을 내용 단위의 주제로 사용하는 경우가 많아 P의 비율이 높았다. 또한 내용적으로 (4) 필자의 지식에서 비롯된 정보전달 단위인 (+)(I)단위의 비율이 압도적으로 높았다. 표현적으로는 (5) 담화 표지 사용 비율이 낮은 양상을 보였는데, 이는

P의 비율과 상관이 있는 것으로 보였다.

다. 사례 필자 분석 : 25번 필자의 과제 표상과 텍스트 구성

이상에서 살핀 정보전달적 통합자 집단의 특성을 보다 구체적으로 살피기 위해, 25번 필자의 사례를 검토해보자. 언급한 바와 같이 이 집단은 사례 수가 3에 불과하여 특정 필자를 사례 필자로 선정하기가 어려웠다. 또한 25번 필자의 텍스트[43]는 단위 수와 총체적 질 측면에서 집단의 평균값을 상회한다. 그러나 그의 프로토콜이 앞서 살핀 집단의 특성을 보여준다는 점, 텍스트의 조직 긴밀도, 자료 사용, 정보 유형면에서 집단의 특성이 나타난다는 점에서 사례 필자로 선택했다.

우선 25번 필자의 프로토콜에 나타난 과제 표상의 양상을 검토해보자. 첫째, 그는 과제 지시문을 읽고 독창성의 문제에 주목했다. "필자가 구체화한 화제에 대한 견해를 제시하라."는 과제 요구를 읽고 독창적인 화제를 발견하려는 의지를 가진 것이다("좀 괜찮은 화제가 떠올랐으면 좋겠습니다. 사이버 정체성, 하면 떠오르는 얘기들이 좀 있는데요. 그래도 진부한 건 재미가 없겠죠.").

둘째, 읽기 과정에서는 화제 발견에 집중했다. 또한 화제 발견 후에는 이를 적용한 2차적 읽기를 수행하는 양상을 보였다. 다른 유형의 필자들과 마찬가지로, 25번 필자 또한 우선 자료를 요약하고 관계화하는 양상을 보였다. 그러나 [자료3]에서 다중 정체성에 대한 논의

---

43) 25번 필자의 텍스트 전문(全文) 분석 및 각 부문 수치들을 분석한 표는 〈부록9〉에서 확인할 수 있다.

를 읽던 도중 어린 시절 본 영화 〈변검〉을 떠올리자 이 화제에 집중했다("자료 3번은 (중략) 다중 정체성이라는 게 긍정적인 역할을 할 수 있다는 얘긴데요. 이걸 읽다보니 초등학교 때 봤던 영화가 떠올랐어요. 〈변검〉이라는 건데… (중략) 가면을 많이 가지고 있는 거랑 정체성을 많이 바꾸는 거랑 비슷한 점이 있으니까. 저는 이걸 가지고 얘기를 만들어볼까 싶은데요."). 그리고 인터넷을 검색하여 '변검'에 대한 정보를 좀더 확보한 후 '변검의 빛과 그림자'라는 제목으로 글을 쓸 것을 결심했다. 이후, 이를 중심 개념으로 삼아 다시 한 번 자료 읽기를 수행했다("이렇게 보면 자료 1번에서 말하는 공간은 변검이 가능한 공간인거죠. (중략) 2번은 변검하고는 상관이 없는 것 같은데 이런 공간(익명성이 보장되지 않는 사이버 공간-인용자)은 현실에서의 나하고 (사이버 공간에서의 내가-인용자) 같다는 얘기니까.").

셋째, 텍스트 구성 시에는 '변검의 빛과 그림자'라는 개념을 중심으로 자료 내용과 필자 지식을 통합했다. 특히, 인터넷 검색을 통해 '변검'에 대해 알게 된 정보를 자료에 나타난 사이버 공간의 다중 정체성 문제와 비교함으로써 내용을 생성했다. 이때 자료에서 발견할 수 있는 두 종류의 사이버 공간(익명성이 확보된 공간과 그렇지 않은 공간), 익명성이 확보된 공간에서 이용자가 다중 정체성을 가질 때의 장단점 문제는 각각 변검이 가능한 공간과 그렇지 않은 공간, 변검술의 장단점 문제로 변환되었다.

〈그림IV-4〉는 이와 같은 과제 표상을 토대로 25번 필자가 작성한

텍스트 전개도다. 이를 통해 '통합-정보전달적' 유형 텍스트의 형식적
·내용적 특성을 확인해볼 수 있다. 첫째, 형식적 측면에서 이 텍스트
는 앞서 살핀 요약 및 틀 구성자의 텍스트와 비교해볼 때 주제 깊이가
깊고44), P(병렬적 진행)와 S1(의미첨증 순차적 진행) 유형의 진행이
많다. 그래서 앞서 살핀 유형의 텍스트에 비해 조직이 좀더 긴밀하다.

둘째, 내용적 측면에서는 텍스트 전체가 정보전달을 목적으로 하
는 (I)단위로 이루어졌음이 주목된다. 역시 텍스트 대부분이 (I)단위
로 이루어졌던 정보전달적 틀 유형 텍스트와 비교된다. 그러나 다음
두 측면에서 차별성을 갖는다. (1) 자료 정보를 그대로 또는 일부 변
형하여 전달한 틀 유형과 달리 이 유형에서는 필자의 지식을 기반으
로 한 (+)(I)단위의 사용 비율이 높다는 점, (2) '필자의 위치'가 불안
정하여 종종 논증으로 뒷받침되지 않는 (A1)단위가 삽입되었던 틀
유형과 달리 이 유형에서는 정보전달자로서의 '필자의 위치'가 안정
되어 있다는 점이 그것이다.

또한 그가 자료를 다룬 방식도 언급을 요한다. 요약자나 틀 구성자
집단은 대체로 자료 내용을 바탕으로 한 새로운 논의를 생성하는 데
서툴렀다. 그래서 자료 내용을 그대로 또는 일부 변형하여 쓰거나
((-)/(0)(I)) 또는 자료 내용과 밀접한 관련을 갖지 않는 내용을 생성

---

44) 논증적 틀 유형 사례 필자의 텍스트와 비교할 때는 주제 깊이가 깊지
않다. 그러나 논증적 틀 유형 사례 필자의 텍스트는 집단 평균보다 주제
깊이가 깊은 편이었고, 이 필자는 집단 평균보다 주제 깊이가 얕은 편임
을 감안해야 한다. (그러나 여전히 요약, 정보전달적 틀 유형 텍스트보다
는 깊다.)

하는 경우가 많았다. 예컨대 앞서 살핀 01번 필자(논증적 틀 구성자)의 경우, 그는 대체로 자료 내용을 자신의 생각인 것처럼 반복하고, 본론 내용과 밀접한 관련이 없는 영화 내용을 생성하여 제시했다. 그러나 25번 필자는 자료 내용과 관련이 있되 자료에 명시적으로 나타나지 않은 내용을 생성하는 양상을 보였다. 예컨대 단위9-11이 그렇다. 그는 단위1-8에서 사이버 공간을 "많은 가면과 복잡한 기술이 없이도 변검이 가능한 공간"으로 유추하는 작업을 했다. 그리고 단위 9-11에서 사이버 정체성을 익명성이 가능한 공간에서의 것과 불가능한 공간에서의 것으로 분류했다. "익명성이 가능한 공간에서의 정체성이 사이버 공간에서의 변검을 가능하게 한다."는 논의를 전개하기 위해서다. 이때 그가 분류한 내용은 자료별로 암묵적으로 전제하고 있는 내용이나 명시적으로 논의된 것은 아니다. 즉, 어떤 자료에서는 익명성이 가능한 공간을 사이버 공간으로 전제했고, 다른 자료에서는 그렇지 않았다. 필

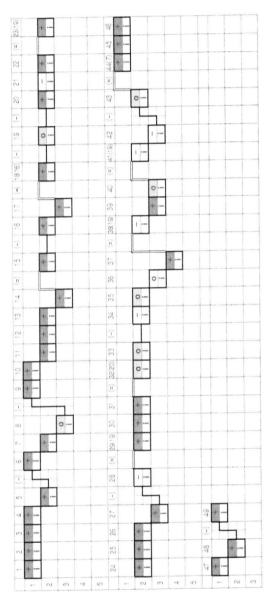

〈그림Ⅳ-4〉
25번 필자(정보전달적 통합자)의 텍스트 전개도

자는 이러한 차이를 포착하여 이중 한 공간만이 "변검이 가능한 공간"이라는 내용을 생성한 것이다.

이상에서 살핀 25번 필자의 프로토콜과 텍스트는 정보전달적 통합자 집단의 특징적 양상을 드러낸다. 정보전달적 통합자 집단은 앞서 살핀 요약자나 틀 구성자 집단처럼 근본적인 교육을 필요로 하지는 않는다. 그러나 만약 이들이 '학술적 글의 객관성'에 대한 오해를 가지고 있다면, 이에 대해서는 교육이 필요하다. 담화 공동체 내에서 학술적 담화가 유통되는 방식을 인지하게 하고, 필자로서의 저술 정체성을 갖도록 조력할 필요가 있다.

(5) 논증적 통합자 집단의 특성
가. 논증적 통합자 집단의 과제 표상 특성
  : 프로토콜에 나타난 질적 양상

논증적 통합자 집단은 필자가 〈자기분석점검표〉를 통해 '목적을 위해 해석하기' 구성 계획을 가졌다고 보고하고, 실제 텍스트도 '통합-논증적' 유형으로 판정받은 필자 집단을 말한다. 이들의 프로토콜에 나타난 과제 표상의 질적 특성을 과제 해석, 자료 읽기, 텍스트 구성의 측면에서 살피면 다음과 같다.

(ㄱ) 과제 해석

논증적 통합자 집단이 과제를 읽은 직후 녹음한 프로토콜에서는 다음의 특성이 드러났다. 첫째, 정보전달적 통합자 집단과 마찬가지로, 이들은 독창성의 문제에 주목했다. 그러나 정보전달적 통합자 집단이 '독창적인 화제'를 찾는데 주력한 반면, 이들은 자료에 나타나지 않은 새로운 주장을 제기하는 것이 과제의 요구라고 인지했다. 둘째, 이들은 자료를 읽기 전부터 자료의 입장과 필자의 입장을 구분하는 태도를 보였다. 그리고 이들 중 상당수는 자료 내용에 함몰되지 않기 위한 다양한 예비 작업을 수행하기도 했다. '사이버 정체성'이라는 공통 화제에 대한 평소의 생각을 점검하거나 사전을 검색하는 등의 작업이 그것이다. 40번 필자와 21번 필자의 사례를 검토해보자.

[40] 일단 저는, 음, '사이버 정체성'이란 단어를 들으면 누구나 그게 뭔지는 알 수 있잖아요. 저도 그 정도… 아직 뚜렷한 견해는 서지 않은 상태인데 일단 자료를 읽어봐야 할 것 같아요. 어디에 초점을 두고 글을 써야 하는지요. (중략) 그리고 ①제 견해에 대해 쓰는 게, 어떻게 보면 이 글쓰기에서 핵심적인 내용인데. 저는 견해 쓸 때 가장 중요한 것은 근거 제시라고 생각을 해요. 그런데 근거를 제시하려면 그만큼 '사이버 정체성'이 무엇이냐에 대한 확실한 이해가 있어야 하기 때문에, 네. 최대한 이 자료뿐만 아니라 제가 직접 인터넷이나 책을 통해서도 찾아보고 그걸 통해서 이 '사이버 정체성'에 대해 확실한 이해를 우선 해보려고 합니다. 그래서 다음 녹음은 (주어진 자료뿐만 아니라 - 인용자) 제가 그런 자료들까지도 다 읽은 상태에서 하게 될 거고요.

[21] 과제를 시작하기 전에 '사이버 정체성'에 대해 생각을 해봤어. 자료 내용에 왔다갔다하기 전에 내 생각을 정리해보려고. '사이버 정체성'이란 게 뭔가 나한테는 막연한 것 같은데. 그래서 사전에서 '정체

성'을 찾아보니까… (중략) 나는 싸이도 안하고 페이스북도 안하고 네
이트온도 안하는데, 그래서 ID만 있고 하지를 않으니까 나한테는 사
이버 정체성이 딱히 없는 것 같아. 그리고 또 요즘 사실 되게 고민이
있는데, 이거를 다른 사람들은 다 하는데 나는 안하니까 사이버 정체
성이라는 것 자체를 갖는 데 대한 부담? 두려움? 뭐 이런 것도 있고.
(중략) 그리고 또 난 사이버 정체성이 뭔지에 대해서도 아직 뚜렷하지
않은데, 여기에 대해 (자료의-인용자) 시각이 다섯 가지나 있다는 게
신기해.

40번 필자는 ①을 통해 앞서 살핀 집단의 필자들에게서는 찾아볼
수 없었던 과제 이해를 보여준다. "제 견해에 대해 쓰는 게 (…) 이
글쓰기에서 핵심적인 내용"이며, "견해(를) 쓸 때 가장 중요한 것은
근거 제시"라는 인식이다. 즉, 그는 과제가 자료와 구분되는 필자의
주장을 제시하고 논증할 것을 요구한다고 인식한 것이다. 이에 따라,
그는 앞으로의 수행 과정에서 자신의 주장 및 그에 대한 논증을 구성
하는 데 주력할 것임을 알린다. 자료를 읽으면서 자신의 "뚜렷한 견
해"를 발견하고, 그에 대한 근거를 제시하기 위해 책이나 인터넷 등
외부 자료를 활발히 검색할 계획임을 보고한다.

21번 필자 또한 자료 내용과 구분되는 필자의 견해를 갖는 데 집중
한다. "자료 내용에 왔다갔다하기 전에 내 생각을 정리"할 필요성을
인식하고, 화제에 대한 자신의 생각을 검토하는 시간을 갖는다. 화제
에 대한 브레인스토밍 내용 또한 철저히 필자의 입장에 근거해있다.
자신에게 '사이버 정체성'이 있는가의 유무, '사이버 정체성'을 갖는

데 대한 자신의 심리적 태도 등을 점검한 것이다. 이러한 작업이 선
행됐을 때 필자가 자료 내용을 자신의 시각과 비교하며 보다 능동적
으로 읽을 수 있음은 물론이다. 이외에도, 그는 사전에서 '정체성'을
검색해보는 등의 예비 작업을 수행했다.

(ㄴ) 자료 읽기

논증적 통합자 집단이 자료를 읽은 직후 녹음한 프로토콜에서는
다음의 특성이 나타났다. 첫째, 이들은 필자의 주장 또는 근거를 형
성하기 위한 도약대(springboard)로서 자료를 읽었다. 앞서 살핀 집
단들과 마찬가지로, 이들 또한 자료를 요약하고 관계화하는 작업을
수행했다. 그러나 이들의 목적은 자료 이해 자체가 아닌 필자의 주장
또는 근거를 형성하는 데 있었다. 정보전달적 통합자 집단의 자료 읽
기 목적이 독창적 화제 발견에 있었던 것처럼 말이다. 여기서 '또는'
이라는 표현을 쓴 것은 일부 필자의 경우, 자료를 읽기 전부터 자신
의 주장을 막연한 수준에서라도 가졌기 때문이다. 이들은 자료를 읽
는 동안 주장을 보다 명확히 하고 논증의 내용을 형성하는 데 집중했
다. 또한 정보전달적 통합자 집단과 마찬가지로, 이들 역시 자신의
수사적 목적에 부합하는 내용 형성을 위해 2차적 읽기를 수행했다.
22번 필자의 사례를 보자.

[22] 저는 '사이버 세상에서의 정체성은 언제나 뿌린 만큼 거둔다.'
라고 생각하고 있었습니다. 다시 말하면 '사이버 세상에서는 사람들

이 자신이 노력한 만큼 그것에 비례하는 대가를 얻어간다.'는 뜻인데
요. (중략) 이전에는 어렴풋이만 알고 있었는데, 이 글들을 읽고 나니
까 어느 정도 확신을 가지고 제 입장을 견지할 수 있을 것 같습니다.
(중략) ①자료 1번은 사이버 정체성에 대한 부정적인 글이긴 하지만
여기에 나열된 문제점을 어떻게 해결해나가면 좋을 것인가에 대한 내
용을 제 글에 넣는다면, 제 글이 상당히 풍부해질 것이라고 생각을
하고요. 자료 2번은….

22번 필자는 평소 온라인 게임을 하면서 사이버 공간에 대한 특정
한 견해를 가져왔다. 사이버 공간에는 현실과 다른 '완전한 평등'이
존재한다는 것이다. 그래서 "최고 권력자든 어린아이든 게임 안에서
노력한 만큼의 결실을 맛볼 수 있고, 그 경험이 이용자의 현실 정체
성에도 긍정적 영향을 미친다."고 생각해왔다. 물론 이러한 생각이
처음부터 명료한 언어로 정리되어 있었던 것은 아니다. 그는 자료를
읽기 전 '사이버 정체성'이라는 공통 화제를 보고, 자신이 평소에 "사
이버 정체성을 갖는 것은 현실 정체성에도 긍정적 영향을 미친다."는
생각을 해왔음을 상기했다. 이러한 생각을 바탕으로 자료를 읽는 동
안 그는 "이전에는 어렴풋이만 알고 있었"던 자신의 생각을 "확신을
가지고 (…) 견지"하게 된 것이다.

자신의 주장이 어느 정도 명료해지자, 이어지는 ①에서 그는 논증
구성을 위한 2차적 읽기를 수행한다. [자료1]은 사이버 공간의 특성이
이용자의 정체성에 부정적인 영향을 미친다는 입장을 보이는 글이다.
필자의 주장과 반대되는 것이지만, 필자는 "여기에 나열된 문제점을

어떻게 해결해나가면 좋을 것인가에 대한 내용을 제 글에 넣는다면, 제 글이 상당히 풍부해질 것"이라고 판단한다. 모든 자료를 필자 주장을 효과적으로 논증하기 위한 도구로 사용하는 것이다.

둘째, 이들은 필자의 주장 또는 근거를 형성하기 위해 자료를 읽는 것 이외의 다양한 시도를 했다. 앞서 살핀 집단이 대체로 자료에만 종속되는 양상을 보인 반면, 이들은 자료 읽기에 국한되지 않은 다양한 수행을 통해 자신의 생각을 발견하고자 했다. 04번 필자의 사례를 보자.

> [04] 처음에 글을 읽었는데 정리가 안 되더라. 그래서 ①중요한 것 같은 문장에 줄을 치면서 읽고 글 뒤마다 내가 요약을 했어. 다섯 가지로 요약을 했는데, 정작 내 생각이 뭔지 모르겠는 거야. 그래서 내 글의 주제를 정하기가 되게 힘들더라고. ②인터넷에서 '사이버 정체성'으로 검색을 해봤는데도 내 생각이 잘 잡히지 않고…. (중략) ③나는 이과 논술만 해서 문과 친구에게 논증하는 글은 어떻게 쓰냐고 물어봤는데 '제시문 중에 마음에 드는 것 하나로 하거나 분류를 해라'고 했어. 근데 무슨 말인지 잘 모르겠어서… (중략) 그래서 ④글 정리한 걸 보고 계속 막 생각을 해봤어. 근데 정리한 걸 보고 있자니 갑자기 이런 생각이 드는 거야. 공간마다 정체성을 만들고 드러내는 방식이 다르다는 생각.

인용된 프로토콜에서 04번 필자의 모든 수행은 "정작 내 생각이 뭔지"를 발견하는 것을 목적으로 한다. 다른 집단 필자들과 마찬가지로,

그도 처음에는 자료 각각을 요약한다. 그러나 요약자 집단이 요약 행위 자체에만 머물고, 틀 구성자 집단이 요약 내용을 일정한 서술구조 안에 정리하는 데 급급한 것과 달리, 그는 "내 글의 주제를 정하"는데 집중한다. 요약을 통해 목적을 달성하지 못하자, 그는 다양한 방법을 동원한다. 인터넷으로 관련 개념을 검색하고, '문과 친구'에게 문의하며, 요약 내용을 토대로 브레인스토밍을 하기도 한다.

그 결과, 그는 "(사이버-인용자) 공간마다 (이용자가-인용자) 정체성을 만들고 드러내는 방식이 다르다는 생각"을 갖게 된다. 현실 정체성의 연장으로서 사이버 정체성을 형성하는 공간이 있는가 하면 그렇지 않은 공간도 있다는 것이다. 이러한 생각은 자료들의 공통적 한계에 대한 비판으로 이어졌다. 그가 보기에 자료들은 사이버 정체성에 대한 긍정적·중립적·부정적 입장으로 삼분(三分)된다. 그런데 세 입장의 자료들은 모두 그것이 '어떤' 사이버 공간을 논의 대상으로 삼는지에 대해 명확히 전제하지 않았고, 그래서 사이버 정체성에 대한 비생산적인 논의를 야기하는 결과를 가져왔다는 것이다. "사이버 정체성에 대한 논의는 논의 대상이 되는 사이버 공간의 특성을 명확히 전제한 상태에서 이루어져야 하며, 자료들처럼 불분명한 토대 위해서 이루어져서는 안 된다."는 것이 그의 주장이다.

이처럼 논증적 통합자 집단에게 자료는 요약 또는 정리의 대상에 머물지 않았다. 이들에게 자료란 다양한 방법을 동원하여 극복하고, "내 생각"으로 맞서야 할 대상이었다. 주장과 논증의 완성도 면에서

는 물론 편차가 있었으나, 이들은 과제 및 자료에 대해 가장 주체적
이고 능동적인 태도를 보였다. 또한 Anderson 외(2001)의 인지적 교
육 목표 유목인 〈지식-이해-적용-분석-평가-창안〉에 비추어볼 때, 이
들은 모든 단계의 인지적 수행을 보여주었다. 자신의 주장을 '창안'하
고 이를 토대로 자료 내용을 비판적으로 '평가'하는 시도는 다른 집단
에게서는 찾아볼 수 없던 것이었다.

(ㄷ) 텍스트 구성

논증적 통합자 집단은 필자의 주장을 논증하는 과정에서 자료 내
용을 부차적으로 사용하는 방식으로 텍스트를 작성한다. 이때 필자
의 주장은 자료에 나타나지 않은 새로운 것이다. 04번 필자처럼 자료
들에 공통적으로 나타난 한계를 비판하기도 하고, 22번 필자처럼 화
제에 대한 새로운 시각을 보여주기도 한다. 또한 아래 40번 필자처럼
구체화된 영역에 화제를 적용하여 그에 대한 주장을 제기하는 경우
도 있다.

필자의 주장이 자료에 나타나지 않은 새로운 것이기 때문에 이에
대한 논증의 내용 또한 자료의 것을 반복하지 않는다. 자료의 내용은
필자 주장의 대타항으로 설정되거나 또는 논증의 과정에서 이유 또
는 근거의 일부로 활용될 뿐이다. 필자의 주장을 중심으로 내용을 생
성하고 자료를 재구조화한다는 점에서, 이들의 텍스트는 내용적·형
식적 측면 모두에서 지식 변형의 계기를 포함한다고 할 수 있다.

한편, '필자의 위치'를 주장 및 논증하는 자로 상정했다는 점에서 이들은 논증적 틀 구성자 집단과 비교된다. 그러나 논증적 틀 구성자 집단은 자료의 주장을 필자의 주장인 것처럼 제시했다. 자료 필자의 수사적 목적을 자신의 목적인 양 착각한 것이다. 그러나 논증적 통합자 집단은 자신의 수사적 목적이 무엇인지 분명히 알고 있었다. 그래서 수행의 전 과정에서 해당 목적을 중심에 두었다. 40번 필자의 사례를 보자.

[40] 글을 다 완성한 상태인데요. 사실 저는 처음에 '사이버 상의 다중 정체성은 그 자체가 문제가 있는 게 아니라 그것을 받아들이는 개개인의 태도에 따라 긍정적 영향을 미친다.'는 주제로 개요를 짰었는데요. 어, 중간에 이걸 수정해서 포괄적인 인간, 모두가 아니라 '청소년'으로 초점을 바꾸어서 쓰게 되었습니다. 그래서 제목을 '사이버 상의 다중 정체성과 청소년'으로 결정했고요. (중략) 이렇게 바꾼 이유는 우선, 제가 청소년의 다중 정체성 경험을 강조하고 싶었거든요. 다중 정체성을 받아들이는 데 있어서 아직 정체성이 확립되지 않은 청소년들이 성인들보다 아무래도 더 영향을 많이 받잖아요. 그래서 청소년들이 현실 정체성을 발달시키는 데 있어서 사이버 상에서 다중 정체성을 경험하는 일이 도움이 된다는 결론을 내리고 싶었는데, 어, 이러한 결론을 도출하기 위해서는 전반적으로 청소년에 초점을 두고, 다중 정체성은 이러이러한 장점이 있는데, 청소년들이 이렇게 또 저렇게 그 장점의 영향을 받게 된다, 이런 식으로 논리 구조가 이루어져야 할 것 같더라고요. 제가 원하는, 제가 애초에 계획했던 결론이 도출되기 위해서는. 그래서 전반적으로 논리 구조랑… 단어도 좀 수정을

했습니다.

40번 필자는 '사이버 상의 다중 정체성은 개개인의 태도에 따라 긍정적 영향을 미친다.'는 주제로 개요를 짰다가 수정했다고 말한다. 자신의 수사적 목적이 "청소년의 다중 정체성 경험을 강조"하 데 있음을 상기했기 때문이다. "청소년들이 현실 정체성을 발달시키는 데 있어서 사이버 상에서의 다중 정체성 경험이 도움이 된다."고 주장하는 것이 그의 목적이었다. 그래서 그는 "애초에 계획했던 결론이 도출"되는 방향으로 "논리 구조"를 재편하는 유연성을 보인다. 또한 이 과정에서 사용 "단어" 역시 자신의 수사적 목적에 맞게 수정했다고 보고한다.

이처럼 논증적 통합자 집단은 필자의 수사적 목적을 달성하는 것, 즉 필자의 주장을 설득력 있게 논증하는 것을 최우선 과제로 삼았다. 이들은 자신의 수사적 목적을 발견하는 데 매우 긴 시간을 투자했으며(이들은 과제 및 자료 읽기에 가장 많은 시간을 투자한 집단이었다), 목적 달성을 위해 텍스트의 내용 및 형식을 유연하게 변형하는 양상을 보였다. 이들의 수행은 학술적 담화를 생산하는 전문 필자들의 것과 가장 유사했다.

나. 논증적 통합자 집단의 텍스트 특성

논증적 통합자 집단의 과제 표상은 이들이 작성한 텍스트의 특성으로 발현되었다. 〈표IV-18〉은 논증적 통합자 집단이 작성한 텍스트의 형식적·내용적·표현적 수치들의 평균값을 정리한 것이다. 〈표IV -10〉의 전체 텍스트 평균값 및 타 집단 텍스트의 평균값과 비교할 때 이 집단의 텍스트는 다음의 구성적 특성을 나타낸다.

〈표IV-18〉 통합-논증적 유형 텍스트 구성의 일반적 특성 (총체적 질: 6.64)

	단위 수	42.7		덩이 수	17.7		긴밀도	0.41
형식적	주제 깊이	1	2	3	4	5	6	평균
		13	16	8.3	3.7	1.6	0.1	2.21
	주제 유형	P	EP	S1	S2	S3		
		16	7	8.6	9.4	0.3		
내용적	자료 사용	①	②	③	④	⑤	합계	
		4.3	1.4	1.7	2.7	41	14	
	정보 성격	I	A1	A2	A3	A5	EX	
		12	15	8.4	3.8	3	0.4	
	정보 유형	(-)(I)	(-)(A1)	(-)(A2)	(-)(A3)	(-)(A5)	(-)(EX)	(-)합
		2.4	0.3	0.8	0.5	1.2	0	5.1
		(0)(I)	(0)(A1)	(0)(A2)	(0)(A3)	(0)(A5)	(0)(EX)	(0)합
		2.2	3	1	0.3	0.8	0	7.3
		(+)(I)	(+)(A1)	(+)(A2)	(+)(A3)	(+)(A5)	(+)(EX)	(+)합
		7.4	12	6.8	2.8	1.3	0.4	30.7
표현적	담화 표지	①	❶	②	③	④	⑤	합계
		2.1	1.3	3	2.1	0.9	0.6	9.9
	표현 오류	ER	NA	합계				
		1.4	0.2	1.6				

먼저, 형식적 측면에서 논증적 통합자 집단의 텍스트는 정보전달적 통합자 집단의 텍스트와 함께 최상위 수준의 수치를 보였다. 텍스트 길이를 나타내는 '단위 수', 주제 탐구 정도를 나타내는 '주제 깊이' 수치가 각각 42.7과 2.21로 전체 평균값과 +3.02, +0.28의 차이를 보였다. 이는 모든 집단 중 가장 높은 수치다. 또한 조직의 긴밀함 정도

를 나타내는 '긴밀도' 수치는 0.41로 전체 평균값과 −0.04의 차이가 나타났다. 이 집단의 텍스트는 정보전달적 통합자 집단의 텍스트에 이어 2번째로 조직이 긴밀했다.

한편 '주제 진행 유형' 부문에서는 S1(의미점증 순차적 진행)의 비율이 모든 유형 중 2번째로 높고, S3(의미무관 순차적 진행)의 비율이 가장 낮았다. 단위 수 대비 S1의 비율은 20.2%(42.7 : 8.6)로, 논증적 틀 구성자 집단 텍스트의 수치인 22.2% (42.43 : 9.4)에 이어 2번째로 높았다. 〈표 V-14〉에 대한 해석에서 언급했듯이, 이러한 현상은 다음의 추론을 가능하게 한다. 첫째, 이 연구에서 다루는 담화 통합 텍스트의 경우, 논증적 텍스트는 요약 및 정보전달적 텍스트에 비해 S1의 비율이 높은 경향을 보인다. 주지하다시피 S1의 비율은 텍스트에서 특정 주제를 심화시키는 빈도가 많을 때 높아진다. 그래서 다양한 자료 내용을 두루 설명하고자 하는 요약 및 정보전달적 텍스트에 비해, 특정 주장을 제시하고 그에 대한 논증을 전개하는 유형의 텍스트에서 S1의 비율이 높게 나타나는 것으로 보인다. 둘째, 논증적 통합 유형의 텍스트가 논증적 틀 유형 텍스트에 비해 S1의 비율이 낮게 나타난 이유는 '자료 사용'에 있는 것으로 보인다. 즉, 논증적 틀 구성자는 S1 비율이 높은 전문 필자의 텍스트(자료)를 그대로 사용한 경우가 많았지만, 논증적 통합자는 스스로 논증을 구성했다. 그래서 S1의 비율이 다소 낮게 나타난 것으로 보인다. 한편, 텍스트의 일관성을 해치는 S3의 비율은 0.7%(42.67 : 0.3) 수준이었다.

다음으로, 내용적 측면에서는 필자의 지식에 의존한 논증적 텍스트의 특성이 나타났다. 우선 '자료 사용' 합계가 14로, 단위 수 대비 비율 32.8%로 나타났다. 모든 유형 중 가장 낮은 수치다. 이는 필자가 자료에 기반하기보다는 자신의 지식에 의존하여 텍스트를 작성했음을 의미한다. 각 내용 단위 정보의 기원을 살핀 (-), (0), (+) 합(合)의 수치를 통해 보다 구체적으로 살펴보면, 자료 내용을 그대로 사용한 (-)정보가 5.1(12%), 일부 변형한 (0)정보가 7.3(17.1%)로 전체 단위의 29.1%를 차지했다. 반면, 필자의 지식에서 비롯된 (+)정보는 30.7(71.9%)에 이르렀다.

'정보 성격' 및 18가지 '정보 유형' 분포는 논증적 틀 유형 텍스트와 유사하게 나타났다. (I)의 비율이 상대적으로 적고, (A1-5) 단위가 골고루 분포한 것이다. 그러나 논증적 틀 유형의 텍스트에서 논증을 구성하는 단위들이 대부분 (-), (0)인데 비해, 이 유형의 텍스트에서는 (+)라는 점에서 결정적인 차이를 보였다. 특히 텍스트 전체의 주제를 나타내는 단위가 틀 유형 텍스트에서는 (-) 또는 (0)이었지만, 이 유형에서는 모두 (+)인 것으로 나타났다. 〈그림IV-3〉의 단위19-21, 단위49-50과 〈그림IV-5〉의 단위4-5, 단위40-42가 그 사례다. 또한 세부적 정보 유형에서 (+)(A1), (+)(I), (+)(A2), (+)(A3)의 순서로 그 수치가 높게 나타난 것도 이 같은 사실을 방증한다(각각 12, 7.4, 6.8, 2.8).

마지막 표현적 측면에서는 단위 수 대비 표현 오류 비율이 3.7%(42.7 : 1.6)로 모든 유형 중 가장 낮게 나타났다. 문법적 오류(ER)의 비율은

3.3%(42.7 : 1.4), 부적합한 표현(NA)의 비율은 0.4%(42.7 : 0.2)로 각각 가장 낮은 수치를 보였다. 이는 이 집단의 표현력이 가장 뛰어났음을 의미한다. 또한 단위 수 대비 담화 표지의 비율은 23.2%(42.7 : 9.9)였다. 이는 논증적 틀 유형 텍스트에 이어 2번째로 높은 수치다. 형식적 측면에서 논증적 텍스트의 S1 비율이 높았던 것처럼 표현적 측면에서는 담화 표지 비율이 높게 나타난 것이다. 논증적 텍스트를 쓰는 필자들이 논리적 인과 관계를 담화 표지 사용을 통해 보다 명료히 표현하고자 한 결과다.

이처럼 〈표 V-13〉은 논증적 통합자 집단의 텍스트가 [필자 주장 제시 + 필자 지식에 의존하여 논증하는 방식으로 이루어진 상위 수준(총체적 질: 6.64) 텍스트 특성을 보임을 수치적으로 입증한다. 이 유형은 형식적으로 (1) 주제에 대한 깊은 탐구를 보이고(모든 유형 중 1번째), (2) 조직이 긴밀하며(정보전달적 통합 유형에 이어 2번째), (3) 논증적 텍스트에서 높은 경향을 보이는 S1의 비율이 높고(논증적 틀 유형에 이어 2번째), S3의 비율은 가장 낮았다. 또한 내용적으로 (4) 자료 사용 비율이 모든 유형 중 가장 낮고, 필자의 지식에서 비롯된 정보 비율은 가장 높았다. 특히 텍스트의 주제를 나타내는 단위가 모두 필자의 지식을 기원으로 했다. 표현적으로는 (5) 문장 오류 비율이 모든 유형 중 가장 낮고, 담화 표지 사용 비율은 높았다(논증적 틀 유형에 이어 2번째).

다. 사례 필자 분석 : 31번 필자의 과제 표상과 텍스트 구성

31번 필자의 사례를 통해, 이상에서 살핀 논증적 통합자 집단의 특성을 보다 구체적으로 검토해보자. 31번 필자의 텍스트는 총체적 질, 조직 긴밀도 면에서 집단의 특성을 상회한다. 그러나 프로토콜 및 텍스트의 정보 유형 분포 면에서 집단의 특징적 양상을 드러내어 사례 필자로 선정했다.

먼저 31번 필자의 프로토콜에 나타난 과제 표상의 특성을 살펴보자. 첫째, 과제 해석 단계에서 그는 독창적인 주장을 제기할 필요성을 인지했다. 또한 자료의 내용과 필자의 생각을 분명히 구분하는 태도를 보였다("어쨌든 자료도 중요하지만 중요한 건 제 생각이니까 저만의 참신한 이론? 학설? 그런 걸 펼칠 수 있었으면 좋겠습니다.").

둘째, 자료를 읽는 동안에는 이를 이해, 분석, 평가하고 새로운 관점을 창안하는 다양한 인지 과정을 거쳤다. 다른 필자들과 마찬가지로, 31번 필자도 먼저 자료를 요약한 뒤 관계화했다. 즉, 자료들을 사이버 정체성을 긍정적·부정적으로 보는 입장으로 나누고, 자신은 긍정적 입장에 있음을 확인했다. 그러나 그는 논증적 틀 구성자가 그러하듯 긍정적 입장의 자료에 나타난 주장을 자신의 것처럼 반복하지는 않았다. 그보다는 긍정적 입장의 자료에 나타나지 않은 새로운 시각을 찾는 데 집중했다("그러니까 저도 크게 보면 이 자료(긍정적 입장의 자료5-인용자)와 같은 입장이지만 똑같은 얘기를 할 수는 없으니까요. 그보다는 좀 새로운 입장에서 자료 1번이나 4번의 내용을 비

판해볼까 합니다.").

또한 이를 위해, 그는 자신의 광범위한 입장과 반대되는 입장의 자료들을 비판적으로 평가했다. 이 과정에서 자료1, 4에서 문제적인 것으로 전제되는 '다중 정체성' 개념을 새로운 시각으로 조명한다면 자료1, 4와는 다른 결론을 낼 수 있다는 데 착안하여 자신의 주장("사이버 공간에서 비판의 대상이 되는 '다중 정체성'을 '파생 자아' 개념으로 이해하면, 그것이 사이버 공간 이용자에게 주는 긍정적 측면을 조명할 수 있다.")을 창안했다. 이후에는 자신의 주장을 적용하여 자료들에 대한 2차적 읽기를 실시했다.

셋째, 텍스트 구성 시에는 자신의 주장을 중심으로 하되, 자료 내용과 지식을 통합적으로 이용하여 논증을 구성했다. 이때 필자가 부정적 입장으로 분류한 자료 내용은 그의 주장을 제시하기 전 대타항으로서 이용되었고(단위2-3), 긍정적 입장으로 분류한 자료 내용은 그의 중심 주장을 뒷받침하는 하위 주장(단위17-18, 32) 또는 주장에 대한 이유(단위31)로 사용되었다.

〈그림Ⅳ-5〉는 이상의 과제 표상을 토대로 31번 필자가 작성한 텍스트의 전개도다. 이를 통해 '통합-논증적' 유형 텍스트의 형식적·내용적 특성을 확인해볼 수 있다. 첫째, 형식적 측면에서 이 텍스트는 앞서 살핀 다른 유형의 텍스트와 비교할 때 주제 깊이가 매우 깊고, 조직 또한 긴밀한 양상을 보인다. 예컨대 이 텍스트와 유사한 내용 단위 수(43)로 구성된 〈그림Ⅳ-2〉와 비교하면, 이 텍스트의 단위들이 보다 응집되어 있음을 확인할 수 있다. 또한 P(병렬적 진행)와 S1(의미점증 순차적 진행)의 비율이 많음도 볼 수 있다. 필자가 특정 주제를 연속적으로 탐구하거나 구체화하여 깊이 있게 탐구하는 경향을 보였다는 의미다.

둘째, 내용적 측면에서는 (1) 논증을 구성하는 (A1-3)단위가 골고루 분포되었다는 점, (2) 각 단위별 정보의 기원이 필자의 지식임을 나타내는 (+)단위가 압도적으로 많다는 점이 주목된다. (1)의 특성은 앞서 〈그림Ⅳ-3〉에서 살핀 '틀-논증적' 유형 텍스트와도 동일하다. 이때 '틀-논증적' 유형 텍스트에서 볼 수 있었던 (A5)(예상반론 인식 및 재반론)가 이 텍스트에서는 보이지 않는다. 그러나 이는 이 텍스트의 수사적 목적 자체가 필자의 주장과 반대되는 주장(단위7-8)에 대한 반론의 성격을 갖기 때문일 뿐 논증 자체가 허술하기 때문은 아니다.

이상에서 살핀 31번 필자의 프로토콜 및 텍스트는 논증적 통합자 집단의 특징적 양상을 드러낸다. 논증적 통합자 집단은 가장 맥락에 '적합한' 방식으로 과제를 표상하고 텍스트를 구성한 집단이다. 필자에 따라 수사적 목적을 실현하는 과정에서 지엽적 문제들을 노출하기도 했으나, 해당 문제들은 대체로 텍스트 수정 과정에서 개선되었다. 따라서 이 집단 역시 요약자나 틀 구성자 집단과 같은 근본적인 교육을 필요로

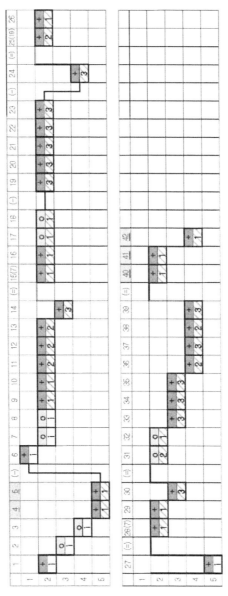

〈그림Ⅳ-5〉
31번 필자(논증적 통합자)의 텍스트 전개도

하지는 않는다. 그보다는 이들이 필자로서의 저술 정체성을 갖고 다양한 쓰기 경험을 하도록 조력할 필요가 있다.

3) 불일치 집단의 과제 표상 및 텍스트 구성

앞서 우리는 필자의 과제 표상과 텍스트의 구성적 특성이 일치하는 다섯 집단(요약자, 정보전달적 틀 구성자, 논증적 틀 구성자, 정보전달적 통합자, 논증적 통합자)을 살펴보았다. 이들은 필자가 〈자기 분석점검표〉를 통해 자신이 표상했다고 보고(報告)한 '구성 계획'과 분석을 통해 드러난 텍스트의 '구성 유형'이 일치한 집단들이다. 검토한 바와 같이, 이 집단 필자들의 과제 표상은 이들이 실제 작성한 텍스트의 구성적 특성에 여실히 반영되었다.

한편, 필자의 과제 표상('구성 계획')과 텍스트의 '구성 유형'이 불일치하는 경우도 존재했다. 〈표IV-13〉에서 확인했듯이 전체 40명의 필자 중 11명(27.5%)이 보고한 표상은 텍스트의 구성 유형과 일치하지 않았다. 필자의 '의도'와 텍스트에 나타난 '결과'가 어긋난 것이다. 여기서는 이들을 '틀 세우기' 의도자, '통합하기' 의도자, '목적 해석' 의도자 집단으로 분류하여 그 사례를 고찰한다. 불일치의 양상 및 원인을 살펴보기 위해서다.

(1) '틀 세우기' 의도자 집단의 특성

'틀 세우기' 의도자 집단은 필자가 〈자기분석점검표〉를 통해 '틀 세우기' 구성 계획을 가졌다고 보고했으나, 실제 텍스트는 '틀-정보전달적/논증적' 이외의 유형으로 판정받은 필자 집단을 말한다. 전체 40명의 필자 중 5명(12.5%)이 여기에 속했다. 이중 2명의 텍스트는 '요약(+반응)' 유형으로, 3명의 텍스트는 '통합-논증적' 유형으로 판정됐다.

이중 '통합-논증적' 텍스트를 구성한 것으로 나타난 3명은 〈자기분석점검표〉 작성 과정에서 단순 응답 오류를 범했거나 자신의 수행을 저(低)평가한 것으로 보인다. 과제 표상 및 텍스트 분석 결과 이들의 표상과 텍스트는 앞서 살핀 논증적 통합자 집단의 특성을 명확히 드러냈다. 또한 수정고 작성 시 녹음한 프로토콜에서도 이들은 자신의 표상이 맥락에 적합한 것이었음을 확신하는 양상을 보였다. 그러므로 이들은 의도자가 아닌 응답 오류자로 분류하고, 검토 대상에서 제외했다.

한편, '요약(+반응)' 텍스트를 구성한 것으로 판단된 2명은 응답 오류를 범한 것이 아니었다. 이들은 프로토콜에서 대체로 논증적 틀 구성자의 표상을 나타냈다. 그러나 이들의 텍스트는 '요약(+반응)' 유형으로 판정되었다. 과제 표상을 텍스트로 옮기는 과정에서 불일치가 발생한 것이다. 여기서는 35번 필자의 사례를 통해 그 구체적 양상을 살펴본다.

가. 고립된 '틀'의 징후 : 35번 필자의 사례 분석

35번 필자는 프로토콜을 통해 대체로 논증적 틀 구성자의 특성을 드러냈다. 먼저 과제 해석 단계에서 그는 "자료 중에서 나랑 맞는 걸

골라서 주장하는 글을 쓰면 될 것 같은데요."라고 말했다. 과제의 요구사항을 자료 입장 중 하나를 선택하여 논증하는 글을 쓰는 것으로 해석한 것이다. 자료 읽기 또한 이러한 이해에 근거하여 이루어졌다. 그는 자료들을 요약한 뒤 이를 화제에 대해 긍정적·부정적 입장을 보이는 것으로 분류했다. 그리고 부정적 입장을 선택하여 텍스트를 작성할 의지를 보였다("저는 사이버 정체성이 꼭 나쁘다고는 생각하지 않거든요. 그래서 너무 부정적으로 인식하지 말자라는 주장을 가지고 글을 쓰려고 해요."). 한편, 그는 대부분의 논증적 틀 구성자와 비교할 때 다소 빈약한 논증 구조를 틀로 삼았다. 예컨대 앞서 논증적 틀 구성자의 사례로 살핀 01번 필자의 경우 [화제 환기-주장-이유/근거1,2-예상 반론-재반론-결론]이라는 구체적인 구조를 상정하고, 이에 맞추어 자료 내용을 배열했다. 그러나 텍스트 작성 직후 녹음한 프로토콜에서, 35번 필자는 "먼저 문제가 무엇이다, 이거를 얘기했어요. (중략) 그리고 제 주장을 썼고요. (중략) 그 다음에는 왜 그런지 설명했어요."라고 말했다. [화제 환기-주장-이유/근거]라는 보다 간략한 구조만을 상정한 것이다.

　문제는 텍스트였다. 평균적인 논증적 틀 구성자의 것에 비해 간략한 논증 구조를 상정하기는 했으나, 그의 표상은 대체로 '틀-논증적(+반응)' 유형의 텍스트 구성을 암시했다. 그러나 35번 필자의 텍스트는 '틀'의 징후(framework promise: Flower 외, 1990)'를 포함한 '요약(+반응)' 유형으로 나타났다. 즉, 서론에서 필자는 '사이버 정체성' 문제

를 소개한 뒤 "사이버 공간이 인간의 삶에 큰 부분을 차지하는 정보
화 시대에 우리는 사이버 공간의 긍정적인 측면을 봐야 한다."는 주
장을 제시했다. 이는 곧이어 전개될 본론이 '틀-논증적(+반응)' 유형
이 되리라는 징후다. 그러나 이어지는 본론은 해당 주장에 대한 논증
이 되지 못하고, 논리적으로 연결되지 않는 자료 요약 및 논평에 머
물렀다.

〈그림IV-6〉은 35번 필자가 작성한 텍스트의 전개도[45]다. 전체적으
로 보았을 때 이 전개도는 앞서 살핀 요약자 집단의 24번 필자의 것
과 유사한 패턴을 보인다. 우선 '요약(+반응)' 유형의 강력한 징후인
S3(의미무관 순차적 진행)에 의해 텍스트의 일관성이 파괴되었음을
확인할 수 있다. 또한 각 주제 덩이별로 자료 내용을 그대로 사용한
(-)단위와 그에 대한 반응을 보이는 (+)(EX)/(A1)단위가 혼재된 양상
도 나타난다.

보다 자세히 텍스트의 전개 양상을 살펴보자. 첫 번째 주제 덩이
(thematic chunk)에서 필자는 '사이버 정체성' 문제에 대해 소개한 뒤
단위7에서 앞서 언급한 주장("사이버 공간이 인간의 삶에 큰 부분을
차지하는 정보화 시대에 우리는 사이버 공간의 긍정적인 측면을 봐
야 한다.")을 제시했다. 독자는 이를 읽고 앞으로의 텍스트가 해당 주
장을 논증하는 방식으로 전개될 것임을 예측할 수 있다. 단, 이때의
주장은 사이버 정체성의 긍정적 측면에 주목하는 [자료3]과 [자료5]의

---

45) 35번 필자의 텍스트 전문(全文) 분석 및 각 부문 수치를 제시한 표는 〈부
록11〉에서 확인할 수 있다.

내용에 기반한 것이었다. 그러므로 Flower 외(1990)의 표현을 빌리면 이 주장은 앞으로 펼쳐질 텍스트가 '틀-논증적(+반응)' 유형이 될 것임을 예측하는 '징후(promise)'로 기능한다고 할 수 있다.

그러나 이어지는 주제 덩이들은 이 징후를 배반하고 고립시킨다. 형식적 측면에서는 단위7-8, 단위13-14, 단위22-23에서 3차례에 걸쳐 주제 진행의 흐름이 끊어지는 것을 볼 수 있다. 이러한 현상은 필자가 자기중심성(egocentrism)(Flower 외, 1986)을 갖고 자료를 이용함으로써 나타난 결과다. 필자가 읽은 자료 및 그에 대한 사고 과정을 독자는 공유하고 있지 않음에도 불구하고, 마치 독자가 이를 알고 있는 것처럼 전제하고 텍스트를 작성하여 의미 전개의 일관성이 파괴되었다는 뜻이다.

단위7-8에 나타난 S3의 예를 들어보자. 과제 표상에서 필자는 단위7의 주장을 뒷받침할 수 있는 이유 또는 근거를 [자료2], [자료3], [자료5]에서 찾았다. 예컨대 그는 [자료2]에 나타난 주장("개인 홈페이지 주인들은 … 자아를 쪼개놓기보다는 자기의 정체성을 통합하고, 자신의 입장과 자기가 중요하게 생각하는 것들을 안정되고 반복 가능한 방법으로 보여주려고 했다.")을 단위7의 주장을 뒷받침하는 이유로 사용하고자 했다. 그리고 그 근거로서 [자료2]에서 언급한 조사 연구 사례를 제시하고자 했다. 연구는 사이버 공간의 이용자들이 어떤 별명을 사용하는지 살핀 것으로서, 50% 이상의 이용자들이 자신의 현실 정체성과 관련 있는 별명을 사용한다는 결과를 얻었다.

물론 독자는 이러한 전후 맥락에 대한 이해를 필자와 공유하지 않는다. 그는 텍스트에 나타난 정보만을 이해할 수 있다. 독자가 이제까지의 단위 1-7을 통해 알 수 있던 정보는 사이버 정체성 문제가 존재한다는 것과 이 문제의 긍정적 측면을 볼 필요가 있다는 주장이었다. 이 내용의 일부 역시 [자료1]의 것을 반복한 것이지만, 필자는 자신이 읽은 자료들의 존재에 대해 언급하지 않았다. 그러나 필자는 이러한 맥락 설명을 생략한다. 그리고 단위8에서 갑자기 "자료2를 보면 절반 이상의 사람들이 익명성이 보장되는 온라인상에서도 '현실에서의 자신과 크게 다르지 않는 나'를 나타낸다는 것을 알 수 있다."고 서술함으로써 내용 전개의 일관성을 해친다. 독자는 단위8의 주제인 '절반 이상의 사람들'이 무엇을 의미하는지 알 수 없다. 이후로도 필자는 단위14와 단위 23에서 앞선 내용과 의미적 관계가 없는 [자료3]과 [자료5]의 정보를 내용 단위의 주제로 삼음으로써 S3을 발생시켰다.

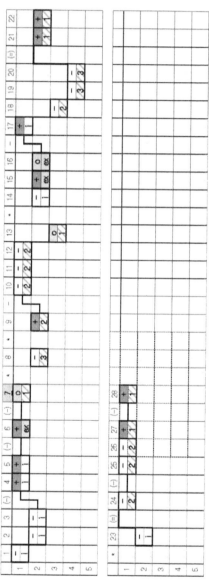

〈그림Ⅳ-6〉 35번 필자(틀 세우기 의도자)의 텍스트 전개도

한편, 각 주제 덩이별 내용적 측면에서도 이 텍스트는 자료 내용을 그대로 전달한 뒤 단편적인 감상이나 견해를 덧붙이고 있음이 확인된다. '요약(+반응)' 유형에서 나타나는 전형적인 양상이다. 특히, 이 텍스트에는 '요약(+반응)'을 제외한 대부분의 텍스트에 존재하는 결론이 부재한다. 만약 필자가 일관된 '틀-논증적(+반응)' 유형으로 텍스트를 작성했다면, 텍스트의 마지막에는 전체 논의를 마무리하는 결론이 나오기 마련이다. 물론 결론의 양상은 다양할 수 있다. 필자의 주장을 재확인할 수도 있고, 앞으로의 전망을 제시할 수도 있다. 중요한 것은 해당 결론이 기왕의 논의 전체와 관련을 맺는다는 점이다. 그러나 이 텍스트의 마지막 주제 덩이를 이루는 단위23-29는 [자료5]의 내용 설명 및 그에 대한 반응으로 이루어져 있다. [자료5]에 나타난 '성 바꾸기' 경험을 소개하고, 그러한 경험이 사람들로 하여금 "더 넓은 시야"를 갖게 하여 사회를 발전시키는 데 기여할 것이라고 논평할 뿐이다. 해당 내용과 앞선 논의를 관련시키려는 시도는 찾아볼 수 없다.

이상의 논의를 정리하면 다음과 같다. 35번 필자는 프로토콜에서 '틀-논증적(+반응)' 유형 텍스트를 표상했다. 또한 단위1-7에 이르는 텍스트의 전반부에서도 자료 내용을 변형한 주장이 제시됨으로써 앞으로 해당 주장에 대한 논증이 전개될 것임을 예고했다. 그러나 필자는 자신이 표상한 논증의 내용을 효과적으로 텍스트로 옮기는 데 실패했다. 첫째, '자기중심성'에 의해 독자가 공유하지 않는 정보를 맥락에 대한 설명 없이 제시함으로써 의미 전개의 일관성을 파괴했다. 그래서 필자는 주장에 대한 논증으로서 자료별 내용을 다루고자 했지만, 독자에게는 이것이 각 자료의 내용을 단순 요약 및 논평하는 것으로 전달되었다. 둘째, 자료별 내용을 다루는 데 집중하다가 결론이 부재하는 텍스트를 작성했다. 그래서 텍스트 전체가 하나의 일관성 있는 논의로 보이기보다는 주장과 자료 요약이 혼합된 것처럼 보이는 결과를 낳았다.

요컨대 35번 필자의 텍스트는 '틀-논증적(+반응)'으로 시작되어 급격히 '요약(+반응)' 유형으로 약화되는 양상을 보였다. 그래서 단위7에서 제시된 주장이 텍스트 전체를 통제하지 못하고 고립되는 결과를 낳았다. Flower 외(1990)에서는 텍스트의 주제를 나타내는 문장과 본론의 내용이 일치하지 않는 구성 유형을 '고립된 중점/결론(isolated main point or conclusion)'이라고 부른 바 있다. 이 표현을 빌린다면, 우리는 35번 필자의 텍스트를 '고립된 주장(틀의 징후)'를 포함한 '요약(+반응)' 유형으로 부를 수 있을 것이다.

(2) '통합하기' 의도자 집단의 특성

'통합하기' 의도자 집단은 필자가 〈자기분석점검표〉를 통해 '통제 개념을 사용하여 종합하기' 구성 계획을 가졌다고 보고했으나, 실제 텍스트는 '통합하기' 이외의 유형으로 판정받은 필자 집단을 말한다. 전체 40명의 필자 중 1명(2.5%)인 33번 필자만이 여기에 속했다. 그의 텍스트는 '틀-정보전달적(+반응)'으로 판정되었다.

33번 필자는 〈자기분석점검표〉에서 자신이 특정한 통제개념을 사용하여 선행 지식과 자료 내용을 통합했다고 보고했다. 그러나 그가 사용한 통제개념은 너무 광범위한 것이었다. 그래서 그로 인한 지식 변형을 야기하거나 텍스트를 통제하는 역할을 하지 못했다. 또한 그의 프로토콜은 정보전달적 틀 구성자와 정보전달적 통합자의 특성이 혼합된 모습을 보였으나, 텍스트는 '틀-정보전달적(+반응)' 유형의 전형적인 패턴을 나타냈다. 요컨대 그는 통제개념을 잘못 선정하여 '통합하기'에 실패한 틀 구성자였다. 그의 사례를 간략히 검토해보자.

가. 광범위한 통제개념 : 33번 필자의 사례 분석

33번 필자의 프로토콜에는 정보전달적 틀 구성자와 정보전달적 통합자의 특성이 혼합적으로 나타났다. 먼저, 과제 해석 및 자료 읽기 과정에서는 정보전달적 틀 구성자의 특성이 강하게 드러났다. 그는 과제를 읽고 "대충 어떻게 써야 할지 알 것 같아."라고 말했다. 자료를 읽기 전부터 특정한 서술 구조를 염두에 두고 있다는 의미였다. 자료를 읽는 동안에는 각 자료에 수동적으로 반응했다. 자료 내용을 차례로 요약한 뒤 대체로 수동적으로 공감했고, 공감하지 않는 내용에 대해서는 "뭐 이 사람은 이렇게 생각한 거니까."와 같이 수용했다. 이후에는 대부분의 틀 구성자와 마찬가지로, 자료를 화제에 대한 긍정적·부정적 입장의 것으로 분류했다. 그리고 중립적인 입장에서 이

입장들을 일정한 서술 구조 안에 정리한 정보전달적 텍스트를 쓰고
자 했다. [화제 관련 현상 소개-긍정적/부정적 측면 설명-부정적 측면
의 해결 방안 제시]가 그 서술 구조다. 정보전달적 통합자처럼 독창적
인 화제를 발견하기 위해 주력하는 모습은 찾아볼 수 없었다.

그러나 그는 텍스트 구성 과정에서 부분적으로 정보전달적 통합자
와 유사한 양상을 나타냈다. 텍스트 작성 도중 발견한 특정 개념에
주목하여 이를 읽기 및 쓰기 수행에 적용하는 양상을 보인 것이다.
그 개념이란 '사이버 공간에서의 나와 실제에서의 나'로, 사실상 하나
의 집약된 개념이 아닌 광범위한 두 개념(사이버 vs. 현실 정체성)을
병렬한 것이었다. 다음은 33번 필자가 텍스트 작성 직후 녹음한 프로
토콜의 일부다.

[33] 처음에 서론에서는 사람들이 <u>사이버 공간에서 자기 모습을 만
들었는데 그게 현실 세계에서의 나와 굉장히 다르다는</u> 얘기를 썼어.
현실 세계에서는 나보다 지위가 높은 사람한테는 비판 같은 것도 할
수 없고… 할 수 없는 것들이 많이 있잖아? 그런데 사이버에서는 안
그러니까. (중략) ①<u>자료 1번도 사이버에서의 내가 현실하곤 다르기
때문에 일어나는 문제들을 얘기한 거고. 자료 4번도 사이버에서의 나
를 현실에서의 나와 다르게 좋게 보이게 하다가 문제가 생기는 거니
까.</u> (중략) 그래서 제목도 '사이버에서의 나? 실제에서의 나?' 이렇게
붙였어. 내가 얘기하려는 걸 잘 표현해주는 것 같아서.

필자는 서론을 쓰면서 '사이버 공간에서(의) 자기 모습'과 '현실 세

계에서의 나'와의 차이를 강조했다고 말한다. 그러다가 이 개념(들)에 주목하고 이를 적용하여 자료에 대한 2차적 읽기를 수행하는 양상 (①)도 보인다. 또한 자신이 쓰는 텍스트의 제목으로도 해당 개념(들) 을 사용한다. "내가 얘기하려는 걸 잘 표현"한다는 이유에서다.

그러나 그가 〈자기분석점검표〉에서 자신이 사용한 통제개념이라 고 보고한 '사이버에서의 나와 실제에서의 나'는 앞서 살핀 정보전달 적 통합자의 것과는 분명히 구별되는 것이었다. 예컨대 앞서 정보전 달적 통합자의 사례로 살핀 25번 필자의 경우, 그가 사용한 '변검' 개 념은 33번 필자의 것에 비해 독창적이면서도 구체적이었다. 그는 '사 이버 공간의 이용자가 다중 정체성을 갖는 행위'를 '변검술'에 비유함 으로써 논의 과정에서 다양한 지식 변형을 이룰 수 있었다. 그러나 33번 필자는 '사이버 정체성'과 '현실 정체성'이라는 광범위하고 일반 적인 개념들을 단순 병치했을 뿐이다. 그래서 이 개념(들)이 기왕의 정보를 변형하거나 새로운 내용을 생성하는 계기로 기능하지 못했다.

〈그림Ⅳ-7〉의 텍스트 전개도 역시 〈그림Ⅳ-4〉의 '통합-정보전달적' 유형보다는 〈그림Ⅳ-2〉의 '틀-정보전달적(+반응)' 유형의 양상을 더 강하게 드러낸다. 특히 (+)(I)단위에 비해 (-)/(0)(I)단위가 월등히 많 다는 점, 필자의 '수사적 위치'가 불안정함을 보여주는 (EX) 및 (A1) 단위가 혼재한다는 점이 그렇다. 또한 필자가 통제개념으로 삼았다 는 '사이버에서의 나와 실제에서의 나'에 대한 논의는 단위1-14에서 만 출현하고 곧 소멸된다. 즉, 그는 화제를 소개하고 사이버 정체성의 긍정적 측면을 설명하는 논의 전반부에서 양자를 비교했다. 그러나 사이버 정체성의 부정적 측면을 설명하는 후반부에서는 관련된 자료 내용을 짜깁기하는 데 집중하여 현실 정체성 관련 논의는 펼치지 못했다.

요컨대 33번 필자가 통제개념으로 사용했다고 보고한 '사이버에서의 나와 실제에서의 나'라는 개념(들)은 통제개념이 되기엔 지나치게 광범위하고 일반적인 것이었다. 그래서 25번 필자의 '변검'에 의한 것과 같은 지식 변형을 야기하지 못했다. 그의 텍스트는 해당 개념(들)을 일부 포함했을 뿐 해당 개념에 의해 통제되지 않았고, '틀-정보전달적(+반응)' 유형의 특성을 드러냈다.

그의 사례는 Flower 외(1990: 47)가 통제개념의 조건으로 제시한 다음 세 가지 사항을 상기하게 한다. (1) 필자가 자료 정보를 선택하고 텍스트를 조직하는 핵심적인 개념으로, 텍스트의 주제 구조를 통제한다. (2) 독자는 텍스트를 읽고 이 개념을 분명히 인식할 수 있어야 한다. (3) 직접적으로 정보를 소개하는 개념이 아니라, 그로 인해 정보들이 도출되는 개념이다(예컨대 "고쳐쓰기에 대한 많은 견해가 있다."고 말한 뒤

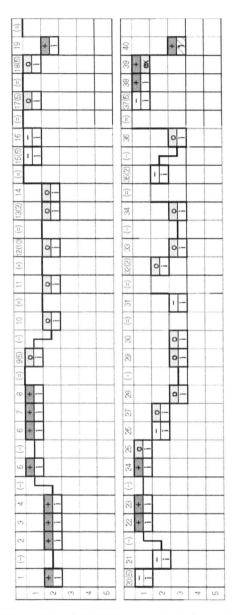

〈그림Ⅳ-7〉 33번 필재(통합하기 의도자)의 텍스트 전개도

견해들을 소개할 때 '고쳐쓰기에 대한 많은 견해'는 통제개념이 아니다). 33번 필자가 통제개념이라고 생각한 개념(들)은 이 세 조건을 모두 충족시키지 못했다. 그러므로 그의 텍스트는 필자가 설정한 광범위한 통제개념이 제 기능을 담당하지 못한 '틀-정보전달적(+반응)' 유형으로 분류할 수 있다.

(3) '목적 해석' 의도자 집단의 특성

'목적 해석' 의도자 집단은 필자가 〈자기분석점검표〉를 통해 '목적을 위해 해석하기' 구성 계획을 가졌다고 보고했으나, 실제 텍스트는 '목적을 위해 해석하기' 이외의 유형으로 판정된 필자 집단을 말한다. 전체 40명의 필자 중 5명(12.5%)이 여기에 속했다. 이중 3명의 텍스트는 '틀-논증적(+반응)' 유형으로, 1명의 텍스트는 '틀-정보전달적(+반응)' 유형으로, 1명의 텍스트는 '요약(+반응)' 유형으로 판정됐다.

이중 '요약(+반응)' 텍스트를 구성한 것으로 분류된 1명은 과제 표상 강의 내용을 제대로 이해하지 못해 응답 오류를 범한 것으로 보인다. 과제 표상 및 텍스트 분석 결과 그의 표상과 텍스트는 요약자 집단의 특성을 분명히 드러냈다. 그는 자료를 요약하고 이에 대해 단편적인 논평을 덧붙이는 방식으로 수행했다. 이때 수행 전반에서 필자만의 특정한 수사적 목적은 나타나지 않았다. 따라서 그는 단순 응답 오류자로 분류하고 검토 대상에서 제외했다.

한편, '틀-논증적(+반응)' 텍스트와 '틀-정보전달적(+반응)' 텍스트를 구성한 것으로 판단된 4명은 대체로 다음의 두 경우에 해당됐다. 첫째, 필자가 상정한 수사적 목적이 맥락에 부적합한 경우. 둘째, 필자가 상정한 수사적 목적을 텍스트로 옮기는 데 실패한 경우. 전자는 필자가 상정한 목적 자체가 맥락에 맞지 않아 그것이 성공적으로 텍스트에 실현되더라도 '통합-논증적' 유형이 될 수 없는 경우다. 특정 자료에 나타난 논증을 표현만 바꾸어 자신의 글로 만드는 것을 목적으로 한 17번 필자가 그 사례다. 반면 후자는 필자가 맥락에 적합한 수사적 목적을 가졌으나 이를 텍스트에 성공적으로 반영하지 못한 경우다. 이 경우, 독자는 텍스트에서 필자가 실현하고자 한 목적을 인지할 수 없다. 예컨대 36번 필자가 그렇다. 그는 프로토콜에서 "사이버 정체성에 대한 오해가 사이버 정체성에 대한 잘못된 비판을 낳는다."는 주장을 논증하려는 목적을 가졌다. 이는 자료에 나타나지 않은 새로운 주장이다. 그러나 이 목적은 텍스트에 제대로 실현되지 못했다. 그의 텍스트는 "사이버 정체성을 긍정적인 시각에서 보자."는 광범위한 주장을 자료 내용을 사용하여 논증한 것에 불과했다.

한편, 29번 필자에게서는 언급한 두 경우가 혼합되어 나타났다. 그는 맥락에 부적합한 수사적 목적을 상정했고, 이를 텍스트에 성공적으로 실현하지도 못했다. 그 결과, 그의 텍스트는 '틀-논증적(+반응)' 유형으로 판정됐다. 그의 사례를 보다 자세히 살펴보자.

가. 부적합한 수사적 목적 : 29번 필자의 사례 분석

29번 필자의 프로토콜은 대체로 논증적 틀 구성자와 논증적 통합자의 특성이 혼합된 양상을 보였다. 우선, 과제 해석과 자료 읽기 과정에서는 논증적 틀 구성자의 전형적인 양상이 나타났다.

> [29] ①[아직 읽어보진 않았지만, 이 글들은 사이버 정체성에 관하여 부정적인 측면을 강조한 글과 긍정적인 측면을 강조한 글로 나누어질 것이라고 예상할 수 있습니다. (중략) 그리고 문제가 '견해를 제시하여라.'라고 되어 있기 때문에 제가 이 글을 다 읽고 분류를 한 뒤에 이제 그 입장 중에, 분류된 입장 중에 하나를 선택해서 저의 견해를 정하여 그것을 이 글에 있는 근거를 바탕으로, 제 주장을 도출해내는 식으로 글을 쓰게 될 것입니다.] (중략) ②[네, 이제 저는 막 이 다섯 개의 글들을 읽고 왔는데요. 아니나 다를까. 제가 과제 시작 전에 예측했던 대로 사이버 정체성에 관하여 긍정적인 측면과 부정적인 측면, 이렇게 두 가지로 글들이 분류가 되고 있습니다. (중략) 이제 제가 정한 입장은, 사이버 공간의 정체성의 부정적인 측면을 강조하는 쪽으로 글을 쓰기로 마음을 먹었습니다.]

인용된 프로토콜에서 ①은 과제를 읽은 직후에, ②는 자료를 읽은 직후에 녹음한 것이다. 논증적 틀 구성자가 그러하듯이, 29번 필자는 과제가 자신에게 익숙한 논술 문제와 유사한 것이라고 확신한다. 그는 자료들이 화제에 대해 "부정적인 측면을 강조한 글과 긍정적인 측면을 강조한 글로 나누어질 것"이라고 예상한다. 또한 '(필자가 구체

화한 화제에 대한-인용자) 견해를 제시하라.'는 지시문은 "분류된 입장 중 하나를 선택해서 저의 견해를 정"할 것을 요구한다고 해석한다. 자료를 읽은 후에도 그는 자신의 예측이 맞았다고 확신하며, 자신이 "부정적인 측면을 강조하는 쪽"을 선택했다고 보고한다. 여기까지는 앞서 논증적 틀 구성자의 사례로 살핀 01번 필자의 표상과 매우 유사하다.

그러나 29번 필자는 텍스트를 구성하기 전 하나의 분명한 수사적 목적을 설정한다. 그것은 "학술적 글쓰기에 맞도록 꼭 삼단논법에 맞춰서 논리적인 글을 쓰겠다."는 것이다.

[29] ③[제가 학술적 글쓰기를 참 못한다는 거를 깨달았어요. 예, 논술준비를 하면서. 그래서 이 얘기를 하는 이유는 반드시 이번 글을 학술적 글쓰기에 맞도록 꼭 삼단논법에 맞춰서 논술, 어, 논리적인 글을 쓰겠다, 이 다짐을 하려는 것입니다. (중략) 학술적 글쓰기를 하려면 병렬적으로 비교를 하거나 아니면 삼단논법에 맞춰서 써야 되는데 이거는 이제 딱, 딱 비교하는 글이 될 수 없기 때문에 삼단논법에 맞춰서 쓰도록 하겠습니다.] ④[제가 주제문장을 이렇게 바꿨어요. (중략) 그래서 결국에는 대전제가 조금 바뀌었어요. (중략) 소전제는… (중략) 네. 그래서 이제 마지막 끝에 결론 문장, 이런 거 없이도 삼단논법으로 인해 아주 쉽게, 어, 논리적인 글을 완성할 수 있었습니다.]

인용된 프로토콜에서 ③은 텍스트를 작성하기 직전에, ④는 텍스트를 작성한 직후에 녹음한 것이다. ③에서 그는 '학술적 글쓰기 = 논

술/논리적 글쓰기 = 비교 또는 삼단논법에 의한 글쓰기'라는 공식을
내재화하고 있음을 드러낸다. 그리고 이에 따라, 주제문장, 대전제,
소전제를 설정한 뒤 ④에서 "결론 문장, 이런 거 없이도 삼단논법으
로 인해 아주 쉽게 논리적인 글을 완성"했다고 자신한다.

　그러나 "'학술적 글쓰기 = 논술/논리적 글쓰기 = 비교 또는 삼단논
법에 의한 글쓰기'이므로 학술적 글쓰기에 맞게 삼단논법을 사용하여
글을 쓰겠다."는 그의 목적은 과제 맥락에 부적합한 것이다. 첫째, 그
의 목적은 '필자의 견해'를 중심으로 텍스트를 작성할 것을 요구한 과
제의 요구에 부합하지 않는다. 삼단논법은 필자가 자신의 주장을 논
증하는 과정에서 사용할 수 있는 연역적 추리(推理)의 한 형식일 뿐
이를 사용하는 것 자체가 '필자의 견해'일 수는 없다는 의미다. 그가
삼단논법의 결론(주제문장)으로 삼은 것은 자료의 견해였다.

　둘째, 'ⓐ학술적 글쓰기 = ⓑ논술/논리적 글쓰기 = ⓒ비교 또는 삼
단논법에 의한 글쓰기'라는 전제[46]에도 문제가 있다. 학술적 글쓰기

---

46) 연구자는 29번 필자가 확신한 이 등식이 어디에서 비롯된 것인가에 의문
　을 가졌다. 필자 기초 정보 조사 시 29번 필자가 '인터넷 논술 강의'를
　수강했다는 데 착안하여 조사한 결과, 한 인터넷 논술 강좌에서 그 기원
　을 찾을 수 있었다. 고등학생들로부터 가장 인지도가 높은 M사이트에서
　가장 높은 매출을 보이는 강좌였다. 해당 강좌는 "모든 대학의 논술은
　삼단논법과 비교 원리만 익히면 문제없다!"는 슬로건 아래 논술을 교육
　하고 있었다. 해당 강좌에서는 대학 논술 시험의 답안을 쓸 때 사용할
　수 있는 가장 좋은 전략으로 삼단논법과 비교 원리를 사용할 것을 교육
　한 것으로 보인다. 이를 29번 필자는 '논술/논리적 글쓰기=비교 또는 삼
　단논법에 의한 글쓰기'로 이해하고, 이것에 다시 '학술적 글쓰기=논술/논
　리적 글쓰기'라는 등식을 덧붙여 위와 같은 선입견을 갖게 된 것이다.

는 논리성을 요구하지만 논리적인 글이 언제나 학술적인 것은 아니다. 학술적 글쓰기에 대한 여러 충돌하는 정의(이윤빈, 2013)에도 불구하고, 필자의 관점이 부재하는 논리적인 글은 학술적 글의 범주에 포함시킬 수 없다는 의견이 지배적이다. 마찬가지로, 비교 또는 삼단논법은 논리적 글을 쓰기 위한 서술방법의 일종이 될 수는 있어도 이를 사용한 글이 논리적 글의 전부가 될 수는 없다. 즉, ⓒ은 ㄱ의, ⓒ은 ⓒ의 충분조건일 수는 있어도 ㄱ, ⓒ, ⓒ이 상호 필요충분조건을 이루는 등가관계는 될 수 없다는 뜻이다.

이처럼 그는 자신이 선정한 목적이 맥락에 부적합한 것이었음에도 불구하고 해당 목적을 달성하기 위해 텍스트를 작성했다. 〈그림Ⅳ-8〉이 그 전개도다. 이를 보면 그가 어떤 방식으로 삼단논법을 적용하여 텍스트를 구성했는가가 드러난다.

그는 단위1, 39에서 "개인이 사이버 정체성을 갖는 것은 사회와 개인에게 부정적인 영향을 미친다."라는 주제문장을 양괄식으로 배치했다. 또한 이 결론을 이끌어내기 위해 "정체성의 혼란은 사회와 개인에게 부정적인 영향을 미친다."라는 대전제에 대한 설명을 단위2-16에, "개인이 사이버 정체성을 갖는 것은 현실 정체성에 혼란을 준다."라는 소전제에 대한 설명을 단위17-38에 배치[47]했다. 전개도를

---

47) 이를 정리하면 다음과 같다. [단위2-16: 대전제] 정체성의 혼란은 사회와 개인에게 부정적인 영향을 미친다. [단위17-38: 소전제] 개인이 사이버 정체성을 갖는 것은 현실 정체성에 혼란을 준다. [단위1, 39: 결론(주제문장)] 개인이 사이버 정체성을 갖는 것은 사회와 개인에게 부정적인 영향을 미친다.

보면, 결론(주제문장)은 특정 자료의 내용을 일부 변형한 것이고, 이를 직접적으로 끌어내기 위한 소전제 역시 자료 내용을 그대로 사용하거나 일부 변형한 내용으로 구성되었음을 확인할 수 있다. 사실상 '사이버 정체성'이라는 공통 화제와 관련성이 낮은 대전제만이 필자의 지식을 사용하여 논증되고 있음도 볼 수 있다. 즉, 그의 텍스트에는 '필자의 견해' 및 그로 인한 지식 변형이 대체로 부재했다. 〈그림 IV-8〉은 앞서 살핀 '틀-논증적(+반응)' 유형의 특성을 드러낸다.

또한 그의 텍스트에서 사용된 삼단논법은 형식적으로만 타당할 뿐 건전한 논증이라고 볼 수 없다는 점도 언급을 요한다. "삼단논법에 맞춰서 (…) 논리적인 글을 쓰겠다."는 목적도 온전히 달성했다고 보기 어렵다는 의미다. 삼단논법에 의거한 논증이 독자를 효과적으로 설득하기 위해서는 타당성(validity)과 건전성(soundness)[48]이 함께 확보될 필요가 있다. 그러나 29번 필자의 논증은 건전성에 위배된다. 소전제인 "개인이 사이버 정체성을 갖는 것은 현실 정체성에 혼란을 준다."는 내용이 누구에게나 참으로 인정되는 명제가 아니기 때문이다. 특히 부과된 [자료2], [자료3], [자료5]는 이 소전제에 반대되는 내용을 포함하고 있다. 그러나 필자는 이를 무시하고, [자료1]과 [자료4]

---

48) 타당성(validity)이란 추론 절차의 형식적 올바름을 뜻하며 내용의 진위(眞僞) 여부와는 무관하다. "모든 사람은 고양이다. 소크라테스는 사람이다. 그러므로 소크라테스는 고양이다."와 같은 논증은 대전제가 참이 아님에도 불구하고 타당성을 확보한다. 한편, 건전성(soundness)은 전제 내용이 참일 때 확보된다. 앞선 논증에서 "모든 사람은 고양이다."는 참이 아니기 때문에 해당 논증은 건전성을 확보하지 못한다.

에서 제시된 견해를 참인 것처럼 소전제로 사용함으로써 불건전한 논증을 펼쳤다. 타당할 뿐 불건전한 논증이 독자를 성공적으로 설득시킬 수 없음은 물론이다.

요컨대 29번 필자는 "학술적 글쓰기에 맞게 삼단논법에 맞추어 논리적인 글을 쓰기"라는 수사적 목적을 상정했지만 그것은 맥락에 부적합한 것이었다. 삼단논법은 과제가 요구한 '필자의 견해'를 논증하는 과정에서 사용할 수 있는 하나의 방법이 될 수 있을 뿐 그것을 사용하는 것 자체가 목적일 수는 없기 때문이다. 따라서 '자료의 견해'를 삼단논법을 사용하여 반복한 그의 텍스트는 '틀-논증적(+반응)' 유형의 특성을 보였다. 또한 그는 삼단논법을 성공적으로 적용하지도 못했다. 자료에도 반대 의견이 존재하는 명제를 소전제로 차용함으로써 불건전한 논증을 펼친 것이다. 즉, 그는 맥락에 부적합한 수사적 목적을 상정하고, 해당 목적을 텍스트에 제대로 실현하지도 못한 논증적 틀 구성자였다.

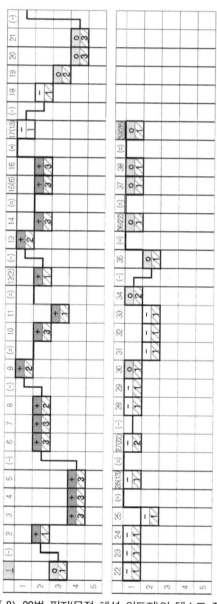

〈그림IV-8〉 29번 필재(목적 해석 의도재)의 텍스트 전개도

제5장
요약 및 결론

이 연구는 학생 필자가 담화 통합 텍스트를 구성하는 양상을 살펴 그 특성을 드러내는 것을 목적으로 했다. '학생들이 왜 그리고 어떻게 다양한 방식으로 담화 통합 텍스트를 구성하는가?'라는 것이 이 연구가 답하고자 한 질문이었다.

질문에 답하기 위해 이 연구는 두 단계로 구성되었다. 2장과 3장에서는 필자의 과제 표상 및 담화 통합 텍스트의 구성적 특성을 고찰할 수 있는 방법론을 마련했다. 이를 바탕으로, 4장에서는 사례 연구를 실시하여 대학 신입생 필자 40명이 학술적 담화 통합 텍스트를 구성하는 양상을 실제적으로 고찰하고 분석했다.

1. 담화 통합 글쓰기 연구를 위한 이론적 논의

2장에서는 과제 표상의 개념과 성격에 대해 검토했다. 또한 관련 연구 검토를 통해 추상적 이미지인 과제 표상이 고찰되고, 과제 표상과 텍스트 구성의 관계가 확인되어 온 방법을 검토했다. 그리고 이 연구에서 사용할 방법론의 필요성을 제기했다.

과제 표상(task representation)이란 과제 수행자가 과제의 요구사항은 무엇이며 그것을 어떠한 절차와 전략을 사용하여 수행해야 하는지에 대해 구성하는 심적 이미지다. 탈맥락적 개념인 '문제 표상'과 달리, '과제 표상'은 해당 표상이 과제가 주어진 특정한 맥락에 대한 수행자의 반응으로서 형성된다는 사실을 부각한다.

사회인지주의 관점의 작문 이론가들은 과제 표상의 성격을 다음과 같이 정리했다. 첫째, 동일한 과제에 대해서도 필자마다 상이한 표상을 갖는다. 과제 표상의 상이성은 필자에게 영향을 미치는 다양한 요인들의 상이성에 의해 야기되며, 필자 수행 및 결과물의 상이성을 야기한다. 둘째, 과제 표상은 필자가 과제 수행의 다양한 국면들에 대한 결정들을 통합함으로써 구성된다. 셋째, 과제 표상은 작문 과정에서 변화할 수 있고, 이 변화가 종종 텍스트의 분열을 초래한다. 넷째, 과제 표상은 그 자체의 옳고 그름이 아닌, 맥락에서의 적합성에 의해 평가된다.

한편, 과제 표상은 필자의 정신 속에서 형성되는 추상적 이미지이기 때문에 있는 그대로의 실재를 드러내기 어렵다. 그래서 연구자들은 과제 표상을 구성하는 핵심 특질들을 규정하는 방식으로 과제 표상을 고찰해왔다. Carey 외(1989)는 '최초 과제 표상'의 핵심 특질을, Flower(1987)와 Kantz(1989)는 '담화 통합 과제 표상'의 핵심 특질을 규정했다. 또한 Flower 외(1990)는 과제 표상과 담화 통합 텍스트의 관계를 확인했다. 필자의 의도로서의 과제 표상이 수행 결과물로서의 텍스트에 반영된 양상을 살피기 위해서다. 이를 위해, 필자가 〈자기분석점검표〉를 통해 자신이 표상했다고 보고한 '구성 계획'(Flower(1987)가 규정한 5가지 핵심 특질들 중 가장 주요한 특질)과 평가자가 텍스트를 읽고 판단한 해당 텍스트의 '구성 유형'을 대조했다.

Flower 외(1990)의 방법은 필자의 과제 표상을 고찰하고, 나아가 과제 표상과 텍스트 구성의 관계를 살피기 위해 유용하다. 그러나 과제 표상 고찰을 위해 〈자기분석점검표〉에 대한 필자의 응답 결과를 양적으로만 분석했다는 점, 텍스트의 '구성 유형'을 평가자의 직관적 판단에 의해 판정했다는 점에서 한계를 갖는다.

따라서 이 연구는 Flower 외(1990)의 방법을 다음과 같이 변용할 필요성을 제기했다. 먼저, 필자의 과제 표상 고찰을 위해 〈자기분석점검표〉의 응답 결과를 양적 분석하는 것과 함께, 필자가 과제 수행 과정에서 녹음한 프로토콜을 질적 분석할 필요가 있다. 필자의 인지적 특성을 실제적으로 밝히기 위해서다. 또한 텍스트의 '구성 유형'은 평가자의 직관적 판단에 의해서가 아닌, 객관적 분석 방법론에 의거하여 판정해야 한다. 일정한 분석 방법론에 의해 텍스트를 분석할 경우, 다양한 담화 통합 텍스트의 유형별 특성을 구체적으로 밝힐 수 있다는 이점도 발생한다. 그런데 담화 통합 텍스트를 분석할 수 있는 방법론은 현재 Spivey(1983)의 것이 유일하며, 이는 제한된 담화 통합 텍스트 분석에만 적용할 수 있다. 그래서 이 연구는 Spivey 방법론의 한계를 지양하는 새로운 텍스트 분석 방법론을 마련하기로 했다.

3장에서는 담화 통합 텍스트의 구성적 특성을 분석할 수 있는 방법론을 개발했다. 먼저, 분석 목표를 설정하고 관련된 텍스트 분석 방법론을 검토했다. 이후, 선행 방법론의 한계를 지양하는 방식으로 새로운 분석 방법론을 개발하여 제시했다.

담화 통합 텍스트를 분석하기 위해서는 필자가 자료들의 내용과 자신의 지식을 처리(processing)한 방식을 규명할 수 있어야 한다. 이를 위해, 텍스트의 내용적 특성(어떤 정보를 어떤 수사적 목적에서 얼마나 변형하여 제시하는가)뿐만 아니라 형식적 특성(해당 정보를 어떤 순서와 방법으로 제시하는가)을 함께 드러낼 수 있어야 한다.

Spivey(1983)의 방법론은 담화 통합 텍스트를 분석할 수 있는 최초이자 가장 주요한 방법론으로서 의미가 크다. 그러나 다음 한계를 노정했다. 첫째, '명제' 기반 분석이어서 분석 절차가 복잡하고 소모적이다. 그래서 상대적으로 긴 분량의 텍스트 분석에 적용하기 어렵다. 둘째, 텍스트에 나타난 '정보의 기원'을 확인한 방법(자료 및 텍스트의 '주제 표지' 대조)이 소모적이다. 그래서 자료 정보를 주요 원천으로 삼는 정보전달적 텍스트를 분석할 때만 사용할 수 있다. 셋째, 텍스트의 내용적·형식적 특성을 온전히 드러내지 못한다. 내용적으로는 필자가 어떤 주제를 '선택'했는가만을 살필 뿐 그에 대해 '반응'한 양상은 확인하지 못한다. 또한 형식적으로는 정보들의 순차적 연결 방식만을 살필 뿐 개념적 연결 방식은 나타내지 못한다. 결국 이 방법론은 담화 통합 텍스트의 구성 유형(내용적·형식적 구조화 유형)이 아닌 내용구조 유형만을 나타낸다.

이 연구는 Spivey(1983) 방법론의 이상과 같은 한계를 지양하기 위해 다음 전제 위에서 분석 방법론을 개발했다. 첫째, '명제'보다 분석이 용이한 단위를 설정할 것. 둘째, '정보의 기원'은 분석 단위의 의미 내용 전체를 살핌으로써 식별할 것. 셋째, 텍스트의 내용적·형식적 특성을 온전히 드러냄으로써 텍스트의 '구성 유형'을 판별할 수 있을 것이 그 전제다.

먼저, 분석 단위로는 '문장'을 사용했다. 이때 한국어의 다양한 문장 중 대등 접속문은 이를 구성하는 각 '절'을 별개 단위로 취급했다. 대등 접속문을 이루는 '절'이 텍스트의 분석 단위가 되기 위한 두 기준(완결된 의미체일 것, 다른 단위와 의미관계를 맺을 수 있는 독립된 의미체일 것)(박진용, 1997)을 모두 충족시키기 때문이다. 따라서 분석 단위로서 '문장'에는 단문, 포유문, 종속 접속문, 대등 접속문을 구성하는 각 절이 속했다.

또한 분석 단위인 '문장'에서 '주제'와 '진술'을 식별하기 위해 두 가지 기준(Noh, 1985)을 적용했다. 제1원리로, 문두(文頭) 위치 기반 방법을 적용했다. 문장의 가장 왼편에 위치한 명사(구)를 주제로 식별하는 방법이다. 제1원리로 식별한 주제를 맥락상 받아들이기 어려운 경우에는 제2원리로서 텍스트 맥락 기반 방법을 적용했다. 선행 맥락과의 관계상 주제로 보기 어려운 요소를 '비주제 문두 요소'로 배제하고, 나머지 명사(구)를 주제로 식별하는 방법이다. 이상의 방법에 따라 '주제'를 식별하면, '진술'은 '주제'를 제외한 문장의 나머지 부분이 된다.

다음으로, 분석 구조로서 '주제 구조'를 설정했다. 분석 단위 간 정보의 개념적·순차적 연결 방식을 나타내기 위해서다. 주제 구조의 설정은 기존 형식구조 분석 접근법의 방식을 수정·보완함으로써 이루어졌다. 첫째, '주제 깊이'(개념적 연결)는 다음과 같이 규정했다. (1) 각 문장 단위 주제들이 갖는 개념적 구체성의 수준을 의미한다. (2) 후행 주제가 선행 주제를 의미적으로 구체화(심화)시킬 때 1수준 증가한다. (3) 선행 주제와의 의미적 관계에 따라 표기한다. 후행 주제가 선행 주제를 포함하는 경우, 생략된 선행 주제를 복원하여 괄호 안에 표기한다. 둘째, '주제 진행 유형'(순차적 연결)은 기존의 세 유형 중 '순차적 진행' 유형을 세분화하여 다섯 유형으로 분류했다. 병렬적 진행(P), 의미점증-순차적 진행(S1), 의미인접-순차적 진행(S2), 의미무관-순차적 진행(S3), 확장된 병렬적 진행 유형(EP)이 그것이다.

이후에는 '정보 유형'을 규정했다. 텍스트의 형식적 구조 안에서 내용적 특성이 나타나는 양상을 살피기 위해서다. '정보 유형'은 '정보의 기원'과 '정보의 수사적 성격'을 결합한 21가지 유형으로 분류된다. 첫째, '정보의 기원'은 분석 단위의 의미 전체를 살펴 자료 무변형(-), 자료 변형(0), 필자 지식(+)의 3가지 유형으로 구분했다. 둘째, '정보의 성격'은 필자의 의사소통 목적(Reiβ, 1969; 박영목, 1995)을 기준으로 세 유형(정보전달적·논증적·표현적)으로 분류한 뒤, 이중 논증적 진술의 하위 유형을 다시 세분화(Williams & Colomb, 2007)했다. 다른 두 유형과 달리, 논증적 진술은 단일 문장 내에서 그 의사소통 목적을 온전히 실현할 수 없기 때문이다. 최종적으로 '정보의 성격'은 다음 7가지로 규정됐다. 정보전달적(I), 논증적-주장(A1), 논증적-이유(A2), 논증적-근거(A3), 논증적-전제(A4), 논증적-반론인식 및 재반론(A5), 표현적(EX) 유형이 그것이다.

마지막으로, 이 연구는 분석된 담화 통합 텍스트의 구성적 특성을 한눈에 식별할 수 있는 〈텍스트 전개도〉 모형을 제시했다. 분석 방법론의 주요 성과로는 분석 단위로 '문장'을 설정하여 분석 방법과 절차를 용이하게 했다는 점, 다양한 수사적 목적을 지닌 담화 통합 텍스트 분석에 적용할 수 있다는 점, 텍스트의 내용적·형식적 측면에 대한 풍부한 정보를 식별하게 함으로써 '구성 유형' 분류를 가능하게 했다는 점을 들 수 있다.

2. 담화 통합 과제 표상과 텍스트 구성의 실제 양상

4장에서는 사례 연구의 방법과 결과를 소개했다. 연세대학교에서 〈글쓰기〉 강좌를 수강하는 40명의 신입생이 연구에 참여했다. 연구 절차는 다음과 같았다. 첫째, 필자에 대한 기초 정보(교육 경험, 쓰기 효능감, 쓰기 능력 수준)를 수집했다. 둘째, 과제를 부과했다. 공통 화제를 다양한 시각에서 다루는 5편의 읽기 자료를 배부하고, "자료 내용과 필자의 지식을 통합적으로 이용하여, 공통 화제와 관련하여 필자가 구체화한 화제에 대한 견해를 제시"할 것을 지시했다. 이는 대학에서 사용되는 전형적인 학술적 담화 통합 과제로, 필자에게 비판적 문식성을 요구한다. 또한 프로토콜 녹음 지침과 보이스 레코더를 배부하고, 과제 수행 과정에서 떠오른 생각을 수행 과정별로 즉각적으로 회상하여 녹음하게 했다. 셋째, 텍스트 및 프로토콜 자료를 수집하고, 필자에게 〈자기분석점검표〉를 작성하게 했다.

자료 분석은 다음 절차를 따랐다. 첫째, 텍스트의 총체적 질을 평가했다. 둘째, 텍스트의 형식적·내용적·표현적 특성을 분석하고, 이에 의거하여 구성 유형을 분류했다. 셋째, 과제 표상의 양적 양상을 〈자기분석점검표〉의 응답 결과에 의거해 분석했다. 넷째, 과제 표상 중 '구성 계획' 응답 결과와 텍스트의 '구성 유형' 분류 결과 간 일치 관계에 따라 필자 집단을 분류했다. 다섯째, 집단별 필자의 프로토콜에 나타난 과제 표상의 질적 특성 및 텍스트의 구성적 특성을 분석했다.

한편, 연구 문제에 대한 답변의 형식으로 주요 연구 결과를 정리하면 다음과 같다.

[연구문제1] 필자들이 담화 통합 텍스트 구성을 위해 갖는 과제 표상의 양적 특성

1-1. 필자들은 동일한 과제를 다양한 방식으로 표상했다. '구성 계획' 부문에 대한 응답의 경우, '요약하기'(12.5%), '틀 세우기'(42.5%), '종합하기'(10%), '목적을 위해 해석하기'(35%)의 분포를 보였다. 교수자들은 학생 필자가 '목적 해석' 계획을 표상할 것을 기대하지만, 전체 필자 중 해당 계획을 표상한 필자는 35%에 불과했다.

한편, 다양성을 전제한 상태에서 상대적으로 높은 응답률을 보인 과제 표상에 주목할 수 있었다. '자료+견해'(60%)를 주요 정보원으로 삼아, '틀 세우기'(42.5%) 구성 계획을 사용하여, '논증적 에세이'(50%) 형식의 텍스트를 구성하려는 표상이다. 이를 통해 학생들이 대체로 필자의 지식 기반 텍스트보다는 자료 내용 기반 텍스트를 구성한다는 점, '논증적 에세이'라는 형식에는 익숙하지만 논증을 주도하는 동력이 필자의 수사적 목적이 되어야 한다는 사실은 자주 간과한다는 점을 확인했다.

1-2. 필자의 과제 표상 차이를 발생시키는 필자 요인으로서 쓰기 교육 경험이 주목됐다. 필자가 대학 입학 전 받은 논술 교육 경험의 기간에 따라 그가 표상하는 '구성 계획'이 통계적으로 유의미한 수준

에서 달라졌다. 교육 경험이 없을 경우 '요약하기' 계획을, 6개월 이하 단기 교육을 받았을 경우 '틀 세우기' 계획을 표상하는 경향성이 나타났다. 그러나 18개월 이상의 장기 교육을 받았을 때는 '목적 해석' 계획을 표상하는 경향이 높아졌다. 단기 논술 교육이 야기할 수 있는 폐해와 장기 논술 교육이 가져올 수 있는 긍정적 효과를 함께 부각시키는 결과다.

[연구문제2] 필자들이 작성한 담화 통합 텍스트의 평균적인 특성

2-1. 40명의 필자가 작성한 담화 통합 텍스트의 형식적·내용적·표현적 분석 수치의 평균값을 살핀 결과, [연구문제1]에서 확인한 과제 표상의 성격이 반영된 텍스트의 특성이 나타났다. 특히, 내용적 측면에서 이들의 텍스트가 대체로 자료 내용에 의존한 정보전달적 텍스트의 성격을 보인다는 점, 필자의 주장은 자주 제시되지만 이를 뒷받침하는 논증은 빈약하다는 점을 수치적으로 입증했다.

2-2. 텍스트 분석에 근거했을 때 뚜렷이 구분되는 경향성을 보이는 5가지 구성 유형이 나타났다. 요약(+반응) 유형(20%), 틀-정보전달적(+반응) 유형(25%), 틀-논증적(+반응) 유형(17.5%), 통합-정보전달적 유형(7.5), 통합-논증적 유형(30%)이 그것이다. 이때 '요약' 유형과 '틀' 유형은 형식적 측면에서 변별됐고, '정보전달적' 유형과 '논증적' 유형은 내용적 측면에서 변별됐다. 또한 '틀' 유형과 '통합' 유형은 필자의 수사적 목적이 지식 변형의 동인이 되는가의 여부에 의해 변별

됐다.

각 구성 유형은 통계적으로 유의미한 수준에서 총체적 질 점수 차이를 발생시켰다. '요약' 유형은 '틀' 유형에 비해, '틀' 유형은 '통합' 유형에 비해 점수가 낮았다.

[연구문제3] 필자 집단별 과제 표상의 질적 특성 및 텍스트의 구성적 특성

3-1. 필자가 〈자기분석점검표〉를 통해 응답한 '구성 계획' 유형과 텍스트 분석을 통해 판정된 '구성 유형' 간 일치도(一致度)는 72.5%로 선행 연구보다 높게 나타났다. 과제 표상의 양적·질적 특성 및 텍스트의 구성적 특성을 보다 정확히 측정한 결과, 필자의 과제 표상이 대체로 텍스트의 특성에 반영됨을 확인한 것이다. 그러나 불일치도 또한 27.5%로 나타나 과제 표상을 텍스트에 실현하는 데 실패한 필자들도 존재함을 알 수 있었다.

양자의 관계에 따라 분류된 필자 집단은 다음과 같았다. 먼저, 일치 5개 집단으로 요약자 집단(12.5%), 정보전달적 틀 구성자 집단(17.5%), 논증적 틀 구성자 집단(12.5%), 정보전달적 통합자 집단(7.5%), 논증적 통합자(22.5%) 집단이 분류됐다. 또한 불일치 3개 집단으로 틀 세우기 의도자 집단(12.5%), 통합하기 의도자 집단(2.5%), 목적 해석 의도자 집단(12.5%)이 나타났다.

3-2. 일치 5개 집단은 필자가 〈자기분석점검표〉를 통해 응답한 '구

성 계획' 유형과 텍스트 분석을 통해 판정된 '구성 유형'이 동일한 집단이다. 집단별 필자들의 과제 표상이 보이는 질적 특성 및 텍스트의 구성적 특성은 다음과 같았다.

첫째, 요약자 집단의 필자들은 '과제 해석' 시 과제의 이해 정도를 드러내는 대신 쓰기 불안을 빈번히 표출했다. '자료 읽기' 시에는 자료에 대해 대체로 수동적·무비판적 태도를 드러냈고, 개별 자료를 이해하는 데 집중할 뿐 자료들을 관계화하지 못했다. '텍스트 구성' 시에는 읽기 과정에서 자료를 이해하고 그에 반응한 내용을 내용적·형식적 변형 없이 나열했다. 이들은 분량을 채우는 데 대한 부담감을 강하게 표출했다. 이 집단의 텍스트는 〈자료 요약+단편적 반응〉으로 구성된 하위 수준 텍스트의 특성을 나타냈다(총체적 질: 1.92). 이 유형은 형식적 측면의 수치들(길이, 주제 깊이, 조직 긴밀도)이 최하 수준이었고, 특히 주제 진행 유형 중 S3이 가장 빈번히 발생했다. 내용적 측면에서는 (-)정보의 비율이 가장 높았고, (-)(I), (0)(I), (0)(EX), (+)(A1) 정보의 순서로 그 비율이 높게 나타났다. (A1)을 뒷받침하는 (A2-5)의 비율은 매우 낮았다.

둘째, 정보전달적 틀 구성자 집단의 필자들은 '과제 해석' 시 요약자처럼 과제 이해에 대한 어려움을 토로했으나, 곧 논증적 틀 구성자처럼 '논술처럼 쓰기'를 택하는 양상을 보였다. 그러나 '논술처럼' 쓰는 것에 대한 상(象)은 불명확했다. '자료 읽기' 시에는 자료에 대해 수동적 태도를 보이는 한편 자료들을 분류하고 관계화하여 거시명제

를 창출했다. 이 거시명제는 '텍스트 구성' 시 필자 텍스트의 거시명
제로 사용됐다. 이들은 불분명한 표상 하에 자신에게 익숙한 몇 가지
서술구조를 공식(틀)처럼 사용하여 텍스트를 구성했다. 이 집단의 텍
스트는 〈특정한 서술구조+자료 내용 짜깁기〉로 구성된 중하위 수준
텍스트의 특성을 나타냈다(4.47). 형식적 측면에서는 각 수치들이 하
위 2번째 수준이었고, S2의 비율이 매우 높았다. 내용적 측면에서는
(0)정보의 비율이 2번째로 높았고, (I)의 비율이 80% 이상인 반면,
(A1-5)의 비율은 매우 낮았다. (-)(I), (0)(I), (+)(I), (+)(A1)의 순서로
비율이 높게 나타났다.

　셋째, 논증적 틀 구성자 집단의 필자들은 '과제 해석' 시 과제가 특
정 유형의 논술문제(자료 입장을 이분하고 하나의 입장을 택해 논증)
와 동일한 것이라고 확신했다. '자료 읽기' 시에는 과제 해석 단계에
서 상정한 논증 공식(틀) 안에 배치될 내용을 찾았고, 자료에 대해 종
종 평가적인 태도를 나타냈다. 논증 과정에서는 주로 자료 내용을 사
용하되 부분적으로 필자의 견해를 보충했다. 정보전달적 틀 구성자
집단과 마찬가지로, 자료 내용을 대체로 형식적으로만 변형한 것이
다. 이 집단의 텍스트는 〈자료 주장 선택+(주로) 자료 사용하여 논
증〉의 방식으로 구성된 중하위 수준 텍스트 특성을 보였다(4.29). 형
식적 측면의 수치는 대체로 중간 수준이었으나, S1의 비율이 가장 높
았다. 그러나 이는 자료의 논증을 그대로 사용한 경우가 많았기 때문
에 나타난 현상이었다. 내용적 측면에서는 (-)정보의 비율이 가장 높

았고, (A1-5)가 골고루 분포했다. (0)(A1), (-)(A1), (-)(I), (-)(A2)의 순서로 비율이 높게 나타났다.

넷째, 정보전달적 통합자 집단의 필자들은 '과제 해석' 시 과제가 '독창성'을 요구한다고 인지했으나, 이들에게 '독창성'이란 새로운 화제(통제개념)를 발견하는 데 국한됐다. '자료 읽기' 시에는 화제 발견을 위한 탐색적 읽기와 내용 생성을 위한 2차적 읽기를 수행했다. '텍스트 구성' 시에는 통제개념을 중심으로 자료 내용과 필자 지식을 통합했다. 이 과정에서 자료 내용을 형식적으로뿐만 아니라 내용적으로도 변형했다. 한편, 일부 필자에게서는 학술적 글의 객관성에 대한 오해(필자의 주관을 노출하면 안 된다는 오해)가 나타났다. 이 집단의 텍스트는 〈통제개념 중심+자료 내용과 필자 지식을 통합하여 설명〉하는 방식으로 구성된 상위 수준 텍스트의 특성을 보였다(5.67). 형식적 측면의 수치들이 (최)상위 수준이었고, P의 비율이 가장 높았다. 또한 (+)정보의 비율이 2번째로 높았고, (+)(I), (0)(I), (-)(I), (+)(A1)의 순서로 비율이 높게 나타났다. 특히 (I)의 비율이 96%였다.

다섯째, 논증적 통합자 집단의 필자들은 '과제 해석' 시 과제가 필자의 독창적인 주장을 제시할 것을 요구한다고 인지하고, 자료 입장과 필자의 입장을 명확히 구분하는 태도를 보였다. '자료 읽기' 시에는 자료에 대해 가장 능동적·비판적 태도를 보였으며 필자의 주장 및 근거 형성을 위한 목적 하에 읽기를 수행했다. '텍스트 구성' 시에는 필자의 주장을 자료 및 필자 지식을 사용하여 논증했고, 이 과정에서 자료의 형식적·내용적 변형이 일어났다. 이 집단의 텍스트는 〈필자 주장+자료 및 필자 지식 사용하여 논증〉하는 방식으로 구성된 상위 수준 텍스트의 특성을 나타냈다(6.64). 형식적 측면의 수치들이 (최)상위 수준이었고, S1의 비율이 2번째로 높았다. 또한 (+)비율이 가장 높았고, (+)(A1), (+)(I), (+)(A2), (+)(A3)의 순서로 비율이 높게 나타났다.

3-3. 불일치 3개 집단은 필자가 〈자기분석점검표〉를 통해 응답한 '구성 계획' 유형과 텍스트 분석을 통해 판정된 '구성 유형'이 상이한 집단이다. 이들은 다양한 이유에서 필자의 의도를 텍스트에 성공적으로 반영하는 데 실패했다. 집단별 필자들의 과제 표상이 보이는 질적 특성 및 텍스트의 구성적 특성은 다음과 같았다.

첫째, 틀 세우기 의도자 집단의 필자들은 '틀 세우기' 계획을 표상했으나, 이들의 텍스트는 대체로 '틀의 징후'가 포함된 '요약(+반응)' 유형으로 판정됐다. 사례 필자의 경우, 그는 논증적 틀 구성자와 유사한 과제 표상을 보였고, 텍스트의 전반부에서도 자료 내용을 변형한 주장('틀의 징후')을 제시했다. 그러나 해당 주장이 텍스트의 내용을 통제하는 것이 되지 못함으로써 텍스트가 급격히 '요약(+반응)'으로 약화되는 양상이 나타났다. 이는 필자의 쓰기 능력 부족 및 '자기중심성'에 의한 것으로 분석됐다.

둘째, 종합하기 의도자 집단의 필자는 '종합하기' 계획을 표상했으나, 그의 텍스트는 '틀-정보전달적(+반응)' 유형으로 판정됐다. 통제

개념으로 너무 광범위한 개념을 설정하여, 해당 개념이 자료 내용과 필자 지식을 효과적으로 통합하지 못한 것이다.

셋째, 목적 해석 의도자 집단의 필자들은 '목적 해석' 계획을 표상 했으나, 이들의 텍스트는 대체로 '틀-정보전달적/논증적(+반응)' 유형 으로 판정됐다. 필자들은 맥락에 부적합한 목적을 상정하거나, 상정 한 목적을 텍스트로 옮기는 데 실패하여 '틀' 유형 텍스트를 작성했 다. 사례 필자의 경우, 그는 '학술적 글쓰기=삼단논법에 맞춘 글쓰기' 라는 전제 하에 '삼단논법에 맞는 글'을 쓰는 목적을 상정했다. 그 결 과, 그의 텍스트는 자료 내용을 내용적 변형 없이 일정한 공식(틀)에 맞춰 제시한 것이 되었다.

3. 연구 의의 및 제한점

이 연구는 학생 필자가 담화 통합 텍스트를 구성하는 양상을 살펴 그 실제적이고 구체적인 특성을 드러냈다. 대학 신입생 필자가 담화 통합 과제를 수행하는 양상을 고찰하여, 이들이 특정한 방식으로 텍 스트를 구성한 원인과 결과를 분석했다. 이 연구의 성과를 간략히 정 리하면 다음과 같다.

첫째, 담화 통합 텍스트를 분석할 수 있는 새로운 분석 방법론을 제시했다. 이 방법론은 Spivey(1983)가 제안한 기존의 분석 방법론과 비교할 때 상당한 이점을 가졌다. 문장 기반 분석법이므로 분석 방법과 절차가 보다 간단하다는 점, 다양한 수사적 목적을 지닌 담화 통합 텍스트 분석에 사용할 수 있다는 점, 담화 통합 텍스트의 형식적·내용적 특성에 대한 보다 풍요로운 정보를 나타낼 수 있다는 점이 그것이다. 또한 Spivey의 방법론은 기본적으로 영어 텍스트의 분석 상황을 전제로 개발된 것이었다. 그러나 이 연구의 방법론은 한국어 문장의 성격을 전제로 분석 단위 및 분석 구조를 설정했다. 그래서 한국어 텍스트를 분석할 때 적합하게 사용될 수 있다. 이러한 이점 때문에 이 방법론은 앞으로의 담화 통합 텍스트 연구에서 다양하게 활용될 수 있을 것으로 보인다.

둘째, 과제 표상 분석을 통해 담화 통합 텍스트를 구성할 때 필자의 인지 내에서 일어나는 지식 변형의 다양한 양상을 드러냈다. 담화 통합 텍스트 구성을 위해 필자들은 다양한 방식으로 지식을 습득하고, 변형하며, 재생산한다. 그런데 필자들이 왜 특정한 방식으로 지식을 처리하는지의 문제를 인지적으로 해명하고자 한 연구는 드물었다. 이를 시도한 소수의 연구들은 필자들이 갖는 과제 표상의 경향성을 양적으로 밝히는 데 그쳤다. 이 연구는 프로토콜 분석을 통해 담화 통합 과정에서 필자들이 갖는 과제 표상의 차별적 특성을 나타냈다. 다양한 필자 집단이 과제를 해석하고, 자료를 읽고, 텍스트를 구성하는 동안 보인 지식 변형의 특성을 보다 상세히 드러냈다. 그럼으로써 필자들이 특정한 방식으로 담화 통합 텍스트를 구성하는 원인을 확인했다.

셋째, 담화 통합 텍스트를 객관적 분석 방법론에 의거하여 분석함으로써 필자의 다양한 지식 변형 양상이 텍스트에 반영된 결과를 수치적으로 입증했다. 이 연구가 분석한 담화 통합 텍스트는 대학 신입생 필자가 다양한 수사적 목적에 따라 작성한 것이었다. Flower 외 (1990)와 이윤빈·정희모(2010)의 경우, 이러한 텍스트를 분석할 수 있는 방법론의 부재에 의해 필자의 과제 표상이 텍스트에 반영된 결과를 수치적으로 입증하지 못했다. 이 연구는 일정한 분석 방법론에 의거하여 담화 통합 텍스트의 구성적 특성을 분석했다. 그럼으로써 필자의 과제 표상이 텍스트에 반영되거나 반영되지 못한 양상을 객관적으로 확인할 수 있었다.

넷째, 필자에 따라 다양하게 이루어지는 담화 통합 텍스트의 구성 양상을 집단별로 분류하여 특성화함으로써 필자 특성에 따른 교육적 모색이 이루어질 수 있는 토대를 마련했다. 교육 현장의 교수자들은 학생 필자들이 다양한 방식으로 담화 통합 텍스트를 구성한다는 사실을 경험적으로 알고 있다. 그러나 경험적 '감지(detection)'가 교육적 '진단(diagnosis)'(Flower 외, 1986)으로 이어지기 위해서는 필자들의 수행이 구체적으로 어떤 차이를 보이며, 그 차이가 어디에서 비롯되는지에 대한 실증적 자료 구축이 필요하다. 이 연구는 그러한 교육적 진단이 이루어질 수 있는 실제적 자료를 제시했다.

한편, 이 연구는 몇 가지 제한점을 갖는다. 연구의 제한점을 언급하고, 후속 연구에서 탐구되어야 할 과제에 대해 제언하면 다음과 같다.

첫째, 이 연구는 특정 대학교의 신입생 필자들이 학술적 담화 통합 과제를 수행하는 양상만을 다루었다. 앞으로 다양한 맥락에서 다양한 필자 집단이 담화 통합 과제를 수행하는 양상에 대한 고찰이 이루어질 필요가 있다. 더 많은 대학생 필자들이 동일 과제를 수행하는 양상뿐만 아니라, 초·중등 필자가 비교·대조 등의 다양한 담화 통합 과제를 수행하는 양상 또한 폭넓게 고찰되어야 한다. 한편, 동일한 종류의 담화 통합 과제에 대한 초·중등·대학생 필자의 수행 차이를 살피는 일도 필요하다. 발달 단계에 따른 담화 통합 수행 양상의 차이를 이해한다면, 연계된 담화 통합 교육의 목표를 설정하는 일이 가능해지기 때문이다.

둘째, 이 연구에서는 필자가 다양한 방식으로 담화 통합 텍스트를 구성하는 원인 및 결과적 측면에만 주목했다. 필자가 담화 통합 텍스트를 구성하는 과정에서 사용하는 다양한 전략들의 목록을 밝히는 데는 상대적으로 소홀했다. 예컨대 이 연구는 정보전달적 틀 구성자 집단이 대체로 읽기 과정에서 창출한 거시명제를 쓰기 텍스트의 거시명제로 차용한다는 현상을 포착했다. 그러나 필자가 거시명제 창출 과정에서 사용하는 세부적인 전략들의 목록을 도출하지는 않았다. 앞으로 필자들이 읽기 및 쓰기 과정에서 사용하는 다양한 전략들을 구체적으로 목록화하는 작업이 필요할 것으로 보인다.

마지막으로, 이 연구는 필자 집단에 따른 다양한 수행 양상의 차이를 밝히는 데 주력했고, 이들에 대한 교육 프로그램을 마련하는 일은 후속 연구의 과제로 남겨두었다. 이 연구의 결과는 필자들의 담화 통합 수행을 증진시키기 위해 이들이 맥락에 적합한 방식으로 과제를 표상하도록 돕는 교육이 우선적으로 필요하다는 사실을 시사한다. 그러나 과제 표상 교육만으로 모든 필자 집단의 수행을 효과적으로 증진시킬 수 있는 것은 아니다. 요약자 집단처럼 과제 표상 교육과 함께 명시적인 쓰기 전략 교육을 실시해야 할 필자들도 있다. 과제 표상 교육의 내용 또한 다양한 집단의 수행을 염두에 두고 풍부하게 구성되어야 할 것이다. 필자 집단의 수준에 따른 담화 통합 교육 프로그램을 마련하고, 그 효과를 검증하는 작업은 후속 연구를 통해 수행하고자 한다.

참고문헌

김도남(2001), 「다중 텍스트를 활용한 작문 지도 방법 탐색」, 『한국초등국어교육』, 제19호, 한국초등국어교육학회.

_____(2003), 『상호텍스트성과 텍스트 이해 교육』, 한국초등국어교육연구소 연구총서2, 박이정.

김명순(2004), 「독서 작문 통합 지도의 전제와 기본 방향」, 『독서연구』, 제11호, 한국독서학회.

김미란(2012), 「다섯 가지 텍스트 해석 방법을 활용한 읽기 중심 교육 모형의 개발」, 『대학작문』, 제5호, 대학작문학회.

김봉순(2004), 「독서와 작문 통합 지도의 전망: 비문학 담화를 중심으로」, 『독서연구』, 제11호, 한국독서학회.

김선정(2006), 「'읽기 중심의 쓰기' 모형 실행 연구: 고등학교 학생을 대상으로」, 『한말연구』, 제18권, 한말연구학회.

김정숙(2008), 「읽기·쓰기 활동을 통합한 학술 보고서 쓰기 지도 방안」, 『이중언어학』, 제33호, 이중언어학회.

김정자(2008), 「읽기와 쓰기 통합 지도를 위한 국어과 교육과정과 교과서」, 『작문연구』, 제6집, 한국작문학회.

김지혜(2005), 「설명문 텍스트 구조 양상 분석」, 한국교원대학교 석사학위논문.

김혜정(2004), 「읽기·쓰기 통합 활동에서 의미 구성의 내용과 이행 과정 연구」, 『독서연구』, 제11호, 한국독서학회.

_____(2011), 「정보전달 텍스트의 특성과 교수 학습」, 『국어교육』, 제136호, 한국어교육학회.

노대규·김영희·이상복 외(1987), 『국어학서설』, 정음사.

노명완(1988a), 「담화 분석과 독해」, 『한국교육』, 한국교육개발원.

_____(1988b), 『국어교육론』, 한샘.

_____(2010), 「대학 작문: 현 실태, 개념적 특성, 그리고 미래적 지향」, 『대학작문』, 창간호, 대학작문학회.

박소희(2009), 「중학생들의 담화 종합 과제 수행에서 나타나는 텍스트 변형 양상에 관한 연구」, 고려대학교 석사학위논문.

박영목(1995), 『고등학교 작문』, 한샘출판사.

_____(1996), 『국어이해론: 독서 교육의 기저 이론』, 법인문화사.

_____·한철우·윤희원(2003), 『국어교육학 원론』(제2판), 박이정.

_____(2008), 『작문교육론』, 역락.

박진용(1997), 「텍스트 의미 구조의 과정 중심 분석 방법」, 『청람어문교육』, 제17호, 청람어문교육학회.

_____(1998), 「국어과 교육의 텍스트 유형 분류」, 『청람어문교육』, 제20호, 청람어문교육학회.

박채화(1993), 「국어 담화의 주제 구조 연구」, 서울대학교 석사학위논문.

신혜원(2010), 「읽기 능력과 쓰기 능력의 상관관계 연구 : 인문계 고등학생을 중심으로」, 한국교원대학교 석사학위논문.

연명흠(2003), 「사고력 향상을 위한 읽기와 쓰기의 통합적 교수학습 활동 연구: 읽기를 통한 쓰기 활동을 중심으로」, 홍익대학교 석사학위논문.

오준영·김유신(2009), 「Toulmin의 논증의 옹호와 교육적 적용에 대한 탐색」, 『범한철학』, 제55집, 범한철학회.

윤성진(2011), 「과제 표상 교육이 고교생의 논술문 쓰기 수행에 미치는 효과」, 연세대학교 석사학위논문.

이경화(2001), 『읽기 교육의 원리와 방법』, 박이정.

이삼형(1994), 「설명적 텍스트의 내용 구조 분석 방법과 교육적 적용 연구」, 서울대학교 박사학위논문.

이선옥(2008), 「대학 글쓰기에서 자료 읽기와 쓰기 교육의 통합 방향성 모색」, 『국어국문학』, 제149호, 국어국문학회.

이성영(2001), 「작문 교육을 위한 텍스트 분석 방법」, 『텍스트언어학』, 제11집, 한국텍스트언어학회.

이아라(2008), 「글쓰기의 새로운 인지모형 제안 : 쓰기의 원리와 '유기적 글쓰기 모형'」, 『국어국문학』, 제148호, 국어국문학회.

이연승(2008), 「읽기와 쓰기의 통합적 접근을 통한 글쓰기 방법론」, 『어문연구』, 제56권, 어문연구학회.

이영호(2012), 「학습 논술 교육 연구: 학습 과정에서의 논증 능력을 중심으로」, 서울대학교 박사학위논문.

이윤빈·정희모(2010), 「과제 표상 교육이 대학생의 학술적 글쓰기 수행에 미치는 효과」, 『국어교육』, 제131호, 한국어교육학회.

_____(2010), 「대학생의 학술적 비평문 쓰기 수행에 대한 연구」, 『국어교육』, 제133호, 한국어교육학회.

_____(2012), 「대학 신입생 대상 '학술적 글쓰기'의 장르적 의미와 성격」, 『작문연구』, 제14집, 한국작문학회.

이재기(2012), 「읽기·쓰기 연계 활동의 교육적 의미」, 「독서와 작문의 통합적 전망: 한국독서학회·대학작문학회 공동학술발표대회 자료집」, 2012년 10월 20일.

이재승(2004), 「읽기와 쓰기 통합 지도의 방법과 유의점」, 『독서연구』, 제11호, 한국독서학회.

이정모 외(2009), 『인지심리학』, 3판, 학지사.

이정우(2011), 「정보전달 텍스트 쓰기에서 필자의 정보 변환 양상」, 『국어교육』, 제136호, 한국어교육학회.

임홍빈(2007), 『한국어의 주제와 통사 분석』, 서울대학교출판부.

정희모(2005), 「대학 글쓰기 교육의 현황과 방향」, 『작문연구』, 창간호, 한국작문학회.

_____ · 김성희(2008a). 대학생 글쓰기의 텍스트 비교 분석 연구: 능숙한 필자와 미숙한 필자의 텍스트에 나타난 특징을 중심으로. 국어교육학연구 32집, 393-426. 국어교육학회.

_____ · 이재성(2008b), 「대학생 글쓰기의 수정 방법에 대한 실험 연구: 자기 첨삭, 동료 첨삭, 교수 첨삭의 효과를 중심으로」, 『국어교육학연구』, 제33집, 국어교육학회.

_____(2011a), 「작문 이론의 구체성과 실천성: 작문 이론의 구체화와 교육적 접근에의 필요성」, 『한국어문교육』, 제10호, 고려대학교 한국어문연구소.

_____(2011b), 「대학생 쓰기 교육을 위한 텍스트 특성 비교: 대학생 필자와 전문 필자의 텍스트를 중심으로」, 『국어교육』, 제135호, 한국어교육학회.

조규락(2002), 「논증 스캐폴드와 문제 유형이 논증의 질, 문제 해결의 성취도 및 집단의 효과성에 미치는 효과」, 『교육공학연구』, 제18집, 한국교육공학회.

현남숙(2010), 「인문학 글쓰기에서 툴민 논증의 활용」, 『사고와 표현』, 제3집(2호), 한국사고와표현학회.

Ackerman, J.M.(1990). Reading, writing and knowing: The role of disciplinary knowledge in comprehension and composing, Technical Report, 40, Berkely, CA: University of California, National Center for the Study of Writing and Literacy.

Anderson, L. W., Krathwohl, D. R., Airasian, P. W., Cruikshank, K. A., Mayer, R. E., Pintrich, P. R., Raths, J. & Wittrock, M. C.(Eds.)(2001). A Taxonomy for learning, teaching and assessment: A revision of Bloom's taxonomy of educational objectives. Pearson Education Inc.

Bartlett, E.J.(1982). Learning to revise: Some component processes. In M. Nystrand(Ed.), What writers know(pp.345-364). Academic Press.

Bartlett, F.C.(1932). Remembering: A study in experimental and social psychology. Cambridge: Cambridge University Press.

Bloom, B.S.(Ed.), Furst, E. J., Hill, W. H., & Krathwohl, D. R.(1956). Taxonomy of educational objectives: Handbook I : Cognitive domain. New York: David McKay.

Bloom, L.(1979). Teaching Anxious writers: Implications and applications of research. Paper presented at Conference on College Composition and Communication, Minneapolis.

Booth, W.C.(1963). The rhetorical stance. College Composition and Communication, 14, 139-145.

Brinker, Klaus(1985), Linguistische Textanalyse, 이성만 옮김(2004), 『텍스트 언어학의 이해』, 역락.

Brown, G., & Yule, G.(1983). *Discourse analysis*. London: Cambridge University Press.

Bruce, R.L.(1981). *Programming for intangibles*. Cornell Information Bulletin 179, Extension publication 9/81 SM HO 7488. Ithaca, NY: New York State College of Agriculture and Life Science and New York State College of Human Ecology at Cornell University.

Britton, J.(1975). *The Development of Writing Abilities*(11-18), London: Macmillan.

Calfee, R.C., & Curley, R.(1984). Structures of prose in content areas. In J. Flood(Ed.), *Understanding reading comprehension*(pp.161-180), IRA.

Carey, L.J., Flower, L., Hass, C., Hayes, J.R., & Schriver, K.A.(1989). Differences in writers' initial task representation. Technical Report, 35, Berkely, CA: University of California, National Center for the Study of Writing and Literacy.

Cerniglia, C., Medsker, K., & Connor, U.(1990). Improving coherence using computer-assisted instruction. In U. Connor & A. M. Johns(Eds.), *Coherence: Research and pedagogical perspectives*(pp.227-241). Washington, DC: TESOL.

Chall, J.S., & Jacob, V.A.(1983). Writing and reading in the elementary grades: Development trends among low SES children. *Language Arts*, 60(5), 617-626.

Chase, W.G. & Simon, H.A.(1973). Perception in chess. *Cognitive Psychology*, 4, 55-81.

Chi, M.T.H., Feltovich, P.J., & Glaser, R.(1981). Categorization and representation of physics problems by experts and novices. *Cognitive Science*, 5, 121-152.

Chomsky, N.(1965). *Aspects of the theory of syntax*. Cambridge, MA: MIT Press.

Clements, P.(1979). The effects of staging on recall from prose. In R. O. Freedle(Ed.), *New directions in discourse processing*. Norwood, NJ: Ables.

Connor, U.(1988). Research frontiers in writing analysis. *TESOL Quarterly*, 21(4), 677-696.

_____, & Schneider, M.(1988, March). Topical structure and writing quality: Results of an ESL study. Paper presented at the 22nd Annual TESOL Convention. Chicago.

Crammond, J.C.(1998). The uses and complexity of argument structures in expert and student persuasive writing. *Written Communication*, 15(2), 230-268.

Dahl, O.(1969). *Topic and comment: A study in Russian and general transformational grammar*. Goteburg: Slavica Gothoburgensia.

Danes, F.(1974). Functional sentence perspective and the organization of the text. In F. Danes(Ed.), *Papers on Functional Sentence Perspective*. The Hague: Mouton.

de Groot, A.D.(1965). *Thought and choice in chess*. The Hague: Mouton.

Diederich, P.B.(1974). *Measuring growth in English*. IL: NCTE.

Downs, D. & Wardle, E.(2007). Teaching about writing, righting misconceptions: (Re)Envisioning "First-year composition" as "Introduction to writing studies". *College Composition and Communication*, 58, 552-584.

Enkivist, N.E.(1975). *Tekstilingvistiikan peruskasitteita*. Helsinki: Gaudeamus.

_____,(1978). Some aspects of applications of text linguistics. In N. E. Enkvist & V. Kohonen(Eds.), *Text linguistics, cognitive learning and language teaching*(Publications de l'Assocation finlandaise de linguistique appliquée No.22)(pp.1-28). Helsinki: Akateeminen Kirjakauppa.

Fillmore, C.J.(1968). The case for case. In E. Bach & R. Harms(Eds.), *Universals in linguistic theory*. NY: Holt, Rinehart and Winston, 1-88.

Firbas, J.(1974). Some aspects of the Czechoslovak approach to the problems of Functional Sentence Perspective. In E. Danes(Ed.), *Papers on Functional Sentence Perspective*. The Hague: Mouton.

Flower, L. & Hayes, J.R.(1981). A cognitive process theory of writing. *College Composition and Communication*, 32(4).

_____,(1984). Images, plans, and prose: The represenation of meaning in writing. *Written Communication*, 1. 120-160.

_____, Carey, L., Schriver, K., & Stratman, J.(1986). Detection, diagnosis, and the strategies of revision. *College Composition and Communication*, 37(1), 16~55.

Flower, L.(1987). The role of task representation in reading to write. Technical Report, 6, Berkely, CA: University of California, National Center for the Study of Writing and Literacy.

_____, Stein, V., Ackerman, J., Kantz, M.J., McCormick, K., & Peck, W.C.(1990). *Reading to write: Exploring a cognitive and social process*. New York: Oxford University Press.

_____, Problem-solving strategies for writing(1993: 4th edition), 원진숙·황정현 옮김, 『글쓰기의 문제해결전략』(서울: 동문선, 1998).

_____,(1994). *The construction of negotiated meaning: A social cognitive theory of writing*. Sourthern Illinois University Press.

Frederiksen, C.H.(1975). Representing logical and semantic structure of knowledge acquired from discourse. *Cognitive Psychology*, 7, 371-458.

Freire, P.(1970). *Pedagogy of the oppressed*(M.B Ramos, Trans.). New York: Continuum.

Greene, S.(1991). Writing from sources: Authority in text and task. Technical Report, 59, Berkely, CA: University of California, National Center for the Study of Writing and Literacy.

_____,(1992). Mining texts in reading to write. *Journal of Advanced Composition*, 12, 151-170.

_____,(1993). The role of task in the development academic thinking through reading and writing in the college history course. *Research in the Teaching of English*, 26,

47-76.

Greene, S. & Ackerman, J.M.(1995). Expanding the constructivist metaphor: A rhetorical perspective on literacy research and practice. *Review of Educational Research*, 65(4), 383-420.

Greene, S.(1999). How beginning writing students interpret the task of writing an academic argument. In K.L Weese et al.(Eds.), *Teaching academic literacy*. Mahwah, NJ: Lawrence Erlbaum Associates.

Grimes, J.E.(1975). *The thread of discourse*. The Hague: Mouton.

Halliday, M.A.K.(1967a). Notes on transitivity and theme in English; Part 1. *Journal of Linguistics*, 3, 37-81.

_____,(1967b). Notes on transitivity and theme in English; Part 2. Journal of Linguistics, 3, 199-244.

_____,(1974). The place of "Functional sentence perspective" in the system of linguistic description. In E. Danes(Ed.), *Papers on Functional Sentence Perspective*. The Hague: Mouton.

Hartman, J.A. & Allison, J.(1996). Promoting inquiry-oriented discussion using mulitiple texts. In L. Gambrell & J.F. Almasi(Eds.), *Lively discussion: Fostering engaged readers*. Newark: International Reading Association.

Hauenstein, A.D.(1998). *A conceptual framework for educational objectives: A holistic approach to traditional taxonomies*. Lanham, MD: University Press of America.

Hayes, J.R., & Nelson, J.(1988). How the writing context shapes college students' strategies for writing from sources. Technical Report, 16, Berkely, CA: University of California, National Center for the Study of Writing and Literacy.

Herrington, A.(1985). Writing in academic settings: A study of the contexts for writing in two college chemical engineering courses. *Research in the Teaching of English*, 19, 331-359.

Jones, L.K.(1977). *Theme in English expository discourse*. Lake Bluff, IL: Jupiter.

Kantz, M.(1989). Written rhetorical processes and product. Technical Report, 17, Berkely, CA: University of California, National Center for the Study of Writing and Literacy.

Kellogg, R.T.(1994). Process and performance. In *The psychology of writing*(pp.47-70). NY: Oxford University Press.

Kennedy, M.L.(1985). The composing process of college students writing from sources. *Written Communication*, 2(4), 434-456.

Kinneavy, J.L.(1980). The basic aims of discourse. *College Composition and Communication*, 20(5), 297-304.

Kintsch, W.(1974). *The Representation of memory*. Hillsdale, NJ, Erlbaum.

Kintsch, W. & van Dijk, T.A.(1978). Toward a model of comprehension and production. *Psychological Review*, 85, 363-394.

Langer, J.A., & Filihan, S.(2000). Writing and reading relationship: Constructive tasks. In R. Indrisano & J.R. Squire (Eds.), *Perspectives on writing* (pp.112-139). Newark: IRA.

Larkin, J.H., McDermott, J., Simon, D.P., & Simon, H.A.(1980). Expert and novice performance in solving physics problems. *Sciences, 208*, 1335-1342.

Larkin, J.H.(1983). The role of problem representation in physics. In D. Gentner & A. Collins(Eds.), *Mental Models*. Hillsdale, NJ: Lawrence Erlbaum.

Lautamatti, L.(1978). Observations on the development of the topic in simplified discourse. In U. Connor & R. B. Kaplan(Eds.), *Writing across languages: Analysis of L2 text* (pp.92-126). Reading, MA: Addison-Wesley.

Lenski, S.D. & Johns, J.L.(1997). Patterns of reading-to-write. *Reading Research and Instruction*, 37(1), 15-38.

Lenski, S.D.(1998). Strategic knowledge when reading in order to write. *Reading Psychology*, 19(3), 287-315.

Lewkowicz, J.A.(1994). Writing from sources: Does source material help or hinder students' performance? In N. Bird et al. (Eds.), *Language and Learning: Papers presented at the Annual International Language in Education Conference (Hong Kong, 1993)* (pp. 204-217). (ERIC No. ED 386 050).

Loban, W.(1963). *The language of elementary school children(Research Report 1)*. Urbana, IL: National Council of Teachers of English, 21(1), 30-63.

Mathison, M.A.(1993). *Authoring the critique: Taking critical stances on disciplinary texts*. Unpublished doctorial dissertation, Carnegie Mellon University, Pittsburgh, PA.

Mathison, M.A. & Flower, L.(1993). Authorship in writing the critique. Writing from academic sources: Project 9(Study 2, Phrase 1). Final Report, Pittsburgh, PA. Center for the Study of Writing and Literacy, University of California at Berkeley and Carnegie Mellon University, PA.

Mathison, M.A.(1996). Writing the critique, a text about a text. *Written Communication*, 13, 314-354.

McCormick, K.(1989). The cultural imperatives underlying cognitive acts. Technical Report, 28, Berkely, CA: University of California, National Center for the Study of Writing and Literacy.

McGinley, W.(1992). The role of reading and writing while composing from sources. *Reading Research Quarterly*, 27, 227-248.

Meyer, B.J.E.(1975). *The organization of prose and its effects on memory*. Amsterdam: North Holland.

Nash, J.G., Schumacher, G.M., & Carlson, B.W.(1993). Writing from sources: A structure-mapping model. *Journal of Educational Psychology*, 85, 159-170.

Nelson, J.(1990). This was an easy assignment: Examining how students interpret academic writing task. *Research in the Teaching of English*, 24, 362-369.

Noh, M.Y.(1985). *Effects of topical structure on discourse comprehension and production.* Unpublished doctorial dissertation, University of Illinois.

Nystrand, M.(1992). Reviewed work(s): Reading-to-write: Exploring a cognitive and social process by Linda Flower et al., *College Composition and Communication*, 43(2), 411-415.

Nystrand, M., Greene, S., & Wiemelt, J.(1993). Where did composition studies come from. *Written Composition*, 10, 267-333.

Ormell, C.P.(1974-75). Bloom's taxonomy and the objectives of education. *Educational Research*, 17, 3-18.

Park, Y.M.(1986). *The influence of the task upon writing performance.* Unpublished doctorial dissertation, University of Illinois.

Paul, I.H.(1959). Studies in remembering: The reproduction of connected and extended material. *Psychological Issues*, 1(Monograph No.2).

Plakans, L.(2008). Comparing composing processes in writing-only and reading-to-write test tasks. *Assessing Writing*, 13, 111-129.

Quinn(2003). Teaching reading and writing as modes of learning in college: A glance at the past, a view to the future. *Reading Research and Instruction*, 34(4), 295-314.

Remondino, C.(1959). A factorial analysis of the evaluation of scholastic compositions in the mother tongue. *British Journal of Educational Psychology*, 29.

Risemberg, R.(1996). Reading to write: Self-regulated learning strategies when writing essays from sources. *Reading Research and Instruction*, 35, 465-383.

Scardamalia, C & Paris, P.(1985). The Function of Explicit Discourse Knowledge in the Development of Text Representations and Composing Strategies. *Cognition and Instruction*, 2(1).

Scardamalia, C. & Bereiter, M.(1983). The development of evaluative, diagnostic, and remedial capabilities in children's composing. In M. Martlew(Ed.), *The psychology of written language: A developmental approach.* London: Wile.

Scardamalia, C. & Bereiter, M.(1987). *The psychology of written composition.* NJ: LEA.

Schank, R.(1977). Rules and topics in conversation. *Cognitive Science*, 1, 421-441.

Schneider, M., & Connor, U.(1990). Analyzing topical structure in ESL essays: Not all topics are equal. *Studies in Second Language Acquisition*, 12(4), 411-427.

Schumacher, G.M., Klare, G.R., Cronin, F.C., & Mose, J.D.(1984). Cognitive activities of beginning and advanced college writers: A pausal analysis. *Research in the Teaching of English*, 25, 67-96.

Schneider, M., & Connor, U.(1990). Analyzing topical structure in ESL essays: Not all topics are equal. In *Studies in Second Language Acquisition*, Indiana: Indiana University Linguistics Club. 411-427.

Segev-Miller, R.(2004). Writing from sources: The effects of explicit instruction on college students' processes and products. *L1-Educational Studies in Language and Literature*, 4, 5-33.

_____,(2007). Cognitive processes in discourse synthesis: The case of intertextual processing strategies. In M. Torrance, L. Van Waes, & D. Galbraith(Eds.), *Writing and Cognition: Research and Applications*, 231-250, Amsterdam: Elsevier.

Sgall, P., Eva, H., & Eva, B.(1973). *Topic, focus, and generative semantics*. Kronberg: Scriptor Verlag GmbH.

Shaughnessy, M.(1977). Errors and expectations: A guide for the teacher of basic writing. New York: Oxford University Press.

Sidner, C.L.(1983). Focusing and discourse. *Discourse Processes*, 6, 107-130.

Simpson, J.M.(2000). Topical structure of academic paragraphs in English and Spanish. Journal of *Second Language Writing*, 9, 293-309.

Smeets, W. & Solé, I.(2008). How adequate task representation can help students write a successful synthesis. www.zeitschrift-schreiben.eu. online publiziert: 2008. 09. 08.

Spivey, N.N.(1983). *Discourse synthesis: Constructing texts in reading and writing*. Unpublished doctorial dissertation, University of Texas at Austin.

Spivey, N.N., & Greene, S.(1989). Aufgabe in writing and learning. Paper presented at the annual meeting of the American Educational Research Association, San Francisco, CA.

Spivey, N.N., & King, J.R.(1989). Readers as writers composing from sources. *Reading Research Quarterly*, 24, 7-26.

Spivey, N.N.(1991). Transforming texts: Constructive processes in reading and writing. Technical Report, 47, Berkely, CA: University of California, National Center for the Study of Writing and Literacy.

Spivey, N.N., *The constructivist: Reading, writing and the making of meaning*(1997), 신헌재 외 옮김, 『구성주의와 읽기·쓰기: 읽기·쓰기·의미 구성의 이론』(서울: 박이정, 2002).

Stotsky, S.(1983). Research on Reading Writing Relationship: A Synthesis and Suggested Direction. *Language Arts*, 60.

Tindale, C.W.(1999). *Acts of arguing: A rhetorical model of argument*. NY: SUNY Press.

Tipton, S.(1987). *The effectiveness of topical structure analysis as a revision for ESL writers.* Unpublished master's thesis, Ohio University.

Toulmin, S.E.(1958). *The uses of argument.* Cambridge: Cambridge University Press.

VanLehn, K.(1989). Problem solving and cognitive skill acquisition. In M. I. Posner(Ed.), *Foundations of cognitive science*(pp.527-580). Cambridge: MIT Press.

Williams, J.M. & Colomb, G.G., *The craft of argument*(2007: 3th edition), 윤영삼 옮김, 『논증의 탄생』(서울: 홍문관, 2008).

Witte, S.P.(1983a). Topical structure and revision: An exploratory, *College Composition and Communication,* 34(3), 313-341.

_____,(1983b). Topical structure and writing quality: Some possible text-based explanations of readers' judgments of students' writing. *Visible Language,* 17, 177-205.

_____,(1985). Pre-text and composing, *College Composition and Communication,* 38(4), 397-425.

Wolfe, J.(2002). Marginal pedagogy: How annotated affects an writing-from-sources task. *Written Communication,* 19(2), 297-333.

Yang, S.C.(2002). Multidimensional taxonomy of learners cognitive processing in discourse synthesis with hypermedia. *Computers in Human Behavior,* 18, 27-68.

부록 1

글쓰기 교육 경험 및 자기 효능감에 대한 설문

> ※ 이 설문은 앞으로 〈글쓰기〉 강좌를 수강할 여러분들의 현재 상태에
> 대한 기초 정보를 얻기 위해 실시하는 것입니다. 편안한 마음으로
> 솔직하게 답변해주십시오.

1. 평소에 글쓰기를 많이 하는 편입니까?
① 매우 그렇다.   ② 그렇다. ③ 보통이다. ④ 아니다. ⑤ 전혀 아니다.

2. 1번 문항에 대해 ①~③번 사이의 답변을 한 경우, 주로 어떤 형식의
글쓰기를 합니까? (다음과 같이 기술하십시오. 예 블로그에 매일 포스
팅을 한다.)

3. 대학에 입학하기 전까지 받은 정규 교과 과정 외 글쓰기 교육 경험은
얼마나 됩니까? 그리고 그것은 어떤 형식의 것이었습니까?
(다음과 같이 기술하십시오. 예1. 고등학교 1-3학년까지 총 36개월 동안
방과 후 교실에서 독서·논술 지도를 받았음. 예2. 중학교 3학년-고등학
교 1학년까지 총 20개월 동안 입시논술학원에서 교육을 받았음. 예3.
경험 없음.)

4. 3번 문항의 교육은 자신의 글쓰기에 어떤 영향을 미쳤습니까?
(다음과 같이 기술하십시오. 예1. 글을 논리적으로 구성하는 능력이 향
상됨. 예2. 글쓰기에 대한 두려움이 늘어남. 예3. 모르겠음.)

5. 글쓰기에 대한 흥미 정도는 어떠합니까?
① 매우 높다.　② 높다.　③ 보통이다.　④ 낮다.　⑤ 매우 낮다.

6. 글쓰기에 대한 자신감 정도는 어떠합니까?
① 매우 높다.　② 높다.　③ 보통이다.　④ 낮다.　⑤ 매우 낮다.

7. 〈글쓰기〉 강좌를 통해 가장 향상시키고 싶은 능력은 무엇입니까?

부록 2

글쓰기 능력 수준 진단평가

> ※ 이 진단평가는 여러분의 현재 글쓰기 능력의 전반적인 수준을 알아보기 위한 것입니다. 평가 내용은 성적에 반영되지 않습니다.
>
> ※ 평가 시간은 90분이며, 분량은 1000~1200자입니다. 아래 제시문을 잘 읽고, 배부한 원고지에 논제에 대한 여러분의 생각을 자유롭게 서술하십시오.

베트남전쟁 당시 한국군은 미국의 요청을 받아 1965년부터 1973년까지 약 30만 명을 파병하여 그 중 약 5천 명이 전사한 것으로 알려져 있다. '외적의 침입'으로 인한 자위전쟁이라고 부르기에는 상당히 무리가 있는 이 파병에 대하여,

전쟁기념관은 '해외파병실'을 마련해 두고 대대적으로 다루면서 "파병의 규모와 기간, 역할과 성과라는 측면에서 가장 의의 있던 파병"이라고 그 역사적 위치를 부여하면서 이렇게 설명한다.

"한국군은 1960년대에 베트남이 공산주의의 침략에 직면했을 때, 베트남의 자유와 세계 평화를 위한 십자군으로 파병되어 베트남을 원조했다. 한국군은 1973년 3월에 군을 철수할 때까지 만 8년 동안 베트콩을 상대로 혁혁한 전공을 거두었고, 나아가 활발한 대민 지원 활동을 펼쳐 한국군의 위용과 용맹함을 전 세계에 과시했다."

한편 주월미군사령부 감찰부의 비밀 보고서 중 감찰부 로버트 쿡 대령이 사령부 참모장에게 보낸 '한국군 해병에 의한 잔혹행위의혹' 보고서에는 다음과 같은 내용이 포함되어 있다.

---

* 1968년 2월 12일 사건

장소 : 쿠앙남(Quang Nam)성 디엔반(Dien Ban)현, 퐁니(Phong Nhi)·퐁
넛(Phong Nut)마을.

상황 : 한국 해병 2여단 1대대 1중대가 마을 주변을 일렬종대로 지나던
중 저격을 받자 마을을 공격. 앞 소대에서 민간인들을 후송시켰으
나 뒤에서 대부분 사살됨.

희생과 손실 : 79명(또는 69명)의 베트남 여성과 어린이들이 칼에 찔리거
나 총에 맞아 죽음. 한국 해병 1명 부상.(〈한겨레21〉이 확인한 해
당일 작전명 : 괴룡1호 작전)

[논제] 주월미군사령부 감찰부의 비밀보고서 내용이 사실이라면, 전쟁기념관
해외파병실의 위와 같은 기록은 수정되어야 하는가? 수정될 필요가 없
다면, 그 이유는 무엇인가? 수정되어야 한다면 그 이유는 무엇이며, 내
용은 어떻게 바뀌어야 한다고 생각하는가? 전쟁기념관이 갖는 역사적,
사회적, 교육적 기능을 고려하여 수정 여부를 판단하고, 그에 대한 자
신의 생각을 자유롭게 서술해 보시오. (1,000~1,200자)

---

* 다카하시 데쓰야, 『국가와 희생』, 이목 옮김, 책과함께, 2008, 244쪽.

부록 3

과제와 읽기 자료 : '사이버 정체성'에 관한 학술적 글쓰기

[과제] 다음은 '사이버 정체성(cyber identity)'과 관련된 문제들에 대한 다양
한 시각을 보여주는 자료들입니다. 이를 잘 읽고, 이해하고, 자료 내
용과 필자의 지식을 통합적으로 이용하여, '사이버 정체성'과 관련하
여 필자가 구체화한 화제에 대한 견해를 제시하는 글을 쓰십시오.

※ 유의사항

1. 분량은 2500자 내외입니다.
2. 원고 앞부분에 제목을 써주십시오.
3. 첨부한 〈즉시 회상 프로토콜 녹음 지침〉에 따라, 여러분의 읽기-쓰기
   과정에서 떠오른 생각을 보이스레코더에 녹음하십시오.
4. 마감은 ○월 ○일입니다. 사이버 강의실 보고서란에 원고와 녹음 파일
   을 올리십시오.

[읽기 자료 1-5]

[자료1] 사이버 공간은 익명성, 중독성, 심리적 현실감, 금기 도발이라
는 네 가지 특성을 갖는다. 현실에서라면 어느 것 하나 용인되지 않는 것
들이다. 그리고 이러한 문제적 특성으로 인해 개인의 정체성 혼란 문제나
다양한 사회적 문제들이 초래된다.

사이버 공간에서 보장되는 익명성으로 인해 개인은 여러 개의 가면(가
상 인격)들을 자유롭게 바꾸어 쓸 수 있다. 50대 중년 남성이 한 사이트에
서는 20대 여성으로 다른 사이트에서는 5세 유아로도 행세할 수 있는 것

이다. 이러한 가변적 정체성은 결국 개인에게 혼란을 초래하고, 사회적으로도 종종 무책임한 폭력을 유발하는 원인이 된다. 여러 개의 가면을 바꿔 쓰는 과정에서 개인이 자신의 진짜 얼굴이 무엇인지 잊을 수도 있고, 인터넷상에서의 무분별한 마녀사냥에 편승하고도 별다른 책임감을 느끼지 않을 수 있기 때문이다. 또한 사이버 공간은 중독성이 높아 개인이 그 공간에 머무는 시간이 길어질수록 현실의 인간관계나 본분으로부터 멀어지는 일이 자주 생긴다. 사이버 공간이 현실이 되고, 진짜 현실은 뒷전으로 밀려나는 '공간전도' 현상이 빚어지는 것이다. '공간전도' 현상이 빚어지면, 개인은 사이버 공간에서 일어난 일을 현실로 착각하는 '심리적 현실감'을 느끼게 된다. '심리적 현실감' 때문에 사이버 공간에서 만난 캐릭터에게 사랑에 빠지거나, 사이버 애완동물이 죽었을 때 깊은 우울감을 느끼는 일들이 빚어지곤 한다. 사이버 공간에서 벌어진 시비가 현실의 싸움으로 이어지는 일도 허다하다. 마지막으로, 사이버 공간에서는 마음껏 금기를 깰 수 있고 제재를 받는 일도 드물기 때문에 이용자에게 '금기 도발'에 대한 충동을 느끼게 할 수 있다. 만약 금기 도발로 인해 문제가 생긴다면 이용자는 자신의 아바타를 죽이거나 ID를 삭제하고 다른 정체성을 탄생시키면 그만이다.

인터넷 머드(MUD) 게임에 심취해 있던 중학생 양모 군이 어느 날부터 사이버 공간의 캐릭터와 현실 세계의 사람들을 헷갈려 하다가 동생을 살해한 사건이 있었다. 그는 자신이 운영하는 홈페이지에 '살인이라는 것을 꼭 해 보고 싶다.'라는 글을 싣고, 자기소개에는 '군대에 갔다 와서 맘껏 살인을 즐기는 것'이 소망이라는 말을 적었다. 마침내 양군은 컴퓨터 게임에 등장하는 도끼를 구입하여 잠들어 있던 동생을 살해했다. 이 사례는 사이버 공간의 금기 도발 특성이 심리적 현실감과 중독성이라는 다른 특성들과 만나면서 증폭된 결과로 받아들여진다. 게임에 중독된 양군은 사이버 공간에서 비일비재하게 일어나는 살인에 탐닉한 나머지, 현실 세계로 돌아와 금기를 깨는 분열된 행동을 보인 것이다. (손형국, 『디지털 라이프』, 황금가지, 2001)

[자료2] 예루살렘 히브리대학의 심리학자 베카 이스라엘리는 인터넷 채팅방을 방문하는 사람들을 1년 이상 관찰하여 그들이 사용하는 별명을 연구했다. 그는 사용자들이 왜 현재의 별명을 선택했는지 조사했고, 별명의 분류법을 개발해냈다. 대부분의 사용자(45%)는 어떤 이유로든 실제 자신과 상관있다고 생각하는 별명을 선택했다. 그리고 나머지 중 8%는 자기 본명을 그대로 사용했고, 오직 6%만이 동화나 영화나 소설에 나오는 등장인물의 이름을 별명으로 사용했다.

이스라엘리의 연구 결과는 익명성이 보장되는 채팅방에서도 사용자들 중 절반 이상이 현실 공간의 자기정체성에서 너무 동떨어지지 않은 별명을 사용하거나, 최소한 이상적인 자아(ideal ego)를 표현한다는 사실을 보여준다. 또한 이스라엘리는 사람들이 자기 별명을 바꾸기가 매우 쉬운데도 잘 바꾸지 않는다는 사실도 발견했다. 사람들은 인터넷에서 겉모습을 바꿔가며 이리저리 옮겨 다니기보다는 하나의 온라인 정체성을 만들어놓고, 그 공통 정체성을 기반으로 활동하고 있었다.

오리건 과학기술연구소의 엘리노어 원과 벨코어의 제임스 카츠 역시 수많은 홈페이지들을 살펴보면서, 대다수의 홈페이지 주인들이 자기 자신과 극적으로 다른 대안적인 정체성을 창조하려는 시도는 하지 않는다는 사실을 발견했다. "가장 중요한 특징은 이들이 포스트모더니스트들이 주장했던 것과는 정반대로 행동했다는 점이다. 개인 홈페이지 주인들은 포스트모더니스트들이 주장하는 것처럼 자아를 쪼개놓기보다는 자기의 정체성을 통합하고, 자신의 입장과 자기가 중요하게 생각하는 것들을 안정되고 반복 가능한 방법으로 보여주려고 했다." (패트리샤 월리스, 황상민 옮김, 『인터넷 심리학』, 에코리브르, 2001)

[자료3] 사이버 공간에서의 다중 정체성(multiple identity)에 적응하는 동안 사람들은 다양한 감정적 경험을 하게 된다. 어떤 사람은 다중 정체성에 대해 불편함을 느끼지만, 반대로 해방감을 느끼는 사람도 있다. 어떤 사람은 미처 깨닫지 못하고 있던 자아의 발견을 경험하기도 하고, 어떤 사람은 자아의 변환을 경험하기도 한다. 심리적 공황 상태에 빠지는 사람도 있을 수 있지만, 새로운 역할들을 다중적으로 수행하면서도 자기의식을 명백하게 유지하는 사람도 많다. 사실, 머드(MUD: 온라인상에서 여러 사용자가 함께 사용하는 게임이나 프로그램) 환경을 이용하는 대부분의 이용자들은 다중 인격성에 따른 병적 증세(MPD: Multiple Personality Disorder)를 드러내 보이지 않는다.

사이버 공간에서의 다중 정체성은 현실 세계에서의 다중 정체성에 비해 혼란을 야기할 여지가 적다. 현실 세계의 인간은 시공간의 제약 및 관계의 제약을 받기 때문에 다중 정체성을 유지하기가 상대적으로 어렵다. 만약 다중 정체성으로 인한 혼란이 나타날 경우, 인격의 다양한 속성들이 가장 주된 속성의 뒤로 숨어버리게 된다. 그러나 사이버 공간에서 인간은 다양한 시공간과 다양한 관계 사이를 자유롭게 유영(遊泳)할 수 있기 때문에 다중 정체성을 혼란 없이 유지하는 것이 상대적으로 쉽다. 다중 정체성을 구성하는 한 인격이 다른 인격을 억압하거나 약화시키지 않고 제각기 자신의 역할을 수행하면서 다른 인격과 공존할 수 있기 때문이다.

만약 누군가가 사이버 공간에서의 다중 정체성 때문에 혼란을 느낄 경우, 그것은 여러 정체성들 중 하나의 정체성이 이질적인 다른 정체성과의 교류를 허용하지 않기 때문에 발생하는 것이다. 따라서 인간을 하나의 견고한 통일적인 정체성이 아니라 다양한 정체성들의 집합으로 이해하는 유연성을 통해 이러한 혼란을 극복할 수 있다. 이러한 정체성 개념을 받아들인다면, 다양한 정체성들이 서로 역할을 바꿔가며 자유롭게 교류할 수 있는 길이 열릴 것이다. (정기도, 『나, 아바타, 그리고 가상세계』, 책세상, 2000)

[자료4] 사이버 공간에서 자신의 온라인 페르소나를 만들어가는 과정은 퇴행적인 성격을 지니고 있다. 미니홈피나 블로그와 같은 공간에서 개인은 '내가 되고 싶은 나' 혹은 '내가 보여주고 싶은 나'만을 노출시키려고 노력한다. 그리고 방문객들의 방문횟수, 글의 조회수, 즉각적인 댓글과 방명록에 남겨진 메시지의 수를 통해 희열을 느끼곤 한다. 이러한 희열은 다른 사람으로부터 받는 인정과 관심에 몰두하는 유아적 만족에 가깝다. 이것은 온라인 속 자아의 성장을 끊임없이 유보시킨다. 타자의 시선을 과잉 의식하면서 동시에 타자의 관심을 받고자 하는 욕구들이 자신의 정체성을 통제하는 것이다.

다시 말해, 사이버 공간에서의 사적 자기표현 활동들은 우리의 자아를 통합하기보다는 오히려 자아를 쪼개놓는 역할을 하고 있다. 타자의 시선에 억압되면, 진정한 자신을 객관적으로 대면하고 성찰하거나 발전을 도모하는 일은 거의 불가능해진다. 진정한 자아를 드러냄으로써 정체성을 확인하는 게 아니라, 자아를 통제하고 포장함으로써 정체성을 해체시키는 일이 되풀이된다. (김혜은, 「사유의 놀이, 인터넷 글쓰기는 정체성 확립에

기여하는가」, 『당대비평』 26호, 생각의 나무, 2004)

[자료5] 사람들은 자신을 표현하는 방식과 자신을 다르게 변화시킬 수 있는 가능성에서, 현실 세계와 사이버 공간의 차이를 찾는다. 개인의 모습이나 사회적 역할 또는 위치가 비교적 고정적인 현실 세계에 비해, 사이버 공간에서는 자신의 모습이나 역할을 자유롭게 변화시킬 수 있다. 사이버 공간에서 개인은 다양한 사회적 역할을 수행할 뿐 아니라, 새로운 인간관계를 형성한다. 그리고 현실과는 완전히 다른 상상 세계의 구성원이되어 현실 세계에서 할 수 없는 다양한 일을 함으로써 심리적 자유와 만족감을 경험할 수 있다. 개인은 사이버 공간에서 '내가 되고 싶은 나'가 되어 현실에서 하지 못한 자아실현을 할 수 있고, 다양한 활동을 통해 심리적 자유를 경험함으로써 현실의 고통을 일정 부분 치유할 수도 있다.

또한 머드(MUD)와 같은 사이버 공간에서 개인이 다양한 정체성을 경험하는 일은 사회적으로도 긍정적 기능을 한다. 남성과 여성의 성 바꾸기(gender-switching) 현상을 예로 들어보자. Reid는 사이버 공간에서 성 바꾸기와 같은 정체성 실험이 일어나는 것이 매우 긍정적이라고 평가했다. 이러한 실험은 첫째, 개인이 고유한 성의 억압에서 벗어날 수 있는 기회를 준다는 점에서 해방적(liberating)이고, 둘째, 다른 성 소유자들의 경험을 이해할 수 있게 해준다는 점에서 계몽적이다. 그러나 보다 중요한 것은 이런 정체성 실험을 통해 기존의 현실 세계에서 강하게 작용해온 경계를 붕괴시키고 새로운 문화적 기대를 창출시킨다는 점이다. 이런 점에서 Reid는 머드(MUD)에서의 성 바꾸기를 경계 허물기이자 창조적인 문화적 게임으로 평가했다. (이재현, 「인터넷, 온라인 삶, 그리고 정체성」, 『사회과학논집』10권, 충남대 사회과학연구소)

부록 4

즉시 회상 프로토콜 녹음 지침

1. 여러분은 글을 읽고 쓰는 과정에서 다양한 생각을 합니다. 그리고 그 생각들이 여러분의 글을 만들어냅니다. 그러나 그 생각들은 머릿속에서 순간적으로 떠올랐다가 사라지기 때문에 글이 완성되었을 때 여러분은 자신이 왜/어떻게 글을 완성했는지에 대해 잘 알지 못합니다.

2. 이번 과제를 하는 동안 여러분은 과제 수행 과정에서 떠오른 생각을 말로 표현해보는 작업을 할 것입니다. 과제 수행이 모두 끝난 후, 스스로의 읽기 및 쓰기 과정을 점검할 수 있게 하기 위해서입니다.

3. 방법은 다음과 같습니다. 읽기 및 쓰기 과정을 평소와 같이 진행하되, 일정한 과정을 수행한 뒤 해당 과정에서 여러분이 한 생각이 기억에서 지워지기 전에 녹음하십시오. 생각한 내용을 자기검열 없이 있는 그대로 소리 내어 말하면 됩니다.

4. 일정한 과정이란 다음과 같습니다.
   (1) 과제 시작 전 과제의 요구사항과 수행의 전반적인 방향성에 대해 생각한 후.
   (2) 자료들을 읽은 후.
   (3) 계획을 한 후(쓰기 직전).
   (4) 글을 쓴 후.

그러나 위 과정을 구분한 것은 녹음의 편의를 위한 것입니다. 반드시 위 과정이 아니라도 여러분이 원할 때는 언제든 자신에게 떠오른 생각을 녹음해도 좋습니다.

5. 이제, 프로토콜 녹음 사례를 들어봅시다. 그리고 아래 연습 과제를 수행하며 프로토콜 녹음 연습을 해봅시다.

※ 프로토콜 녹음 사례 (1), (2), (3)

※ 프로토콜 연습 과제
다음 문장을 읽고, 이 문장의 내용이 타당한가에 대한 자신의 생각을 300자 내외로 쓰시오.
"콜롬버스가 신대륙을 발견했다."

부록 5

자기 분석 점검표

※ 여러분의 원고를 옆에 두고 점검하며 아래 질문에 답하십시오. 먼저, 여러분의 원고에 나타난 주제 문장에 밑줄을 치십시오. 주제 문장이 하나 이상이면 모두 밑줄을 치고, 나타나 있지 않다면 원고 하단에 별도의 문장으로 작성하십시오. 표시한 원고는 점검표와 함께 제출하십시오.

Ⅰ. 주요 정보원

과제를 하는 동안 내가 쓰는 글의 주된 재료(major source)로 사용한 것은 무엇입니까? 아래 [표]의 1-4 항목 중에서 가장 적합하다고 생각하는 <u>하나의</u> 항목을 찾아 빈 칸에 V 표시를 하세요.

1	**읽기 자료의 내용** • 나는 읽기 자료에 나타난 개념, 문장, 아이디어들을 사용했다. • 나는 읽기 자료에 나타난 것 이상의 추가적인 정보를 수집하지 않았다.	
2	**읽기 자료의 내용 + 내 생각** • 나는 읽기 자료에 나타난 개념, 문장, 아이디어들을 주된 재료로 사용했다. • 이와 함께, 내가 자료를 읽으면서 생각한 것, 나의 경험이나 기존 지식을 참조했다.	
3	**화제에 대해 내가 이미 알고 있는 것 (나의 기존 지식)** • 나는 화제에 대해 내가 이미 알고 있는 지식, 경험, 생각을 주된 재료로 삼았다. • 읽기 자료는 나의 생각을 발전시키기 위한 출발점으로만 사용하고, 그 내용을 직접적으로 다루지는 않았다.	
4	**화제에 대해 내가 이미 알고 있는 것 (나의 기존 지식) + 읽기 자료의 내용** • 나는 개성적인 아이디어를 제시하기 위해 나의 지식과 생각을 주된 재료로 삼았다. • 읽기 자료는 내 아이디어를 제시하기 위한 부차적인 사례, 근거 등으로만 사용했다.	

Ⅱ. 글의 형식

내가 쓴 글은 어떤 형식(text format)으로 작성되었습니까? 아래 [표]의 1-4
항목 중에서 가장 적합하다고 생각하는 하나의 항목을 찾아 빈 칸에 V 표시
를 하세요.

1	**읽기 자료 요약** • 읽기 자료 내용이 요약된 것으로, 자료 이외의 내용은 포함되지 않았다.	
2	**읽기 자료 검토 + 반응** • 주로 읽기 자료의 내용이 요약된 것으로, 나의 주장이나 견해가 간략히 삽입되었다.	
3	**일반적인 독자를 대상으로 한 설명적 보고서 형식** • 일반적이고 광범위한 독자를 대상으로 하여 화제에 대한 정보를 전달 하는 설명적인 보고서의 형식으로, 나의 주장이나 견해는 거의 포함되지 않았다.	
4	**학문 공동체의 구성원을 대상으로 한 논증적 글의 형식** • 화제와 관련된 나의 주장을 논증하는 글의 형식이다. • 글의 도입부에서 문제를 제기하거나 글의 목적을 밝히고, 　학문 공동체의 구성원을 예상 독자로 삼아 설득하는 형식을 띤다.	

Ⅲ. 자료 읽고 글쓰기를 위한 구성 계획

과제를 수행하는 동안 나의 글을 구성하기 위해 내가 세운 계획은 무엇입
니까? 아래 [표]의 1-6 항목 중에서 가장 적합하다고 생각하는 하나의 항목을
찾아 빈 칸에 V 표시를 하세요.

1	**읽기 자료의 내용을 요약하기** • 나는 읽기 자료의 핵심 내용을 요약하는 방식으로 글을 작성했고, 　화제에 대한 나의 주장이나 견해는 포함하지 않았다.	
2	**읽기 자료 내용을 요약하고 논평하기** • 나는 읽기 자료의 핵심 내용을 요약하면서, 　이와 관련된 나의 주장이나 견해를 덧붙이는 방식으로 글을 작성했다.	
3	**틀 세우기** • 나는 읽기 자료의 내용을 일정한 틀(frame)에 맞추어 정리했다. • 즉, 자료의 내용이 일정한 논리구조를 가질 수 있도록 하나의 이야기 　로 연결하여 이어붙이거나, '문제-원인-해결방안'과 같은 논리적 구조 　틀에 자료의 내용을 정리했다.	
4	**통제 개념을 사용하여 종합하기** • 나는 읽기 자료에 나타난 생각들이 무엇인지에 집중했다. • 나는 내가 발견한 생각들을 종합할 수 있는 하나의 구체적인 개념을 　찾았다.	

	• 나는 이 핵심 개념을 중심으로 나의 글을 구성했다. 내가 쓴 글에 제목을 붙일 경우 이 개념이 곧 제목이 될 수 있을 것이다. ※ 이 항목을 선택했을 경우 자신의 글에서 사용한 통제 개념이 무엇인지 쓰시오.	
5	**나 자신의 목적을 위해 해석하기** • 나는 내가 설정한 특정한 목적을 이루기 위해 읽기 자료를 해석하고, 나의 글을 작성했다. 즉, 나는 특정한 독자(예: 내 주장과 반대되는 견해를 가진 사람)를 설정하거나, 특정한 목적(예: 읽기 자료들에 공통적으로 나타난 오류에 대해 비판하기 등)을 설정한 뒤 글을 작성했다. • 나는 내가 설정한 독자 혹은 목적에 부합하는 읽기 자료의 내용을 선택했다. • 자료를 읽고, 글을 계획하고 작성하는 전 과정은 나 자신의 목적을 이루는 방향으로 진행되었다. 나는 나 자신의 목적을 위해 과제를 재해석했다.	
6	**화제에 대해 자유롭게 반응하기** • 나는 화제에 대한 나 자신의 견해가 무엇인지에 초점을 맞추었다. • 나는 읽기 자료에 나타난 내용들은 나 자신의 견해를 발전시키기 위한 도약대로만 사용했으며, 읽기 자료의 구체적인 내용들을 내 글에서 언급하지 않았다. (나의 글은 읽기 자료의 내용과 직접적인 관련을 맺고 있지 않다.)	

Ⅳ. 내가 사용한 전략

과제를 수행하는 동안 내가 사용한 전략들은 무엇입니까? 아래 [표]의 항목들 중에서 해당되는 **모든** 항목을 찾아 빈 칸에 V 표시를 하세요. 또한 <u>1-9 항목 외</u>에 자신이 사용한 다른 전략이 있다면 빈 칸에 설명하세요.

1	읽기 자료의 핵심을 파악하고 나열하기	
2	읽기 자료의 핵심을 파악하고 나열하기 + 나의 반응을 덧붙이기	
3	나 자신의 생각을 발전시키기 위한 출발점으로서 읽기 자료를 읽기	
4	나 자신의 언어로 표현하기	
5	읽기 자료에서 흥미로운 내용을 찾아 이에 대해 반응하는 방식으로 글쓰기	
6	내가 쓰는 글을 지배할 핵심적인 아이디어를 찾기	
7	아이디어들을 둘 혹은 그 이상으로 분류하기	
8	나의 글을 읽을 독자가 알아야 할 내용이 무엇인지 생각하여 선택하기	
9	읽기 자료를 나 자신이 설정한 목적을 위해 사용하기	

V. 나의 과제 수행 목표

과제를 수행하는 동안 내가 목표로 삼은 것은 무엇입니까? 아래 [표]의 항목들 중에서 해당되는 <u>모든</u> 항목을 찾아 빈 칸에 V 표시를 하세요. 또한 <u>1-11 항목 외에</u> 자신이 사용한 다른 전략이 있다면 빈 칸에 설명하세요.

1	내가 읽기 자료의 내용을 충분히 이해했다는 것을 드러내기	
2	과제 수행을 통해 나 자신의 생각을 발전시키기	
3	내가 알고 있는 지식을 드러내기	
4	무언가 흥미로운 말할 거리를 찾기	
5	최소의 노력으로 빨리 과제 끝내기	
6	요구된 과제 분량 채우기	
7	내가 경험한 것을 적용하여 글쓰기	
8	읽기 자료에 나타난 모든 핵심적인 사항들을 나의 글에서 언급하기	
9	개성적이고 창의적이기	
10	나 자신을 위해 무언가 배우기	
11	나의 글을 읽는 독자에게 영향을 주기	

부록 6

요약자(24번 필자)의 텍스트 분석

※ 제목: 사이버 정체성에 대한 나의 견해

1. <u>읽기 자료들[1]</u>은 + 사이버 정체성에 대해 이야기하고 있다. (0)(I)①②③④⑤

2. <u>자료 1[1: S2]</u>에서는 + 사이버 공간에서의 익명성, 중독성, 심리적 현실감, 금기 도발. 이 네 가지 특성을 갖는다고 말한다. (-)(I)① 〈ER〉

3. (<u>자료 1[1: P]</u>은) + 이로 인한 개인의 정체성 혼란이 더 나아가 사회문제로까지 이어질 수 있다는 것을 보여준다. (-)(I)①

4. <u>의 자료[1: P]</u>에서는 + 사이버 상과 현실세계를 헷갈려 하다가 동생을 죽인 한 형의 끔찍한 사건을 예로 들었는데 (-)(I)①

5. 이외에도 부모가 컴퓨터 중독에 빠져 갓난아이를 굶겨 죽인 사건 등 + <u>인터넷으로 인한-사회문제들[2: S2]</u>이 + 심각한 것으로 알고 있다. (+)(I)

6. ①(또한) 요즘 컴퓨터 중독에 빠진 청소년들이 사이버상에서의 중독이나 금기 도발로 인해 + <u>이런 문제(인터넷으로 인한-문제들)[2: P]</u>가 + 빈번히 발생한다고 하니 참 한심하게 느껴진다. (0)(EX)①

[단락] 7. <u>자료 2[1: S3]</u>에서는 + 사이버 상에서 나타나는 사람들의 심리를 이야기 하고 있다. (0)(I)②

8. (<u>자료 2[1: P]</u>에서는) + 인터넷 사용 시 이용하는 별명을 통한 연구를 보여주는데 대부분의 사용자가 자신과 상관이 있는 별명을 사용하고 있는 결과를 통해 사람들은 인터넷에서 하나의 온라인 정체성을 만들어 놓고, 그 공통 정체성을 기반으로 활동하고 있다는 사실을 결론 냈다. (-)(I)② 〈ER〉

9. (<u>자료 2의-연구 결과[2: S1]</u>는) + 이렇듯이 사람들은 자아를 쪼개놓기보다는 자기의 정체성을 통합하려는 모습을 보였다는 연구 결과이다. (-)(I)②

10. 나[1: S2]는 + 이 자료를 읽고 내 인터넷 상의 별명을 생각해 봤다. (+)(EX)

11. 이 자료의 말처럼 + 나[1: P]도 + 평소 현실에서 친구들에게 불리는 별명이나 아니면 나의 현재 상황과 관련된 인터넷 상의 별명을 사용하고 있었음을 깨달을 수 있었다. (0)(EX)②

[단락] 12. 자료 3[1: S3]은 + 사람들이 사이버 공간에서 가능한 다중정체성에 의해 해방감을 느끼는 사람들에 대한 심리에 대해 설명하고 있다. (-)(I)③ 〈ER〉

13. (자료 3[1: P]은) + 이런 다중 정체성을 받아들인다면 다양한 정체성을 가지고 생활할 수 있다고 긍정적인 태도를 보이고 있다. (-)(I)③

[단락] 14. 자료 4[1: S3]는 + 자신만의 공간에서의 사람들은 자신을 드러내고, 나타내고 싶어 하는 심리에 대해 이야기 하고 있다. (0)(I)④ 〈ER〉

15. ①(그리고) (자료 4[1: P]는) + 다른 사람들이 자신에게 가져주는 관심을 통해 희열을 느낀다고 말한다. (-)(I)④

16. 이 자료[1: P]는 + 이런 것을 유아적 만족에 가깝다고 말한다. (-)(I)④

17. ②(하지만) 나[1: EP(10)]는 + 이와 좀 다르게 생각했다. (+)(A1)

18. 물론 누군가가 자신에게 관심을 가져주어 사이버 공간에 글을 올린다는 말(자료4의-주장)[2: S2]도 + 일리는 있지만 (0)(A5)④

19. 보통 올리는 글의 내용(사이버 공간의-글의-내용)[3: S2]은 + 자료 2에서 사람들은 자신의 상황이나 무엇인가에 관련된 별명을 쓰는 것처럼 주로 자신들의 일상이나 그냥 자신이 느낀 그대로를 글에 남겨놓기 때문이다. (-)(A2) 〈ER〉

20. 이 자료[1: EP(14)]에서는 + 또한 온라인 속 자아 성장을 계속 하다보면 타인의 시선을 의식하며 더욱 관심을 받으려는 행동으로 인해 자신의 정체성을 통제한다고 주장한다. (-)(I)④

[단락] 21. 자료 5[1: S3]에서는 + 현실에서의 역할과 지위와 달리 사이버 공간에서는 자유롭게 현실에 구애받지 않고 역할을 바꿔 생활해 볼 수 있기 때문에 심리적인 자유와 만족감을 얻을 수 있다고 본다. (-)(I)⑤ 〈ER〉

22. (<u>자료 5[1: P]</u>는) + 현실과 이상의 괴리로 인해 고통받는 사람들이 인터 넷 상에서는 비교적 자유롭게 현실과 다른 역할을 경험해보며 정신적인 치료는 물론 자아실현까지 할 수 있다고 사회적으로 긍정적인 영향을 미 친다고 말한다. (-)(I)⑤ 〈ER〉

23. ①(또한 (<u>자료 5[1: P]</u>는) + 사이버 상을 통해 나와 타인의 차이점을 이해 할 수 있다는 또 다른 긍정적 측면을 이야기하고 있다. (0)(I)⑤

[단락] 24. <u>나[1: EP(10)]</u>는 + 현실과 인터넷 상의 '나'는 확실히 구분해야 한다 고 생각한다. (+)(A1)

25. 사이버 상의 극심한 정체성 확립(<u>사이버 공간에서의-정체성 확립)[2: S2]</u> 은 + 중독으로 이어질 우려가 있고 (0)(A2)① 〈ER〉

26. 이로 인해 (<u>사이버 공간의-이용자[2: S2]</u>는) + 현실을 부정하고 사이버 상 에서의 생활만 하기를 바라며 스스로를 고립시켜 가며 자료 1에서와 같은 문제가 초래 될 수 있기 때문이다. (0)(A2)① 〈ER〉

형식적	단위 수	26		덩이 수	15		긴밀도	0.58
	주제 깊이	1	2	3	4	5	6	평균
		19	6	1	0	0	0	1.31
	주제 유형	P	EP	S1	S2	S3		
		10	3	1	7	4		
내용적	자료 사용	①	②	③	④	⑤	합계	
		7	5	3	6	4	24	
	정보 성격	I	A1	A2	A3	A5	EX	
		16	2	3	0	1	3	
	정보 유형	(-)(I)	(-)(A1)	(-)(A2)	(-)(A3)	(-)(A5)	(-)(EX)	(-)합
		13	0	1	0	0	0	14
		(0)(I)	(0)(A1)	(0)(A2)	(0)(A3)	(0)(A5)	(0)(EX)	(0)합
		3	0	2	0	1	2	8
		(+)(I)	(+)(A1)	(+)(A2)	(+)(A3)	(+)(A5)	(+)(EX)	(+)합
		1	2	0	0	0	1	4
표현적	담화 표지	①	❶	②	③	④	⑤	합계
		3	0	1	0	0	0	4
	표현 오류	ER	NA	합계				
		9	0	9				

부록 7

정보전달적 틀 구성자(20번 필자)의 텍스트 분석

※ 제목: 보이지 않는 공간 속에서 잃어가는 나: '정체성 잃지 말아야'

1. 현대 사회에서 <u>인터넷[1]</u>은 + 인간 생활 곳곳에 자리 잡았고 (+)(I)

2. <u>인터넷[1: P]</u> + 최근 발달하고 있는 스마트 폰을 통해 인간 생활에서 더욱 더 중요한 입지에 서게 되었다. (+)(I)

3. 이러한 주변 상황을 통해 인터넷 이용 즉, <u>사이버 공간[1: S2]</u>은 + 단순히 정보를 주고받는 공간이 아닌 새로운 문화가 형성되는 하나의 사회로 변모하였다. (0)(I)⑤ 〈ER〉

4. <u>사이버 공간[1: P]</u>은 + 문화와 사는 공간에 대한 장벽을 넘어섰다. (-)(I)⑤

5. <u>사이버 공간[1: P]</u> 속에서는 + 사는 곳, 종교, 직업 등과 같은 주변 상황과 관련 없이 여러 사람들이 함께 어울릴 수 있게 되었고 (0)(I)⑤

6. <u>사이버 공간[1: P]</u> 속에서 + 새로운 문화를 이룩하고 서로의 공감대를 형성하고 있다. (-)(I)⑤

7. <u>사람들[1: S2]</u>은 + 사이버 공간에서의 활동이 간편하므로 전자투표 등을 통해 사회에 보다 더 적극적으로 참여하고 있다. (0)(I)⑤

8. ①또한 (<u>사람들[1: P]</u>) + 사이버 공간 속에서 많은 인맥을 쌓을 수 있고 다양한 정보와 조언을 얻을 수 있다. (0)(I)⑤

[단락] 9. ②하지만 이러한 <u>사이버 공간[1: EP(3)]</u> 속에 + 좋은 점만 있는 건 아니다. (0)(I)①④

10. <u>사이버 공간으로 인해-발생하는 문제점[2: S1]</u>으로는 + 여러 가지가 있지만 (0)(I)①④

11. (<u>사이버 공간-문제점)[2: P]</u> + 그 중에 사이버 정체성 문제가 있다. (0)(I)①④

12. 정체성[1: S2]은 + 자신이 누구이며 자신이 가정, 사회에서 어떤 역할을 수행해야 할지 이해하는 것을 뜻하는 것이다. (+)(I)

13. 이(정체성[1: P])는 + 살아가는 데 있어 가장 기초적이지만 필수적으로 갖춰 줘야하는 것이다. (+)(I)

[단락] 14. ②하지만 <u>사이버 공간[1: EP(3)]</u>을 통해 + 자아 정체성을 잃고 혼동하는 사람들이 발생할 수 있다. (-)(I)①④

[단락] 15. <u>(정체성 상실의-)원인[2: S2]</u>으로는 + 흔히 말하는 익명성이 있다. (-)(I)①

16. <u>사이버 공간 안에서의-익명성[2: S2]</u>은 + 자신의 신분이 노출되지 않기 때문에 여러 문제에 대한 자신의 의견을 솔직하게 답할 수 있다는 장점이 있다. (0)(I)①

17. ②하지만 <u>(사이버 공간의-)익명성[2: P]</u>을 + 이용하여 상대방에게 나 자신을 다른 존재로 속이는 경우가 자주 발생한다. (-)(I)①

18. ③그래서 결과적으로 <u>(사이버 공간의-익명성[2: P]</u>에 의해) + 나 자신의 정체성을 상실하게 되는 문제가 발생할 수 있다. (-)(I)①

[단락] 19. ①또한 <u>사이버 공간의-이용자[2: S2]</u>가 + 사이버 공간에 지속적으로 있다 보면 사이버 공간에 빠져 실제 현실을 바라보지 않고 (-)(I)①

20. <u>(사이버 공간의-이용자[2: P]</u>) + 사이버 공간에만 집착하는 상황이 발생하는 경우가 생긴다. (-)(I)①

21. 이(<u>사이버 공간의-이용자의-중독 현상)[3: S1]</u>는 + 흔히 게임 혹은 인터넷을 지속적으로 오랫동안 하게 되면서 중독되어 나타나는 현상이다. (-)(I)①

22. 이러한 상황(<u>사이버 공간의-이용자의-중독 현상)[3: P]</u>이 + 악화 된다면 현실과 사이버 공간을 구분 하지 못하는 상황까지 이어지게 되고 (-)(I)①

23. 결국 (<u>사이버 공간의-이용자[2: EP(19)]</u>는) + 자신의 정체성을 상실하게

된다. (-)(I)①

[단락] 24. 사이버 공간 속에서-우리[2: P]는 + 나 자신을 남들에게 솔직하게 알리기보다는 (-)(I)④

25. (사이버 공간의-우리)[2: P] + 상대방에게 좀 더 주목, 관심을 받기를 원하기 때문에 가식적으로 행동하고 나타낸다. (-)(I)④

26. ④즉 (사이버 공간의-우리)[2: P] + 서로를 알리는 사이버 공간에서 나 자신에 대해 자신 있게 알리지 못하고 상대방에 의해 억압되어 있는 것과 마찬가지 상황이 된다. (-)(I)④

27. (사이버 공간의-우리)[2: P] + 이러한 행동이 반복된다면 나 자신을 너무 거짓으로 다루면서 정체성이 쪼개질 위험이 있다. (-)(I)④ ⟨ER⟩

[단락] 28. 이렇게 사이버 공간[1: EP(3)] 속에는 + 이점도 많지만 (0)(I)⑤

29. (사이버 공간[1: P]) + 나 자신의 정체성을 잃을 수 있는 많은 위험물들이 도사리고 있다. (-)(I)①④

30. ③그래서 사이버 공간 속 단점을 최대한 줄이려는 방안들(사이버 공간의 -단점 극복을 위한-방안)[3: S2]이 + 모색되기도 한다. (+)(I)

[단락] 31. 우선 익명성 부분에 있어서 + 실명제로 바꾸는 방안(사이버 공간의 -단점 극복을 위한-방안: 실명제)[3: P]이 + 제시된다. (+)(I)

32. 이건(사이버 공간의-단점 극복을 위한-방안: 실명제)[3: P] + 익명성으로 얻을 수 있는 많은 이점들을 잃을 수 있기 때문에 최대한 피해야 한다. (+)(A1)

33. (사이버 공간의-단점 극복을 위한-방안: 실명제)[3: P] + 다만 성별, 연령 분포 정도 등 세밀한 신상정보는 아니더라도 간략한 정보만을 드러낸다면 익명성을 이용해 일어날 수 있는 심각한 부작용을 최대한 줄일 수 있을 것이다. (+)(A1)

34. 사이버 공간에 들어가게 되면 사람들 대부분(사이버 공간의-이용자[2:

EP(19)])이 + 얼마나 시간이 흘렀는지 파악하지 못한다. (0)(I)①

35. 특히 (사이버 공간의-이용자[2: P]가) + 게임과 같이 가상 세계를 표현하는 경우 쉽게 빠져들어 헤어 나오기 힘들다. (0)(I)① 〈ER〉

36. 이러한 문제점을 고려하여 (사이버 공간의-단점 극복을 위한-방안2)[3: S2] + 컴퓨터 및 게임 프로그램에 의무적으로 하루에 일정시간 이상의 사용을 금하게 하는 것도 좋은 방법일 것이다. (+)(A1)

37. ①또한 (사이버 공간의-단점 극복을 위한-방안2)[3: P] + 담배에 담배의 위험성을 알리는 문구를 새기듯이 게임 프로그램에도 게임의 위험성을 나타내는 글을 의무적으로 달아놓도록 해야 한다. (+)(A1)

38. 관심 받고 싶어 하여 남들에게 오히려 억압받는 상황이 발생하는 것(사이버 공간의-문제점)[2: EP(10)]은 + 사실상 어떠한 제제로도 방지할 수는 없다. (+)(I) 〈ER〉

39. 이(사이버 공간의-문제점)[2: P]는 + 대중들의 분위기가 남들의 관심을 사기위한 분위기가 아닌, 자신의 개성을 더 높이 사는 분위기로 조성되도록 하고 남들의 이목에 너무 예민하지 않도록 노력하는 자기 자신의 노력이 필요한 부분이다. (+)(A1)

[단락] 40. 눈에 보이지 않지만 커다란 사이버 공간 속에서의-우리[2: EP(24)]는 + 많은 것을 얻을 수 있지만 역으로 많은 것을 잃을 수도 있다. (+)(I)

41. (사이버 공간의-우리[2: P]는) + 옳은 판단과 절제를 통해 사이버 공간을 이용한다면 수많은 정보를 얻고 사람들을 사귈 수 있으나 (0)(I)⑤

42. (사이버 공간의-우리[2: P]는) + 그릇된 판단을 한다면 정체성이 흔들려 나 자신을 잃을 수도 있다. (0)(I)①④

43. (사이버 공간의-우리[2: P]는) + 무엇보다도 중요한 것은 나 자신의 적절한 절제와 판단이다. (+)(I)

	단위 수	43		덩이 수	19		긴밀도	0.44
형식적	주제 깊이	1	2	3	4	5	6	평균
		15	21	7	0	0	0	1.81
	주제 유형	P	EP	S1	S2	S3		
		22	8	2	10	0		
내용적	자료 사용	①	②	③	④	⑤	합계	
		17	0	0	10	8	35	
	정보 성격	I	A1	A2	A3	A5	EX	
		37	6	0	0	0	0	
	정보 유형	(-)(I)	(-)(A1)	(-)(A2)	(-)(A3)	(-)(A5)	(-)(EX)	(-)합
		16	0	0	0	0	0	16
		(0)(I)	(0)(A1)	(0)(A2)	(0)(A3)	(0)(A5)	(0)(EX)	(0)(EX)
		13	0	0	0	0	0	13
		(+)(I)	(+)(A1)	(+)(A2)	(+)(A3)	(+)(A5)	(+)(EX)	(+)(EX)
		8	6	0	0	0	0	14
표현적	담화 표지	①	❶	②	③	④	⑤	합계
		3	0	3	1	1	0	8
	표현 오류	ER	NA	합계				
		8	0	8				

부록 8

논증적 틀 구성자(01번 필자)의 텍스트 분석

※ 제목: 사이버 정체성······ 도움이 과연 되는 것인가?

1. '13층'이라는 영화(영화 〈13층〉)[1]를 + 보았다. (+)(I)

2. 이 영화[1: P]를 보면 + 데카르트의 '나는 생각한다. 고로 존재한다.'라는 말이 나온다. (+)(I)

3. ①(그리고) 이 영화[1: P]는 + 이 말을 계속 생각하게끔 하는 영화라고 생각한다. (+)(A1)

4. 이 영화의-줄거리[2: S1]를 + 간략히 소개하겠다. (+)(I)

5. 이 영화에서의-주인공[2: S2]은 + 컴퓨터 회사에서 일한다. (+)(I)

6. ②(그런데) 이 회사에서 일하던 자신의 친구(이 영화의-주인공의-친구)[3: S1]가 죽는다. (+)(I)

7. 이 사건을 해결하기 위해 + (이 영화의-)주인공[2: EP(5)]은 + 자신들이 비밀리에 발명한 가상세계에 들어가 친구의 죽음에 대한 의문을 풀기 시작한다. (+)(I)

8. 그러는 과정(이 영화의-주인공의-사건 해결 과정)[3: S1]에서 + 여러 문제점들이 발생하게 된다. (+)(I)

9. 그 중 한 가지(이 영화의-주인공의-사건 해결 과정에서의-문제점1)[4: S1]가 + 가상 세계의 사람이 자신이 가상 세계에서 살고 있다는 것을 알아차렸다는 것이다. (+)(I)

10. ①(그리고) 친구의 딸로 인해서 + 여러 가지 상황(이 영화의-주인공의-사건 해결 과정에서의-문제점2)[4: P]이 + 더 만들어진다. (+)(I)

11. ①(그리고) 결국은 (이 영화의-)주인공[2: EP(5)]은 + 자신이 사는 세계 역

시 가상 세계라는 것을 알아차린다. (+)(I)

12. 이 영화[1: EP(2)]가 + 시작할 때 맨 처음에 데카르트의 말이 나온다. (+)(I)

13. ④(즉), (이 영화의-데카르트 말이)[2: S1] + 영화와 연결이 된다는 의미이
    다. (+)(A1)

14. 내 생각에 + (이 영화의-데카르트 말은)[2: P] + 가상 세계라 할지라도
    그 세계 안의 사람들은 생각을 하기 때문에 진정한 사람이라고 봐야한
    다는 것을 의미하는 것 같다. (+)(A1)

15. 현 시점에서 봤을 때, + 이 영화[1: EP(2)]는 + 사이버 정체성이라는 용어
    와 관련 시킬 수 있다. (+)(A1)

16. 사이버 정체성[1: S2]은 사이버에서의 정체성을 말하는 것이다. (0)(I)①

17. (사이버 정체성은)[1: P] + 채팅방에서의 아이디라든지, (0)(I)①

18. (사이버 정체성은)[1: P] + 인터넷 상에서의 자신을 말하는 거라고 볼 수
    있다. (0)(I)①

19. 이 사이버 정체성[1: P]이 + 자신에게 도움을 줄 수 있다고 보는 사람들
    이 있지만 (0)(A1)⑤

20. 나는 + 사이버 정체성[1: P]이 + 실제 세계에서 자신에게 도움은 당연히
    안 되며, (0)(A1)①④

21. (이 사이버 정체성[1: P]이) + 사회에도 나쁜 역할을 끼친다고 생각한다.
    (0)(A1)①④

[단락] 22. ❶(먼저, 첫 번째 이유로는) + 인터넷[1: S2]에서는 + 보통 블로그
    등을 통해서 자신을 드러낸다. (-)(A2)①

23. ②(그런데) 그 블로그[1: S2]에는 + 현실에서의 자신이 아닌 다른 자아가
    생기게 된다. (-)(A2)①

24. 아이디로 블로그를 만들기 때문에 + (인터넷의-이용자는)[2: S1] + 자신

의 보여주고 싶은 면만을 보여주게 된다. (-)(A2)④

25. 그렇게 되면 자신의 진정한 모습(인터넷의-이용자의-진정한 모습)[3: S1]
은 + 점점 가려지게 된다. (-)(A2)④

26. 그러면 (인터넷의-이용자)[2: EP(24)]는 + 현실에서의 자아 확립이 점점
더 힘들어지게 된다. (-)(A2)④

27. ①(또한) 사회적으로 나아가보면, (인터넷의-이용자가)[2: P] + 인터넷의
익명성으로 누군가에게 무분별한 욕설을 할 수가 있고, (-)(A2)①

28. (인터넷의-이용자가)[2: P] + 누군가를 좋지 않을 쪽으로 몰아갈 수도 있
다. (-)(A2)①

29. 이런 식으로 + (인터넷의-이용자는)[2: P] + 실제자신과는 다른 활동을
할 수 있는 사이버 정체성 때문에 실제 자아 확립이 불가능해질 수도 있
다. (-)(A1)①④

30. ①(또한, (인터넷의-이용자는)[2: P] + 인터넷을 통해서 활동을 하면 중독
이 될 위험이 크다. (-)(A1)①

31. 그 이유(인터넷의-이용자의-중독 이유)[3: S1]는 + 사이버 공간에서는 자
신의 좋은 모습만 비춰지기 때문에 계속 하고 싶게 되기 때문인 것 같다.
(0)(A2)④

32. (인터넷의-이용자가)[2: EP(24)] + 인터넷에 중독이 되면, 실제 세계와 사
이버 공간이 헷갈리는 현상이 발생할 가능성이 높아진다. (-)(A2)①

[단락] 33. ❶(두 번째 이유로는) + (인터넷의-이용자가)[2: P] + 인터넷 상에
서의 활동 때문에 실제 사회에서 잘못된 행동을 하는 경우가 많이 발생
했기 때문이다. (0)(A2)①

34. 인터넷 상에 사이버 공간에서의 다툼 때문에 실제로 싸우는 경우(인터넷의-이
용자의-실제 싸움)[3: S1]가 + 글이나 동영상으로 많이 올라와있다. (0)(A3)①

35. 보통 이런 동영상에서 싸우는 사람들(인터넷의-이용자의-실제 싸움의-사례
    자)[4: S1]은 + 초등학생이나 중학생 정도로 상당히 어린 사람들이 많다. (+)(A3)

36. ④(즉), + (인터넷의-이용자의-실제 싸움의-사례자)[4: P]는 + 정체성이 제
    대로 확립되지 않은 상태에서 사이버공간에서 새로운 자아를 통해 다른
    행동을 하다가 실제 자신을 잊게 된 것이다. (0)(A3)[1]

37. 실제로 어린사람과 나이가 조금 있는 사람이 다투는 경우(인터넷의-이용
    자의-실제 싸움의-사례1)[4: S2]가 + 없지는 않을 것이다. (+)(A3)

38. ①(그리고) 종종 나이 어린 아이가 살인을 저지르는 경우(인터넷-이용자-
    실제 싸움-사례2)[4: S2]가 + 있는데, (-)(A3)[1]

39. 이런 경우의 대부분의 이유(인터넷의-이용자의-실제 싸움의-사례2-이유)[5:
    S1]가 + 게임에서의 상황과 현실과의 상황이 헷갈려서이다. (-)(A3)[1]

[단락] 40. 사이버 정체성에 대해서 긍정적인 사람들이 주장하는 것 중 하나
    (사이버 정체성에 대한-긍정적 사람들의-주장1)[3: S2]가 + 자신이 알지
    못했던 자아를 발견할 수 있어서 혹은 정체성의 혼란을 극복할 수 있는
    방안이 충분히 있다고 한다. (-)(A5)[5]

41. ②(하지만) + (사이버 공간의-이용자가)[2: EP(24)] + 자신이 알지 못했던 자
    아를 안다고 해서 현실에서 그걸 반영하기는 굉장히 힘든 일이다. (+)(A5)

42. ①(또한) + (사이버 정체성에 대한-긍정적 사람들의-주장2)[3: S2]가 + 정
    체성의 혼란을 극복한다고 했다. (-)(A5)[3]

43. 그 방법(사이버 정체성의-혼란-극복 방법)[3: S2]으로는 + 인간을 다양한
    정체성들의 집합으로 보는 것을 말했다. (-)(A5)[3]

44. ②(하지만) 요즘 사이버 상의 정체성 문제로 문제를 겪는 사람들(사이버
    정체성의-혼란-경험자)[3: S2]은 + 주로 어린이가 많다고 생각한다. (+)(A5)

45. ②(그런데) 어린이들(사이버 정체성의-혼란-경험자-어린이들)[4: S1]이 어

떻게 자신을 다양한 정체성들의 집합으로 볼 수 있겠으며 (+)(A5) 〈ER〉

46. (사이버 정체성의-혼란-경험자-어린이들)[4: P] + 본다고 하더라도 혼란
    을 분명 겪게 될 것이다. (+)(A5) 〈ER〉

[단락] 47. 사이버 정체성의-혼란[2: S2]으로 인해 + 현재 사회 문제도 생기고
    있고, (0)(A2)①

48. (사이버 정체성의-혼란으로 인해)[2: P] + 부모님이나 가족을 살해하는
    등의 부도덕한 문제들이 발생하고 있다. (0)(A2)①

49. 이런 상황에서 사이버 정체성[1: EP(16)]에 대해 + 긍정적인 생각을 할
    수가 없다고 생각한다. (0)(A1)①④

50. ③(따라서) 나는 + 이 사이버 정체성[1: P]에 대해 + 부정적인 의견을 가
    지고 있고, (0)(A1)①④

51. 이 정체성에서-나오는 혼란[2: S1]을 + 대처할 수 있는 방안이 하루 빨리
    생겼으면 좋겠다. (+)(EX) 〈NA〉

<table>
<tr><td rowspan="8">형식적</td><td>단위 수</td><td>51</td><td></td><td>덩이 수</td><td>20</td><td></td><td>긴밀도</td><td>0.39</td></tr>
<tr><td rowspan="2">주제 깊이</td><td>1</td><td>2</td><td>3</td><td>4</td><td>5</td><td>6</td><td>평균</td></tr>
<tr><td>15</td><td>18</td><td>9</td><td>8</td><td>1</td><td>0</td><td>2.25</td></tr>
<tr><td rowspan="2">주제 유형</td><td>P</td><td>EP</td><td>S1</td><td>S2</td><td>S3</td><td></td><td></td></tr>
<tr><td>18</td><td>8</td><td>13</td><td>11</td><td>0</td><td></td><td></td></tr>
</table>

내용적	자료 사용	①	②	③	④	⑤	합계	
		21	0	2	9	2	34	
	정보 성격	I	A1	A2	A3	A5	EX	
		14	11	12	6	7	1	
	정보 유형	(-)(I)	(-)(A1)	(-)(A2)	(-)(A3)	(-)(A5)	(-)(EX)	(-)합
		0	2	8	2	3	0	15
		(0)(I)	(0)(A1)	(0)(A2)	(0)(A3)	(0)(A5)	(0)(EX)	(0)합
		3	5	4	2	0	0	14
		(+)(I)	(+)(A1)	(+)(A2)	(+)(A3)	(+)(A5)	(+)(EX)	(+)합
		11	4	0	2	4	1	22

표현적	담화 표지	①	❶	②	③	④	⑤	합계
		7	2	5	1	2	0	17
	표현 오류	ER	NA	합계				
		2	1	3				

부록 9

정보전달적 통합자(25번 필자)의 텍스트 분석

※ 제목: 변검의 빛과 그림자

1. 변검(變瞼)[1]이라는 + 중국의 문화 예술이 있다. (+)(I)
2. (변검[1: P]은) + 한 사람이 여러 개의 가면을 순식간에 바꿔 쓰는 공연이다. (+)(I)
3. 변검[1: P]은 + 무기가 흔치 않던 시절 인간이 야생 동물로부터 자신을 지키기 위해 요란한 분장을 하고 동물을 쫓던 것을 한 극단에서 보고 공연으로 만든 것이라고 한다. (+)(I) 〈ER〉
4. 변검[1: P]은 + 많은 가면을 필요로 하고, (+)(I)
5. ①(또) 변검의-기술[2: S1]은 + 매우 어려워 소수의 기술자만 이를 할 수 있다. (+)(I)
6. ②(그런데) 현대[1: S2]에는 + 많은 가면과 복잡한 기술 없이도 변검이 가능한 공간이 있다. (+)(I)
7. 그것(현대의-공간)[2: S1]은 + 사이버 공간이다. (+)(I)
8. 이 공간(현대의-공간)의-이용자[3: S1]는 + 그 안에서 현실의 얼굴과는 다른 가면인 사이버 정체성을 갖는다. (0)(I)
[단락] 9. 사이버 정체성[1: S2]은 사이버 공간에서 스스로를 표현하는 양식과 그 결과물을 통틀어 말한다. (+)(I)
10. 사이버 정체성[1: P]은 표현 양상에 따라 크게 둘로 나뉜다. (+)(I)
11. 우선 현실 공간의 자기 정체성의 연장으로서의 사이버 정체성(사이버 정체성 중-종류1: 현실 정체성의 연장)[2: S1]이 있다. (+)(I)
12. 이러한 사이버 정체성(사이버 정체성 중-종류1)[2: P]은 + 현실공간의 연장이 되는 사이버 공간에서 주로 성립한다. (+)(I)

13. 즉, (사이버 정체성 중-종류1은)[2: P] + 공간적 · 시간적 편의를 위해 현실공간에서의 교류를 사이버 공간으로 옮긴 경우라 할 수 있다. (+)(I)

14. YSCEC과 같은 현실 커뮤니티 기반의 실명제 사이트나 부서내 교류에만 사용되는 사내 홈페이지 등(사이버 정체성 중-종류1의-사례)[3: S1]이 + 이러한 정체성이 발현되는 좋은 예이다. (+)(I)

15. 이런 정체성(사이버 정체성 중-종류1은)[2: EP(11)]은 + 현실에서의 얼굴과 크게 다를 바가 없다. (+)(I)

16. ②{한편} 이와 대조되는 또 다른 종류는(사이버 정체성 중-종류2)[2: S2]은 + 현실에서의 자기의식과 구분되는 새로운 정체성이다. (+)(I)

17. 다른 이들에게 감명을 줄 목적으로 학력 · 성별 · 직업 · 연령 등을 지어내는 극단적인 예부터 현실에서 경험하지 못한 자아를 경험하려는 부류까지 + 이 정체성의 변환 정도와 그 목적(사이버 정체성 중-종류2의-변환 정도/목적)[3: S1]은 다양하다. (+)(I) 〈ER〉

[단락] 18. 이 두 번째 분류의 정체성(사이버 정체성 중-종류2)[2: EP(16)]이 + 바로 사이버 공간에서의 변검을 가능하게 한다. (+)(I)

19. 사이버 공간에서의-개인[2: S2]은 + 성별, 외형, 인간관계, 사회적 위치 등 현실공간에서 바꾸기 힘든 요소를 쉽게 바꾸고 종종 완전히 다른 '세계'의 일원으로 활동하기도 한다. (0)(I)①③⑤

20. 이때 경험하는 (사이버 공간에서의-)다중 정체성[2: S2]은 + 다양한 삶을 간접적으로 체험하게 해 억압으로부터의 자유를 주고 타인에 대한 이해의 폭을 넓혀준다. (+)(I)

21. 사이버 공간에서의-다중 정체성[2: P]은 + 현실에서 이루지 못한 자아를 실현하게 해줄 뿐만 아니라 (-)(I)⑤

22. (사이버 공간에서의-다중 정체성[2: P]은) + 현실에서의 자아실현을 돕기

도 한다. (+)(I)

23. ⑤[예를 들어,] 사이버 공간에서-어떤 공학도[2: EP(19)]는 + 수줍음이 많은 탓에 타인과의 교류를 버겁게 여겼기에 본인의 적성에는 맞지 않지만 혼자 연구를 할 수 있는 전공분야를 선택했다. (+)(I)

24. (사이버 공간에서-공학도[2: P]는) + 지루한 대학생활을 보내던 중 그는 인터넷 토론 커뮤니티를 알게 되었고, (+)(I)

25. (사이버 공간에서-공학도[2: P]는) + 버거운 상대와 논쟁을 벌이는 일이 무엇보다 즐겁고 두렵지 않다는 사실을 깨달았다. (+)(I)

26. 대학을 마치고 법학을 공부한 그(사이버 공간에서-공학도[2: P])는 + 사법고시를 통과해 검사가 되었다. (+)(I)

27. 이(사이버 공간에서-공학도의-변화)[3: S1]는 + 사이버 공간이 그에게 낯선 이와 담론할 때 부끄러워하지 않는 '나'를 만들 기회를 주지 않았다면 불가능했을 일이다. (+)(I)

28. ①[또한] 사이버 공간에서-새로운 자아로 활동하여 얻는 즐거움[2: S2]은 + 현실의 괴로움을 완화한다. (-)(I)⑤

29. (사이버 공간에서-)약사로 일하는 한 여성[2: EP(19)]은 + 폐쇄 공간에서 홀로 일하면서 얻는 단절감을 롤플레잉게임(RPG)에서 해소한다. (+)(I)

30. (사이버 공간에서-약사[2: P]는) + 현실 세계에서는 외동으로 말수도 적고 진지한 성격이지만 (+)(I)

31. (사이버 공간에서-약사[2: P]는) + 사이버 공간에서는 귀엽고 명랑한 소녀 캐릭터로 활동하며 게임 상의 '언니'들이나 '엄마'와 사소한 것들을 이야기하며 즐거운 시간을 보내는 것이다. (+)(I)

32. 이처럼 사이버 공간에서의-변겹[2: EP(20)]은 + 많은 순기능을 가진다. (0)(I)③⑤

[단락] 33. 반면 이것(사이버 공간에서의-변겹)[2: P]이 + 순기능만을 갖는 것

은 아니다. (0)(I)①②

34. 사이버 공간이-갖는 익명성[2: S2]은 + 여러 폭력의 원인으로 지적받고
   있다. (-)(I)①

35. 필요할 때마다 바라는 대로 가면을 탈바꿈할 수 있다는 사실(=사이버 공
   간의-익명성)[2: P]은 + 사이버 자아에 대해 책임을 질 필요 없다는 비틀
   린 인식을 필연적으로 낳았다. (0)(I)①

36. 익명성의 가면을 쓴 이용자(사이버 공간의-익명성을 이용하는-이용자)[3:
   S1]가 + 재미로, 혹은 악의적으로 유언비어를 퍼뜨리고 타인에게 욕설을
   퍼부어도 닉네임을 바꾸고 ID를 새로 만들면 문제가 되지 않는다. (0)(I)①

37. 이전의 '나'와 새로 만든 '나'(사이버 공간의-익명성을 이용하는-이용자의-
   두 '나')[4: S1]는 + 다르기 때문이다. (+)(I)

38. ①(또한) 사람(사이버 공간의-이용자)[2: EP(19)]에 따라 + 사이버 공간과
   현실 공간 중 어느 것이 진짜인지 구분하지 못하는 수준에 이르기도 한
   다. (-)(I)①

39. (이는(사이버 공간의-이용자의-공간전도 현상)[3: S1]) + 시뮬라크르가 현
   실을 밀어낸 것이다. (+)(I)

40. (사이버 공간의-이용자의-공간전도 현상)[3: P]) + 인터넷 커뮤니티에 빠져
   현실 세계의 인간관계나 업무에 뒷전인 사람이나 '아이템을 얻기 위해' 동
   생을 찔러 죽인 게임중독자가 그 예이다. (0)(I)①

41. 이스라엘리의 연구가 보여주듯 + 대부분의 사람들(=사이버 공간의-이용자
   들)[2: EP(19)]은 + 가변적 익명성보다는 통합된 정체성을 추구하며, (-)(I)②

42. 현실과 사이버 공간을 착각하는 이들의 수(사이버 공간의-이용자들 중-
   현실/사이버 혼란자)[3: S1]는 + 전체 인터넷 이용자의 극소수에 불과하
   다. (-)(I)②

43. ②(그러나) 그 심각성 때문에 + 사이버 정체성의-역기능[2: S2]은 + 여전히 논란의 대상이 되고 있다. (0)(I)①

[단락] 44. 현대 사회에서 사이버 공간[1: EP(7)]은 + 현실 공간만큼 중요한 공간으로 자리잡았으며, (+)(I)

45. (사이버 공간[1: P]은) + 인터넷이 발달할수록 그 위상이 강화될 공산이 크다. (+)(I)

46. 사이버 공간[1: P]은 + 현실을 보완하는 공간일 뿐 아니라 (+)(I)

47. (사이버 공간[1: P]은) + 새로운 자아로 분하는 경험의 장으로서의 가치도 갖는다. (+)(I)

48. 그러나 이곳(사이버 공간)에서의-변검[2: S1]은 + 빛만큼이나 그림자를 갖는다. (+)(I)

49. 그래서 (우리[1: S2]에게는) + 나쁜 가면을 버리고 좋은 가면을 쓸 수 있는 성숙한 시민의식이 더욱 중요해진다. (+)(I)

<table>
<tr><td rowspan="6">형식특성</td><td>단위 수</td><td colspan="2">49</td><td>덩이 수</td><td colspan="2">18</td><td>긴밀도</td><td>0.37</td></tr>
<tr><td rowspan="2">주제 깊이</td><td>1</td><td>2</td><td>3</td><td>4</td><td>5</td><td>6</td><td>평균</td></tr>
<tr><td>12</td><td>28</td><td>8</td><td>1</td><td>0</td><td>0</td><td>1.96</td></tr>
<tr><td rowspan="2">주제 유형</td><td>P</td><td>EP</td><td>S1</td><td>S2</td><td>S3</td><td></td><td></td></tr>
<tr><td>19</td><td>8</td><td>12</td><td>9</td><td>0</td><td></td><td></td></tr>
</table>

형식특성	단위 수	49		덩이 수	18		긴밀도	0.37
	주제 깊이	1	2	3	4	5	6	평균
		12	28	8	1	0	0	1.96
	주제 유형	P	EP	S1	S2	S3		
		19	8	12	9	0		

내용특성	자료 사용	①	②	③	④	⑤	합계	
		8	3	2	0	4	17	
	정보 성격	I	A1	A2	A3	A5	EX	
		49	0	0	0	0	0	
	정보 유형	(-)(I)	(-)(A1)	(-)(A2)	(-)(A3)	(-)(A5)	(-)(EX)	(-)합
		6	0	0	0	0	0	6
		(0)(I)	(0)(A1)	(0)(A2)	(0)(A3)	(0)(A5)	(0)(EX)	(0)합
		7	0	0	0	0	0	7
		(+)(I)	(+)(A1)	(+)(A2)	(+)(A3)	(+)(A5)	(+)(EX)	(+)합
		36	0	0	0	0	0	36

표현특성	담화 표지	①	❶	②	③	④	⑤	합계
		3	0	3	0	0	1	6
	표현 오류	ER	NA	합계				
		2	0	2				

부록 10

논증적 통합자(31번 필자)의 텍스트 분석

※ 제목: 사이버 공간의 다중 정체성이 자아의 발전과 실현에 미치는 긍정적 영향

1. 과학 기술의 발전으로 인해 <u>사이버 공간이 현실 공간에 미치는 영향력</u> (사이버 공간의-영향력)[2]이 + 증가하였다. (+)(I)

2. <u>이로 인해 나타나는 사회적, 개인적 현상들(</u>사이버 공간의-영향력으로 인한-현상들)을[3: S1] + 부정적으로 보는 견해가 많다. (0)(I)[1][4]

3. <u>익명성 보장이 초래하는 각종 악성 댓글들, 사이버 공간과 현실 공간과의 혼란, 사이버 공간에서의 다중 정체성으로 인한 자아 분열 등의 현상</u> (사이버 공간의-영향력으로 인한-현상들의-사례)이[4: S1] + 비판 대상이 되곤 한다. (0)(I)[1][4]

4. ②(그러나) <u>이러한 문제들을 야기하는 원인이 되는 핵심적인 개념들(</u>사이버 공간의-영향력으로 인한-현상들의-사례를 야기하는-원인 개념들)은 [5: S1] + 대부분 양날의 칼처럼 작용하는 경우가 많다. (+)(A1)

5. ④(즉,) (사이버 공간의-영향력으로 인한-현상들의-사례를 야기하는-원인 개념들은)[5: P] + 긍정적인 견해로 보면 얼마든지 긍정적으로 조망할 수 있는 것이다. (+)(A1)

[단락] 6. <u>사이버 공간</u>[1: S2]에서는 + 서로 다른 다양한 분야의 공간에서 하나의 개인이 활동하게 되므로, 각각의 공간에서 서로 다른 자아의 성격이 형성된다. (+)(I)

7. 이(<u>사이버 공간의-서로 다른 자아</u>)[2: S1]를 + '다중 정체성'이라고 하며, (0)(I)[3]

8. 이 개념(<u>사이버 공간의-서로 다른 자아</u>)[2: P]에 대해 + 현실에서의 자아

확립에 혼란을 가져온다고 보는 부정적 견해가 많다. (0)(I)③

9. ②(그러나) 이러한 복수의 정체성(=사이버 공간의-서로 다른 자아)은[2: P] + 아예 서로 다른 존재라기보다 (+)(A1)

10. (복수의 정체성=사이버 공간의-서로 다른 자아는)[2: P] + '나'라는 하나의 정체성으로부터 파생된 '파생 자아들'로 볼 수 있다. (+)(A1)

11. 이 자아들(=사이버 공간의-파생 자아들)은[2: P] + 각각 독립적으로 존재하지 않고, (+)(A2)

12. (사이버 공간의-파생 자아들은)[2: P] + 서로에게 영향을 미치면서 유기적으로 존재한다. (+)(A2)

13. ③(왜냐하면) 이 다수의 '파생 자아들'(사이버 공간의-파생 자아들)[2: P]은 + 커다란 하나의 근원을 가지기 때문이다. (+)(A2)

14. 게임 속에서 다른 사람들과 싸우거나 동맹을 맺는 자아도, 블로그에서 대학가의 맛집 탐방기를 포스팅하는 자아도, 기타 동호회 카페에서 기타 연주 UCC를 올리는 자아(사이버 공간의-파생 자아들의-사례)도[3: S1] + 모두 '나'라는 커다랗고 확고한 정체성의 일부분이다. (+)(A3)

15. ③(그러므로) 사이버 공간에서 개인이 다중 정체성을 갖게 된다고 해도, + 그 정체성들(사이버 공간의-복수의 정체성들)이란[2: EP(7)] + 실상 모두 하나의 '나'로부터 파생된 자아들이며 (+)(A1)

16. 이 '파생 자아들'(사이버 공간의-복수의 정체성들)[2: P]이 + 다시 모여 진짜 '나'를 형성한다. (+)(A1)

[단락] 17. ①(또한) 사이버 공간에서의-다중 정체성은[2: P] + 기존의 자신의 일부분이 반영된 자아들이기도 하지만 (0)(A1)⑤

18. (사이버 공간의-다중-정체성은)[2: P] + 사이버 공간에서의 경험을 통해 새롭고 발전된 자아로 확장되기도 한다. (0)(A1)⑤

19. ⑤(예를 들어) <u>사이버 공간의-이용자가</u>[2: S2] + 기타 동호회 카페에서 채 팅을 하고 있다고 해보자. (+)(A3)

20. (<u>사이버 공간의-이용자는</u>)[2: P] + 당연히 기타에 대한 이야기를 주고받 을 것이다. (+)(A3)

21. (<u>사이버 공간의-이용자는</u>)[2: P] + 그러다가 자연스럽게 최근 터진 한 정 치인의 비리 이야기를 하게 되었다. (+)(A3)

22. (<u>사이버 공간의-이용자는</u>)[2: P] + 친한 카페 회원들과 그 주제에 대해 이야 기하다보니 그런 정치적 부패에 분노하는 자기 자신을 발견하고 (+)(A3)

23. (<u>사이버 공간의-이용자는</u>)[2: P] + '깨끗한 정치를 바라는 사람들의 카페' 에 가입을 하게 되었다. (+)(A3)

24. 이런 사례(<u>사이버 공간의-다중 정체성의-확장-사례</u>)는[4: S2] + 실제로 매 우 많이 일어나는 경우며, (+)(A3)

25. (<u>사이버 공간의-이용자가</u>)[2: EP(19)] + 전에는 몰랐던 자신의 성격이나 취향, 성향 등을 발견하는 데 도움을 준다. (+)(A2)

26. 이와 같이 (<u>사이버 공간의-이용자가</u>)[2: P] + 새롭게 발견한 자신의 자아 들을 더욱 발전시켜 더욱 풍부하고 다양한, 그리고 깊이 있는 '나'를 이 룰 수 있다. (+)(A1)

27. (<u>이 현상(사이버 공간의-이용자의-정체성의-확장-현상)</u>을[5: S1] + 대략적 인 모식도로 표현해보면 〈그림1〉과 같다.) (+)(I)

〈그림 1〉

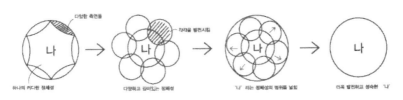

28. ④(즉), 사이버 공간의-다중 정체성은[2: EP(7)] + 하나의 '나'로부터 파생
된 '파생 자아들'이며, (+)(A1)

29. 이 파생 자아들(=사이버 공간의-다중 정체성)[2: P]이 + 각각 다양한 공
간에서 활동하면서 발전하여 자아의 범위를 넓혀 보다 성숙한 '나'를 만
들 수 있다. (+)(A1)

30. 〈그림1〉에서 보면, + 각각의 반지름(사이버 공간의-다중 정체성의-반지
름)이[3: S1] + 증가했음을 확인할 수 있다. (+)(A3)

[단락] 31. 마지막으로, 사이버 공간에서는 익명성이 보장되기에 + (사이버
공간의-이용자는)[2: EP(19)] + 현실에서는 드러낼 수 없었던 모습을 하
나의 '파생 자아'로 드러내고 토로할 수 있다. (0)(A2)①⑤

32. 그럼으로써 + (사이버 공간의-이용자는)[2: P] + 자유로움과 해방감을 느
낄 수 있다. (0)(A1)⑤

33. 가장 대표적인 예(사이버 공간의-이용자 중-자유로움/해방감 느끼는-사
례)[4: S1]로 + 성적 소수자들을 들 수 있다. (+)(A3)

34. 성적 소수자들(사이버 공간의-이용자 중-자유로움/해방감 느끼는-사례:
성적 소수자)[4: P]은 + 현실에서 직장인이면서 누군가의 친구이자 자녀
이고 또 동시에 특정한 성적 정체성을 가진 사람이다. (+)(A3)

35. 현실에서 + 이들(사이버 공간의-이용자 중-자유로움/해방감 느끼는-사
례: 성적 소수자)[4: P]은 + 주위의 시선, 자신의 지금까지의 생활의 영위
등 다양한 원인으로 인해 자신이 게이 혹은 레즈비언이라는 것은 밝히
지 않고 살아가곤 한다. (+)(A3)

36. ②(그러나) 온라인상에서는 익명성이 보장되기 때문에 + 성적 소수자인
사람(사이버 공간의-이용자 중-자유로움/해방감 느끼는-사례: 성적 소수
자)[4: P]은 + 자신의 성적 정체성을 파생 자아의 하나로 자유롭게 드러

낼 수 있다. (+)(A2)

37. ③(그래서) (사이버 공간의-이용자 중-자유로움/해방감 느끼는-사례: 성
적 소수자[4: P]은) + 성적 소수자들의 카페나 클럽에 가입해서 비슷한
취향과 고민거리 등을 가진 사람들을 만나 해방감과 자유로움을 경험할
수 있다. (+)(A3)

38. ③(그러므로) (사이버 공간의-이용자 중-자유로움/해방감 느끼는-사례:
성적 소수자[4: P]은) +사이버 공간에서 인간은 개인의 숨겨진, 혹은 숨
기고 싶은, 그러나 명백히 '나'의 일부인 면을 '파생 자아'의 하나로서 드
러내고 발전시킬 수 있고, (+)(A2)

39. 그럼으로써 (사이버 공간의-이용자 중-자유로움/해방감 느끼는-사례: 성
적 소수자[4: P]은) +자아의 자유를 얻을 수 있다. (+)(A2)

40. 이렇듯 사이버 공간에서 비판의 대상이 되는 '다중 정체성'을 '파생 자아'
개념으로 이해하면, + 그것(사이버 공간의-다중 정체성)[2: EP(7)]이 + 사
이버 공간의 이용자의 자아 이해와 발전, 해방감 경험에 주는 긍정적 측
면을 조명할 수 있다. (+)(A1)

41. ③(그러므로) 사이버 공간에서 형성되는 다중 정체성(사이버 공간의-다
중 정체성)[2: P]을 + 비판만 할 것이 아니라 (+)(A1)

42. 긍정적 측면을 확대할 수 있는 길(사이버 공간의-다중 정체성의-긍정성-
확대 방안)[4: S1]을 + 모색해야 할 것으로 보인다. (+)(A1)

형식적	단위 수	42		덩이 수	9		긴밀도	0.21
	주제 깊이	1	2	3	4	5	6	평균
		1	25	3	10	3	0	2.74
	주제 유형	P	EP	S1	S2	S3		
		25	5	9	3	0		
내용적	자료 사용	①	②	③	④	⑤	합계	
		3	0	2	2	4	11	
	정보 성격	I	A1	A2	A3	A5	EX	
		7	15	8	12	0	0	
	정보 유형	(-)(I)	(-)(A1)	(-)(A2)	(-)(A3)	(-)(A5)	(-)(EX)	(-)합
		0	0	0	0	0	0	0
		(0)(I)	(0)(A1)	(0)(A2)	(0)(A3)	(0)(A5)	(0)(EX)	(0)합
		4	3	1	0	0	0	8
		(+)(I)	(+)(A1)	(+)(A2)	(+)(A3)	(+)(A5)	(+)(EX)	(+)합
		3	12	7	12	0	0	34
표현적	담화 표지	①	❶	②	③	④	⑤	합계
		1	0	3	5	2	1	12
	표현 오류	ER	NA	합계				
		0	0	0				

부록 11

틀 세우기 의도자(35번 필자)의 텍스트 분석

※ 제목: 사이버 정체성, 편견 없이 마주하다.

1. <u>사이버 공간(1)</u>은 + 현실에서라면 불가피한 특징들을 갖고 있다. [1](-)(I) 〈ER〉

2. (사<u>이버 공간-특징들)(2: S1)</u>+ 익명성과 심리적 현실감, 금기도발 등이 그것이다. [1](-)(I)

3. 이러한 특성(<u>사이버 공간-특성들)(2: P)</u>에 의해서 + 사이버 범죄뿐 아니라 현실 속의 범죄까지 발생하게 된다. [1](-)(I)

4. ①[그리고 <u>대중은(1: S2)</u> + 현실과 가상을 넘나드는 범죄에 충격을 받고 (+)(I)

5. <u>(대중은)(1: P)</u> + 사이버 정체성에 대해 부정적인 인식을 갖게 된다. (+)(I)

6. <u>나(1: S2)</u> 역시도 + 사이버 공간을 접하는 다수의 일반적인 태도보다 소수의 특수한 상황을 앞세워 편견을 갖곤 했다. (+)(EX)

7. ②[하지만 사이버 공간이 인간의 삶에 큰 부분을 차지하는 정보화 시대에 + <u>우리(1: S2)</u>는 사이버 공간의 긍정적 측면을 봐야 한다. [3][5](0)(A1)

[단락] 8. 자료2를 보면 + <u>절반 이상의-사람들(2: S2)</u>이 + 익명성이 보장되는 온라인상에서도 '현실에서의 자신과 크게 다르지 않는 나'를 나타낸다는 것을 알 수 있다. [2](-)(A3)

9. ①[게다가 <u>사이버 정체성의-소소한 혼란(2: S3)</u>은 + 온라인의 특성상 불가피하게 발생하는 자연스러운 현상이다. (+)(A2) 〈ER〉

10. ①[그리고 <u>일반적인 사람(1: S2)</u>이라면 + 사이버 내의 자아를 통합하고자 노력할 것이다. [2](-)(A2)

11. ①[또한 자료5에 나타나듯이 + <u>사람들(1: P)</u>은 + 보통 자신의 의지로 현실에서 누리지 못한 만족감과 자유를 사이버 공간에서 실현한다. [5](-)(A2)

12. (<u>사람들(1: P)은</u>) + 그 속에서 자신의 모습을 자유롭게 변화시킬 수도 있다. [5](-)(A2)

13. <u>이것(사람들-사이버 공간-모습 변화)(3: S1)은</u> + 자료1에서 말하는 '사이버 공간의 영향으로 인한 사회적 문제들'이 보편적인 이야기가 아니라 특수한 사례라는 것을 알려준다. [2](0)(A1)

[단락] 14. 자료 3은 + <u>사이버 공간에서의-다중 정체성(2: S3)</u>에 대해 + 말하고 있다. [3](-)(I)

15. 나는 여태껏 + <u>온라인상의-다중 정체성(2: P)은</u> + 게임중독자들에게만 해당되는 현상이라고 생각했다. (+)(EX)

16. ②[하지만] 자료 4를 통해서 + <u>이러한 현상(온라인-다중 정체성)(2: P)이</u> + 대부분의 현대인의 삶에 스며들어 있다는 사실을 깨달았다. [4](0)(EX) 〈ER〉

17. <u>현대(1: S2)</u>에는 + 수많은 SNS가 활성화 되어있다. (+)(I)

18. ②[그러나] <u>페이스북, 트위터, 카카오톡, 싸이월드 등 각각의 SNS에서 보여지는 '나'(현대-SNS들-보여지는 나)(3: S1)가</u> + 모두 통일된 '나'는 아니라는 것이다. [4](-)(A2)

19. ⑤[예를 들어] 페이스북에 고등학교와 중학교 동창들이 많다면 + '<u>그 친구들에게 보여주고 싶은 나'(현대-SNS들-보여지는 나-사례1)(4: S1)를</u> + 노출시킨다. [4](-)(A3)

20. ①[또] 알지 못하는 타인이 많은 트위터에서는 + '<u>낯선 이들에게 보여주고 싶은 나'(현대-SNS들-보여지는 나-사례2)(4: P)를</u> + 드러낸다. [4](-)(A3)

21. ③[따라서] <u>다중 정체성(온라인-다중 정체성)(2: EP: 14)은</u> + 범죄와 관련되는 특별한 현상이 아니라 (+)(A1)

22. (<u>온라인-다중 정체성은)(2: P)</u> + '네티즌에게서 흔히 발견할 수 있는 특징'이라는 것이다. (+)(A1) 〈ER〉

[단락] 23. 자료 5에는 + <u>사이버 공간의-긍정적인 측면(2: S3)</u>이 + 드러난다. [5](-)(I)

24. <u>사이버 공간(1: EP: 1)</u>은 + 현실이 아닌 가상이기 때문에 성 바꾸기 등의 경험이 가능하다. [5](-)(A2) ⟨ER⟩

25. 이러한 색다른 간접 경험을 통해 + <u>사람들(1: S2)</u>은 + 더 넓은 시야를 지닐 수 있다. [5](-)(A2)

26. (<u>사람들은)(1: P)</u> + 넓은 시야를 지니게 되면 나와 다른 사람들에 대해 더 잘 이해할 수 있고 [5](-)(A2)

27. ③[그래서] (<u>사람들은)(1: P)</u> + 더욱 '똘레랑스'가 존재하는 사회를 만들어 나갈 수 있다. (+)(A1)

28. 그러면 <u>이 사회(1: S2)</u>가 + 더욱 발전할 수 있을 것이다. (+)(A1)

형식적	단위 수	28		덩이 수	14		긴밀도	0.50
	주제 깊이	1	2	3	4	5	6	평균
		14	10	2	2	0	0	1.71
	주제 유형	P	EP	S1	S2	S3		
		10	2	4	8	3		
내용적	자료 사용	①	②	③	④	⑤	합계	
		3	2	1	3	6	15	
	정보 성격	I	A1	A2	A3	A5	EX	
		8	6	8	3	0	3	
	정보 유형	(-)(I)	(-)(A1)	(-)(A2)	(-)(A3)	(-)(A5)	(-)(EX)	(-)합
		5	0	7	3	0	0	15
		(0)(I)	(0)(A1)	(0)(A2)	(0)(A3)	(0)(A5)	(0)(EX)	(0)합
		0	2	0	0	0	1	3
		(+)(I)	(+)(A1)	(+)(A2)	(+)(A3)	(+)(A5)	(+)(EX)	(+)합
		3	4	1	0	0	2	10
표현적	담화 표지	①	❶	②	③	④	⑤	합계
		5	0	3	2	0	1	11
	표현 오류	ER	NA	합계				
		5	0	5				

부록 12

통합하기 의도자(33번 필자)의 텍스트 분석

※ 제목: 사이버에서의 나? 실제에서의 나?

1. IT시대인 지금 + 사이버 공간에서의 생활[2]은 + 어느 때 보다 중요하다. (+)(I)

2. 사이버 공간에서 사람들[2: S2]은 + 인터넷으로 부업을 하여 돈을 벌수도 있고, (+)(I)

3. (사이버 공간에서의 사람들은[2: P]) + 거래도 할 수 있고, (+)(I)

4. (사이버 공간에서의 사람들은[2: P]) + 현실 세계에서는 만나기 힘든 사람과도 친목 도모를 쌓을 수 있다. (+)(I)

5. 현재 이루어지고 있는 거의 대부분의 사회 일이 + 사이버 공간[1: S2]에서 + 이루어진다고 해도 과언이 아니다. (+)(I) ⟨ER⟩

6. 상황이 이렇다보니 + 사람들[1: S2]은 + 사이버 공간을 현실 세계와 마찬가지로 하나의 사회의 공간으로 보게 되었다. (+)(I)

7. 그러다보니 + (사람들은[1: P]) + 자연스레 사이버 공간에서도 자기 자신의 모습을 만들었고 (+)(I)

8. (사람들은[1: P]) + 그에 따라 정체성도 생기게 되었다. (+)(I) ⟨ER⟩

[단락] 9. 사이버 공간[1: EP(5)]은 + 현실 세계와 달리 다소 자유롭기 때문에 현실 세계에서 하지 못했던 일을 많이 할 수 있다. (0)(I)①⑤

10. ⑤(예를 들어) 현실 세계(에서의 사람들은)[2: S2] + 자신보다 직위가 높은 사람에게 비판을 하지 못했지만, (0)(I)①

11. 사이버 공간(에서의 사람들은)[2: EP(2)]에서는 + 익명성이라는 환경 하에 비판을 하여 자신의 입장을 표명 할 수 있다. (0)(I)①

12. ①(또한) 실제로는(현실 세계에서의 사람이)[2: EP(10)] + 소극적 성격이라 사람을 많이 못 사귀는데 (0)(I)⑤

13. 사이버 공간(에서의-사람은)[2: EP(2)]에서는 + 적극적이고 활발한 성격인 다른 자신을 만들어 친목도모를 할 수도 있다. (0)(I)⑤

14. ①(또) 그러다가 (사이버 공간에서의-사람이)[2: P] + 실제 성격이 활발하게 변하는 경우도 발생한다. (0)(I)⑤

15. 이렇게 (사람들은)[1: EP(6)] + 사이버 공간에서 현실 세계와 다른 나를 만들어 자신의 의사도 자유롭게 표출할 수도 있고, (-)(I)⑤

16. (사람들은)[1: P] + 자신의 단점을 보완한 개체를 만들어 사회활동을 할 수도 있다. (-)(I)⑤

[단락] 17. ②(하지만) 사이버 공간[1: EP(5)]이 + 이렇게 이상적으로 작용하지만은 않는다. (0)(I)①④

18. (사람들이[1: EP(6)]) + 사이버 공간에서는 자신이 원하는 여러 가지 얼굴을 그리고 현실세계에서는 본래 자신의 모습으로 돌아오는 것에서 혼란이 생기기 때문이다. (0)(I)①④ 〈ER〉

19. 특히 모든 것이 자기중심적으로 돌아간다고 생각하는 청소년기(사람들의-청소년기)[2: S1]에는 + 더 그렇다. (+)(I)

20. 사이버 공간[1: EP(5)]에서는 + 자신이 마음만 먹으면 모든 것을 살 수 있고, (-)(I)①

21. 심지어 게임(사이버 공간의-게임)[2: S1] 같은 경우 + 모든 것을 다 파괴하고 죽일 수 있다. (-)(I)①

22. ②(하지만) 현실 세계[1: S2]에서는 + 그런 게 불가능할 뿐만 아니라 (+)(I)

23. (현실 세계[1: P]에는) + 오히려 더 큰 제약이 존재한다. (+)(I)

24. 특히나 청소년들[1: S2]은 + 자신의 정체성을 형성할 시기에 사회에 그런 이중적인 모습을 봄으로서 정체성 혼란을 겪을 수밖에 없다. (+)(I) 〈ER〉

25. 그러다 (청소년들[1: P]은) + 자기 마음대로 할 수 있는 사이버 공간에 안주하게 되는 것이 대부분의 결과이다. (0)(I)①

26. 요즘 사회적으로 큰 문제인 청소년들의-게임·인터넷 중독 등[2: S1]이 +

그 결과라 할 수 있다. (-)(I)①

27. 청소년기에-그런 정체성 혼란[2: P]은 + 극단적인 결과를 초래하기도 한
다. (0)(I)①

28. 그 예(청소년기의-정체성 혼란의-사례)[3: S1]로 + 예전에 뉴스에서 나온
기사를 들 수 있다. (0)(I)①

29. 청소년기 때부터 게임 중독이었던 두 남녀(청소년기의-게임 중독의-사례:
부부)[3: S2]가 + 인터넷 상에서 만나 결혼한 후 아이를 낳았다. (0)(I)①

30. ②(그런데) 그 부부(청소년기의-게임 중독-사례: 부부)[3: P]는 현실 세계
와 사이버 공간을 구분하지 못하여 서로 컴퓨터만 하다가 아이를 굶겨
죽인 것이다. (0)(I)①

31. 이 사례(청소년기의-정체성 혼란의-사례)[3: EP(28)]는 가상 세계에서만
안주해버린 나머지 현실 세계에서의 자기 자신을 잃어버린 결과라 할
수 있다. (-)(I)①

[단락] 32. (사이버 공간에서의-사람이)[2: EP(2)] + 사이버 공간상에서 여러
가지 모습을 하고 생활을 함으로써 즐거움을 얻는다고 하지만 (0)(I)④

33. 이것(사이버 공간에서의-사람의-여러 모습)[3: S1] 또한 + 자기 자신뿐만
아니라 상대방에게도 혼란을 준다. (0)(I)④

34. 실제와 사이버 공간 상에서의 성격이 다를 경우 + 상대방(사이버 공간에
서의-사람의-상대방)[3: S2]에서는 + 무엇이 진짜 그 사람의 성격인지 혼
란스러워하게 된다. (0)(I)④

35. 또 당사자(사이버 공간에서의-사람)[2: EP(2)]의 경우, + 대부분 현실 세
계보다 사이버 공간에서 더 좋은 나의 모습을 보기 때문에 사이버 공간
에 더 의존하는 경향을 나타낸다. (-)(I)④

36. 요즘 사람들이 실제로 만났을 때 서로 대화를 하지 않고 핸드폰으로 다
른 사람과 문자를 하는 것(사이버 공간에 대한-의존-사례)[3: S2]이 + 그
예이다. (0)(I)④

37. 그렇게 현실 세계에 집중하지 않고 사이버 공간에서의 자신의 모습에 집
착을 하니, + 사람들[1: EP(6)]은 + 현실 속에서의 자신의 모습을 잃어버
리게 된다. (-)(I)④

[단락] 38. IT시대에서 + (사람들[1: P]) + 사이버 공간 없이 현실세계에서만
산다는 것은 현실 도피나 마찬가지이다. (+)(I)

39. ②하지만 너무 사이버 공간에 집착한 나머지, + 사람들[1: P]은 + 현실세
계에의 실제 나 자신의 모습을 잊고 사는 것 같아 안타깝다. (0)(EX)①④

40. 한 공간에 너무 치중되지 않고 현실 세계에서와 사이버 공간에서의 생활
을 잘 맞춰 자기 자신을 잃어버리지 않는 게(사람들의-현실/사이버 균형
을 통한-정체성 유지)[3: S1] + 지금 우리의 과제다. (+)(A1)

※ 글의 맥락 상 〈사람들(상위 개념)〉, 〈사이버 공간의-사람들〉, 〈현실 세계
의-사람들〉을 별개의 주제로 산정함.

<table>
<tr><td rowspan="6">형식적</td><td>단위 수</td><td>40</td><td></td><td>덩이 수</td><td>22</td><td></td><td>긴밀도</td><td>0.65</td></tr>
<tr><td>주제 깊이</td><td>1</td><td>2</td><td>3</td><td>4</td><td>5</td><td>6</td><td>평균</td></tr>
<tr><td></td><td>17</td><td>15</td><td>8</td><td>0</td><td>0</td><td>0</td><td>1.78</td></tr>
<tr><td>주제 유형</td><td>P</td><td>EP</td><td>S1</td><td>S2</td><td>S3</td><td></td><td></td></tr>
<tr><td></td><td>12</td><td>12</td><td>6</td><td>9</td><td>0</td><td></td><td></td></tr>
<tr><td colspan="9"></td></tr>
</table>

	자료 사용	①	②	③	④	⑤	합계	
		15	0	0	9	6	30	
	정보 성격	I	A1	A2	A3	A5	EX	
		38	1	0	0	0	1	
내용적	정보 유형	(-)(I)	(-)(A1)	(-)(A2)	(-)(A3)	(-)(A5)	(-)(EX)	(-)합
		8	0	0	0	0	0	8
		(0)(I)	(0)(A1)	(0)(A2)	(0)(A3)	(0)(A5)	(0)(EX)	(0)합
		17	0	0	0	0	1	18
		(+)(I)	(+)(A1)	(+)(A2)	(+)(A3)	(+)(A5)	(+)(EX)	(+)합
		13	1	0	0	0	0	14
표현적	담화 표지	①	❶	②	③	④	⑤	합계
		2	0	4	0	0	1	7
	표현 오류	ER	NA	합계				
		4	0	4				

부록 13

목적 해석 의도자(29번 필자)의 텍스트 분석

※ 제목: 사회와 개인을 공격하는 사이버 공간의 정체성

1. 개인이 사이버 공간의 정체성을 유지하는 것(개인의-사이버 공간에서의-정체성 유지)[3]은 + 현실세계의 정체성에 혼란을 야기하여 사회와 개인에 부정적인 영향을 준다. (0)(A1)①

[단락] 2. 개인이 정체성을 유지하는 것(개인의-정체성 유지)[2: S2]은 + 자신의 본질에 대하여 자기 스스로가 깨닫는 것으로, 사회 구성원으로서 자신의 역할을 이해하는 것이라고도 볼 수 있다. (+)(A1)

3. 주위를 조금만 자세히 둘러보면 + 사회를 구성하는 개인들이 올바른 정체성을 가지는 것이 안정적인 사회를 유지하는 데에 얼마나 중요한지 알 수 있는 사례들(개인의-정체성 유지의-중요성을 보여주는-사례들)[4: S1]이 + 많다. (+)(A3)

4. 교사(개인의-정체성 유지의-중요성을 보여주는-사례들: 교사)[4: P]가 + '학생들을 가르치는 사람'이라는 정체성을 가지고, (+)(A3)

5. 회사원(개인의-정체성 유지의-중요성을 보여주는-사례들: 회사원)[4: P]이 + '회사를 위해 열심히 일 하는 사람'이라는 정체성을 가지고 있어야 사회가 안정적으로 운영된다. (+)(A3)

[단락] 6. ②(그런데) 위와 같은 올바른 정체성을 가지고 있지 못한-개인들[2: S2]도 + 간혹 존재한다. (+)(A3)

7. 이들(올바른 정체성을 갖지 못한-개인들)[2: P]은 + 자신의 정체성을 제대로 확립하지 못한 것이며 (+)(A3)

8. (올바른 정체성을 갖지 못한-개인들은)[2: P] +정체성에 혼란이 있다고도

말할 수 있다. (+)(A2)

9. 정체성에 혼란이 있는 개인들이 사회에서 자신들의 역할을 제대로 이해하지 못한다면, + 사회[1: S2]는 + 매우 불안정해진다. (+)(A2)

10. 이러한 개인들(올바른 정체성을 갖지 못한-개인들)[2: EP(6)]은 + 자신의 정체성 혼란 정도에 따라 작은 마찰에서부터 범죄로 분류되는 것들까지도 행할 수 있다. (+)(A3) 〈ER〉

11. 공무원으로서의 정체성에 혼란이 있던 고위 관직자가 뇌물을 받은 사건이나, 아들로서의 정체성에 혼란이 있던 아들이 부모님을 폭행한 사건(올바른 정체성을 갖지 못한-개인들-사례)[3: S1]은 + 정체성 혼란이 이 사회의 안정성 유지에 얼마나 큰 위험인지를 보여준다. (+)(A1)

[단락] 12. ①(또한) 올바른 정체성을 유지하는 것(개인의-정체성 유지)[2: EP(2)]은 + 사회를 떼어 놓더라도 개인적으로도 매우 중요하다. (+)(A1)

13. (개인[1: S2]이) + 올바른 정체성을 확립하면 삶에 뚜렷한 목적의식이 생기고 개인의 주어진 역할에 충실한 삶을 살면서 자기만족을 느낄 수 있다. (+)(A2)

14. ⑤(예를 들어) 어떤 학생(개인의-사례: 어떤 학생[2: S1])이 + 학생으로서의 정체성이 확립되어 있다면 학생으로서 좋은 학생이 되기 위한 목표를 이루고, 공부나 친구관계 등 학생으로서의 역할에 충실한 삶을 살면서 만족을 느끼게 된다. (+)(A3)

15. ②(반면) 정체성에 혼란이 있는 개인(올바른 정체성을 가지고 있지 못한-개인[2: EP(6)])은 + 그 스스로도 매우 불행한 삶을 사는 경우가 많다. (+)(A3)

16. (올바른 정체성을 가지고 있지 못한-개인은[2: P]) + 자신의 위치에서 기대되는 행동을 따르지 않고자 하기 때문에 이룰 수 있을만한 꿈이나 역

할도 가지지 못하고 소외된 채 외로움과 증오 안에서 살아가게 된다. (+)(A3)

[단락] 17. 최근에는 사이버 공간이 발달하면서 + 개인들[1: EP(13)]은 + 인터넷 상에서 자신들의 정체성을 가질 수 있게 되었다. (-)(I)①

18. 현실에서의-정체성[2: S2]은 + 가족, 직장, 친구 등의 제한된 범위에서 거의 유사한 성격을 가진다. (-)(A1)③

19. 이(현실에서의-정체성의-유사한 성격)[3: S1]는 + 개인의 기본 속성이 바뀌지 않기 때문이다. (0)(A2)③

20. {예를 들어} '우지웅'이라는 사람(현실에서의-정체성의-유사한 성격-사례: 우지웅)[4: S1]은 + '아들'로서의 정체성도 가지고 '대학생' 으로서의 정체성도 가지지만 (0)(A3)③ ⟨ER⟩

21. (현실에서의-정체성의-유사한 성격-사례: 우지웅)[4: S1]은 + '우지웅' 의 기본적인 속성인 '실명(우지웅), 22살, 남성, 대한민국 국적' 등이 바뀌지 않기 때문에 확립해야하는 각각의 정체성들이 유사하다. (0)(A3)③ ⟨ER⟩

22. ②{반면에} 사이버 공간[1: S2]에서는 + 아이디만 생성을 하면 세계 어느 홈페이지에서나 무한대의 정체성을 만들 수 있다. (-)(A1)①④

23. ①{또한} (사이버 공간[1: P]에서는) + 익명성 때문에 자신의 속성 또한 마음대로 설정이 가능하다. (-)(A1)①

24. (사이버 공간[1: P]에서는) + 이름부터 나이, 성별, 국적까지도 바꿀 수 있다. (-)(A1)①

25. (사이버 공간의-)'게임 캐릭터'의 경우[2: S1]에는 + 마법사, 사냥꾼 심지어 살인자의 정체성을 가지게 되는 경우도 있다. (-)(A1)①

[단락] 26. 사이버 공간 안에서 + (개인[1: EP(13)]은) + 다양한 정체성을 동시에 가지고 이를 유지하기가 현실 세계에 비해 훨씬 쉽다. (-)(A1)③

27. 현실 세계에 존재하는 시공간의 제약과 관계의 제약이 + <u>사이버 공간[1: EP(22)]</u>에는 + 존재하지 않기 때문이다. (-)(A2)⑤

28. 이러한 <u>다중정체성[1: S2]</u>은 + 사이버 공간 안에서 자유롭게 교류가 가능하고 (-)(A1)⑤

29. 이(<u>다중 정체성[1: P]</u>)는 + 현실에서 이룰 수 없는 다양한 정체성을 대신 체험할 수 있게 함으로써 심리적인 자유와 만족을 줄 수 있다. (-)(A1)⑤

30. ②그러나 이러한 <u>사이버 공간의 정체성(=다중 정체성[1: P]</u>)은 + 현실세계의 정체성과는 일치하지 않는 부분이 많다. (0)(A1)④

31. '게임 캐릭터'나 가상의 채팅 아이디는 물론이고 개인이 현실의 모습을 담은 블로그나 미니홈피(<u>다중 정체성의-사례[2: S1]</u>) + 역시 마찬가지이다. (-)(A1)④

32. 개인의 블로그나 미니홈피 같은 사이버 공간의 정체성(<u>다중 정체성의-사례[2: P]</u>)을 + 얼핏 보면 현실의 객관적인 정체성과 유사하게 보이지만, (-)(A1)④

33. (<u>다중 정체성의-사례들은[2: P]</u>) + 남들에게 보이기 위해 자신이 현실 모습을 적절히 변형하여 만든 가상의 정체성이라고 할 수 있다. (-)(A1)④

34. 이처럼 사이버 공간의 정체성(=<u>다중 정체성[1: P]</u>)이 + 현실의 정체성과는 다르기 때문에 (0)(A2)①④

35. 이 정체성이 사이버 공간을 넘어 현실에 들어와 현실의 정체성에 영향을 미치게 되면 + <u>개인의-정체성[2: S2]</u>은 + 혼란을 가지게 된다. (0)(A1)①

36. ①또한 <u>사이버 공간[1: EP(22)]</u>은 + 심리적 현실감을 가져다주며 중독성이 강하다. (0)(A1)①

37. 이렇게 중독성이 강한 사이버 공간에 + <u>개인[1: EP(13)]</u>이 + 머무는 시간을 꾸준히 유지하면, 그 시간이 점점 길어지게 되고 (0)(A1)①

38. 마침내 (개인[1: P]은) + 사이버 공간의 정체성이 현실의 정체성을 완전히 밀어내는 '공간전도 현상'에까지 이르게 된다. (0)(A1)[1]

39. 주로 현실 세계의 금기를 도발하는 정체성이 많이 형성되어 있는 사이버 공간의 정체성[=다중 정체성[1: EP(28)]이 + 현실의 정체성에 혼란을 야기한다면 사회적으로나 개인적으로나 그 결과는 매우 참담할 것이다. (0)(A1)[1] 〈ER〉

형식적	단위 수	39		덩이 수	18		긴밀도	0.46
	주제 깊이	1	2	3	4	5	6	평균
		16	15	3	5	0	0	1.92
	주제 유형	P	EP	S1	S2	S3		
		13	9	8	8	0		
내용적	자료 사용	[1]	[2]	[3]	[4]	[5]	합계	
		12	0	5	6	3	26	
	정보 성격	I	A1	A2	A3	A5	EX	
		1	21	6	11	0	0	
	정보 유형	(-)(I)	(-)(A1)	(-)(A2)	(-)(A3)	(-)(A5)	(-)(EX)	(-)합
		1	11	1	0	0	0	13
		(0)(I)	(0)(A1)	(0)(A2)	(0)(A3)	(0)(A5)	(0)(EX)	(0)합
		0	7	2	2	0	0	11
		(+)(I)	(+)(A1)	(+)(A2)	(+)(A3)	(+)(A5)	(+)(EX)	(+)합
		0	3	3	9	0	0	15
표현적	담화 표지	①	❶	②	③	④	⑤	합계
		3	0	4	0	0	1	8
	표현 오류	ER	NA	합계				
		4	0	4